魅丽文化

告白

······MY LOVE

娇宠

风流书呆 ◆ 著

中国致公出版社
China Zhigong Press

图书在版编目（CIP）数据

娇宠 / 风流书呆著 .-- 北京：中国致公出版社，2021

ISBN 978-7-5145-1846-7

Ⅰ. ①娇… Ⅱ. ①风… Ⅲ. ①长篇小说－中国－当代 Ⅳ. ① I247.5

中国版本图书馆 CIP 数据核字（2021）第 080306 号

娇宠 / 风流书呆 著

JIAOCHONG

出　版	中国致公出版社 （北京市朝阳区八里庄西里 100 号住邦 2000 大厦 1 号楼西区 21 层）
发　行	中国致公出版社（010-66121708）
责任编辑	王福振
责任校对	吕冬钰
印　刷	湖南天闻新华印务有限公司
版　次	2021 年 8 月第 1 版
印　次	2021 年 8 月第 1 次印刷
开　本	880mm×1230mm　1/32
印　张	10.5
字　数	301 千字
书　号	ISBN 978-7-5145-1846-7
定　价	42.80 元

真正爱一个人
连快乐和悲伤都会共享

目 录

C O N T E N T S

目录

CONTENTS

❶ 阿宝

凤飞宫的正殿内，一名身穿灰色袍服的小太监放下手里的金丝笼，给坐在主位的德妃娘娘跪下请安。

正殿的地板由奢华的金砖铺设而成，虽名为金砖，实际上却是黑色的，表面细腻平滑，散发出一层盈盈似水的波光。仿似被金砖的光芒所慑，小太监有些眩晕，不由得闭了闭眼，微微抬头朝主位上德妃娘娘的绣鞋看去。

这是一双暗金雀鸟纹的云锦绣鞋，上面缀满小颗小颗的红绿宝石，顺着雀鸟的尾羽排布成条条缕缕的漩涡状，晶莹璀璨，五彩斑斓，煞是好看。

听说这双鞋样是德妃娘娘闲时无聊所绘，皇上见了大为喜欢，特意请了几名外国的工匠日夜赶制，在娘娘寿辰那天送出，令一众嫔妃看红了眼。

连穿衣住行这点小事都能得到皇上如此重视，德妃娘娘的受宠程度可见一斑，难怪连统摄六宫的李贵妃娘娘都要避其锋芒。

想到这里，小太监面上更加恭敬了。

主位上的女子身着一袭宝蓝色宫装，其上遍布繁复的用金银双色丝线勾勒的孔雀纹，行止间流光溢彩，华光四射，令人不敢直视。虽只十七八岁，还是极为青涩的年纪，女子却貌若芙蓉，雾鬓风鬟，端严高贵的气派弱化了她眉眼间的稚龄感。特别是一双黑白分明的凤眼，微微上挑的眼尾用炭笔勾描加粗，更显得目光犀利，不怒自威。

小太监匆匆瞟了一眼就不敢再看，暗暗咋舌：如此一个堪比神仙妃子般的人物，难怪只进宫三年就从小小的贵人一路飙升至四妃之首。连皇后都被她斗死了，更何况潜邸旧人、早已色衰爱弛的李贵妃娘娘？等德妃娘娘的父亲——建威大将军这次阻击蛮军得胜归朝，这后宫还不得是德妃娘娘的天下？说不定皇上一高兴就将德妃娘娘晋封为皇后也是有可能的。

心中暗自思量，小太监脸上不由得露出一个谄媚的笑容，等德妃娘娘叫起后便提着金丝笼上前，指着笼子里的几只小奶狗热情介绍起来。这是几只白色的西施犬，垂顺纤长的皮毛油光发亮，梳理得一丝不苟，因为出生不足一月，身量还十分娇小，雪团子似的挤在一起，看上去非常惹人怜爱。

德妃凤目微眯，挺直的脊背不由自主向前倾了倾，往金丝笼看去。

“这是……”她秀眉微蹙，指着笼子角落的两团褐色物体，迟疑地问道。

“回娘娘，这种狗是半年前一个外国番邦进贡的，听说是他们那儿的宫廷犬，品种也算名贵。恰逢这种宫廷犬产崽，奴才想着也许会有主子喜欢，就拎了过来。”小太监毕恭毕敬地答道。

哦？德妃眸光微闪，红唇轻启道：“把笼子带上来，让本宫仔细瞧瞧。”

小太监低声应诺，将笼子抱在胸前，小心翼翼地走到德妃座下，低眉顺目地站定。德妃倾身，定睛朝笼内的两只褐色团子看去。在她审视的目光下，稍微瘦弱一点的褐色团子好似有些不安，它背转身，躲进笼子角落，将毛茸茸的屁股墩留给德妃欣赏，那缩成球状的背影不知为何竟流露出一种惶惑迷茫的味道。它身边的兄弟好似感觉到了它的不安，后腿一蹬便扑上去，试图给它一个拥抱，却不想被它一爪子拍开，动作说不出的犀利霸气，但配上那小小一团的身子和粗短的小肉爪，却是怎么看怎么喜感。

德妃忍俊不禁，一手捏着绣帕掩住嘴角的笑意，一手指向笼里的小团子说道：“这只很有灵气，留下吧。”

小太监应诺，将那褐色团子从笼里拎出，交给一旁的大宫女碧水，又嘱咐了很多喂养方面需要注意的事项，末了将一个鼓鼓囊囊的荷包收进袖袋，欢天喜地地出了凤飞宫。

等小太监走远了，笔直坐在主位的德妃立马软倒身子，风情万种地斜倚在贵妃榻上，摘掉手上金灿灿的指甲套，朝大宫女碧水伸出手，急切地开口：“快给本宫抱抱！”此时此刻，她身上端严高华的气派仿似被一阵大风刮走，消散得无影无踪。

“娘娘小心点，这畜生有些桀骜，难抱得很。”碧水收紧十指，箍住挣扎中的小狗，边将它递给德妃边警告道。她并没有发觉，在听见“畜生”二字时，手里的小奶狗有片刻的僵硬。

待小奶狗回神，它已经被转移到了德妃的怀里，德妃纤长葱白的指尖正缓慢而温柔地滑过它的背脊，带起一片酥麻战栗的感觉，令它情不自禁地发出哼哼唧唧的声音。

“它在撒娇呢，真可爱！”德妃清润婉转的嗓音中带着浓浓的笑意，非常迷人。小奶狗眯眼，有片刻陶醉，继而身子一僵，更加猛烈地挣扎起来。

“小东西别乱动，会摔伤的！”见小奶狗扑棱出自己的怀抱，德妃脸上露出慌乱的表情，连忙伸手去捞。但她还是晚了一步，小奶狗跃出臂弯，直接掉在了贵妃榻下，虽然有厚厚的羊毛地毯做缓冲，但它毕竟出生不足一月，身体还非常脆弱，这一下摔得不轻，直接就趴在地毯上爬不起来了，半张着连乳牙都还未长齐的小嘴，哼哧哼哧地喘着气，看上去非常可怜。

德妃连忙弯腰将小奶狗抱进怀里，翻开它的四肢小心翼翼地检查，并一迭声儿地叫碧水和银翠去请太医。

直到太医来了又走，小奶狗都一直安安静静地任人摆弄，不再挣扎。

“真乖！”确定小奶狗无恙，德妃紧绷的俏脸绽出一抹笑容，用指尖揉揉小奶狗的头，语重心长地嘱咐，“你现在还小，想要看看这个世界不急于一时，等你长大一点，行动利索了，你想要去哪里都可以。”

小奶狗抬起头，乌溜溜的眼珠子一动不动地盯着德妃，那目光说不出的复杂，竟似人一般包含了无数的情感，显得极为灵动。

德妃心中诧异，待要细看时，小奶狗已经趴在她怀里，软塌塌的小身子有气无力，竟给人一种听天由命的无奈感。

德妃暗觉自己想多了，边抚摸小奶狗的脊背边吩咐冯嬷嬷去熬一碗肉糜粥过来。浓香软糯的肉糜粥很快就熬好了，冯嬷嬷等粥放凉了才端回凤飞宫，放在一张紫檀木八仙桌上。德妃走过去，放下小奶狗，指着粥碗柔声道：“小东西，快吃吧。”

小奶狗几乎是迫不及待地离开德妃的怀抱，端端正正地坐在八仙桌上，瞅了一眼肉糜粥，又瞅了一眼德妃等人便再无动作。德妃伸手轻推小奶狗的屁股墩，柔声道：“小东西，刚才肚子还咕咕叫呢，这会儿怎么不吃了？”

小奶狗挪了挪身子，继续静坐，模样四平八稳，岿然不动，连个眼角余光都没瞟向肉糜粥。

德妃星眸微闪，沉吟片刻后招呼身边的宫人：“皇上重伤，在青鸾殿休养，每日的汤药可不能断。走，随本宫去库房挑些对症的药材送过去。”

一众宫人齐声应诺，跟随在德妃身后出了正殿，殿内很快便安静下来。

大约过了一刻钟，肉糜粥已经完全冷掉了，但鲜香的肉味还残留在空气中，不断刺激着小奶狗的味蕾。咽下口里的唾沫，小奶狗转动脖颈，四处看看，确定周围没人才抬起肉乎乎的小爪子，啪嗒啪嗒走到碗边，先是耸动着小鼻头嗅了嗅，然后伸出粉色的小舌尖舔了一口，发现滋味比想象中的更好，不由得哼唧一声，埋头大吃起来。

“扑哧！小东西原是害羞了！”藏在门后偷看的德妃笑得差点打跌，她的随侍们也忍俊不禁。

听见此起彼伏的低笑声，小奶狗身子一僵，头埋在碗里不动了。过了半晌，许是心里稍稍安定了些，小奶狗挪了个方向，用屁股对着德妃等人，头一拱一拱地继续吃起来，颇有种破罐子破摔的架势。

德妃见状也不躲藏了，笑眯眯地从门后走出，坐到桌前，偏着头，一手杵着下颌，津津有味地欣赏小奶狗可爱的吃相。

起初，小奶狗还不时瞟她一眼，见她安安静静地坐在一旁，既不说话也没动作，便放下了防备，专心致志地用食。

等小奶狗吃完一小碗肉糜粥，德妃就将它抱下桌，带着它在凤飞宫四处散步消食。半个时辰很快过去了，眼看天色昏暗，德妃连忙嘱咐宫女准备热水和火盆，亲自给小奶狗擦澡。

刚出生的小狗是不能洗澡的，得四个月以后才能下水。但小奶狗养在猫狗坊，侍从们照顾得并不是特别尽心，身上有股难闻的臊味。德妃闻了闻，还是决定拿湿热的帕子给小奶狗略微擦洗一番。

不似别的小狗那样好动，小奶狗全程都很配合，令德妃有些诧异：“本宫果然没有看错，这小东西有灵气，又聪明！”揉搓着小奶狗的肉爪子，德妃的语气有些得意，又有些宠溺。养宠物也是看缘分的，她觉得自己和小东西一定很有缘，要不怎么会一眼就喜欢上了呢？

“娘娘，咱们不能总是小东西小东西地叫，给它取个名字吧？”银翠笑盈盈地建议。

德妃凤目微眯，沉吟片刻后，道：“就叫阿宝吧，本宫的心肝宝贝。”

阿宝？小奶狗的身子僵硬了。

德妃毫无所觉，将半湿的小奶狗递给拿着干巾等候在一旁的碧水。熊熊燃烧的两个大火盆驱走了初秋的寒意，阿宝裹着毛巾，趴伏在德妃膝头，一边静静聆听她与宫人的对话，一边盯着火盆出神。

“阿宝睡着了，把它的小窝拿过来，就放在我的寝殿里。”见小奶狗双眼紧闭，呼吸均匀，毛发也已完全干透，德妃停下话头，悄声嘱咐道。

冯嬷嬷拿来一个柳条编织、内里铺满柔软棉布的小篮子，放在寝殿的角落。德妃小心翼翼地将阿宝放进去，细心地扯了一块棉布盖住它的肚子。

待德妃轻手轻脚地离开，本已安睡的阿宝猝然睁开双眼，明亮又犀利的目光极具穿透力，配上它小小一团的身子显得尤为诡异。

❷ 德妃

玄帝古邵泽醒来发现自己莫名其妙就变成了猫狗坊里的一只小狗时，脑海里迸发出来的第一个想法就是：“我的真身在哪儿？我到底是怎么就从人变成了狗？”

为帝者，其心智和毅力总是远超常人的。经过了最初的震惊、恐惧、彷徨、迷茫，玄帝很快就调整过来，既没有活活饿死自己，也没有当场自戕，他心里只有一个想法就是要找到背后真相。

猫狗坊设在禁宫之内，坊里的小太监也会不时谈论些宫廷轶事，经过半个月探听，玄帝知道自己的真身如今正在青鸾殿静养。当然，这都是道听途说，真正的内情如何并没有人知道。

自己是否真的清醒了？抑或与阿宝的情况一样，身体被外来的灵魂侵占？侵占自己身体的是人还是妖？会不会危害到自己的江山社稷？这些疑问萦绕在玄帝心间，令他寝食难安，辗转难眠。如不是身体虚弱，又被禁锢在笼子里，他早就跑到青鸾殿去探个究竟了。

今早小太监在仔细挑选小狗并念叨着给各宫娘娘送去时，玄帝知道机会来了。他一反平时蔫蔫之态，变得活泼又乖巧，一个劲儿地往小太监跟前凑，再加上一双极具灵气的水眸，果然被小太监一眼相中。

蜷缩在笼子一隅，看着脚下的道路不停延展，越过一道又一道平时不觉、如今看来却尤为陡峭的台阶，玄帝的心情忽然之间变得十分复杂。

迈过又一道高高的门槛，看见笼子下方散发着幽幽荧光的黑色金砖，玄帝知道，后宫到了。看不见巍峨宫殿的全貌，看不见门梁上悬挂的牌匾，他不清楚这里究竟是何处。然而，等他抬起头来，面对主位上端坐的那名盛装女子时，他意识到，这里必定是凤飞宫——四妃之首德妃的宫殿。

德妃是自己最宠爱的妃子，在这踩低捧高的禁宫之内，小太监带着宠物首先让德妃挑选也在情理之中。

狗的眼睛是看不见色彩的，整个世界在它们眼里只有黑白两色。如不是此番际遇，玄帝永远不会知道这一点。在无边灰暗世界挣扎求存了半个月，乍见熟悉的面孔，玄帝的心情十分激动，呆呆看着座上女子的容颜。盛装女子微微倾身朝自己看来，那泼墨般浓烈的黑发，那似雪般晶莹剔透的肌肤，那黑白分明的凤目，一种凛冽华丽的气度扑面而来，只一个字能够形容，那就是美，一种脱离了世俗的美。也许是因为视角不同，也许是因为心境不同，一瞬间，玄帝有些迷惑了。

眼前这个如同从泼墨画中走出的绝代佳人是自己的嫔妃，而自己却是以狗的姿态同她见面，意识到这一点，玄帝很快清醒过来，猝然转身蜷缩成一团，恨不能立即消失在空气里。

然而，老天没有听见他的祈祷，他不但没有消失，还被德妃挑中了。被小太监拎着脖颈提出来，交到一个宫女手里，这个宫女还口口声声叫自己“畜生”，玄帝浑身僵硬，想要发火却无能为力。

在他走神的片刻，他被德妃抱进了怀里，这个怀抱绵软又温暖，透着一股淡淡的馨香，与冰冷还带着异味的牢笼完全是两个极端，令人陶醉。在德妃温柔地抚摸下他差点就沉迷了，然而只要一想到自己一个堂堂帝王被自己的嫔妃捧在膝头把玩，他就觉得满心羞愤，立即猛烈挣扎起来。

挣脱德妃的怀抱，重重摔落地面时他才意识到，自己已经不是玄帝了，而是一只出生不足一个月的小狗。满身的剧痛无不在提醒他，脱离这个女人的庇护，他绝对无法在禁宫中生存下去。在没弄清宫中这皇帝是人还是鬼、会不会危害到江山社稷之前，他不能死。于是他放弃了不甘和挣扎，强压下心头的羞愤，任由这些人摆弄。这期间，德妃的变化令他感到诧异。

这个女人细心地给他准备了浓香软滑的肉糜粥，让吃了半个月狗粮的玄帝差点掉下泪来；这个女人让他上桌进食，而不是将他驱赶至阴暗的角落；这个女人亲自给他洗澡，动作温柔娴熟，半点也没有猫狗坊那些侍从们的粗鲁和不耐烦。这个女人轻声软语地对他说话，态度平和殷切，就像对待一个人，更确切地说，像对待一个孩子。

玄帝盯着德妃溢满温柔的眉眼，心情极其复杂。这还是那个三言两语逼死皇后、力压贵妃、宠冠六宫、肆意严苛的孟桑榆吗？这样的巧笑倩兮，顾盼神飞，他几乎都快不认识了。

然而，经历了一整天的折腾，玄帝已经没有心思去探究。在热烘烘的火盆熏蒸下，在德妃温柔轻缓的拍抚下，他很快就迷迷瞪瞪地睡了过去，睡得那么香、那么沉，这还是半个月以来的头一次。

但当德妃将他小心翼翼地放入柳篮时，警觉性奇高的玄帝还是立即醒了过来。直到德妃蹑手蹑脚地离开，他才睁开黑漆漆的双眼，用复杂的眼神盯着对方的背影良久。扒拉着肚皮上的一块小棉布，玄帝想着自己新鲜出炉的傻气的名字，心头有些无奈，有些羞愤，又有些安心。

阿宝，心肝宝贝？这是什么鬼名字？果然是将门虎女，半点文采也没有！想要嗤笑一声，待发现自己发出的是软糯又甜腻的哼唧后，玄帝脸色青白了一瞬，愤愤地用爪子拍打一下肚皮上的小棉布，缓缓闭上了双眼。

寅时三刻，天灰蒙蒙的，东方已经泛起了鱼肚白，再过不久温暖的晨光就将普照大地。到了卯时，就是该去芙蓉宫给李贵妃娘娘请安的时候了。

一年半前皇后难产，诞下一个死胎，是个小皇子。没过多久，皇后也跟着抑郁而终，留下年仅七岁的嫡女，也就是当今的四公主。太后因玄帝即位前的一场宫变而心灰意冷，搬往千佛山礼佛，早已不问世事。后宫两大主位无人，位份最高的李贵妃自然而然便掌了权柄，代为统摄六宫。

李贵妃的父亲是当朝左丞相，李贵妃又接连诞下了二皇子和三公主，时年一个十二岁，一个十岁，都身体健康，聪明伶俐。地位、权势、儿女，所有宫妃梦寐以求的一切，李贵妃都拥有了，真正称得上是后宫第一人。

但这第一人在德妃娘娘孟桑榆面前却少了几分底气。

孟桑榆今年十七岁，正是花儿一般的年纪，长得国色天香，艳若桃李。她的父亲孟长雄乃是大庸朝威名赫赫的建威大将军，手握百万雄师，长年驻扎关外。大庸朝之所以能在边关蛮族的不断侵扰下繁盛起来，靠的就是孟长雄手里所向披靡的孟家军。孟家以军功起家，战功卓著，在庸太祖时期便位列公卿，获得了世袭罔替奉恩镇国公的爵位。在大庸朝，莫说权倾朝野的左右丞相，就连玄帝见了镇国公也要给三分颜面。

有才有貌，有权有势，孟桑榆一进宫就成了各宫娘娘的眼中钉。但斗了三年，她们不但没能把这根刺拔掉，还让对方踩着自己越爬越高。连皇后都能逼死，且皇上还对此不闻不问，谁还敢去触她这个霉头？

在咄咄逼人、手腕狠辣、一身军人戾气的德妃面前，这些宫妃们当真是颇感无力。此时此刻，传说中手腕惊人的“宠妃娘娘”孟桑榆正在冯嬷嬷的轻声呼唤下悠悠转醒。她支起上身，慵懒地斜靠在床头，微眯着一双凤目，任由冯嬷嬷拿热手帕给自己擦脸擦手。待脸上清爽了，德妃才赤着脚，趿拉着一双绣鞋走到梳妆台前让小宫女给自己打理青丝。

❸ 表象

玄帝昨晚睡得很沉，直到碧水靠近他的柳篮，伸手扒拉他的小棉被时才堪堪醒来。见阿宝醒了，碧水立即将他抱起来，用手绢沾了热水给他擦脸擦嘴擦爪子，然后抱进寝殿。德妃娘娘有多喜欢小动物，没有人比碧水更加清楚，所以，她料定德妃一大早看见阿宝必然会十分欢喜。

玄帝在碧水的手里挣扎，本想怒斥两声，奈何他一只小奶狗只能发出哼哼唧唧的甜腻哀鸣，于是刚一张嘴又立马闭上了，心中兀自羞恼。

甫一入殿，清新淡雅的青草香味便扑面而来，令人精神为之振奋，半点不似其他宫殿里的檀香般黏腻，也不似青鸾殿内的龙涎香般厚重。附在狗身，嗅觉比以前更加灵敏的玄帝挣扎的幅度略微减弱，抬头朝琉璃镜前梳妆的德妃看去。女子侧身而坐，雪白中裹挟着绯红的衣衫在玄帝眼里变成了淡淡的白和深浅的灰，本来艳丽旖旎的色彩被还原成单调的颜色后竟显出一种绝尘脱俗之感，特别是那一头长及脚踝的墨发，如瀑布般蜿蜒流淌而下，发出幽幽荧光，美得触目惊心。

在经历了十多个灰暗忐忑的日夜，这幅极为普通的晨起画卷在玄帝眼里却最为触动心灵。在这一刻，他仿佛还是原来那个英明神武的玄帝，正等待着自己的嫔妃伺候自己更衣梳洗。然而，他很快就从这个幻象中苏醒，只因琉璃镜前的女人已伸手抱起了他，垂头在他眼睑落下一个亲吻，柔软的唇瓣如蝶翼般滑过，酥麻瘙痒，还带着一股独特的馨香。

这是主人对待宠物的亲吻，而不是女人对待男人的。一瞬间，玄帝心里说不出的绝望，然后又因为自己在这一刻展露出的软弱而愤怒。他开始剧烈挣扎起来。

"哎呀，别乱动，小心摔着！"孟桑榆手背被挠了一下，连忙弯腰将阿宝放下，免得他伤了自己。

"娘娘，您没事吧？"银翠和碧水异口同声地询问。

冯嬷嬷怒气冲冲地上前，伸腿就想踹翻阿宝。

"嬷嬷不要！我没事！"孟桑榆连忙阻止，扬起手示意自己没受伤。

瓷白细腻的肌肤上显出一道红痕，并没有出血，即便是这样也令冯嬷嬷心疼得不行。她拿出一罐雪肤膏细细给孟桑榆涂抹，低沉的嗓音中带着愤怒："这小畜生野性难驯，娘娘您还是把它送回猫狗坊吧，咱再挑一只性情温顺的西施犬回来豢养。"

谁都没有注意，安静地蹲坐在角落的阿宝闻听此言后用如刀的视线看向冯嬷嬷。但这锐利的视线被他浓密的毛发遮挡，再配上他娇小可爱的身躯实在没什么杀伤力，并没有引起殿内众人的注意。他身体僵硬，转头看向德妃，等待着她的宣判。他失策了，既然早已决定要暂时依附德妃，他就得做出必要的妥协和让步。他如今不是高高在上的帝王了，而是一只宠物，宠物就得温顺，就得知道如何讨好主人。想到以前都是这些女人千方百计地来讨好自己，玄帝有种风水轮流转的悲凉之感。

“养宠物是要看缘分的。我第一眼看见阿宝就喜欢上它了，不换！”德妃坚决地摇头，补充道，“阿宝还小，怕生是难免的，等我们相处久了自然就亲密了。狗是世界上最忠诚的动物，只要你真心待它，它也会真心待你，比大部分人好太多了！”

玄帝闻言紧绷的心弦放松下来，用复杂的眼神打量德妃溢满温柔的脸庞。他没想到对人冷酷严苛的德妃对待动物却如此豁达宽厚。但他很清楚，面对一只狗，德妃没必要作秀，所以这是她的真实想法。他内心极为触动，不得不承认德妃说得很有道理。人心是世界上最难揣测、也最为险恶的东西。也许正因为看得太透，所以只有在单纯的动物面前，她才能彻底放松下来。自己何尝不是如此？

想到这里，玄帝看向德妃的眼里流露出几分怜惜。这个女人并不似他想象中那般不堪，还是有可取之处的。

见阿宝躲在角落怔怔地看着自己，小模样可怜巴巴的，孟桑榆心中柔软，一边吩咐宫女摆上早膳，一边朝阿宝招手：“阿宝过来，吃早膳了。”

这身体才出生没多久，经不起饿。玄帝意动，啪嗒啪嗒走到德妃面前，抬头仰望她。孟桑榆将他抱起，放在餐桌上，一边抚摸他的脊背一边看向冯嬷嬷，笑道：“嬷嬷你看，我的阿宝其实很乖巧的。”

见主子实在喜欢，冯嬷嬷再大的怨气也消下去了，慈爱地附和一声。

阿宝杵着两只小短腿，中规中矩地蹲坐在餐桌上，一边为德妃的爱抚沉醉，一边暗暗告诫自己莫要被这个女人驯化成了一只没出息的宠物。

早膳很快就端上来了，隔老远玄帝都能闻见肉糜粥的香味。他抽动鼻头，口里急速分泌出透明的唾液，一丝一丝滴落在桌面上。这是动物的本能，即便是英明神武的玄帝也没办法控制。

“扑哧！”德妃掩嘴轻笑，对宫人们招手道，“动作快点，阿宝饿了！”

紧紧闭上嘴巴，咕噜咕噜吞咽下多余的唾液，玄帝脸颊烧红，恨不能用爪子刨个洞钻进去。好在他毛发浓密才没让德妃看出异状。

“娘娘，让阿宝在桌下吃吧，不然弄脏桌面会损了您的胃口。”银翠端着肉糜粥，轻声建议。

“无妨，我喜欢阿宝陪我吃饭。”德妃摆手，亲自接过粥碗放到阿宝面前，温声道，“吃吧。”

竟让一只狗上桌吃饭？玄帝诧异地看她一眼，心中有些感动。但美食当前，容不得他多想，动物的本能促使他立即埋头大口舔食。

孟桑榆见他吃得香，这才拿起碗筷用膳。她有低血糖，一般早上没什么胃口，但因为有了阿宝的陪伴，竟也用完了一碗鸡丝粥和一小碟糕点，喜得冯嬷嬷眉开眼笑。

孟桑榆用手帕擦拭嘴角，支着腮，眼含笑意地欣赏阿宝的吃相。刚出生一个月的小狗还没有碗口大，这会儿半个身子都快埋进去了，看着十分喜感。他一口接一口地舔食，速度不紧不慢，透着一股从容优雅。

孟桑榆挑眉，对银翠说道：“看看，我的阿宝可不会弄脏餐桌。”

银翠笑着答应，见时辰差不多了，便伺候孟桑榆穿衣梳妆，准备去李贵妃的芙蓉宫请安。

换上雍容华贵的朝服，再挽了一个流云髻，插上璀璨夺目的华胜步摇，最后用削尖的炭笔将上挑的眼尾加粗下拉，掩去不经意间流露出的风流之态，平常那个面容冷峻、气势逼人的德妃便出现在众人眼前。

看见气质大变的女人，从碗里抬起头来的玄帝惊呆了。他不明白，不过是换了身衣服，上了些妆容，一个女人竟然会变得如此迥然不同。他有些怀念方才那个随性自然的德妃。

孟桑榆踱步到餐桌前，抚抚阿宝的小脑袋，温柔地叮嘱道：“阿宝乖乖待在宫里，不要乱跑，我出去一趟很快就回来。”

去芙蓉宫？玄帝没兴趣。他盘算着等德妃走后便偷溜进青鸾殿看看。凤飞宫离青鸾殿很近，走路还不需一盏茶的时间？如此看来，跟了德妃未尝不是一件好事。但德妃接下来的话很快就打碎了他的如意算盘。

孟桑榆看向守候在桌旁的几名宫女，慎重开口道：“你们仔细看着阿宝，不要让它跑出凤飞宫。它还小，很容易被人踩踏伤着。”

宫女们齐声应“是”，令玄帝有些懊恼。

似感觉到了阿宝低落的情绪，孟桑榆抱起他，亲亲他湿润的小鼻头，微笑开口：“等阿宝长大了，我带阿宝去御花园遛弯儿。御花园里好玩的地儿多着呢，阿宝一定会喜欢。”

这种宠溺的态度是怎么回事？不似对待动物，倒更像是对待一个孩子。但不可讳言，作为最直接的受益者，玄帝还是有刹那间的感动。

“好了，上工了！把你们冷艳高贵的范儿都给本宫端起来！”孟桑榆小心地将阿宝递给一名宫女，然后面容一肃，拍手命令道。

“是！”一众宫人掩嘴轻笑，继而腰背一挺，下颌一抬，有种用鼻孔看人的架势，犀利的眼神里透着高傲和轻蔑，盛气凌人的感觉扑面而来。

玄帝惊呆了，趴伏在宫女怀里，木愣愣地看着德妃一行浩浩荡荡地走远。这样的德妃和宫人才是他平时熟悉的模样，原来这一切都只是伪装，是德妃故意做出来的表象。她为何要如此？略略一想，玄帝很快就明白过来，这不过是德妃自保的手段而已。她不想张扬却不得不张扬，不想狠戾却不得不狠戾，如此便能震慑她的敌人，让她们不敢轻易出手。至少，不达到皇后贵妃的级别，不能一下将之摺倒，旁人是不敢轻易冒进的，她们承受不起德妃的报复，如此便省却了很多不必要的麻烦。

玄帝不得不承认，他原本以为的头脑简单、手段粗陋的女子，原来如此聪慧。想得再远一点，他心中更感惊诧。德妃确实张扬跋扈，被她整治过的嫔妃多不胜举，但她知道，什么人可以得罪，什么人不能得罪，她一直踩在自己的底线上，从不逾越，所以，即便心中不喜，自己也愿意给予她一定的尊荣和权力，这都是她苦心经营的结果。

这个女人不简单啊，连朕也被蒙蔽了！玄帝感叹，心中对孟家更加忌惮。但与此同时，他并没有发现，自己对德妃的恶感正在减少。

聪慧的女人总是令人欣赏的，聪慧又美丽的女人更加令人难以抵挡。

④ 真相

德妃走后，玄帝尝试了多次偷溜行动，奈何照顾他的宫女太尽心尽责，往往走出去没几步就被抱了回来，半点机会也没有。折腾了十几次以后，小奶狗脆弱的身体有些吃不消了，玄帝不得不选择放弃。

杵着两只前爪，他耐心地蹲坐在门口等待德妃回来。有德妃在，他心中的彷徨和不安就会减轻很多。这种依赖的心态在第一眼看见德妃时便种在了心底，就连他自己也没有察觉。

巳时三刻，孟桑榆带着宫人款步走来。看见她的身影，玄帝漆黑的眼睛亮了亮，情不自禁上前两步，毛茸茸的尾巴左右甩动，将他愉悦的心情暴露无遗。察觉到自己的失态，玄帝僵硬了，站在原地踌躇不前。与此同时，孟桑榆也看见了门口的褐色小团子。她快走两步，一把将小团子捞进怀里，清越的嗓音中满是欢喜："阿宝在等我回来吗？真乖！"

玄帝感觉到自己的额头被女人重重亲吻了两下，这样热情奔放的德妃也是他平时未曾见过的。这个女人就像火山，柔软滚烫的红心被厚重冰冷的岩石层层包裹，从不轻易展露。意识到这一点，玄帝不知为何，心脏揪紧了两下，不痛，却有些窒闷。

孟桑榆抱着阿宝回到殿内，见阿宝这次没有挣扎，心中小小雀跃了一瞬。她一下一下摩挲着阿宝的脊背，动作又轻又柔。在这冰冷的禁宫，只有怀里的小东西是真正属于她的，不必担心背叛。

玄帝一边告诫自己莫要沉迷，一边眯眼享受着女人的爱抚。

动物的本能太过强大，他难以抗拒。

冯嬷嬷泡了一壶茶进来，给自家主子满上，忧心忡忡地说道："皇上自醒来已休养了七八天了，怎么还未理政，也不召见嫔妃？莫不是身体出了大问题？如此下去，咱大庸可要乱了！"

还在与本能抗争的玄帝瞬间清醒过来，竖起耳朵偷听两人的对话。

孟桑榆端起茶杯送到唇边，浅浅啜饮一口，漫不经心地说道：“皇上御下的手段极为高妙，这大庸朝一时半会儿还乱不起来。咱们无须操这份闲心，时候到了自见分晓。”

“关心皇上怎么就是操闲心了呢？娘娘您好歹也上点心。”冯嬷嬷有些头痛，用恨铁不成钢的语气劝道，“您看看这满宫的嫔妃，谁不是见天儿派人去青鸾殿慰问，药材、汤水、荷包源源不断地送进去，就是李贵妃也在青鸾殿外跪了半日，听说这些天抄了好几本佛经为皇上祈福。娘娘，您可千万不能落于人后啊！”

孟桑榆垂头喝茶，隐晦地翻了个白眼，却被怀里的玄帝看见。这是什么表情？不屑于关心朕？玄帝拧眉，胸闷气短的感觉又出现了。孟桑榆放下茶杯，无奈开口：“药材、汤水、荷包、佛经，哪一样我没送去？这些事情略微表示一下即可，做多了反惹人厌烦。皇上目前需要静养，她们如此作态究竟是关心皇上还是搅扰皇上？别弄巧成拙才好！”

不但聪慧，还十分体贴！玄帝胸口的窒闷感消失，暗觉满意，如此看来，德妃也不是全无可爱之处！他心中暗忖。但很快，德妃的所作所为就让他恨不能将这句话吃下去。

“沙盘准备好了吗？”孟桑榆看向身边的碧水。

“回娘娘，早就准备好了。”碧水朝门口的小太监招手。小太监点头，端着一个铺满细沙的铜盘进来，放在殿内一角。

孟桑榆抱着阿宝走过去，蹲下身将他放在沙盘边，轻点着他的小脑袋问道：“阿宝知道这盘子是干什么用的吗？”

玄帝不自觉地蹭了蹭女人的手指，然后懊恼于自己薄弱的自制力。

这自厌自悔的眼神被孟桑榆解读成了困惑，笑道：“这是阿宝嘘嘘嗯嗯用的。如果阿宝随意‘嘘嘘’，弄得殿里臭臭的，就罚阿宝少吃一顿饭。知道了吗？”

“嘘嘘”？什么玩意儿？玄帝皱眉，待听到后面才明白过来，然后浑身僵硬，用喷火的眼神瞪向面前的女人。这是侮辱！这是对英明神武的大庸皇帝的侮辱！再次误读了阿宝“炽热”的眼神，孟桑榆愉悦地点头，轻拍对方的小脑袋赞道："不错，咱阿宝就是聪明！"

"扑哧"，身后的碧水和银翠忍俊不禁。

收了笑，碧水揶揄道："娘娘怎么就知道阿宝听明白了？"

"不管它听没听明白，我都要赞扬它。动物也有思维也有情感，且比我们更加直观。我们话语里的善意、恶意、爱意、恨意，它们都能接收到。我赞扬它，它会感觉到快乐，也能更加健康地成长。不要因为小动物无法表达就任意责骂虐打，它们也会伤心难过的。一次没学会我就多教几次，它做对了我奖励，做错了我惩罚，几次下来它总能学会。狗是十分聪明的，与两岁孩童差不多，况且咱们阿宝是贵宾犬，在犬类中属于第二聪明的，所以它很快就能明白我的意思。"

孟桑榆柔声解释，却不知道自己的话语带给玄帝何等震动。他缓缓放松身体，垂下头去，漆黑的眼底流露出复杂的光芒。对待动物满怀仁爱，对待人却又能心狠手辣，这女人真是矛盾！不知不觉间，玄帝对德妃的恶感再度消减，探究的心思却愈加浓重。

教导完阿宝各种生活技能，见阿宝总是一副认真专注的模样，仿佛真能听懂自己的话，孟桑榆感觉前所未有的满足。从今以后，她总算是有个伴儿了。

初秋的日光，既不刺眼也不灼热，晒在人身上暖洋洋的，说不出的舒服。

指示宫人在花园里摆上一张软榻，孟桑榆慵懒地窝在榻里，一边喝茶一边翻看游记。被看管了一上午的阿宝也得到了短暂的自由，正在花园里四处查看地形，盘算着偷溜路线。

一个时辰后，一名宫女神色匆匆地进来，见德妃娘娘正专注于书本，不敢打搅，便凑到冯嬷嬷耳边轻声禀报了些什么。冯嬷嬷当即变了脸色。

凭借着比往日灵敏数倍的耳力，玄帝依稀听见了"皇上、沈太师，良妃"等字眼，立即转过头，目光灼灼地朝冯嬷嬷看去。

冯嬷嬷挥退宫女，快步上前，附在孟桑榆耳边轻声说道："娘娘，方才宫人得到消息，皇上今早召见了沈太师，两人在御书房密谈了两个时辰。太师一走，皇上就召良妃前往御书房伴驾，听说还叫常喜送了很多奏折进去，这会儿已经开始理政了。"

玄帝耳朵抽动了一下。

孟桑榆放下书本，摩挲着下颌问道："召见了沈太师而不是李相？"

沈太师是良妃沈慧茹的父亲，自幼教导玄帝，乃文臣中清流一派的领袖人物，虽然德高望重，手里却没多少实权。与之相反，李相是李贵妃的父亲，乃大庸朝真正的实权人物，玄帝若要开始理政，最先召见的应该是李相而非沈太师。这里面有蹊跷！

孟桑榆秀眉微蹙，呢喃道："看来，皇上这次确实伤得很重，对把持朝政有些力不从心了，否则，他不会倚重沈太师而疏远李相。"

沈太师深得帝心，可以说是玄帝最为信任的人，也是他在危难中会选择重用的人。反之，玄帝虽然重用李相，却也提防李相，不然，也不会抬举孟家牵制李家。说到底，孟家和李家都只不过是玄帝用来平衡朝局的棋子，而自己和李贵妃便是这场政治斗争的牺牲品。

想到这里，孟桑榆按了按额角，轻轻叹了口气。她榻下的玄帝心里也掀起了惊涛骇浪。那个妖物没有继续蛰伏反而召见了沈太师和沈慧茹？他会不会对他们不利？玄帝猝然站起，抬脚就往殿外冲，没冲出两步便被碧水手疾眼快地抓住，轻声叱道："阿宝别乱跑，小心跑丢了！"

冯嬷嬷没有注意到阿宝的小动作，听完主子的话后脸上的忧色更重，迟疑开口："皇上倚重沈太师就必定会抬举良妃。娘娘，咱们该怎么办？"

孟桑榆笑了，漫不经心地挥手道："皇上爱抬举谁是皇上的自由，雷霆雨露皆为君恩，没有咱们置喙的余地。"话落，她朝碧水伸出手去，"让我抱抱阿宝。"

碧水应诺，将兀自挣扎的玄帝放进主子怀里。

冯嬷嬷见主子不想多谈，便悻悻地住了嘴。

落入熟悉的怀抱，鼻端满满都是德妃淡雅怡人的馨香，脊背的毛发被轻柔爱抚着，感觉又酥又麻，玄帝内心的焦躁缓缓平复，有了更多思考的空间。如果是那妖物附在了别人身上，为防被识破，蛰伏一段时间弄清状况是很有必要的，下一步便是铲除曾经最熟悉原主的那些人，以保全自己。然而，青鸾殿里的妖物没有这样做，反而召见了最熟悉原主的近臣和嫔妃，难道他就不怕露出破绽吗？暗卫统领闫俊伟，总管太监常喜，沈太师，沈慧茹，他们任何一个人都有可能发现妖物的身份！但他们没有异动，那就表示这妖物的所作所为是他们默认的，甚至是会帮着妖物遮掩，不然，这妖物开始理政也不会宣沈慧茹前去御书房伴驾。沈慧茹的学识丝毫不逊于男儿，为官为宰都使得，处理些许政务不在话下。沈太师和沈慧茹绝对不会背叛自己，常喜和暗卫更不可能！思来想去，玄帝得出了最为接近真相的结论——自己并没有苏醒，青鸾殿里的皇帝是太师、闫俊伟和常喜共同找来的替身，而沈慧茹则帮助这个替身遮掩。

边关蛮族大举进犯，各地藩王蠢蠢欲动，自己没有可以信任的兄弟代为理政，朝堂上有野心勃勃的李相，后宫嫔妃又不安分，目光紧盯储君和皇后的位置。内忧外患之下，若自己昏迷不醒的消息传出，大庸必然陷入战乱！如此看来，找个替身暂代自己是没有办法的办法。幸好这次去千佛山他只带了暗卫、太师和常喜，否则他昏迷的事就掩饰不住了！

前后关节都想通，玄帝放下一半心，重重舒了口气。然后他才意识到，正抱着自己的这个女人也猜到了部分真相，自己确实伤得很重！但猜到了，这女人却还眯着眼睛晒太阳，表情非常惬意，是不是太不把自己当回事了？想到这里，玄帝又开始胸闷气短。

❺ 偷溜

即使猜到了真相，玄帝的焦虑也没有丝毫减缓。就算身体没被妖物侵占，皇权没有被篡夺的危险，如果他再不快点醒来，大庸迟早要乱。

但是他如今附在一只刚出生的小狗身上，连自保都难，更何况夺回身体？他清晰地认识到，自己需要帮助。

最初醒来的时候，他曾经设想过，也许这具身体死了，他就能回去。但猜测终究是猜测，若他回不去，那么一切都完了。他习惯了运筹帷幄，从来不做没把握的事，所以绝食两天后他放弃了轻生的念头。眼下他得尽快找到自己最信任的人，与他们取得联系，想办法给自己换回身体。

在这禁宫之内，他能信任的人一个是太监总管常喜，一个是暗卫统领闫俊伟，还有一个就是他唯一珍爱的女人——良妃沈慧茹。这三人中，以他现在的身份，最容易接触到的自然是沈慧茹，若是当初被送进沈慧茹的蔷薇殿，他眼下就不必如此费神。虽然他口不能言，但用爪子蘸上墨水写几个字还是能够办到的。沈慧茹胆色过人，必不会被吓住。

心里思量着尽快去青鸾殿和蔷薇殿探个究竟，玄帝滞留在花园里，做出一副专心玩耍的假象，企图麻痹宫人然后趁机溜走。

然而，孟桑榆不愧是将门出身，御下的手段十分高超。她既发了话让人看好阿宝，守职的宫人必定不会让阿宝走出他们的视线。忙活了一下午，找不到半丝空隙的玄帝不得不放弃，仍被孟桑榆抱回了内殿。

窗外的天际出现了一片连绵不绝的火烧云，将秋日的傍晚衬托得瑰丽无比。孟桑榆抱着阿宝，盯着天边的云朵怔怔发呆。她面容平静，眼神悠远，分明站在此处，却让玄帝感觉到，抱着自己的这个人已经变成了一副没有灵魂的空壳，从她身上传递过来的浓烈孤寂令他心颤。

胸闷的感觉再次侵袭，玄帝呜咽一声，唤回了孟桑榆的神智。

“阿宝饿了吧？咱们这就传膳，今晚吃瘦肉鸡蛋羹，给你换换口味。”孟桑榆对上阿宝清亮的眼眸，柔柔笑了。

晚膳十分丰富，除了瘦肉鸡蛋羹，孟桑榆还特意叫御膳房热了一碗羊奶过来。玄帝早就饥肠辘辘，用餐的速度一点不慢，就连略带腥气、以前当皇帝时从来不碰的羊奶也喝了小半碗。

用完膳，他干瘪的肚皮早已胀成了球状，走起路来踉踉跄跄很是可爱，引得孟桑榆连连失笑，抱起他便是一顿揉搓。

玄帝连忙奋力挣扎，在孟桑榆银铃般的笑声中落荒而逃，钻进自己的柳篮，扒拉了一块小棉布装睡。他人性化的举动又惹得殿内一阵轻笑。

玄帝被气得不轻，磨了磨未长全的乳牙，狠狠发誓等他换回身体一定要好好教训一下这个女人。此时的他并没有发现，面对孟桑榆，他的心已经软了，如果以往受到这种对待，他何止教训对方一顿那么简单？

见阿宝睡了，孟桑榆接过冯嬷嬷递来的账册开始处理宫务。

李贵妃位份最高，且育有一子一女，是争夺后位最有力的人选。然而，皇帝忌惮外戚专权，对李相多有防备，在这种情况下又怎么肯让后宫大权落入李贵妃的手中？所以，与李贵妃家世相仿的孟桑榆便有了发光发热的余地，在玄帝的故意放纵下夺了一部分权力。身为一枚棋子虽然可悲，但正因为她有利用的价值，才能在这吃人的禁宫里好好活下去。对此，她没有怨言，唯有尽力抓住一切机会，替自己创造更舒适的未来。

在孟桑榆专心处理宫务的时候，她并没有发现，本该安睡在柳篮里的阿宝不见了踪影。他深褐色的毛发和娇小的身体成了最完美的伪装，临到夜晚松懈的宫人没有注意到，脚下正有一枚小团子翻出门槛，朝夜色中奔去。

跑出凤飞宫上大红灯笼照耀的范围，玄帝就发现，自己犯了一个严重的错误。他原本以为，狗与狼一样，即便在漆黑的夜晚也一样能够清晰地看见周围的事物，毕竟它们同族同宗。然而，现实告诉他并非如此。

看着眼前无边的黑暗，玄帝犹豫了。但一秒后，他依然朝未知的前方迈进。他从不做临阵退缩的事。铺满碎石的小径极为硌脚，往日抬腿就过的门槛和台阶像一座座山峰，需要花费九牛二虎之力方能翻越，低矮的花卉变成了参天丛林，无法辨识色彩的双眼只能看见一片深深浅浅的黑……

玄帝以为自己走了很远，但以他巴掌大的身量来算，他也不过走出去几百米而已。好在他记忆力超群，通过白日的探索，他早已将后角门的路径牢牢印刻进脑海。跌跌撞撞了一个多时辰，早已落锁的角门终于近在眼前。玄帝大喜，疾奔过去，“哧溜”一声便从门下的缝隙钻了出去。一股凉风扑面而来，其间夹杂着灯烛燃烧的焦味，不远处依稀传来御林军巡逻时整齐划一的脚步声。

御花园到了，穿过御花园往北再行五百米就是青鸾殿。玄帝心头暗喜，脚下步伐立即加快。但他显然忘了，出了角门还有几十级台阶。这些台阶并不陡峭，但对巴掌大的小狗来说无异于悬崖峭壁。玄帝脚下陡然踩空，翻滚着往下栽去，才堪堪想起这茬，心中懊悔不迭。他奋力扑棱着四爪，妄图稳住身体却没有成功，反而改变了栽落的方向，往台阶边的矮冬青树丛落去。树丛茂密的枝叶起了一定的缓冲作用，这一跤摔得不重。但上天并没有因此而眷顾玄帝，他的脖子卡进了一根分叉的树枝间，越是挣扎便卡得越紧，逐渐稀薄的空气正在剥夺他的神智。

胸口剧烈起伏着，有什么东西正在一丝一缕地抽离这具小小的身体，非常缓慢，非常痛苦。玄帝徒劳挣扎着，只能看见一片黑暗的眼睛忽然冒出明灭的白色光点。他知道，自己快要窒息而亡了，这感觉难以言喻！

德妃会不会发现自己失踪了？会不会来救自己？宫门已经下钥，自己已经跑出了凤飞宫，就算找，她又怎会如此大费周章？堂堂的玄帝无声无息地死在宫中的某个角落却无人能够发现，真是天大的讽刺！他内心自嘲。

然而，就在这时，角门后忽然传来一阵脚步声，隐隐约约听见某个宫女说道："回娘娘，阿宝白日专爱往角门跑，奴婢不会记错的。"

"找，快找！"女子焦急的嗓音中带着一丝哽咽的味道。然后便是一阵兵荒马乱的翻找。

"呜呜——"听见这有如天籁般的熟悉嗓音，灵魂被剥离身体的感觉陡然停止，逐渐流失的精力仿佛又开始缓缓倒灌，玄帝奋力呼喊起来。

"停下，我好像听见阿宝的声音了！"女人说道，宫人们安静了。

呜咽声再次清晰地传来，而且越来越微弱。

"在角门后！"孟桑榆沉郁的双眸燃起两团明亮的火光，急促命令道，"快，给我把角门打开！"

"娘娘，宫中规定，下钥后宫门不得随意打开。"一名太监连忙劝阻。

"啰唆什么？没听见阿宝的声音很痛苦吗？它要能进来早自己进来了，定是遇见了危险。给本宫快点打开，一切责任自有本宫担着！"女人恢复了她盛气凌人的做派。

平时听来尤为厌恶的腔调此刻在玄帝耳里却显得特别可爱。他尽力保持着呼吸和神智，他知道，那个张扬跋扈的女人必定会将他救下。

金属摩擦声传来，接着便是一道沉闷的吱嘎声，角门被推开了，凌乱急促的脚步声越来越近，循着他的呜咽找来。

绞刑架般的树枝被折断了，一双温暖的手将他小心翼翼地捞起，抱入一个充满淡淡馨香的怀抱。玄帝鼻头抽动一下，早已耷拉下去的眼皮微微湿润。这一刻如此安心静谧，他放任自己陷入了昏迷。

见阿宝趴在自己怀里不动了，孟桑榆不敢去碰触他，托着他娇小身体的双手微不可见地颤抖起来。

“快、快去传太医！”她嗓音干涩得厉害。

对别人而言，这只是一只狗，是用来消遣的玩物。对孟桑榆来说，这是她的伙伴、朋友，甚至是家人。她可以肆无忌惮地亲近它，而不用害怕自己的不分尊卑会不会牵累它；她可以将自己的心事全都告诉它，而不用害怕它哪一天忽然背叛。

她不能失去它。

❻ 得救

德妃向来是张扬肆意的，即便她半夜私开宫门，即便她急传太医不过是为了一只狗，旁人虽然心有微词却不敢忤逆。

太医很快就到了，背着药箱伏在门口行礼问安。

“免礼，快过来看看本宫的阿宝！”孟桑榆一迭声儿地催促。

玄帝醒来时，一只大手正在他颈间摸索，触碰到他被勒紫的伤痕，带来一阵剧痛。他“闷哼”一声，抬头向大手的主人瞪去。他出身尊贵，何曾受到过如此粗鲁的对待？

“太医，你轻点！”见阿宝痛醒了，孟桑榆立即开口，然后轻轻拍抚阿宝的头顶，心疼地嘱咐，“阿宝忍一忍，让太医检查清楚，很快就好了。”

满身的不适和满心的郁愤顷刻间消去，玄帝嘴里不自觉地发出一阵撒娇般的呜咽，身后的尾巴左右甩动。能够再次见到这个女人，他自己都没有料到，他心里是这么快乐。

捋着阿宝背上的绒毛，孟桑榆如释重负地笑了。

不过被勒了半刻钟，除了颈上的一圈瘀痕，并没有伤到哪里。太医诊断完毕，留下一盒化瘀膏便退下了。孟桑榆拿出一把小剪刀，手指头轻点着阿宝湿漉漉的鼻头道："小家伙，你脖子上的毛得剪掉才能上药。你乖乖的，不要乱动。如果你乖的话，等会儿我就叫碧水给你煮夜宵吃。"

玄帝对她这种哄小孩的语气已经慢慢习惯，破天荒地答应了一声。

小奶狗的"哼唧"声萌煞了孟桑榆。她傻笑了片刻，然后拎起剪刀小心翼翼地将阿宝脖颈间的一圈绒毛剪掉，然后细细地涂上药膏。

女人的动作又轻又柔，专注的神情像呵护自己的孩子，滑腻的手指带着淡淡的温度，从脖颈导入心间，说不出的熨帖。玄帝抬头凝视她明艳无比的脸庞，一时间有些怔忡。

"扑哧！"一旁正在清理狗毛的碧水和银翠轻笑起来，指着阿宝戏谑道，"娘娘，剪了一圈毛，阿宝这样子真是古里古怪的，看了就想笑。"

"其实，贵宾犬的毛发每个月都要按时修剪才能长得更浓密、更漂亮。如果现在是春天的话，再过一个月我就得给阿宝修剪胎毛了。不过如今已是立秋，再过不久天气骤冷，剪了胎毛阿宝会生病的。"孟桑榆一边摩挲着阿宝的脊背一边说道。

不过养只狗罢了，哪来那么多弯弯道道？这女人还真是费心！玄帝暗自"冷哼"，故意忽略了正在逐渐融化的心防。

上了药，隐隐作痛的脖颈传来一阵清凉，玄帝恢复了精神，感觉腹中饥饿，冯嬷嬷端了一碗浓香扑鼻的鸡蓉粥和一小碟松软的奶糕进来。

"阿宝受惊了，正好吃点东西补补。"孟桑榆将粥碗推到阿宝面前，拍着他脑袋安抚，自己则拎了一块奶糕放进嘴里。看着兀自吃得欢快的阿宝，孟桑榆开始细数御花园的危险，一根树枝，一个台阶，一道门槛，一只大脚，甚至不足半米深的小水洼都有可能是杀人的利器，所以没有自己的陪伴哪儿也不能去……说了一大堆，也不管阿宝听不听得懂。

玄帝小口舔食着肉粥，仿佛对德妃的唠叨无动于衷，内心却大为触动。这般细致又寻常的关怀，他有多久没感受过了？哪怕是沈慧茹和母后，也从未给过他这种全身心都放松的感觉。

一只小狗再如何感情丰富，你也别想从它毛茸茸的脸上看出丝毫端倪。因此，孟桑榆半点也没察觉到玄帝大起大落的心情，见他吃饱了便将他的小窝挪到自己榻下，将他放进去，扯了一块小棉布盖住他的肚皮，严正警告道：

“今晚你就在我眼皮底下睡，再偷跑，看我不打断你的狗腿！”

女人色厉内荏的语气，高高抬起轻轻放下的手，还有故作凶恶的表情，看上去非常可爱，玄帝咧开嘴角笑了，“哼唧”一声，缓缓闭上了双眼。

孟桑榆趴在床边看了他一会儿，见他真的睡着了，这才放心地靠倒在枕头上。待她呼吸平稳，玄帝紧闭的双眼陡然睁开，漆黑的眼底流转着复杂的光芒。他深深看了一眼榻上的女人，想要叹气又连忙忍住。

今晚的行动很失败，但他不会放弃，晚上不行就白天，等身体稍微健壮一点，他总要去青鸾殿和蔷薇殿探个究竟，设法找回自己的身体。

自受伤以后，阿宝就安分了很多，虽然还是喜欢四处游荡，可入了夜总会乖乖地回到孟桑榆身边。如此，休养了六七天，他脖颈上的一圈瘀痕总算完全消退了，只少了一圈绒毛就像身子突然断了一截又重新装上一样，看上去有点可笑，却也十分可爱。

秋日渐深，凉气逼人，孟桑榆担心阿宝少了绒毛的覆盖会冻病，闲时便做了几条小围脖和几件小棉衫，这口正准备给阿宝穿上，看合不合身。却不想阿宝并不领情，刚套上一只爪子就开始猛烈挣扎，将小围脖和小棉衫甩得到处都是，还有一件刮脱了边线，四分五裂了。

冯嬷嬷抬手，作势要捶打不听话的阿宝。阿宝也不怕，稳稳地蹲坐在孟桑榆身边，一副有恃无恐的样子。果然，孟桑榆见状连忙拉住了冯嬷嬷，摆手道：“算了，弄坏就弄坏了，我再补补就好。”

阿宝垂头，藏起眼底的得意。

“可是娘娘，就连皇上也没穿过您亲手做的衣服呢！这小畜生真是身在福中不知福！”冯嬷嬷犹自愤愤不平。

阿宝眼里的得意立即消失，眉峰隆起一团，心里极不舒服。冯嬷嬷不说他还没注意，自己确实从未穿过德妃亲手做的衣服。

碧水将四处散落的小棉衫捡起来，猜测道：“娘娘，阿宝穿上衣服恐怕很不习惯吧，奴婢看他连路都不会走了。这棉衫坏了也就算了，您费心补好他也是不肯穿的。”

“好可惜啊，奴婢倒是想看看阿宝穿上这些衣服的样子，一定很可爱。娘娘手真巧，这一对兔子耳朵做得跟真的一样。阿宝穿上它就变成小兔子了。”银翠手里把玩着一件绒毛小外套，脸上尽是遗憾。

孟桑榆瞪了一眼窝在自己身边的小捣蛋，戳着他软乎乎的脑袋说道：“放心，银翠你一定能看见咱阿宝大变身的。这些衣服它穿也得穿，不穿也得穿，不光是为了好看，更是为了它的健康。眼看天气越来越冷，它又剪了一圈颈毛，不穿衣服保暖会生病的。而且它最是爱玩，整天四处乱跑，如今它还小，洗不得澡，穿衣服还能保持毛皮清洁，防止寄生虫叮咬，对它很有好处。且让它逍遥几天，等天再冷一点，你们带它出去玩时切记要给它穿衣。”

宫人们齐齐应诺。

原来不是瞎折腾，而是关心朕吗？也许下次心情好，朕会穿上。玄帝愣了愣，不自然地忖道。孟桑榆见自己说完，阿宝竟眷恋地朝她怀里蹭了蹭，小尾巴一甩一甩，显得非常快活，不由得有些惊愕。难道阿宝能听懂我的话？她拎着阿宝的两只前爪，将他抱到面前，对上他一双清澈透亮、溢满灵气的双眼，心里微微一动。

“阿宝，咱们来玩一个游戏。”她将阿宝放下，从针线盒里拿出一个小绣球，摇晃道，“看见这个绣球没？我把它扔出去，你再帮我捡回来，好不好？”见阿宝仰头，看向自己的眼神十分专注，孟桑榆轻笑一声，将绣球扔得远远的，嘴里欢快地喊道，“阿宝乖，快去捡回来，捡回来了奖励你一块奶糕。”

朕会稀罕你一块奶糕？把朕堂堂帝王当什么了？玄帝僵硬地坐在地上，一副八风不动的样子。他绝不会让自己被这个女人驯化成一只真真正正的宠物！

“阿宝去啊！”孟桑榆脸上的笑容凝固了，显然阿宝的反应不在她的预想之内。阿宝依然不动，孟桑榆戳戳他肉乎乎的屁股墩，再次催促。阿宝这次动了，他斜睨孟桑榆一眼，走出去两步，再次换了个地方静坐。

孟桑榆感觉阿宝刚才那一瞥满是霸气，仿佛在用轻蔑的语气叹息——愚蠢的人类啊！这脑补着实离谱，一定是我想太多了！孟桑榆摇摇头，自己跑过去把绣球捡回来。

冯嬷嬷对主宠颠倒的互动看不下去了，不满地开口：“这阿宝真是只养不熟的白眼狼，整天跑得不见影儿，一点也不听话，抱也不让抱，还不肯陪娘娘玩。这样没用的畜生还养着干吗？干脆送回猫狗坊去算了。”

阿宝高傲的背影僵硬了，想回头去看德妃的反应又硬生生忍住。他绝不承认，他此时非常紧张。

“阿宝其实很乖，我叫他，他能给我回应，我抱他，他也没有挣扎，比刚来那会儿好太多了。他只是不爱搭理陌生人罢了，这样的忠诚极为难得。况且阿宝很爱干净，吃东西从不弄脏餐桌，也从不随地大小便，是我见过最有教养的小狗。”

孟桑榆不以为意地摆手，为了证明自己的话，她捻起一块奶糕朝阿宝招呼：“阿宝快过来，吃糕糕了。”

玄帝僵了僵，最终缓缓走过去，从孟桑榆手里叼过奶糕小口小口啃食。为了不被送回猫狗坊那个破地方，他不得不放下身段。但他微微摇晃的尾巴表明，他并没有自己以为的那般不情愿。

冯嬷嬷无法，抱怨道：“长得丑，毛色又难看，奴婢还真看不出这小畜生哪点好，不过娘娘您喜欢就行。”

冯嬷嬷没有发现，正吃着奶糕的阿宝忽然抬头瞥她一眼，眸中带着几分煞气。孟桑榆正准备喝茶，听见冯嬷嬷的抱怨立即放下茶杯，严肃地说道：“嬷嬷，你以后别总小畜生、小畜生地叫，也许在你们眼中阿宝只是一条狗，但在我的眼中，它和我的朋友、家人没什么两样。”

冯嬷嬷张了张嘴，对上主子严厉的视线，最终将反驳的话咽了下去。

阿宝收回满含煞气的视线，继续埋头吃奶糕。他丝毫没有发现，自己尾巴摇晃的速度比之前快了很多。

7 良妃

秋日的天气总是以晴好为主，金色的阳光照在身上暖洋洋的，凤飞宫外的几株桂花树上早已挂满了一簇簇一团团的乳白色小花，微风一拂，满院飘香，熏得人昏昏欲醉。

桂花树下，孟桑榆裹着一袭深紫色抹胸长裙，外罩一件银丝祥云图案的浅紫色纱衣，水袖一甩，慵懒地窝在软榻上沐浴阳光。阿宝正趴在她胸口，肉乎乎的爪子搭在她的胸脯上，左挪挪，右动动，极不自在。

德妃脂粉未施的素净脸庞就在眼前，挺直的鼻梁，卷翘纤长的睫毛，白皙细腻的肌肤，看不出色泽但形状异常优美的唇瓣，还有那惑人的锁骨和直角肩……女人身上的每一个地方都美得恰到好处，一再吸引着玄帝的视线。他向来知道德妃是一个美人，但没有想到，卸去盛装的德妃比平日还要美上百倍。容貌不是一个女人立足后宫最有利的武器吗？德妃却好似在故意收敛自己的光芒一般。她究竟在想些什么？玄帝越来越看不懂对方了。

“阿宝睡不着吗？是不是饿了？”孟桑榆睁开凤目，拍了拍不停在自己怀里乱拱的阿宝。玄帝“哼哼”两声，肉爪子从女人的胸脯移开，片刻后又放回去，状似不经意地按了按。

“果然是饿了，吃块糕。”孟桑榆从小几上拿了一块松软的糕点，轻轻捻了一小撮送到阿宝嘴边。

玄帝毫不犹豫地叼走糕点，利落地吞下。他已习惯了女人的投喂。

孟桑榆用手帕将粘在他胡须上的糕点渣扫落，自己也捻了一撮放进嘴里。他们你一口我一口地慢慢分享着食物，头顶不断有细碎的桂花屑落下，画面温馨又美好。被眼前的美景打动，孟桑榆摊开掌心，接住一小朵白色的落花，流光溢彩的凤目微微眯起，哼唱出一段婉转奇异的曲调。曲调没有歌词，只有高高低低的吟哦，似风似雾般缭绕，又似蟾宫仙乐般缥缈，仿佛连灵魂都能触动……玄帝忘了咀嚼嘴里的糕点，呆呆看着落花中怡然自乐的女人，忽然间觉得有些迷醉。一旁的宫人们依然垂头静立，嘴角上翘，显然已沉溺进去。

“娘娘，刚才奴婢得到消息，皇上眼下正在御花园赏菊。”冯嬷嬷快步走来，匆匆行过礼后说道。

迷幻的氛围被无情戳破，玄帝转头，眼含不满地睨向冯嬷嬷。

“哦。”孟桑榆抛掉手里的花，轻抚着阿宝的脊背，意味不明地应道。

“娘娘，您赶紧梳妆打扮吧，想必这会儿其他各宫已经得到消息了，可不能让她们占了先机！”冯嬷嬷连声催促。

孟桑榆没动，淡淡问道：“皇上这会儿跟谁在一起？”

冯嬷嬷沉声回禀：“跟良妃娘娘。”

“沈慧茹？”孟桑榆呢喃，尔后摆手，语气坚决，“不去。”

灼灼看向她的玄帝愣住了，没想到她竟然会是这种反应，心里顿时有些急躁。他很想去看一看，证实自己的猜测，于是呜呜叫起来，四只爪子不停地在德妃怀里扑腾。

“娘娘，您看今儿天气这般好，您带阿宝去御花园逛逛也使得呀！阿宝还没去过御花园呢！”瞥见躁动的阿宝，冯嬷嬷立即改口劝说。

对上阿宝溢满渴盼的黑亮双眼，孟桑榆叹了口气，沉声命令道：“那便伺候本宫梳妆吧。”她站起身，昂首走进内殿，独属于德妃娘娘的凌厉气势瞬间展开。宫人们齐声应诺，亦步亦趋地跟随在她身后。

玄帝蹲坐在寝殿门口，幽深的眸子紧紧盯住薄纱屏风后的模糊身影。他的感觉没有错，原来德妃真的不稀罕自己，自己在她心里连只狗都不如。以往的热情如火都是她的伪装，私下里谈起皇帝，她眼里的漠然冰冷令他心惊。真是该死！难道朕对你还不够好吗？朕给你高位、宠爱、权力，你却是如何回报朕的？若不是此番意外，你还要蒙骗朕多久？玄帝狠狠低咒着，心里翻腾的不只是怒火，还有些说不清道不明的酸涩。

在他思绪纷飞时，孟桑榆已经梳妆完毕，走出屏风，弯腰抱起阿宝。

玄帝回神，奋力挣扎起来。

“阿宝别闹，带你出去玩！”孟桑榆拍着他的头轻声安抚，话落还在他嘴边亲了亲。带着馨香的柔软唇瓣划过自己的鼻端和嘴角，触感异常灼热，还伴着些微酥麻。玄帝愣怔一瞬，然后趴在女人怀里不动了，毛茸茸的尾巴不受控制地摇晃起来。

不管玄帝平常如何深藏不露，心思难测，变成狗以后，一切掩饰都是白搭。狗的尾巴连通心灵，而不是大脑，所以它们没有人类的虚伪。

怒火转瞬被女人熄灭，玄帝有些沮丧，自暴自弃地被女人拎着走。

孟桑榆蹙眉，心中十分厌烦，为了一个男人处心积虑，争来夺去，她早已疲惫不堪。好在她现在有了阿宝，日子还能忍受。掂了掂怀里暖呼呼的一团，她眉眼舒展，施施然朝御花园走去。

御花园的水榭边，一簇簇菊花争相怒放，略带苦味的清冷香气隔老远都能闻到，随之而来的还有一阵悠扬婉转的古琴声，其间夹杂着清越迷人的吟唱。这无疑是一场视听盛宴，可以想见弹琴赏菊的人是何等雅致。

转过假山，远远看着凉亭里相伴而坐的一对男女，孟桑榆挑眉，停住了脚步。男人身材高大，一袭明黄色龙袍穿在身上气势惊人，刀削斧凿的俊逸五官足以吸引全天下的女人。他就是大庸的现任帝王——玄帝，今年二十七岁，正值鼎盛之年。他对面放着一架古琴，一双纤长白皙的柔荑正在琴上抚弄，顺着如玉的柔荑而上，一位身着鹅黄色飘逸宫装的美人正边弹边唱，一双清澈如水的眸子不时与俊逸的帝王交换一个含情脉脉的眼神，画面唯美到极点，使得一旁围坐的几名宫妃都成了摆设。

"好一对璧人。"孟桑榆用指尖梳理着阿宝背上的绒毛，轻声感叹道。

"那是因为娘娘您还未到，您要是过去了，哪里有良妃邀宠的份儿。她自诩古琴造诣非凡，却连您清唱的功夫都比不上，您去给皇上献歌一曲，挫挫她的锐气吧。"冯嬷嬷怂恿道。

"本宫可不是卖艺的优伶。"孟桑榆眼里飞快划过一丝厌恶，举步朝凉亭走去。冯嬷嬷讪讪闭嘴，不明白主子为什么对邀宠的事儿这般不积极。如果主子有心，说不定这会儿连后位都登上了。她兀自可惜着，却没注意到银翠和碧水脸上的无奈。

阿宝的全副心神都被凉亭中的男女夺去了。它扑腾着四爪猛烈挣扎起来。走得近了便要行礼问安，孟桑榆顺势放下他，甩着手帕口称"万岁"。

看见姗然而至的德妃，宫妃们露出兴味的表情。以往德妃可谓是集万千宠爱于一身，侍寝次数、所获赏赐在宫里都是独一份。见着她连皇后和贵妃都要靠边站，真真让人眼红。但自从皇上醒来后，口味就好像变了。首先召见的不是最宠爱的德妃，竟是为人低调、性子清傲的良妃，且接连半月让良妃伴驾御书房，沈家也日渐被重用，这份宠爱隐隐有超越德妃的势头。宫里稍微受宠一点的妃子，谁没被张扬跋扈的德妃整治过？唯独良妃不声不响的，从未与德妃正面相抗，这下有好戏看了。

皇帝皱眉，盯着德妃的发顶久久没有开口，场中的气氛瞬间有些凝滞。一旁的良妃嘴角勾了勾，如水的眸子飞快划过一抹讥讽和快意。

孟桑榆眼观鼻鼻观心，领着宫人跪在原地，既没有抬头去看皇帝的表情，也没有露出丝毫不满。

阿宝早已抛下她朝皇帝跑去，巴掌大的一团很容易让人忽略，轻易就到了皇帝的跟前。闻见这人身上散发的淡淡药味，玄帝眸光微闪，暗道自己果然猜对了。这人是自己的替身，之所以跟自己长得一模一样应是服用了易容丹。易容丹整个大庸仅有一粒，服下后将面部肌肉适当揉搓就能变成截然不同的模样，丝毫也看不出破绽。但这种丹药含有剧毒，会折损寿命，且流传出去恐被心怀叵测之人利用，被玄帝严令禁止了。这枚丹药保存在暗卫统领闫俊伟手里，看来此人原先应是他的一名手下。

玄帝紧绷的心弦略松，朝坐在一旁的良妃看去。这张娇美无瑕的容颜曾无数次出现在梦里，他想大步奔到对方身边，走出两步才想起还跪在原地的德妃，不由得回头看去。

与此同时，良妃也看见了地上的阿宝，嘴角一勾便将它抱了起来。

“这是德妃娘娘的宠物？怎么脖子上缺了一圈毛？”她抚弄着阿宝空荡荡的脖颈，拧眉问道。

皇帝这才叫起德妃，冷漠地瞥她一眼便转头朝良妃看去，眼里暗藏着淡淡的宠溺。这样明显的差别待遇让一旁的宫妃们露出讥讽的表情。这仗还未开打，德妃就已输了一半，真没意思！看来后宫风向又要变了！

孟桑榆的表情依然平静如常，自觉在皇帝下首坐下，直视良妃道：“前阵子给树枝勒伤了，把毛剃干净才好上药。”

“什么树枝勒的？竟能勒得这般恰好？德妃娘娘不说，本宫还以为是谁下的毒手。”良妃意有所指。

孟桑榆淡淡一笑，并不接她这茬儿。当着皇帝的面儿与沈慧茹针锋相对，她永远没有赢的可能。皇帝爱如何想就如何想，她半点不在乎。名声是什么东西？能吃吗？阿宝安静地趴伏在良妃怀里，本来还眷恋地嗅闻着良妃身上的香味，听见她别有用心的话，激动的心情瞬间冷却。含沙射影，无中生有，这真的是温婉贤淑又心高气傲的沈慧茹吗？

8 失望

陌生感陡然在心中升起，阿宝动了动前爪，想要离开这个怀抱。

沈慧茹暗暗收紧五指，拽住它不安分的爪子，小指上闪着寒光的指甲套狠狠刺入阿宝下颌，因为角度的关系，没人看见她隐晦的动作。

小狗娇嫩的肌肤一划即破，鲜红的血滴立即从皮肤中渗出，却因为深褐色毛皮的关系，丝毫不显。阿宝痛叫一声，反射性地挠了沈慧茹一把。

沈慧茹惊叫，将阿宝远远扔出去。假皇帝与孟桑榆双双站起，一个去扶沈慧茹，一个朝重重跌落的阿宝奔去。

“爱妃，怎么了？”假皇帝揽着沈慧茹的肩膀，语气里满是焦急。

孟桑榆将摔得头昏眼花的阿宝轻轻抱进怀里，平静的面庞首次出现愤怒的表情：“良妃，你怎么回事儿？”不顾皇帝在场，她语气里充满了质问的味道。虽然品级相同，但德、贤、良、淑，德乃四妃之首，她的地位还是比良妃高出半筹，有质问对方的资格。一旁看戏的宫妃们眼睛唰地亮了。这咄咄逼人的架势才是德妃嘛！她们还以为德妃改性了呢！

“皇上，这畜生挠臣妾！”沈慧茹没有搭理孟桑榆，捂着右手手背，怆然欲泣地控诉。假皇帝小心翼翼地捧着沈慧茹的右手，看见上面的一条赤红伤痕，俊逸非凡的脸庞上显出几分怒容。

“德妃，未经驯化的畜生你也敢随意带到朕面前，你可知罪？”

“臣妾知罪，请皇上责罚。”见阿宝睁开了双眼，扒拉着自己的衣襟哀鸣，孟桑榆的理智迅速回笼，毫不迟疑地应下。没时间跟皇帝磨叽，阿宝的伤要紧。

“那你便带着这畜生回去吧，什么时候把它驯好了，什么时候再出来。”假皇帝甩袖，满脸不耐烦。这是变相的禁足，而且还是无限期的。孟桑榆心里透亮，在一众嫔妃幸灾乐祸的视线下离开。

沈慧茹抚弄着右手上的红痕，对假皇帝微不可见地点了点头。若要问这宫里她最恨的女人是谁，不是皇后，不是贵妃，非孟桑榆莫属。明明自己才是邵泽的最爱，却要安安静静地待在蔷薇殿里，看着孟桑榆夺走本该属于自己的荣宠、位份和权力。她凭什么？她有什么资格？邵泽说一切都是为了自己好，但自己真的过得好吗？每每看见意气风发的孟桑榆，她总会产生这样的疑问。但即便她再不甘，也不会对孟桑榆出手，因为她知道，皇帝爱的就是自己的温婉、骄傲、干净、纯粹。孟桑榆越张扬跋扈，皇帝对自己的愧疚和怜惜就会越深，如此，她只能忍，只能无声无息地蛰伏在蔷薇殿里。然而，现在皇帝昏迷了，她的忍耐也到了尽头。

吐了口浊气，沈慧茹朝假皇帝使了个眼色。假皇帝会意，借口还有政务要处理，往青鸾殿去了，留下沈慧茹面对突然间殷勤了许多的嫔妃们。

今儿这一趟不过是沈慧茹为假皇帝安排的试练。想要扮演好玄帝，首先就要瞒过后宫嫔妃们的眼睛。现在看来，他做得很好。

真正的玄帝此刻正窝在孟桑榆的怀里，若不是有绒毛覆盖，他失魂落魄的样子肯定会招来旁人的怀疑。

刚才的一切发生得太快，他到了这会儿才明白过来，自己被沈慧茹当成了打击德妃的工具。这情况与他素日对沈慧茹的印象有些颠倒。德妃虽然没有害过沈慧茹，但言语上的挤对也是有的，沈慧茹心高气傲，从不屑与德妃计较。正是她的这份豁达令玄帝愈加愧疚。但今日沈慧茹的一举一动却将他心头的愧疚挥霍了一大半。原来她也会话里有话，也会含沙射影，也会颠倒黑白，更会不择手段地陷害别人，与那些嫔妃们没什么两样。若放在平时，看见沈慧茹有自保的能力，他会感到欣慰，但如今被利用、被伤害的对象换成自己，他无论如何也无法产生丝毫正面的情绪。

感到下颌传来的疼痛，玄帝眉心紧蹙，想起那替身一口一个“朕”，还罚德妃禁足，不适感迅速变成了燎原的怒火。一个赝品竟敢动朕的女人，朕回魂之日便是你的死期！怒火滔天的玄帝显然把假皇帝搂抱沈慧茹的那一幕给忽略了，他心里的天平正一点一滴向自己现在的主人偏斜却不自知。

孟桑榆抱着阿宝火急火燎地回到凤飞宫，还未进门就连声催促宫人去太医院宣召太医。

“娘娘，不过是摔一下而已，不必如此大费周章。皇上刚刚才因阿宝禁了您的足，您为了它特意传唤太医，皇上听了会不高兴的。”冯嬷嬷忧心忡忡地劝阻。

“阿宝还小，被良妃那样一摔恐会摔出内伤。太医来看过了我才能放心。足都已经禁了，皇上高不高兴已无所谓了。”孟桑榆小心地摸索着阿宝的身体，紧蹙的秀眉述说着她的心疼。

对上这双如水般温柔的凤目，玄帝糟乱的心情一点一滴沉静下来，心头充斥的负面情绪一扫而空。往女人的怀里缩了缩，他不明白，现在这种无比安心、无比熨帖的感觉叫作“治愈”。

还是上次那名太医，匆匆行了礼便上前替阿宝诊治。三天两头的受伤，真是一只命运多舛的小狗啊！太医内心感叹着，检查起来更加仔细。

“回娘娘，阿宝没有内伤，只是下颌被利器划破了，一道半寸长的伤口，上点金疮药，五六日就能好。”太医躬身回禀。

“什么？下颌被划破了？”孟桑榆皱眉，语气里有惊讶也有愤怒。等太医替阿宝上好药，看着阿宝斑斑秃秃的脖子，她心疼得无以复加，连连亲吻阿宝的头顶，呢喃道，“我就知道阿宝不会无故攻击人，原来是良妃私下里捣鬼！可恶！”低咒完，似想起什么，她面上露出些无奈的表情。若是别人，她定要替阿宝讨回公道，但这人是沈慧茹，她无能为力。

“良妃平时不声不响的，想不到竟是这种人！”冯嬷嬷愤愤开口，“娘娘，您与她素无瓜葛，她怎会突然针对您？”

“素无瓜葛？你忘了吗？哥哥半年前才将良妃的嫡亲兄长打成重伤，还破了相，这梁子结得大了，她不针对我才奇怪。”孟桑榆叹气，揉了揉隐痛的眉心。其实内中还有别的缘由，只是她不便告诉冯嬷嬷，冯嬷嬷藏不住事，让她知道太多不好。

原来还有这一茬，朕也差点忘了！见德妃面露疲惫，玄帝对她那不长进的兄长一阵厌恶。

孟桑榆放下按揉眉心的手，不放心地补充道：“如今沈太师重回朝堂，重权在握，你们都给我离良妃远着点，切莫与她对上。”

谈及主子的纨绔哥哥，冯嬷嬷也是无可奈何。她叹了一口气，低声念叨：“皇上当年能顺利登基，沈太师是最大的功臣，大家都以为沈家能一步登天了，沈太师却忽然上了折子，辞去了所有职务。他这般淡泊名利之人，怎么忽然就重回朝堂了？”

“皇上重伤休养，没有可信之人，他自然会回来。况且，就算此次不回，他也总会找到别的机会重握权柄。嬷嬷，你真以为沈太师就是那般高风亮节、淡泊名利之人？错了！这满朝文武，若论心机城府，谁能斗得过他？”孟桑榆抚着阿宝柔软的毛发，嗤笑道。

玄帝猝然睁开双眼，目光灼灼地朝她看去。他倒要看看，对于忠心耿耿、无心揽权的太师，孟桑榆何以有此一说。

没有察觉到阿宝异常火热的视线，孟桑榆继续接口：“淡泊名利，醉心山水，这不过是沈太师以退为进的手段而已。他当年若是不急流勇退，沈家的权势必定超过皇后母族，跃居大庸第一世家。但是你看看，曾经的大庸第一世家——皇后一族是什么下场？还不是因功高盖主被皇上猜忌打压，从此一蹶不振？他一早就料准了皇上的心态，用权力换取了皇上的信任，也为沈家后人铺设了一条青云之路。若良妃的哥哥没有破相，今年秋闱后便能出仕，皇上为了弥补沈家必定赐他一片大好前程，沈家的兴盛不过是早晚的问题。但可惜啊，他运气实在不佳，偏在这紧要关头遇上哥哥，被打得破了相，从此与仕途绝缘，沈家这一辈再无拿得出手的人才，沈家的兴盛之路也就断了。这样的结果沈太师如何肯接受，自然会亲自出马。你们难道没注意吗？从半年前开始，沈太师便不再远游，一直安居京城，且常常进宫面见皇上联络感情。他这是在为自己重新出仕而铺路呢，良妃也一改之前的低调，频频邀宠。皇嗣与圣宠是沈家迅速翻身的希望，他们一定会争，今天这一出只是开始。孟家与沈家结怨甚深，这个时候咱们一定得谨慎，半点不能行差踏错，你们都记住了！”

冯嬷嬷等人面色一凛，连忙低头应诺。

玄帝则张大了嘴，表情难掩震惊。这半年里，太师确实常常进宫求见，与自己谈论朝政，沈慧茹也确实从半年前开始便一反常态，特别眷恋自己。

因为对沈太师的信任和对沈慧茹的怜爱，他从未往别处想，但孟桑榆的话太犀利，太有理有据，他想反驳都找不出合适的语句。只要一想到沈太师的忠心和沈慧茹的爱意都掺杂着这等功利之心，他就觉得膈应得不行，想要与沈慧茹取得联系的决定也开始动摇起来。

胸口一阵阵地抽痛，玄帝无处发泄，一口咬住孟桑榆的指尖，用牙齿狠狠碾磨。这个女人未免太聪慧，太通透了！将他不愿深想也不愿接受的现实一一戳破，真是可恨！

等等！她既然能看清皇后母族、李家、沈家的处境，没道理看不清孟家的处境？！难道她什么都清楚，只是揣着明白装糊涂不成？想到这里，玄帝心里的愤怒抑郁顷刻间消散，被浓重的心虚所取代。

小奶狗的牙齿还未长全，咬人时一点也感觉不到疼痛。孟桑榆还当阿宝在与自己玩耍，指尖在他舌苔上轻轻刮挠两下，宠溺地斥道："调皮！"

心虚中的玄帝反射性地摇晃起尾巴，取悦主人的架势即便心不在焉也能摆得足足的。不知不觉间，他已经一脚踏上了忠犬的不归路。

❾ 着魔

德妃因一只畜生被禁足的消息转瞬就传遍了禁宫，暗地里不知有多少人幸灾乐祸，而以往默默无闻的良妃一下就变成了各宫嫔妃们争相巴结的对象。没办法，如今皇上正在养病，快一个月没临幸后宫了，就连李贵妃在青鸾殿外跪求一见也不曾露面。良妃是目前唯一能在皇上面前说得上话的妃子，不巴结她巴结谁？

独一无二的宠爱，高高在上的地位，这才是我应该拥有的一切！良妃边回味着权力的美妙滋味，边通过地道走进青鸾殿的密室。

有各种名贵丹药续命，玄帝只是略微消瘦。紧闭的双眼，微弱的呼吸，远远看去仿似一具尸体。怔怔看着面前昏迷不醒的男人，良妃忽然之间竟产生了对方永远不醒也不错的想法。

十六岁选秀那年恰逢母亲过世，为了守孝，她错过了进宫的机会。孝期过后，她本可以嫁进勋贵世家做当家主母，但她拒绝了父亲的提议，坚决要等皇帝接她进宫，那是他们幼时的约定。十九岁那年，她终于等来了又一次选秀，如愿来到了皇帝身边。

但残酷冰冷的现实给了她狠狠一击，让她不得不从虚幻的美梦中清醒过来。她眼睁睁地看着古邵泽宠爱德妃冷落自己，看着德妃一步步攀升，处处压自己一头，而自己只能忍气吞声，佯装大度。

古邵泽让她耐心等待。从十六岁开始，她等了一个三年，从十九岁开始，又等了一个三年，前前后后总共六年。女人有多少个六年可供挥霍？而夺走她一切的德妃还只是花儿一般的年纪，一张俏脸比芙蓉更加艳丽，惹得人移不开视线。她常常为此惊恐不安，害怕古邵泽受不住诱惑，最终弃自己而去。半年前哥哥被孟炎洲重伤破相，毁了一生，而古邵泽却轻易放过了孟家，坚决不许自己再提此事，那时她就隐隐感觉到——自己的忍耐达到了极限。

沈慧茹从恍惚中回神，用复杂的目光盯着古邵泽安详的睡颜。她脸色不停变换，心跳也越来越快。僵立了许久，她颤巍巍地伸出手，轻轻捂在古邵泽的口鼻上。古邵泽呼出的鼻息吹拂着她的掌心，绵长而微弱，只要稍稍用力便能轻易掐断，这个念头如附骨之疽般盘桓在她心底，挥之不去。手掌一点点用力按压，掌下的人依然双眼紧闭，没有丝毫反应，沈慧茹双目睁大到极限，目不转睛地盯着古邵泽的脸。

室内的烛火摇曳了两下，沈慧茹猝然拿开手掌，大口大口喘气，青白的脸色狰狞似鬼。我怎么了？我怎么想要杀死邵泽？一定是着魔了！她捂着胸口，拼命压下心头的惊涛骇浪。

没错，沈慧茹确实着魔了，六年，两千一百九十个日日夜夜，她心底积累的怨恨和不甘早已达到了极限，一旦找到缺口便会倾泻而出，腐蚀掉自己，也腐蚀掉她怨恨的对象。她本就清冷高傲，这样的人，爆发起来才更加可怕。

“见过良妃娘娘，娘娘可是身体不适？”暗卫统领闫俊伟无声无息地出现在密室，盯着沈慧茹难看的脸色询问。

“无事，只是见皇上一月未醒，我有些担心罢了。”沈慧茹很是吃惊，心脏剧烈跳动起来。幸好我及时收手了！她后怕地暗忖。

“这一个月多亏娘娘照顾皇上，娘娘也累了，早点回去休息吧。”闫俊伟语带感激。

“四处为皇上探访名医，闫大人也辛苦了。本宫确实有些微恙，恐过了病气给皇上，这里便劳烦闫大人照看了。”沈慧茹不敢久待，立即离开。

等她走了，闫俊伟缓缓踱步到玄帝身边，盯着玄帝年轻的俊脸出神。忽然，他目光一凝，立即俯身细细查看，待直起身时，冷峻的面容露出浓重的杀气。皇上的口鼻处竟然有几个青白的指印，显然是被人大力按压所致。是谁，竟然要闷死皇上？

闫俊伟脑海里立即出现良妃不自然的脸色，他走到密室外间，对守在门口的常喜问道：“刚才除了良妃，可还有别人进去过？”

“回闫大人，没有。良妃娘娘说她想同皇上单独待一会儿。”常喜毕恭毕敬地答话。闫俊伟地位超然，浑身戾气，同皇上还有过命的交情，常喜可不敢在闫俊伟面前摆大总管的谱。

“她说想同皇上单独相处，你就同意了？若皇上出了事你该当何罪？”闫俊伟冷声质问。

“这……娘娘与皇上自幼相知相爱，怎会害皇上？闫大人多虑了！”常喜反驳道。

“人心易变，谁也无法预料。以后多派几个人照顾皇上，莫要出现差池！”闫俊伟声音冷沉，略略停顿后终是没有揭破良妃的所作所为。他目前还不能打草惊蛇，逼得良妃狗急跳墙就不妙了。

常喜好歹也是大内总管，连高位嫔妃都要看他脸色，何曾被如此训诫过？他内心有些不忿，但也不敢忤逆这尊杀神，只得唯唯应诺。

待常喜退走，闫俊伟抄手站在密室门口，皱眉想到：良妃已起了异心，且牢牢控制住了假皇帝；常喜有投靠良妃的迹象；沈太师又借机把持朝政。皇上继续待在宫里很危险，还须尽快将他送出去，藏在一个安全的地方。皇上不醒，自己也没有办法行事，只要那假皇帝站出来说一声“谋逆”，自己就百口莫辩，且偷龙转凤这等骇人听闻的事只要稍微露一点口风出去就足以动摇大庸社稷，等皇上醒来，自己万死难辞其咎！想到这里，闫俊伟唤来一队暗卫，令他们蛰伏在密室附近，切莫让良妃和宫人单独接触皇上，就连从小照顾皇上的常喜也不行，自己则下去准备出宫事宜。

此时的玄帝并不知道自己在鬼门关里转了一圈又回来了，他还沉浸在孟桑榆的犀利言辞中无法自拔，为沈太师和沈慧茹的表里不一感到失望和愤怒。同样是表里不一，两个女人带给他的直观感受却南辕北辙。对孟桑榆他从排斥到欣赏，对沈慧茹他反倒不知该作何想了。但不可避免的，怀疑的种子已经悄悄种在了他心底，随着时间的流逝逐渐生根发芽。

告诫完自己的心腹，孟桑榆拿出针线盒，继续给阿宝缝制小棉袄。

“奴婢见过娘娘，娘娘该喝药了。”一名医女捧着一碗热气腾腾的汤药进来。

“先放着，等稍微凉一点本宫再喝。”孟桑榆摆手，恬淡的表情有一瞬间的凝固。

“娘娘，您赶紧趁热喝了吧，这可是皇上找来妇科圣手替您量身拟定的药方，里面的药材每一样都千金难求，凉了就减了药性了。”看见药碗，冯嬷嬷忧虑的表情立即变成了欢喜，夸口道：“良妃再受宠还能越得过您？为了治好您的宫寒，让您能尽快孕育皇嗣，皇上费了多少心力？这份宠爱满宫里无人能及！良妃受宠那是沾了沈太师的光，等国公爷班师回朝，她也蹦跶不了多久了。”

“是吗……”孟桑榆意味不明地应道，看向药碗的目光里暗藏着一丝讥讽，对自己的讥讽。碧水和银翠交换了一个讳莫如深的眼神。

听见“喝药”二字，窝在孟桑榆腿上的玄帝立即警醒过来，再听完冯嬷嬷的夸赞，他感觉自己的脸色青青白白，不停变换。这碗药究竟是怎么回事儿，除了那妇科圣手，没有人比他更清楚。他一骨碌爬起，前爪搭在茶几边缘，抽动着鼻头像在嗅闻药味，内里的心虚之感差点将他淹没。

孟桑榆见状连忙将他抱回来，拍着他的脑袋训斥：“是药三分毒，这可不是好东西，阿宝你千万别碰！”

为防阿宝好奇心过重，趁自己不注意舔上两口，孟桑榆端起药碗大口喝光。将碗递回给御药房的医女时，她眼里飞快划过一抹幽光，嘴角的微笑带着某种冰冷的意味。这微妙的表情落入密切注视着孟桑榆的玄帝眼里，令他浑身僵硬，如遭雷击。她知道！她果然什么都知道，却一声不响地承受着一切！怪不得谈及自己，她会那般漠然冰冷，无动于衷！思考的能力一点一滴被这个念头抽空，玄帝胸口不但憋闷，还伴随着一阵又一阵的刺痛。忽然间，他竟有些害怕面对德妃，害怕从她眼里看见仇恨。他却控制不住自己，非得知道德妃的心情才安心。这是他头一次那么在乎一个女人，就连沈慧茹也无法相比。

“阿宝怎么了？这样看着我？”小奶狗木呆呆地仰着头，葡萄样的黑眼珠水汪汪的，小模样可爱无比，勾得德妃粲然一笑。

有自嘲，有认命，有豁达，独独没有仇恨！太好了！玄帝高悬的心缓缓回落，心中暗自庆幸，至于究竟在庆幸些什么，他暂时没有深想。

待朕找回身体，朕一定好好补偿你！他心里暗暗发誓，呜咽一声扑入孟桑榆的怀抱，无比眷恋地蹭了蹭孟桑榆温热的手指。

⑩ 补偿

皇帝的病逐渐好转，每日处理朝政的时间大大增加，但依然不曾召嫔妃侍寝，只隔一两天便叫良妃去御书房伴驾。沈太师在朝堂的分量越来越重，隐隐有与李相分庭抗礼的趋势。明眼人都看得出，沈家这是要一飞冲天了。良妃的蔷薇殿整日门庭若市，迎来送往，全不似以前的冷清。

凤飞宫里，孟桑榆一手抱着阿宝，一手拿着本游记，懒洋洋地歪在榻上品读。柔和的阳光从半敞的窗棂钻进来，照射在一人一狗身上，给他们镀了层薄薄的金边，画面说不出的温馨。

巴掌一团的小奶狗微眯着双眼，静静趴伏在女人怀里，心情前所未有的安宁。在这一刻，他忘了自己的处境，也忘了自己的责任，只专心享受这份宁静祥和。

“娘娘，您看哪里阿宝也看哪里，您翻页阿宝也跟着转头，好像它识字一样，真神奇！”银翠端了一壶茶和一盘糕点进来，好笑地说道。

玄帝僵了僵，生怕自己的异常招致德妃的怀疑。若是德妃把他当成了妖物，他的下场可想而知。

“我的阿宝当然是最聪明的，这会儿只是陪我看书，以后我还要教它写字画画、唱歌跳舞、做算术题。”德妃抱起阿宝狠狠亲了一口，得意扬扬地宣布。她不知道，自己此时无限宠溺、盲目信任的模样在玄帝心间留下了多么深刻的印记。他毛茸茸的尾巴不可遏制地摇晃起来。

“这些事小狗真能学会吗？”银翠有些惊奇。

“当然能。”德妃捏捏阿宝的小尾巴，笃定地说道。

算你有眼光！除了唱歌跳舞，朕什么不会？玄帝用牙齿碾磨着德妃的指尖，骄傲地暗忖。

“不过这些东西得慢慢教，现在不急。天越来越冷了，咱们先教阿宝穿衣服，你瞧他这斑斑秃秃的脖子，风一吹肯定会冻病。把阿宝的小棉袄、小围脖都拿过来，我给他试试。”德妃放下游记，兴致勃勃地说道。

“是。”银翠眼睛一亮，立马将阿宝的新衣服拿过来。

“阿宝，我现在要给你穿上衣服，套上围脖，你乖乖的不要乱动，等会儿有糕糕吃。殿里暖和，你不习惯咱们就不穿，但出门遛弯的时候一定要穿上，听见了没有？”孟桑榆挑了一件虎皮小袄，点着阿宝湿漉漉的鼻头，煞有介事地嘱咐道。

玄帝“呜咽”一声，想要跑走又转了回来，最终端端正正地坐在德妃面前，摆出一副任君摆布的模样。罢了，罢了，也是朕亏欠了她，她爱如何就如何吧！玄帝暗叹，心头萦绕着淡淡的无奈。自知道德妃眼如明镜、心若琉璃那天起，他对德妃就越来越硬不起心肠了。

“阿宝真乖！”孟桑榆惊喜，垂头在他鼻尖印下一吻，惹得玄帝心脏狂跳。还来不及细细体会这种仿若电击的感觉，他便被孟桑榆塞进了一件连帽虎皮小袄里，帽檐上还缝了两只惟妙惟肖的老虎耳朵，配上阿宝的狗头怎么看怎么好笑。

“哧——哈哈哈……”先是忍俊不禁，最后笑得前仰后合，孟桑榆抱起阿宝在软榻上翻滚，一张俏脸红扑扑的，凤目更是溢满闪亮的流光，迷了玄帝的眼。“嗯，好似还缺点什么。”滚了一圈，她将傻呆呆的阿宝放在小几上左右打量，瞥见一旁的白瓷花瓶，眼睛猝然一亮。

“这样就完美了！”剪了一朵娇艳的山茶花，别在阿宝耳边，孟桑榆捏捏他的小爪子，再次笑倒在软榻上。清脆动人的笑声在殿内回荡，使得空气都活跃了几分。玄帝皱眉，要将山茶花扒拉下来，看见女人明艳非凡的笑颜，心头一动，最终放下爪子暗暗忖道：随她去吧！难得见她笑得这般舒畅。对德妃，他一纵再纵，几乎快要超出自己的底线了。说是心存愧疚所以略加补偿，但真正的原因恐怕连他自己也分辨不清。

一旁的银翠和碧水也笑岔了气。好不容易收住笑，碧水认真地提议：“娘娘，阿宝这样子真是可爱，您把他画下来吧，日后也好拿出来回味。”

“这个主意好。”孟桑榆揉揉笑酸的腮帮子，将既羞恼又有点淡淡愉悦的玄帝从小几上抱下来。

“阿宝快过来，跟我去书房。”将阿宝放在地上，孟桑榆率先朝偏殿走去。见阿宝穿着衣服走路并没有不习惯的地方，她脚步略微加快。

书房的窗户俱都敞着，光线充沛。一株白玉兰种在前窗，遒劲的枝干看上去极有风骨，可以想见来年春天玉兰绽放时是如何的刚柔并济、赏心悦目。后窗种着几株桂花和蜡梅，秋天闻香冬天看景，四季皆是不同的享受。迈过门槛，一眼就能望见三面巨大的书架，架上的书籍包罗万象，从话本游记到经史子集应有尽有，分门别类地安插在不同的格栅上，浓重的墨香味扑面而来，令人心旷神怡。书架的角落立着一尊巨大的陶瓷花瓶，是厚重的黑色，瓶里插的不是姹紫嫣红的鲜花，而是几根瘦骨嶙峋的枯枝。这样怪异的摆设玄帝还是第一次见，但感觉很和谐，无端端将房间衬托出一股悠然写意之感。一张黄梨木书桌靠窗摆放，笔墨纸砚陈列，没有丝毫多余的装饰，甚至连个香炉也没有。

这间书房简单到了极点，却又处处透着玄机，是玄帝见过的最为独具匠心的设计。由此可见，这间书房的主人是如何聪明灵慧、巧捷万端。他站在门口愣怔了许久才跨进去，用复杂的眼神看向铺开笔墨纸砚准备作画的孟桑榆。以往来凤飞宫就像例行公事那样，看见矫揉造作、盛装打扮的德妃，他总感觉特别腻味，何曾费心了解过她？又何曾愿意与她多待一刻？是以，这间书房他还是第一次来。很明显，德妃也并不欢迎他，不然不会三年里从未提及半个字。

在这禁宫里，谁人不知道玄帝最爱谈诗论画、研读古籍？为了迎合圣意，后宫嫔妃莫不争先恐后地将自己染上书香味，以吸引皇帝的注意，德妃却反其道而行。若不是此番境遇，他可能会被这个女人蒙骗一辈子！

德妃刻意营造出一种冲动易怒、心无城府、手段粗陋的形象来迷惑世人，所以他当初才会放心地宠爱她、利用她，给予她权利和地位。但事实恰恰相反，这个女人不但不蠢，还聪明得可怕！谁会想到，一个刚刚年满十七岁的小姑娘会有这样深沉的心思？这样阔朗的眼界？

若是一个月前玄帝发现真相，他绝对会赐死德妃，消除隐患。但变成阿宝后，玄帝一次次刷新对德妃的错误认识，从反感到欣赏，从排斥到亲近，他现在的心情除了莫名的失落，竟连半点怒火也无法升起。

罢了罢了，你虽然瞒朕甚多，但看起来并无不轨之心，朕就不与你计较了。玄帝心中长叹，绕着孟桑榆的书房开始转悠。他前所未有地想了解这个女人，去探究她隐藏起来的真实面貌。

书架的边沿挂着几幅字画，落款皆是孟桑榆，字迹铁画银钩，苍劲有力；画作笔精墨妙，神工意匠，都是难得的佳品。看看这些字画，再看看整整三面墙的书籍，谁还敢说孟桑榆是个不通文墨的将门虎女？就连沈慧茹恐也多有不及！

玄帝对着一副颇具灵气的水墨画瞪眼，心中郁郁。该死的女人，明明知道朕喜欢才女，稍微讨好朕一点会死吗？非要藏着掖着？他鼻头抽动，喷出一股浊气，然后泄愤似的扒拉耳边的山茶花，将之扔在地上。

哼！既然你不想讨好朕，朕为何要讨好你？！肉乎乎的小爪子在山茶花的残骸上扑腾，玄帝越加不平。

“阿宝，你又调皮了！”孟桑榆一边作画一边看得津津有味，差点没被阿宝炸毛的小模样萌死。

扑棱山茶花的玄帝僵硬了，几乎不敢相信刚才那个幼稚可笑的人是自己。难道狗做久了，思维和举止也会同化？

孟桑榆放下画笔，笑嘻嘻地将阿宝抱到书桌上，指着一块白绢问道：“阿宝看看，像不像你？”

白绢上的小狗身着一袭虎皮小袄，耳边插着一朵山茶花，正支棱起前爪抓挠，表情很是苦恼。虽然只是寥寥几笔，小狗聪明伶俐的形象已跃然纸上，栩栩如生。这阿宝长得也不怎么样，比不得西施犬和京巴，怎么德妃就那般喜欢？玄帝酸涩地暗忖。

见阿宝低着头细细端详自己的肖像，孟桑榆启唇一笑，拿起毛笔将阿宝的名讳和年龄落于绢上，然后捏住阿宝的小爪子，粘了些印泥，在落款处盖了朵梅花。

“来，阿宝签个名。以后我还帮阿宝画像，将阿宝的成长都记下来，待日后回味。”将印泥擦净，孟桑榆抱起小团子，语气里满是宠溺和期待。

你这是拿阿宝当作自己的孩子了吗？因为朕无法给你子嗣？玄帝忽然之间有些明悟，胸口的窒闷感比以往任何时候都要强烈。

自画像那天以后，阿宝更加乖巧、更加安静了，无论德妃怎么折腾，它都听之任之，也不再四处乱跑，只因它知道，德妃是因为自己被禁足，若是它出现在凤飞宫以外的地方，一定会成为有心人攻讦德妃的借口。

硬生生压下心中的焦躁，玄帝耐心思量着既能出宫又不连累德妃的万全之策。不知不觉间，他已经生出了保护德妃的意识。

沈太师和良妃正如孟桑榆预言的那样，踏上了权臣和宠妃的不归路。他们在前朝和后宫大肆揽权，一点点触及玄帝的底线，一次次消磨玄帝的情感。原本只是一粒怀疑的种子，短短半月已长成了参天大树。

⑪ 爆料

又过了半个月，玄帝的身体已经十分壮实了，听觉和嗅觉也比以前更加灵敏，独自在凤飞宫里游荡半天完全不成问题。近段时间，他常常在宫门口徘徊，心里开始着急，因为他的身体已经昏迷两个多月了，再不醒来大庸的内乱随时会爆发。而且，沈太师和沈慧茹越来越明目张胆的揽权举动让他嗅到了一丝危险的气息，若是任由事态继续发展下去，他们也许会生出窃国的心思。现如今，他已经不能再像从前那样坚定不移地信任沈家了。比他更着急的还有冯嬷嬷。见自主子被禁足那天起皇上就对主子不闻不问，好似完全忘了有这么个人，她坐不住了。

“娘娘，您缝一个荷包给皇上送去吧，也好让他知道您时时刻刻都想着他。不然，这足要禁到什么时候？”给孟桑榆按揉着肩膀，冯嬷嬷苦口婆心地劝道。刚刚跑进寝殿的玄帝闻言立即眼含煞气地瞪向冯嬷嬷。德妃是他的女人，这贱婢竟然让德妃给那假货做荷包，真是该死！

“放心，我很快就能解禁了。皇上两月未曾临幸后宫，如今外面都在传言皇上伤了根本，无法孕育子嗣。李相一党最近频频上书，劝说皇上及早立后立储，这后位和储君的最佳人选自然就是李贵妃和二皇子了。良妃早已视后位为她的囊中物，且为人极精明，深谙借力打力之道，这时候肯定会放我出去，将这一池浑水搅得更浑。但是很可惜，我从没想过后位，不可能如她所愿去对付李贵妃。她不放我还好，我乐得轻松自在。”孟桑榆摆手，语气满是无奈。

“促使皇上禁您足的是她，想让皇上给您解禁的也是她，什么时候她对皇上有这般大的影响力了？不过眨眼工夫便受宠若斯，她该不会用了什么妖法迷惑了皇上吧？有李贵妃、贤妃和您在，这后位人选怎么着也轮不上她啊！”冯嬷嬷对良妃的横空出世感到很不解。

“她没有妖法，嬷嬷你想多了。”孟桑榆哂笑，低不可闻地呢喃道，“这后位从来就是她的，哪里轮得到别人？”

“啊？娘娘，您说什么？”冯嬷嬷没听清楚，忙追问道。

犬类的耳力远超常人，玄帝把孟桑榆的呢喃听得一清二楚，身体僵硬的同时内心在剧烈震动。听她们的对话，这女人不会连朕对良妃的感情都看透了吧？她那双眼睛究竟有多犀利？心头先是涌起被人看穿的恼怒，随后便是浓浓的心虚，玄帝尾巴一甩，竟然落荒而逃。他不知该如何面对这个女人。原来她知道的比他想象中更多，原来她一直无心后位，自己那些防备简直像个笑话！没有注意到来了又走的绒毛团子，孟桑榆对冯嬷嬷摆手，表示不想再继续这个话题。

朝堂上，沈家和李家的争斗越演越烈，李相根基深、人脉广，沈太师深得帝心，两派人马斗了个平手。想打破僵局并不易，还得从侧面着手。

这个时候，沈慧茹果然动了借力打力的心思，指示假皇帝解了德妃的禁足，让她参与到这场争夺中来。德妃从未将她看在眼里，绝不会将她算作对手，定会全力算计李贵妃，她届时只需隔岸观火再坐收渔利便可。

果然没几天，孟桑榆就收到了孟母递进来求见的宫牌，而皇帝也欣然准许，这便是解除禁足的信号了。

孟母三十许近四十，与德妃有六七分相似，也算是风韵犹存，只眉心间有几道浅浅的沟痕，似是长年累月皱眉而成，可见平时颇多操劳。

“林氏见过娘娘……”见女儿进了正殿，孟母林氏连忙起身行礼，却被孟桑榆抢先扶住。

“母亲勿要多礼，坐！”孟桑榆将孟母扶到客座，自己才在主位落定。

冯嬷嬷抱着阿宝就要出去，将空间留给母女俩，阿宝却“呜呜”叫了起来，一边扒拉着冯嬷嬷的手臂一边用水汪汪的眼睛一眨不眨地朝德妃看去，眼里满满都是不舍。相处久了他已发现，德妃对这个表情毫无抵抗力，只要一摆出来，德妃立即对他千依百顺。

孟母进宫必会带来孟长雄的消息，他一定要留下来旁听。想到孟长雄是德妃的父亲，他的心情便十分复杂，但以往那种毫无顾忌地利用和伤害，他却是再也做不出来了。他想，只要孟长雄愿意交出军权，这些给予德妃的荣宠他绝不会收回，而且还会补偿更多。下意识的，他不愿意去想象德妃日后凄凉落魄的样子，明媚的笑脸才是最适合她的表情。

“嬷嬷，把阿宝给我。你也别走了，留下来伺候吧。”果然，孟桑榆表情一软，立即将阿宝搂进怀里亲了亲。心愿得偿，阿宝的尾巴不可遏制地摇晃起来。讨好主子的技能他如今运用得越来越熟练了。

“奴婢遵命。”冯嬷嬷面上露出些惊讶，心里却十分愉快。以往国公夫人进宫求见，主子从不让她在旁伺候，她还当主子不信任她呢。

“这小东西就是连累你被禁足的罪魁祸首？”见女儿笑意盈盈，天真烂漫一如未嫁之时，孟母严肃的面容也柔和下来，指着阿宝问道。

“不关阿宝的事。良妃心恨我久矣，阿宝只是个借口，没有阿宝，她总会找到别的理由打我的脸。”孟桑榆揉揉阿宝的小爪子，语气一派云淡风轻。很明显她半点没把禁足的事放在心里。

玄帝趴在女人臂弯里，竖起耳朵倾听两人谈话，再也不会因听见“良妃”二字而心跳加快，反倒因德妃的维护感到心暖。

“她有什么资格恨你？”孟母语气愤愤，“这三年里，你替她挡了多少灾厄，铲除了多少敌人，她只需舒舒服服地待在蔷薇殿，坐等皇上的怜爱就可，她还有什么不满足的？”

阿宝耳朵动了动，搭在德妃手臂上的爪子有些僵硬。冯嬷嬷则露出迷茫的表情，不明白主子们的对话是什么意思。什么叫娘娘替良妃挡灾？

“是啊，就是不满足她才恨我啊！我四妃之首的位置本该是她的，我协理宫务的权力本该是她的，我的凤飞宫、我的芙蕖殿、我的私库，我的一切一切原本都应该属于她，你说她恨不恨我？”孟桑榆嗤笑，语气里满满的讥讽和无奈令玄帝心颤。

“荒谬！她怎么不看看你被人下了多少次毒，被人使了多少次绊子，被灌了多少避子汤？有本事叫她和你换换，看看她究竟能在这宫里活多少天！沈家的人果然都是这般人品低下，偏还要做出一副道貌岸然的样子欺骗世人！皇帝是瞎了眼吧？”孟母脸颊涨红，语气越来越愤恨。

孟母每说一句，玄帝的身体便僵硬一点。被下毒，被使绊子，被灌避子汤，这些事情他都知道，如今听来却似一把钢刀，在一点一点剜着他的心头肉。胸口那种憋闷到疼痛的感觉叫作愧悔无地。

“母亲慎言！”孟桑榆连忙摆手，点醒口不择言的孟母。

孟母脸色一紧，愤恨的表情立刻平复下来：“我好端端一个女儿，本该被人宠、被人疼，却偏要送进宫里让人糟践……”孟母语气哽咽，摇摇头再也说不出话来，憔悴的脸庞仿佛瞬间苍老了十几岁。

玄帝用爪子捂住耳朵，简直不敢再听下去。糟践，他对德妃的所作所为确实当得起这两个字，他没有资格为孟母的言辞发火。

“父亲掌管百万大军，娶了我就等于娶了一把悬颈钢刀，在大庸除了皇上谁敢要我？”孟桑榆自嘲一笑，语气轻松起来，“母亲不要为我难过，我过得很好。高高在上，仆役成群，荣华富贵，世间女人最向往的一切我都有了，还有什么不满足的？没见连椒房专宠的沈慧茹都嫉妒我吗？”

她的语气那么豁达，表情那么开朗，带着某种奇异的感染力，令孟母当即就缓和了脸色。

玄帝趴伏在她怀里，简直不知该用什么言语去形容这个女人。她似乎将身边的苦难都看作是一种恩赐，一种成长必经的历练，从不怨恨，也从不自苦。待在她身边，每一天都充实又快乐，再大的烦恼都能够忘却。没有这个女人的陪伴，沦为畜生的六十多个日日夜夜，他都不知道自己能不能熬过来。如果他现在有一双手，他只想狠狠拥抱这个女人。在这一刻，玄帝恢复人身的愿望前所未有的迫切。不知不觉间，沈慧茹在他心里的印记越来越淡，取而代之的是孟桑榆明艳非凡的笑脸。

孟母静默了片刻调整心情，用帕子擦干眼角的泪，缓缓说起了正事：“我这次进宫是为你哥哥的婚事而来。”

“哦？哥哥这次又看上哪家女儿？”孟桑榆揪了揪阿宝的耳朵，感兴趣地问道。

“不是他看上的，是我看上的，礼部侍郎付广达的嫡长女。虽然容貌普通了些，可胜在性子刚强，头脑灵慧，小小年纪便掌管家务，呵护幼弟，在她那个吃人不吐骨头的继母手底下活得风生水起。这样的女子正好娶来管着你哥哥，也好叫他少闯些祸！”孟母笑了，显是对这个付小姐满意到了极点。

“长相普通可有点难办了，哥哥最爱美人，怎会看得上？若不是他这性子，半年前也不会闯出那般滔天大祸。”孟桑榆揉了揉额角，说起哥哥便是一阵头疼。玄帝习惯性地含住她一根手指，轻轻碾磨吮吸，想让她开心一点，惹来孟桑榆温柔一笑。

“那哪儿能怪他？若不是沈熙言骗了柳琦思的清白又不给她赎身，害得柳琦思悬梁自尽，你哥哥也不会把沈熙言打破了相。你是没看见，柳琦思的婢女拿出来那些情信，沈熙言山盟海誓、指天画地允诺要将她救出去。结果呢？夺了人家的清白之身就没影儿了！那柳琦思也是自作孽，你哥哥当初要为她赎身她硬是拒绝了，不知到了黄泉底下该如何后悔？！”孟母甩甩帕子，不胜唏嘘。

“她以前也是官宦千金，读过几年书，怎会看上文不成、武不就的哥哥？所以说，心气儿太高了就是不好，人若要活得自在，最要紧的是识时务，能看清自己的处境。”

孟桑榆有感而发，玄帝再次被懊悔和愧疚折磨得心如针扎。因为对沈太师和良妃的信任，这件事他也没派人深入调查，竟不知里面还有这么一段内情。如今回想起良妃素日对自家嫡亲兄长的盛赞，他心里就膈应得慌。可怜德妃的哥哥，被他赏了六十大板，足足卧床三个月才好。

见阿宝直往自己怀里拱，好似有些畏寒，孟桑榆连忙拉开外衫，将他仔仔细细裹好。舒适的体温立刻治愈了玄帝崩乱的心情。孟母也凑过来揉了揉阿宝的头，面带期盼地开口：“我就是怕你哥哥不愿意，所以想叫你赐婚。我犟不过他，也只有你和你爹能治他了。你爹远在边关，母亲只能靠你了。”

孟桑榆当即点头：“母亲放心，哥哥的事包在我身上。目前我还未完全失宠，去皇上那里求道赐婚的旨意还是能的。付大人家只是书香门第，没有实权，皇上应该会同意。”

玄帝闻言胸口开始憋闷。只要一想到这女人用平日那副热情如火、温柔小意的模样去求那赝品，哪怕知道她只是假装，他也觉得不堪忍受！

⑫ 苦命

敲定了孟炎洲的婚事，孟桑榆开始询问起父亲的近况。玄帝立即压下心头的郁躁，竖起耳朵偷听。“你父亲很好，整天折腾韩昌平那小子，乐得很呢！听说前一阵刚捋了韩小子右将军的职务，将他下放到军队当了个小小哨官。”说起孟长雄，孟母脸上的表情十分温柔。

玄帝暗暗皱眉，对孟长雄的所作所为很不满。韩昌平是他的心腹，是未来要代替孟长雄建威大将军职务的最佳人选。孟长雄私自捋了他的右将军之职可见是排除异己，心有不轨！

“韩昌平乃皇上的心腹，皇上将他派到父亲身边历练，打的就是取而代之的主意。父亲明明知道却还如此折腾，不免叫皇上起了猜忌之心。母亲，您修书一封，叫父亲莫要胡闹了。”孟桑榆按揉额角，固执的孟父是孟家第二个让她头疼的人物。

“你父亲前日送了家书回来，说他自有主张，叫你不要担心。那韩昌平师从军事鬼才平附子先生，本事是肯定有的，但年纪尚轻需要磨砺。皇上一来就让他领了右将军职，军中不服他的人多了去了，你父亲将他贬至哨官一是为了服众，二是为了让他多些历练。他只有靠着自己的真本事一步一步爬上来，日后这建威大将军的位置才坐得稳，想当年你父亲可是从队正做起呢。边关布防涉及大庸根基，涉及无数大庸百姓的生死，你父亲绝不会敷衍了事的，若那韩昌平果然能担得起重任，你父亲回朝便立马给他腾地方。”孟母语气十分无奈。

听完孟母的解释，玄帝脸色一会儿红一会儿白，仿佛被人狠狠甩了一巴掌，尴尬欲死。他那些猜忌、防备就是个笑话！若是以前，孟家人自表忠心一万次他都不会信，如今他却不得不信。谁能想到皇帝附在一只狗身上？谁会在一只狗面前做戏？孟母这话丝毫没有容他质疑的余地。

孟桑榆拍了拍孟母的手背，柔声安抚道："如今边关战乱，皇上就算猜忌父亲也不会轻易动父亲，我并不担心，只要父亲知道自己在做些什么就好。等父亲辞去职务，母亲和父亲就效仿沈太师远离京城，四处游山玩水去吧。日后咱们国公府只有不成器的哥哥独自支撑门楣，想必皇上就再也无须忌惮咱们孟家了。"

玄帝将脑袋往孟桑榆臂弯里拱，羞愧得无地自容。

"我和你父亲正有此意，所以才要尽快给你哥哥找一房贤惠的媳妇。"孟母叹息，似想到什么，脸上露出不解的神色，"沈太师最近在朝堂上有些过于激进了，不似他以前谨小慎微的作风。他就不怕沈家势大步了皇后母族的后尘？"

"皇上对沈家的信任和对良妃的感情就是他们最大的倚仗。沈太师年纪也大了，拼着这几年将女儿送上后位保她生下嫡子，他再二次上书致仕，皇上不但不会猜忌他，还会感念他危难时刻的拥护之功。沈太师教导皇上长大，说到揣摩圣意，谁能比得过他？"孟桑榆不以为意地摆手。

孟母点头，暗叹自家夫君若能有沈太师半点儿的精明也不会落到个飞鸟尽、良弓藏的下场，又想到自家儿子把沈熙言给打了，不免忧心忡忡。

玄帝心头掠起一阵阵的惊涛骇浪，以往的信念在逐步崩塌。说到了解自己，恐怕连先皇都及不上沈太师。沈太师明知如今的所作所为已经踩踏到了自己的底线，却还未有所收敛，不是有了倚仗是什么？这倚仗在自己昏迷不醒的情况下当然不是什么圣心，是以为自己再也不会清醒过来所以孤注一掷吧？窃取了后位自然会得陇望蜀地窃取皇位，沈家正在进行一场豪赌，这赌注就是大庸的万里江山！头脑里有一道炸雷轰鸣而过，玄帝悚然一惊，全身的毛发都竖了起来。不行，他一定要尽快找回身体，若自己的肉身毁在良妃手里，他恐怕要做一辈子的番狗了！

孟桑榆看出孟母的忧虑，一边爱抚着忽然僵硬起来的阿宝，一边安慰道："母亲莫要担心，皇上英明神武，雄才大略，继位后一心图治，杀贼除奸树立国风，有心要改变先皇重文轻武的政略，以兴我大庸国邦，教蛮夷再不敢来犯，还百姓一个太平盛世。如今蛮夷未退，藩王未除，日后必定还有许多硬仗要万千将士去打。咱们孟家一门忠烈，皇上又怎么会在父亲刚退下来的关头就让人将哥哥害了去？如此岂不是寒了众将士的心？父亲在军中的威望摆在那儿，母亲无须多虑，且叫哥哥日后收敛一点，夹起尾巴做人就是了。皇上虽不能保哥哥加官晋爵，飞黄腾达，但让他平安度日还是行的，毕竟这奉恩镇国公的爵位只有落到不思进取的哥哥身上才最合皇上的心意。”

焦虑中的玄帝在德妃的爱抚中慢慢平静下来，再次为德妃的深谋远虑所折服。这女人竟然如此了解他，连他未来的政略都能窥见一二，而且，她好似对自己的评价相当之高？玄帝心中浮起淡淡的喜意，却又立即狠狠皱眉，他想起来了，自己眼下还昏迷着，怎么护住她哥哥？

焦虑再起，玄帝忍不住扒拉着德妃的衣袖呜呜叫唤，但孟母的话很快让他安静下来，心中却更加慌乱不堪。

孟母忽地站起，拉住女儿的手惊问：“你哥哥还有我们护着，但你怎么办？这深宫可是个吃人的地方，每天都有人不明不白地死去。沈慧茹如今得势，你在皇上那里也没了利用价值，她总有千百种办法对付你！”

“呜呜呜！”孟母话音刚落，玄帝便用前爪勾住孟桑榆衣襟，止不住地哀鸣。他深恨自己为何投在这只小小的番狗身上，想要保护这个女人都无能为力。不说恢复人身，叫他投到凶猛异常的獒犬身上也好啊！

“母亲别急！”孟桑榆拍拍孟母的手，扶着她坐下，又亲亲阿宝毛茸茸的头顶，淡淡开口，“母亲不用担心，就算我没了利用价值，皇上也不屑于去算计我一个弱女子的命。至于沈慧茹，她不会让我死的，她要我好好地看着她登上后位，要我看着她风光一辈子，要我生不如死！在她心里，这才是对我最好的报复。不过是夹起尾巴做人而已，父亲那样的伟丈夫都能做到，更何况我？在我眼里，傲骨铮铮没有命来得值钱，只要命还在就什么都好。母亲不要担心，我已经习惯了，并不觉得苦。”

孟母死死拉住女儿的手，一脸悲愤欲绝，几次张口都说不出话来，眼眶慢慢红了，溢出点点水光。孟家究竟是招惹了哪路神明啊，要如此作践她的一双儿女？玄帝心脏绞痛，连呜呜声都发不出来了。他前爪一下一下拍抚着德妃的手背，心中暗道：桑榆，你且放心，朕会尽快找回身体护你周全，绝不会让任何人碰你一根手指！

女儿是受苦最深的，却要反过来安慰自己，孟母立即擦去眼角的泪，强颜欢笑道："母亲无事了。这小狗虽然长得丑，但极有灵气，你看，它在安慰你呢！"

孟桑榆低头，这才看见阿宝在一下一下轻拍自己的手背，小模样煞有介事，不由得展颜而笑："狗是很聪明的，对人的情绪很敏感，它许是发现我在难过了。我家的阿宝真贴心！"话落，她捏住阿宝的两只前爪，在它肉乎乎的爪心各自落下一吻。

有什么东西在心头炸开然后绽放，催动着心脏怦然而跳，无法自控。玄帝傻呆呆地看着德妃明媚动人的笑脸，忘记了呼吸。

见女儿笑容里没有一丝一毫的阴霾，孟母也放了心，与女儿闲话了些家常，待时辰到了便要起身告退。孟桑榆抱着阿宝，身后跟着如遭雷劈、满脸神思不属的冯嬷嬷，直将孟母送到正殿门口。

见宫人们隔得远，孟母犹豫了片刻，拉住女儿的手低声说道："儿啊，等你父亲辞去军职，上交军权，你去求求皇上，让他给你个孩子，等到老了也好有个靠！"

"我的身份和家世摆在那里，有了孩子定会成为良妃和李贵妃的眼中钉、肉中刺，皇上也不会对他多加照看，与其生下来招人算计，不如不生。"孟桑榆微微抿唇，神色漠然。玄帝用前爪抱住脑袋，恨不能挖个洞钻进去。德妃嗓音中的冰冷在一刀一刀往他心里扎。

"女儿，你怎么这么命苦……"孟母语带哽咽，眼眶又开始泛红。

"好了，母亲不要难过，没有孩子我还有阿宝。它这样聪明伶俐，跟孩童没两样。我精心照顾好它，它至少能够陪伴我十几二十年。有阿宝，我已经知足了！"孟桑榆温柔地拍拍阿宝露在外面的屁股墩，将他扯出来，捏着他一只前爪朝孟母挥了挥，戏谑道，"来，阿宝快跟外祖母说再见！"玄帝尴尬得要命，但为了让德妃开心，依然识趣地叫了两声。

"真乖！"孟母被女儿和女儿的萌宠逗笑了，拍拍阿宝的脑袋，一步三回头地离开凤飞宫。

⑬ 捧杀

等孟母走得远了，孟桑榆一步一步缓缓朝寝殿走去，冯嬷嬷失魂落魄地跟在她身后，几次张口欲言又忍住了。

“嬷嬷有什么话就问吧。”孟桑榆捋着阿宝背部的毛发，淡淡开口。

“娘娘，国公夫人说您替良妃挡灾，究竟是什么意思？难道皇上对您的宠爱全都是假的？”冯嬷嬷还是有些不能接受现实。

“是啊，皇上宠我不过是为了抬举孟家，以牵制皇后母族和李家。我不过是皇上手里的一杆枪，他指哪儿我就要打哪儿，不能违背，违背的下场……你看看如今的皇后母族就知道了。至于良妃，同样是进宫三年，同样是三年里连升五品，她的恩宠不比我少，却在皇上的刻意安排下让我次次压了她一头，于是我成了万众瞩目的宠妃，她则躲藏在我的光芒下安然度日。你说我俩之间，皇上究竟是对谁好？”孟桑榆的语气云淡风轻，没有不平也没有怨愤，仿佛在诉说一个与己无关的故事。

“原来如此！”冯嬷嬷呢喃，目光放空，陷入了回忆。忽而，她抬起头，急问道：“那皇上特为您求来的育子方真的、真的是……”

“嗯，父亲手握百万雄师，我若有了皇子，父亲为了护住我和孩子必定不会甘心退位。文人窃国须得费番周折，武将若起了反意，只需拿起手里的钢刀就可以了。皇上最忌外戚专权，他绝不会允许这种情况发生。不仅是我，你以为皇后是如何死的？真是我逼死的吗？她是被皇上捧杀，被整个后宫的女人逼死的！”孟桑榆冷笑，目光朝窗外的天边投去，并没有注意到趴在她膝头的阿宝僵直看向她的视线。

“皇后不是被您逼死的？”冯嬷嬷面容恍惚地问。

“她母族已倒，生下的皇子也殇了，身子又油尽灯枯，我逼死她于我有什么好处？她听信谗言，怀疑她的皇儿是我下药弄没的，想要拼尽全力与我同归于尽，我自然不能坐以待毙。”孟桑榆叹了口气，低声道，“我只是找上她，将所有的真相都告诉她罢了。我从不会对孩子出手，她只需冷静下来，让人调查一番就能知晓。后宫里，除了我，谁没对她的肚子下过手？贤妃的屏风，宸妃的荷包，丽妃的话本，她心腹宫女的熏香……甚至连清傲的良妃都送了一套有毒的彩釉瓷器。这些人她不找，偏偏要找我这个挡箭牌报复，我可不能让她死不瞑目！此后一天，她大概自己也查出了真相，急怒攻心之下便那么去了。某些人没有达到借刀杀人的目的，自然要捏造些谣言让皇上收拾我。只是可惜了，我于皇上还有用，皇上不会对我怎样，最终让她们失望了。”

“原来如此……”除了这句话，惊愕中的冯嬷嬷再也找不出别的语言来表达自己的心情。玄帝已经完全变成了一尊化石。德妃不说，他一直以为皇后是被德妃逼死的。皇后母族已倒，他原本就没想过要皇后的命，更别提皇后的儿子是他心心念念的嫡子。听闻德妃见过皇后，皇后便怒极攻心而死，他当时硬生生压下了震怒，从此视德妃如蛇蝎，厌恶非常。原来，他从头到尾都是一叶障目，被一群女人给耍弄了！还有良妃，竟然也在背后推了一把！孤高清傲？好，好一个孤高清傲！

头一次，玄帝开始反省自己是否太过自负，自负得过头变成愚蠢！

“不仅如此，你以为我哥哥为何会变成现在这副模样？他小时候如何聪明，嬷嬷您不会不记得。他是被我父母亲硬生生养废的！因为功高盖主的国公府不需要一个聪明绝顶、能力非凡的继承人！亲手捧杀自己的孩子，那是在剜父亲和母亲的心头肉啊！但是为了活下去，他们又有什么办法呢？”孟桑榆垂头，用手捂住眼睛，不让里面的泪光被人窥见。

玄帝心脏紧缩，丝毫不敢去看她的表情。

“娘娘，您受苦了！您为何不早点告诉奴婢啊？”冯嬷嬷跪在她脚边，泣不成声。

“嬷嬷快起来。”孟桑榆连忙扶起她，柔声解释，“嬷嬷，你生性耿直，藏不住事，若让你知道这里面的是非曲直，皇上来时你难免会露出行迹，让皇上起了疑心，所以我一直瞒着你。但如今不同了，良妃心愿得偿，父亲也快要交出军权退出朝堂，我于皇上已经没用了，再不让你知晓真相，我怕你又会督促我去争宠，那样我会相当困扰的。”

“娘娘，奴婢愚钝，奴婢再也不会了！”冯嬷嬷立马指天发誓，心中又愧又悔。

“我相信嬷嬷。”孟桑榆仰头，将眼里的泪光逼回眼眶，声音豁达轻快，带着奇异的感染力，“以后咱们就要开始过苦日子了，我还有许多事要倚仗嬷嬷，嬷嬷会一如既往地照顾我、帮助我吧？”

“奴婢愿为娘娘肝脑涂地，万死不辞！”冯嬷嬷擦干眼泪，迅速振作起来。

“嬷嬷严重了。”孟桑榆摇头失笑，语带调侃，“其实我并不可怜，这宫里有个人比我更加可怜。每每想到他，我心里就舒服了。”

“是谁？”冯嬷嬷目光迥然。

“此人就是当今圣上啊。沈慧茹论相貌、论才情、论人品没有一样拔尖，但她有一个优势，她没有势力庞大的母族，又为人清傲不屑争宠，给人一种淡泊名利的感觉。宠爱这样的女人是最安全、最省心的，不会对皇权构成威胁。皇上爱的不是她的人，而是这种安全感。连自己的感情都要经过层层算计，活在自己设下的囚笼里，你说，皇上是不是最可怜？”更可怜的是，他还爱错了人！沈慧茹真的只爱人不爱权吗？未必！孟桑榆垂眸，摇头讽笑。冯嬷嬷略略一想后点头，脸上露出几分唏嘘。

玄帝迅速仰首，目光灼灼地朝这个女人看去，心中震荡着某种强烈的情绪，如惊雷一般轰击着他的心防。这个女人怎么能如此聪慧，如此透彻？将他重重包裹的心防剥得一干二净！他以为沈慧茹是最了解自己的人，现在看来，最了解自己的人在这里。德妃这般关注自己，她是不是曾经对朕……玄帝万念俱灰的心再次狂跳起来。

“娘娘，您这么了解皇上，是不是对皇上情根深种了？”冯嬷嬷语带迟疑道。只有爱才会让一个女人如此关注一个男人。

玄帝豁然捏紧爪子，满怀渴盼地等待着女人的回答。

“情根深种？”德妃咀嚼着这四个字，脸上的表情似笑非笑，“嬷嬷，你会爱上一个利用你、伤害你，待你无用之后又将你弃之不顾的人吗？我不是受虐狂，不会自寻死路！皇上与我是上下级关系，是互相利用的关系，再无其他。有心有情的女人，在这宫里是活不下去的。”玄帝狂跳的心猝然一停，头脑里除了一片混沌就只余下四个字——互相利用！

冯嬷嬷担心的表情稍缓，迟疑片刻后又问：“那娘娘您恨不恨皇上？”

玄帝绷直脊背和尾巴，感觉自己快不能呼吸了。

“呵呵……”仿似听到一个笑话，孟桑榆摆手轻笑起来，“我为什么要恨皇上？恨他我又能为自己做些什么？你当我真的没办法避开那些药？我只是不想替他生孩子罢了。无爱既无恨，与其在他身上浪费感情，纠结痛苦，不如好好爱自己，好好过自己的日子。嬷嬷，你说对吗？”

冯嬷嬷也舒心地笑起来，连连点头称是。

这句话变成了压死骆驼的最后一根稻草，撕心裂肺的剧痛从胸口传来，玄帝痛苦地呜咽一声，从德妃膝头一跃而下，踉踉跄跄地朝殿外奔去。他急需一个人静静，来理清这种心如刀绞的感觉。

见阿宝跑走了，孟桑榆并不着急，只当他想独自出去玩一会儿。最近阿宝越来越乖巧，无须人照看也知道不能跑出凤飞宫，在花园各处游荡的时间绝不会超过半时辰。但孟桑榆这回料错了，阿宝这一去便是两个多时辰，到了用晚膳的时候也不见回来。

“娘娘，阿宝平日爱去的地儿全都找遍了，没见他的踪影。”碧水和银翠从殿外匆匆进来，低声回禀道。

“再找！仔仔细细地找！”孟桑榆脸色紧了紧，语带焦急的命令。这污秽不堪的宫廷连人都能吃，何况是一只小狗？因为长期的压抑，宫里人或多或少有些心理上的缺陷，爱拿人和小动物发泄的变态不在少数。

“是！”碧水和银翠感受到主子的焦急，立马又遣了许多宫人去找。

孟桑榆等了三刻钟，见外面残阳如血，斜挂在一座宫殿的飞檐上，天色已近昏暗，凉气从地底呼呼地往上冒，昼夜的巨大温差已经开始显现，心底不由得更加焦急。“一身秃毛也敢玩到这时候还不回来！找到后非好好教训你一顿不可！”孟桑榆在殿里转圈，口中念念有词。

“找到了吗？”又过了半时辰，见碧水疾步进来，孟桑榆连忙追问。

“娘娘恕罪，凤飞宫都找遍了也不见阿宝，但看守宫门的侍从说了，没见阿宝跑出去。奴婢怕娘娘担心，特意回来禀告一声，这就带人继续去找。”碧水快速说道。

“去吧。”孟桑榆皱眉，挥退碧水，自己在正殿里焦躁不安地踱步。

“娘娘，阿宝小小一团，随便找处孔洞钻进去也是让人一阵好找。您别担心，他恐是蜷缩在哪里睡着了，等醒了自然会回来的。”冯嬷嬷柔声安慰。若是以前，阿宝丢了也就丢了，她绝不会操心，但如今知道阿宝对于自家娘娘的特殊意义，她也免不了关切起来。

“睡着了？”孟桑榆凤目闪过一道亮光，抬脚往寝殿走去。推开房门，径直走到奢华的紫檀木雕花大床前，掀起床单，弯腰往下看去，小小的一团果然趴伏在床底，正眨着一双葡萄样的黑眼珠，受惊般地看着自己！

“找到你了！”孟桑榆叹息，心中暗忖：小狗果然都爱往床下跑！

还没做好去面对德妃的心理准备，猝然看见她明艳非凡的脸庞，玄帝呼吸一窒，反射性地举起两只前爪，捂住自己的眼睛。

“这是怎么了？小东西快出来！”心头的焦躁和怒火被阿宝蠢萌蠢萌的小模样浇熄，孟桑榆哭笑不得地唤道。

“阿宝好似很难过的样子？”冯嬷嬷怀疑地问道。这小狗未免太灵气了些，蜷缩在黑暗中的身影竟透着一股万念俱灰的味道。

孟桑榆脸色一紧，暗忖果然不是自己的错觉，阿宝的状态很不对劲。孟桑榆知道，小动物也有思想，也有感情，也有自己的喜怒哀乐。阿宝前后两次受伤，这个月又总是被关在凤飞宫里不得出去，刚刚还被自己和母亲的负面情绪所影响，别是患上了忧郁症吧？

“阿宝快出来，到我怀里来，我给你做好吃的，陪你玩，早晚带你去御花园散步……”她絮絮叨叨地诱哄着，本就清越婉转的嗓音带着一股奇异的魔力，直直钻入玄帝的心间。

以往坚信的一切在慢慢崩塌，人生观和世界观都在经历着一次彻彻底底的颠覆。这个过程对玄帝而言并不好受。他从未如此深刻地自省过，也从未如此清晰地看见自己的弱点：对亲近的人偏听偏信，对旁人却又太过多疑，缺了容人之量，显得刚愎自用、武断专横。如此，君臣离心只是早晚！眼下混乱不堪的朝堂不就是一个很好的例证吗？他自弃自厌，彷徨不安，仿佛陷入了泥沼中难以自拔。他以为自己一个人静静也许会好过一点，但当德妃明艳的脸庞出现，当她盈盈而笑、满带温柔宠溺的话语一字一字地敲击着他的耳膜和心房，他不自觉地放下前爪，站起身，鬼使神差地走出床底，不受控制地投入那等待许久的怀抱。

“阿宝乖乖……好乖乖……”孟桑榆从腋下抱起阿宝，对着它的小嘴亲了又亲，口里不断呢喃着安慰的话，心疼的情绪溢于言表。

玄帝呜咽一声，对准眼前形状优美的唇瓣急切舔舐起来，心中暗暗忖道：待朕找回身体，朕定会疼你爱你，好生地呵护你，请你再也不要说出方才那些刺痛朕心的话！

孟桑榆只当阿宝在与自己玩闹，见他忽然间又活泼起来，心里着实松了一口气，也热情地回吻几下，惹得阿宝的小尾巴欢快地摇摆。

14 离家

孟桑榆害怕阿宝真患上忧郁症，整日都把它带在身边，陪着它玩耍嬉戏，变着花样地给它做吃食，让阿宝瘦弱的身子如吹气球一样膨胀起来。

玄帝痛并快乐着，一边沉醉于德妃的温柔宠溺，一边又心焦于找回身体。可德妃经过上一次的惊吓，又开始对他严加看管起来，走哪儿都有一串尾巴跟着，唯恐他闹失踪。

如此过了四五天，这天一大早，德妃换上一套较为朴素的衣裳，带着阿宝走进凤飞宫的小膳房，挑挑拣拣了一大堆名贵的食材准备炖汤。

“娘娘又给阿宝炖汤喝？”碧水和银翠帮着处理食材，笑嘻嘻地问。

阿宝闻言，小身子在德妃的脚边蹭来蹭去，尾巴欢快地摇晃起来。以前，德妃送来的汤汤水水他看也没看就让常喜倒掉了，如今想来只有一句话能形容当时的自己——身在福中不知福！德妃的手艺虽说比不上御膳房的大厨，但那种家常味更加令人受用。

“不，这汤是给皇上炖的。”孟桑榆摆手，对冯嬷嬷嘱咐道，“嬷嬷，你去打听打听，皇上眼下在干什么？这汤炖好了我们就给皇上送去。”

“娘娘，您何必……”冯嬷嬷拧眉，瞥见膳房里的其他宫女，把话硬生生咽下。如今再见主子去讨好皇上，她心里就像吃了苍蝇一样难受。

阿宝不停摇晃的尾巴僵住了，一边呜咽一边用爪子去挠德妃的裙摆。可德妃丝毫理解不了他的抗拒，还用后脚跟碰了碰他肉乎乎的屁股。

“嬷嬷去吧！既然要求皇上给哥哥赐婚，总要略微表示一下。”孟桑榆好笑地挥手。冯嬷嬷这是矫枉过正了，真是耿直的可爱！

“是，奴婢知道了。”冯嬷嬷正了正神色，屈膝应诺后便派人去打听青鸾殿的动静。

等她回来时，汤已经炖好了，装在食盒里，浓郁的香味透过盒盖的缝隙飘散出来，令人垂涎欲滴。德妃坐在桌旁，修剪着一尊小小的青松盆栽。阿宝蹲坐在桌上，时而看看食盒，时而又看看德妃，肉爪子一抬一抬，仿佛想掀开盒盖又害怕德妃发现。冯嬷嬷垂眸暗笑，对这鬼精鬼精的小东西越来越喜欢了。有它陪着，娘娘的笑容比以往任何时候都要多。

“回来啦？皇上在哪儿？”德妃放下小剪子，突兀出声，把前爪已经搭在盒盖上的阿宝吓了一跳。阿宝立即收回爪子坐正，放弃了打翻食盒的想法，没注意到德妃眼角一闪而过的浓浓笑意。

“回娘娘，您还是改天再去吧。今早李相率一众御史再提立后立储的事，皇上勃然大怒，当堂拂袖而去，事后斩杀了几十名造谣生事的官吏。您这会儿去了绝对讨不了好！”冯嬷嬷低声回禀。

“哦？那算了。”孟桑榆不以为意地摆手，呢喃道，“再这样下去，皇上坚持不了多久的。沈家想要与李家争夺后位，沈慧茹没有子嗣就是他们最大的硬伤，再加上皇上伤了根本的谣传，沈家此役必败。除非皇上能立即让沈慧茹怀孕，用事实破除谣传。”

“娘娘，您还琢磨这些干吗？左右不关咱们的事儿。”冯嬷嬷撇嘴道。

“习惯了没办法。那便过几天等皇上心情好了再去吧。”孟桑榆哂笑，掀开盒盖盛了一碗汤出来，摆放在阿宝面前，拍着他毛茸茸的脑袋柔声道，“快吃吧！知道你觊觎很久了。”

玄帝用爪子抱住德妃的手指蹭了蹭，然后心满意足地埋头喝汤，低垂的眼里褪去温情，充斥着冰冷的流光。沈太师与李相掐得越狠越好，他才有更多的时间去找回自己的身体。沈慧茹是靠不住了，那便去青鸾殿找常喜吧，希望常喜不要让他失望。

喝完汤，玄帝摊开肚皮躺在德妃膝头，沉沉睡去。孟桑榆见他睡实，也躺倒在榻上缓缓闭上双眼。一刻钟后，玄帝悄悄睁眼偷觑德妃，见她睡得很沉，殿里也没人看守，立马翻身爬起，熟门熟路地朝后角门跑去。角门的守卫正在换班，是偷溜的最佳时机。两个月，因为德妃的精心照顾，他已经长大了很多，身体由原来的巴掌大到现在的半尺长，脚力、耳力和嗅觉都变得十分灵敏，在御花园里左冲右突，很快就接近了青鸾殿。

在远离宫门的角落潜伏下来，玄帝耐心地等待着侍卫们松懈的时刻。就在这时，常喜带着两名小太监从青鸾殿里出来，往御花园走去。

玄帝眼睛一亮，立即跟上。口不能言，要如何才能吸引常喜的注意力，进而找到与他沟通的机会？玄帝暗暗思量，不知不觉就来到了御花园风景最美的一处凉亭。

凉亭里，沈慧茹坐在主位，正用小火炉温着一壶酒，不远处的花圃里盛开着大朵的山茶花，酒的芬芳衬着山茶花的艳丽，此情此景书画难描。几名嫔妃围坐在她身侧，一边徐徐啜饮，一边言笑晏晏。她不言不语，只双目微合浅浅而笑，似心静如水，又似人淡如菊，说不出的风流雅致。

旁人愈艳便衬托出她愈雅，旁人愈闹便衬托出她愈静，这是以往的玄帝最爱的味道。但如今再见这样的沈慧茹，他只觉木然，因为他知道，这副与世无争的模样完全是她的伪装。既然学识才能不输男子，心机手段又怎会逊于女人？以前是他有眼无珠，自欺欺人了！

玄帝思绪飘飞时，常喜已经快步上前给沈慧茹行了个礼，毕恭毕敬地说道："奴才见过良妃娘娘，皇上召娘娘御书房伴驾，还请娘娘移步。"

看见大总管如此卑微的态度，一旁的几名嫔妃眸色微闪。沈慧茹似毫无所觉，慵懒地睁开双目，抬手道："那便走吧。"

常喜躬身引路，几名嫔妃品级皆在沈慧茹之下，连忙站起来屈膝行礼，口里齐道："恭送娘娘！"

"哟！这不是德妃娘娘的狗吗？怎么跑到这儿来了？"一名嫔妃抬

头，突然看见不远处的小奶狗，惊呼道。

“娘娘小心，奴才帮您把这小畜生处理了。”因为良妃被这只狗挠过，又瞥见良妃眼里一闪而逝的冷光，常喜立马卖好，快步上前亲自捉住阿宝，提溜着他颈上的毛皮就要远远把他扔掉。

该死的奴才！你怎敢？玄帝只愣怔了一瞬就被常喜抓住，颈上疼痛难忍，心里怒火中烧，转头狠狠咬住常喜的手腕。常喜痛叫一声，心中不免发狠，将他扔在地上便一脚踹去。这一下用了全力，直将阿宝小小的身子踢出几丈远，“扑通”一声落入了凉亭旁的荷花池里。

冰凉的水灌入口鼻，灭顶的恐惧袭上心头，玄帝奋力挣扎着，在水里浮浮沉沉，哀哀呼叫。

“这小东西看着挺可怜的，还是救它一救吧？”年纪最小的一名嫔妃忍不住开口求情，众人都转头朝良妃看去，水里的阿宝也将希冀的视线投向她。

“宠物就该有宠物的本分，忘了自己的本分可不是自寻死路吗？它扑腾的样子挺有趣儿的！死了还能取悦于本宫，它也算死得其所。”良妃弹了弹指上金灿灿的甲套，语气冰冷瘆人。

心知她话里有话，众妃俱都低下头，暗暗发怵。

常喜谄媚一笑，躬身附和道：“娘娘说得是。皇上已经在等着了，娘娘请！”

良妃瞥了眼水里苦苦挣扎、浮起的时间越来越短的阿宝，愉悦地勾唇，施施然离开了。待她走得远了，几名嫔妃也不敢搭救快要沉底的阿宝，脸色苍白地散开。等人都走光了，在水里毫无章法挣扎的玄帝忽然平静下来，四爪轻刨，徐徐向岸边游去。狗天生就会游泳，经过了最初的慌乱，他很快就找到了凫水的要诀。但良妃眼里森冷的杀意和恨意让他果断选择了做戏。事实证明，他若不做戏，良妃今日必定不会善罢甘休，待他爬上岸，说不定还会叫宫人一竿子把他打下去，直到他溺死为止。

对一只小狗，她哪儿来那么大的仇恨？唯一的解释便是转嫁，她将对桑榆的仇恨转嫁到了自己身上。至于常喜，本来应该忠于自己的常喜却对她毕恭毕敬，唯她马首是瞻，恐怕早已被她收拢了。

狼狈地爬上岸，玄帝眼里弥漫着森然的冷意。

⑮ 大难

抖去身上的水珠，玄帝强忍着腹部的剧痛，慢慢往凤飞宫方向走。如今看来，常喜也靠不住了，闫俊伟是自己的暗卫统领，世代只效忠于皇族，他的忠诚是毋庸置疑的。但他神出鬼没，来去无踪，想要找到他堪比登天。怎么办？要不要告诉桑榆朕的真实身份？

玄帝低头看看自己湿漉漉、粘满泥灰的前爪，暂时将这个想法压了下去。自己在桑榆心里的形象本就非常不堪了，如今再以这副模样出现在她面前……他摇摇头，不敢再想下去，他舍不得孟桑榆的绚烂笑容，舍不得她的温暖怀抱，更舍不得她甜蜜的亲吻。如果知道阿宝是自己，她必定会竖起厚厚的心防，再也难以靠近。

玄帝失魂落魄，不经意间走岔了路，拐进了皇子公主们读书的地方。正逢下学，皇子公主带着他们的伴读，三三两两往各自的寝殿走去。

“哟，这丑东西究竟是什么？”二皇子的伴读指着小径转角处的玄帝惊声问道。贵宾犬身量本就小，一身毛皮因沾了水紧紧黏在身上，一路走来又蒙了许多泥灰，打眼看去竟分辨不出原形，着实丑陋到了极点。

“这是狗还是大老鼠？”三公主扯着同胞兄长的衣摆，好奇地问。

“管它是什么，快将它赶走！省得污了本皇子的眼！”二皇子皱眉，对身边的侍从和伴读们命令道。

他如今是呼声最高的储君人选，出身又最为贵重，多的是想巴结他的人。听见他发话，几名侍从连忙上前驱赶这丑不拉叽的小东西，还有一名伴读相当机灵，从小径旁的花圃里捡了块石子大力朝丑东西掷去。

玄帝本就被踢成了内伤，无力躲闪，还未挪步就又被石子砸到了脊背，立时翻倒在地，闷哼不已。他哼哼唧唧的哀鸣仿似取悦了二皇子，二皇子眼睛一亮，也捡起一枚石子，对上前围堵丑东西的侍从呵斥道：“不用赶他走了，都让开，别挡了本皇子的视线！”

一枚石子以极大的力道砸到玄帝脚边，只听二皇子冷声道：“丑东西快跑呀！不跑本皇子就砸死你！”话落，二皇子身边的伴读已捡了一枚圆溜溜的石子递到他手心。不跑也是被砸，跑也是被砸，还是跑吧！运气好还能捡条命！玄帝无心再想其他，立即翻身往反方向跑去。几名伴读早已包抄过去，手里拿着石子将他往二皇子的方向驱赶。二皇子要玩，他们就得保证二皇子玩尽兴了。玄帝不得不掉头，往二皇子的方向跑。二皇子哈哈大笑，不停地对准他投掷石子，很多石子擦身而过，但更多的石子毫不留情地击打在他身上。

“砰砰砰”的闷响声不绝于耳，其间夹杂着皇子伴读们的哄笑，还有三公主、七公主冷眼旁观，拍手叫好。玄帝感觉自己的骨架都快散了，心更是沉入了万丈深渊。这就是他素日疼爱有加的孩子们吗？看不出一丝一毫的聪明伶俐、孝顺知礼，那稚嫩的面孔、恶意的眼神让他不寒而栗。

不明不白地死在自己孩子们手上，他得多可悲、多可笑？下了黄泉都无脸面见列祖列宗！玄帝咬牙，极力保持着清醒，奋力迈动早已麻木的四爪，左冲右突，从二皇子的身边顺利逃出了重围。

迎面走来一名气质清冷、身材颀长的俊逸少年。看见少年，玄帝眼睛一亮，加快速度往他身边跑去。这是他的大皇子，性格最为温润，应该不会伤害他。大皇子是已逝的淑妃所生。淑妃是他平生第一个女人，自然感情最为特殊。但因为他当时年少无知，从不懂得收敛自己的感情，让淑妃为后宫女人所妒，最终香消玉殒。从那以后，他就将自己的感情隐藏在心底最深处，从不让人轻易窥见。对于大皇子，他虽然疼爱，面上却丝毫不显，也因此，大皇子才能在没有母妃庇护的情况下顺利长大。

看见朝自己迎面跑来的小东西，大皇子愣了愣，又见后面紧追不舍的二皇子等人，他抿唇，立即转身换了一条道走。玄帝还想跟上，被大皇子身后的伴读一脚刨开。这一脚很轻，仅是驱赶。

“走吧，因一只狗与二皇弟对上，不值。”大皇子见伴读面露怜惜，眉头不由得深深皱起。他声音古井无波，丝毫没有少年人的活力。

伴读应诺，又用脚跟轻轻碰了玄帝一下，似是在催促他快些跑。

玄帝从大皇子的冷心冷情中回过神来时，二皇子已经追到了，一群人再次将他围住，石子如雨点般纷纷落下，直砸得他头破血流，身上没有一处完好。又被一枚石子砸到脑门，玄帝呜咽一声倒下，大口大口喘着气，再也无力爬起。二皇子上前，狞笑着用脚尖去辗轧他的尾巴，骨头咔嚓咔嚓碎裂的声音响起，玄帝四爪抽搐，几欲昏死。

“住手！”一道冰冷又清脆的声音响起，阻断了二皇子残忍的行为。

“四皇妹，我们玩我们的，关你何事？”二皇子还未开口，四公主已走上前，高声诘问。

来人是一名七八岁的女童，小小年纪便已出落得十分美丽，再加上一身奢华宫装，更添几分贵气和威仪。女童是皇后所出的四公主，玄帝唯一的嫡女，身份比二皇子高出一头。因对皇后的愧疚，又因是女儿身，玄帝对她的宠爱向来不加掩饰，在这宫里，敢得罪她的人少之又少。

“连只弱小的动物都要杀害，且还是惨无人道的群剿虐杀，不觉得这种行为太过卑下无能了吗？二皇兄的所作所为，何曾有半点身为储君的胸襟气度？再者，这狗不是普通的狗，是德妃娘娘的爱宠。此事若借由德妃娘娘传入父皇耳中，恐会对二皇兄不利，请二皇兄三思。”四公主迈步上前，侃侃而谈。

二皇子脸色白了又红，红了又白，最终抬起脚，收了虐玩阿宝的心思，领着一群人浩浩荡荡地走了。

“抱起它，咱们走。”四公主垂眸，指着地下奄奄一息的小狗说道。

玄帝艰难地睁开眼，盯着四皇女稚嫩的小脸，心情起起落落，复杂难言。这个女儿果然不负他的精心教导，小小年纪已有如此胸襟气度，与桑榆竟有几分相像。而三公主与二皇子……想起先前惨无人道的虐打，玄帝心头涌出一股恶感。哪怕他们是自己的儿女，被如此对待以后，他也生不出丝毫喜爱之情了。再者，二皇子已虚岁十二，理应懂事了，却还以凌虐弱小动物为乐，可见其心智多么卑弱，心性又是如何残暴，大庸绝不能交到这样的人手里。待自己回魂，定要叫李家彻底歇了这份心思。

四公主缓缓朝凤飞宫走去，看见不远处的宫门，她停步，指着路边的一处花坛说道：“把它扔进去吧。”

“公主，您不将小狗送回去吗？它伤成这样，随意丢在路边会死的。”年岁比四公主稍大一些的小宫女犹豫地开口。

“丢掉！”四公主平静的脸上忽而出现一抹厉色。玄帝睁大眼，对她的改变感到诧异。小宫女不敢再犹豫，连忙将小狗轻轻放入花坛中。茂密的兰草将它小小的身影遮盖住了，走过路过，就算细看也难以发现。

“公主……”小宫女眼含怜惜地朝花坛看去。

“走吧！它是德妃的狗，德妃与本公主有杀母之仇，本公主不亲手掐死它已算是仁慈！休要多言！”四公主语气冰冷，抬腿便走。

害死你母后的是朕，与桑榆无关！钰彤，你若要恨，也该恨朕才对！玄帝心如刀割，既心疼女儿的丧母之痛，又心疼桑榆的无辜被累。都是朕的错！莫非让朕附在阿宝身上是上天对朕的惩罚？

心痛如绞，追悔莫及，玄帝止不住发出呜呜咽咽的悲鸣。

听见小狗的悲鸣，四公主离去的步伐有片刻停顿。又迈出几步，她最终咬咬牙，对身边的小宫女冷声吩咐：“把它身边的兰草都拔掉，弄得显眼一点。它能不能活下去就全看德妃能不能及时找到它了。”

“是！”小宫女欣然应诺，手脚麻利地将阿宝身边的兰草拔了个一干二净。如此，路过的宫人只要稍微仔细些便能发现。

玄帝松了口气，听着女儿逐渐远去的步伐，缓缓闭上了双眼。一滴、两滴，无数滴雨点浇淋在他身上，带来一阵彻骨的寒意，令他飘忽的心神有片刻清醒。他忍着剧痛蜷缩起四肢，一边瑟瑟发抖，一边在脑海中勾描孟桑榆那张明艳非凡的笑脸。那笑容绚烂如朝阳，单单回味便能令他心中漾出层层暖意，僵冷的心也因这暖意又开始怦怦跳动。

桑榆、桑榆……在心里一遍又一遍地呼唤着这个名字，除了女人的脸、女人的笑、女人的亲吻和拥抱，玄帝再也想不起其他。

人在濒死的时候，想起的往往是最令他刻骨铭心的人和事。只可惜，这感悟来得有些晚！玄帝喟叹，头脑逐渐陷入混沌。恍惚中，他仿佛听见女人的呼唤在耳边萦绕，声声焦急。因为这个幻觉，他满足地笑了。

⑯ 获救

又是上次那个太医，刚准备轮值出宫就被德妃娘娘的侍女火急火燎地拖入凤飞宫。看见伤痕累累、奄奄一息的阿宝，太医倒抽了一口凉气。

这伤一看就是被人虐打所致，浑身上下没有一处完好的皮毛，耳朵豁开一道大口子，听力有没有受影响还要醒来才能知道，四爪的指甲尽数脱落，血肉模糊，尾骨寸寸断裂……两个月不到受了三次伤，一次比一次严重，这小狗何止是命苦？简直是受了诅咒啊！太医小心翼翼地剪去阿宝浑身的皮毛，给他各处伤口涂药，心中不胜唏嘘。指尖凑到阿宝鼻端试探，孟桑榆脸色苍白地问道："太医，阿宝情况如何？"

"回娘娘，阿宝全身各处有三十七道外伤，尾骨完全断裂，听力和嗅觉有没有受损目前还看不出来，得等它清醒了您自己试探一二，比如在它耳边拍掌，在它鼻下放置食物等，还有一处内伤在腹部，需喝半个月汤药调养。"太医一边禀报伤情一边写下药方，交给随侍的太监去抓药。

孟桑榆脸色越听越白，待送走太医时竟出了一头的冷汗。这么重的伤，若自己晚去半刻，阿宝必死无疑！掀开覆在阿宝身上的棉被，看见他一身青青紫紫、大大小小的伤痕，她表情木然，好一会儿才感觉到连绵不绝的刺痛从心底蔓延至全身。不过是养只狗罢了，怎么也这么难？

玄帝就在这时清醒过来。他前爪微微动弹一下，缓缓睁开了双眼。眼皮上有一道细小的伤口，一动便钻心地疼，玄帝忍不住"闷哼"一声。

听见微弱的哼唧声，孟桑榆屏住呼吸，眼睛一眨不眨地盯着柳篮里的小东西，看见小东西果然清醒了，她先是松了口气，随即飞快地黑了脸。

"小畜生，你终于醒了！"孟桑榆忽然重重拍桌，把碧水等人吓了一跳。躺在柳篮里的阿宝也浑身颤抖了一下。

很好，听力没受影响！孟桑榆紧绷的心弦略略放松，复又飞快换上更为严苛的表情，狠狠斥道："你知不知，你总是不听！非要受点教训是吧？这宫里的黑暗和龌龊是你无法想象的……"

玄帝傻呆呆地看着孟桑榆盛怒中的脸，能够再次看见这个女人真好！玄帝想要大笑，想要摇晃尾巴，身体一动却牵出一阵撕心裂肺的剧痛。他的尾巴断了，如今被包成了一根擀面杖。

"娘娘，您别骂了，阿宝都哭了！"冯嬷嬷于心不忍，指着阿宝眼角不停淌下的眼泪说道。这是疼痛引起的生理反应，可惜孟桑榆不知道。看见阿宝微微扬起小脑袋，葡萄样的黑眼珠巴巴地看着自己，里面尽是望不见底的眷恋和依赖，泪珠子大滴大滴地挂在眼眶边，小模样可怜到了极点，心霎时就软得一塌糊涂。

"小畜生哭什么？！这次教训你给我记好了，再偷跑，看我不打断你的狗腿！"孟桑榆抬起巴掌，作势要拍打，落下时却轻轻擦掉了阿宝眼眶边的眼泪。这幅色厉内荏的模样说不出的可爱。

玄帝嘿嘿笑了，发出的却是"哼哼唧唧"的撒娇声，含住女人一根手指，用舌头细细勾描吮吸，好半天舍不得放开。

"看来是饿了。银翠，把阿宝的粥端上来，我来喂他喝。"孟桑榆扶额，有气无力地对银翠招手。养狗跟养孩子一样，无时无刻都要操心啊！

银翠应诺，很快端了一碗熬得十分黏稠的鸡肉粥上来。孟桑榆在阿宝脖子下面垫了块棉布，舀了一勺粥耐心吹凉，小心翼翼地送到阿宝嘴边。玄帝配合地张嘴，将粥舔光。热乎乎的粥立即温暖了他的肠胃，也温暖了他的心。他发现，只有待在这个女人身边，他才是最安心、最放松的，那些梦魇般的经历在这个女人的温柔抚慰甚至是呵斥中很快淡去了。

"吃东西倒是蛮乖的。"抽出阿宝脖子下干干净净的垫布，孟桑榆帮他掖了掖被角，感叹道。

"娘娘放心吧，受了这么大的教训，阿宝一定会学乖的。只可惜了它这一身皮毛，如今光秃秃的，看着比以前更丑了！"冯嬷嬷语带嫌弃。

"母不嫌儿丑，穿上衣服就看不出来了。再者，两个月后还能长出新毛，肯定比以前漂亮。"孟桑榆心情回转，点点阿宝的小鼻头安慰道。

朕是你夫君，不是你儿子！你想养儿子，日后可以帮朕多生几个！

玄帝满头黑线，用包成粽子样的前爪刨了刨女人的手指。

冯嬷嬷、碧水、银翠被自家主子的戏言逗得笑起来。主子总是这样，再苦再难的事，她也能以平常心待之，从不因此而纠结痛苦。

“对了，这次阿宝受伤的账，我一定要讨回来。还没完全失宠就让人欺到头上，以后这日子没法过了！”孟桑榆皱眉，对碧水挥手道，“去，把以前我对皇后说的话重复一遍给李贵妃听，让她知道究竟谁才是她真正的敌人。沈慧茹想拖我下水，我偏不如她愿。李贵妃师承李相，论心机，这后宫里的女人少有斗得过她的，跟皇后那种心性耿直的人完全不在一个段位！沈慧茹想从李贵妃手里抢夺后位，小心跌得粉身碎骨！”

碧水欣然应诺，捡了些礼物往芙蓉宫去了。

“娘娘，阿宝是四公主扔到咱们宫门口的……”冯嬷嬷忍不住提醒。

玄帝以为冯嬷嬷想要挑拨离间，立马抬头瞪向她，眼含煞气。

“我知道，等会儿嬷嬷把皇上上次赏我的两匹蜀锦给四公主送去，那颜色够艳，小女孩穿了正好。对了，还有前一阵我绣的一盒手绢，四公主一定会喜欢。”孟桑榆眼里带上了几分怜惜，叹气道，“这孩子，年岁毕竟还小，又没有母亲教导，做事有欠考虑。她救了阿宝又扔到我宫门口，不知道的还以为她是故意挑衅了我，说不定就记恨上了。也怪不了她，在她心里，我可是她的杀母仇人……”揉了揉额角，孟桑榆不知该如何解开自己与四公主的误会。冯嬷嬷劝慰几句后便去库房找东西。

本来还担心孟桑榆与女儿起了龃龉的玄帝这下放心了，眯眼笑了笑，陷入了昏睡。回到孟桑榆身边，他浑身都舒坦了，伤口都不觉得疼了。

芙蓉宫里，送走了碧水，李贵妃的大宫女静喜低声问道：“娘娘，您相信她的话吗？”

李贵妃意味不明地摆手，敛眉思量半晌后长叹道：“不可不信，也不能尽信！”

她本就对良妃的忽然受宠感到奇怪，又结合以前的种种迹象和德妃如今的尴尬处境，一下就信了个六七分。如此，她对良妃和沈家就更不能手软！凭着良妃在皇上心目中的地位，若她怀了子嗣，这后宫哪里还有自己和孩子们的立足之地？

那厢还没等银翠将消息透到皇上耳朵里，沈慧茹就迫不及待地推了一把，银翠嗅到风头，果断放弃了行动。皇上当即考校二皇子功课，二皇子都答不上来，皇上勃然大怒，斥他顽劣不堪，心性残暴，难担大任。

在立后立储的紧要关头如此训斥二皇子，皇上这是在明明白白地告诉大家，他对二皇子并不满意。朝臣们既要巴结李相，可也要看皇上脸色。皇上虽年轻，治国的手段却不凡，一登基就端了许多老牌世家，重新打乱先帝的布局，让不同派别的官员互相制衡，大大集中了皇权。随后又放弃先帝重文抑武的政略，重新启用孟家，增强军力，废除和亲制度，全力抗击蛮夷。这样的帝王，再过几年该成长到何种地步？朝臣们如何能不怕？是以，消息从宫中传来，很多御史都消停了。

李贵妃查清这背后是沈慧茹在搞鬼，被气得浑身发抖，从此对她深恶痛绝，恨不能除之而后快。

⑰ 养伤

立后立储的事因皇上震怒而不了了之，后宫和朝堂着实清静了一段日子。又过了半月便到了先皇的祭日，四品以上的嫔妃和皇子公主们都要穿着素服去皇陵祭奠。皇太后照例没有来，只送了亲手做的一套寒衣叫皇帝烧给先皇。

祭典上，大皇子表现平平一如往常，二皇子却出人意料的十分打眼。经过皇上的训斥，他明显成熟稳重许多，行止间有礼有节，进退得宜，更做了一篇情真意切、辞藻华美的祭文，直将很多老臣感动得潸然泪下。

祭典过后，许多大臣对二皇子的孝心与文采赞誉有加，皇帝也碍于场面夸奖了几句，先前二皇子被叱顽劣、难堪大任的风波总算是过去了。

“在这宫里，就算是十岁出头的小孩子也不简单啊！那么大的场面都能轻易应对，不愧是皇家的孩子。看来，李贵妃很快又要出招了。”孟桑榆回味着二皇子祭典之上的表现，感叹道。

“娘娘怎么就知道李贵妃要出招了？”碧水早已习惯自家主子时而蹦出来的怪话，只捡听得懂的问。

“知道了皇上与良妃那点儿破事，她不抓紧时间为自己筹谋更待何时？难道还等良妃怀孕生子不成？”孟桑榆边说边伸出双臂，朝抱着阿宝进殿的银翠走去，“让我看看阿宝，今天有没有好点？”

阿宝今日穿的兔子装，狗脸被毛茸茸的兔子皮包裹着，上面两只长长的兔耳朵，眼皮上留了道疤，跟越狱兔像了个十成十，直把孟桑榆萌得晕晕乎乎。她使劲搓了搓手，待冰凉的手暖和了才小心翼翼地接过阿宝。

“今儿好多了，细小的伤口都已经结痂，大的伤口还得养个六七天。娘娘走时喂它喝了碗粥，之后就一直未曾进食，药也不肯喝，怕是在思念娘娘呢。远远听见娘娘回宫的仪仗声就开始挣扎，想要出来迎您。”银翠好笑地碰了碰阿宝被包成粽子样的爪子。

玄帝只管埋在孟桑榆怀里静静感受她的馨香和体温。变成狗的日子越久，他的主人依赖症就越严重，只觉得哪儿都没有孟桑榆的怀抱安全。

“那赶紧把药端上来，先喂它喝了药再吃东西。”孟桑榆捏捏阿宝的鼻头，从冯嬷嬷手里接过一个小围兜系在阿宝脖子上。

兔子装、小围兜、一张剪了毛的狗脸……这画面空前搞笑，殿里的宫人们纷纷垂头，肩膀耸动个不停。碧水和银翠脸都憋红了，为了阿宝的自尊只得飞快退下。药很快就熬好，端到了孟桑榆面前。孟桑榆用左手将阿宝勾进臂弯，右手拿着小勺一勺一勺喂。阿宝也很配合，一口接一口丝毫没有挣扎，更没有因药苦就吐出来，比大多数人都勇敢。

“娘娘，您觉没觉得阿宝特别聪明？好似能听懂咱们说话？”银翠低声问道。

阿宝刚喝下的一勺药吐了出来，将小围兜染湿了一片。

孟桑榆笑着帮他擦干净，不以为意地问道：“聪明不好吗？”

“没什么不好。”只是有时候感觉很妖异。后半句话，银翠没敢接口。

“它再聪明也是我的阿宝，我还巴不得它更聪明一点。”孟桑榆捏捏阿宝湿漉漉的鼻头，话语里满是宠溺。玄帝吁了口气，伸出舌头殷切地舔舐女人温热的手指。奈何他尾骨断了，否则早欢快地摇摆起来。

“奴婢拜见德妃娘娘，请娘娘喝药。”殿门口，一个月定时到访三次的医女手里捧着一碗热腾腾的汤药行礼。以往冯嬷嬷见着她便要眉开眼笑，这会儿却暗暗咬牙切齿，恨不能上前一把将药碗掀翻才好。

“放着吧，本宫待会儿再喝。”孟桑榆嘴角的笑意稍淡，不冷不热地吩咐道。医女应诺，将药碗放到小几上，阿宝的柳篮边，然后退至角落等候。她得到上头的命令，定要看着德妃娘娘喝完药才能回去交差。

孟桑榆给阿宝喂完药，将他放回柳篮里，正要拿起药碗喝掉，却不想阿宝忽然抬爪扑腾了一下，将药碗打翻。

“娘娘小心！”碧水和银翠立即上前，一个拉开德妃，一个接住药碗。

阿宝干得好！冯嬷嬷眼睛亮了亮，连阿宝带小窝都挪到一边的软榻上，免得他被打湿，随即做出一副为难的表情对那医女道，“这药弄洒了，你看……”

“无事，奴婢再帮娘娘熬一碗，待会儿送过来。”医女连忙屈膝道。

“那就劳烦姑娘了。”冯嬷嬷的笑容有些假。

柳篮里的阿宝动了动爪子，眸色晦暗不明。

等医女走了，冯嬷嬷凑到孟桑榆耳边，压低嗓音道：“娘娘，虽然您不想要孩子，但也不能这样折腾自己啊？是药三分毒，不能再喝了。”

“知道了嬷嬷，这药我以后都不喝了。”孟桑榆点头，心里思量：反正已经失宠，皇上估计一年半载也想不起我来，不喝也没什么要紧。

当年她还只是十四岁的小姑娘，就算皇帝不这样对她，她自己也会寻摸些避孕的药丸服下。皇帝此举还省了她不少事。

柳篮里的阿宝听见主仆两人的对话顿时放心了，以前对冯嬷嬷的各种不满都烟消云散。这奴才虽愚钝，但胜在忠心，还是让她继续留在桑榆身边好了。医女再来时，孟桑榆已经换了一袭深色开襟棉袍，用宽袖遮面，将药汁往袖口一倒。那医女也没看出异状，端着药碗回去复命了。

是夜，孟桑榆睡在榻上，阿宝睡在榻下，一人一狗神态安详，连呼吸的频率也一样。窗外飘着细细密密的雨丝，沁人的凉意从微开的窗户缝里钻进来，然后变成水汽落到靠窗的地上。

忽然，漆黑的天空被一道亮白的闪电劈开，又过了片刻，震耳欲聋的雷鸣从天边滚来，似有千军万马在屋顶交战。孟桑榆先是皱眉，随后在惊雷中清醒过来，用被子紧紧裹住自己，尖声呼喊冯嬷嬷。她浑身颤抖，脸色苍白，一双凤目睁大到了极限，显得极为惊恐不安。

“娘娘，您没事吧？”冯嬷嬷和碧水一身狼狈地进来，头发丝还滴着雨水。

“我没事，你们去哪儿了？”孟桑榆掀开被子。

“回娘娘，半夜忽然下起雨来，奴婢和碧水想着书房的窗户没关，赶紧跑过去关上，结果天上忽然又是打雷又是闪电，还落下石子大的冰粒，把我和碧水砸得够呛！”

孟桑榆这才敢细听窗外的动静，果然听见乒呤乓啷的冰粒声。

“娘娘，这都入冬了还打雷。都说冬雷滚滚夏雨雪，这可不是什么好兆头啊！明日奴婢去给娘娘求道平安符，给娘娘去去晦气吧。”冯嬷嬷走上前，替主子掖好被角，看见被窝里的阿宝，就要伸手将他抱下来。

“别，就让阿宝陪我睡，今晚嬷嬷不用在我榻下铺床了，省得冻着。平安符就劳烦嬷嬷了。你们赶紧回去收拾收拾，洗个热水澡冲碗姜汤，小心染病。”孟桑榆连忙摆手遣退冯嬷嬷，又小心地把阿宝抱进怀里。

见自家主子兀自与阿宝玩闹，完全忘了窗外的滚滚冬雷，冯嬷嬷放心地笑了，带着碧水轻手轻脚地走出寝殿。

第二日，天降冬雷的恶兆在朝堂上掀起了一些波澜，皇帝立即颁布了诏书，敦促各地官员做好防寒工作，不要让百姓受难。又过了几日，冬雷的余波还未平息，紫阳殿后的千年古松却又忽然枯死了，在朝堂上掀起了轩然大波。这古松一百多年前也枯死过一回，那之后没几年，前朝国破，古家太祖占领了皇宫，自此龙袍加身登基为帝，改国号为庸。庸太祖即位大典那天，本已枯死的古松忽然吐出了新芽，重新焕发了生机。庸太祖得知后大喜，称这是上天赐福，预示大庸建国乃顺应天意，必将万世长隆。而今，对大庸如此有象征意义的古松忽然间枯死了，且还是根断而死，莫非这是上天在向大庸子民示警？根断根断……结合前一阵的流言，可不就应在了皇帝身上吗？

芙蓉宫里，李贵妃笑了；蔷薇殿里，沈慧茹硬生生折断了一只狼毫。

⑱ 异动

群臣再次恳请立后立储，皇帝再次当朝拂袖而去。这次的流言来势比上次更加凶猛，不出一天就已传遍京都，想压都压不住，毕竟法不责众。

钦天监也向皇帝呈报了占卜结果，只两个字——大凶。这结果一出来，又仿如在油锅里加了一瓢水，整个朝堂和后宫都沸腾了。

凤飞宫虽然管制严格，但也不免受了些影响，有一小部分人开始惶惶惑惑，忐忑难安。

“娘娘，咱们抄些经书吧，这样既可以修身养性又可以消灾减厄，免得被宫里的晦气冲撞了。”冯嬷嬷抱着一堆佛经进来。

“天寒地冻的，手都僵了，抄什么佛经？”孟桑榆小心翼翼地解开阿宝爪子上的“粽子”，查看伤口愈合的情况。阿宝也是硬气，被纱布扯痛了都没哼一声，反把孟桑榆吓得又是亲亲，又是抱抱，还不住地往伤口吹气。主宠两个你亲我一口，我舔你一口，玩得不亦乐乎。

“这又是冬雷又是古松枯死的，大家都说是因为宫里染了晦气，谁沾了谁倒霉！这不，皇上有龙气护体都重伤了！大家都在抄，娘娘您不抄就算了，奴婢帮您抄，您好歹拿一本放在枕头底下压着。”冯嬷嬷取出最上面一本《妙法莲华经》递到主子面前。

孟桑榆无奈接过，随意翻了翻说道：“你们不用如此害怕，所谓的雷电不过是一团冷云和一团热云互相碰撞激出的火花，与两把宝剑相撞的情况类似。冬天之所以不常打雷是因为冬天的云团普遍都很冷，互相融合了。但若是天气偶尔暖和几天再突然降温，也会产生打雷闪电的现象。昨天之前，这天气不是热了好几天吗？昨晚的雷就是热云未散冷云突至造成的，与晦气和鬼神压根儿没有关系。”

玄帝诧异地抬头看她一眼，为这新奇的言论感到着迷。原来雷电是这样造成的吗？仔细一想确实非常形象，非常有理！她这小脑袋里还有多少奇思妙想？

“娘娘懂得就是多！”碧水给火笼里添了些银丝炭，戏谑道，“娘娘既然知道，怎的还会如此害怕呢？”

孟桑榆噎了噎，搂紧怀里的阿宝，理直气壮地说道：“怕就是怕，我有什么办法？阿宝也怕呢，昨晚都吓得发抖了，是我搂着它它才敢睡！”

朕什么时候害怕了？朕什么时候发抖了？你欺负朕不会说话吗？玄帝不免气结，盯着女人微微嘟起的粉唇，忽而就笑了起来。这个时候的孟桑榆才有十七岁少女的模样，可爱中带着点小狡黠，让他看了止不住地心生欢喜。见趴在主子膝头的阿宝忽然哼哼两声，好似在附和主子的话，银翠、碧水、冯嬷嬷都笑了。这主宠两个越发有默契了。

收了笑，碧水好奇地问道：“那紫阳殿的古松枯死又是怎么回事呢？听说那古松极有灵性，可以预知天下兴亡。”

“古松的事就更简单了，什么灵性、预知、示警、降福……都是有人在装神弄鬼罢了。”孟桑榆不以为意地摆手，引得众人，包括阿宝，都眼神灼灼地朝她看去。

“那树既然活了上千年，寿命也算是不短了，枯死是正常现象，只不过被有心人利用成了前朝皇室触怒神明的证据。后来太祖称帝，为了使古家的上位显得顺应天意，庄严神圣，这古树又再次被利用了。所谓复活不过是用了某种秘法，延续了古树的生命，能够再延续百年已是不易，早晚还会枯死。当然，它偏偏在这个时候枯死，里面肯定有人弄鬼，咱们意会就好，不可言传。”孟桑榆用食指抵唇，做了个噤声的动作。

古松死而复生的事是古家不传之秘，太祖早已料到它活不久，登基后在树根下埋了一块“万古长存”的石碑，只等这树有朝一日枯死时便挖出来为古家帝位正名。若不是继承了皇位，玄帝也不会知道这个秘密。

他深深看了孟桑榆一眼，已经不再为她的聪明灵慧感到吃惊了。至于李贵妃和李相，他眼里的温柔顷刻间褪去，被彻骨的寒意所取代。连皇室的象征都敢动，李家的心越来越大了！

冯嬷嬷等人点头，脸上露出恍然大悟的表情。片刻后，冯嬷嬷好像又想到什么，压低嗓音问道：“娘娘您说，皇上伤了根本这事儿是不是真的？”

“十有八九！”孟桑榆撇嘴，“皇上刚回来那会儿不是一连召了很多神医进宫吗？那些神医都失踪了，必定是为了遮丑。皇上又接连两月未曾踏足后宫，连最心爱的良妃都没碰，可见是有心无力了。”话落，她眉眼一弯，扑哧地笑了，表情极为幸灾乐祸。

没有子嗣，沈慧茹这辈子都别想登上后位，沈太师的报复恐怕是难以实现了。而自己又刚刚向李贵妃表明了立场，作为一个无宠无子的嫔妃，李贵妃不会拿自己怎样。沈慧茹应付李贵妃尚且应付不过来，就更不能拿自己如何了。这才是孟桑榆气定神闲过日子的真正倚仗。

玄帝闻言脸色漆黑，胸闷气短，但对上她亮晶晶的凤目和微翘的嘴角，所有的郁气又一扫而空。罢了，爱笑就笑吧！待朕回魂，朕定会让你知道朕究竟有没有力！看来，朕得抓紧时间去找俊伟了，寻医问药是没用的，得找个得道高僧招魂才行！

青鸾殿的正殿里，假皇帝坐在御桌后，手里拿着一本奏折，匆匆看了两眼扔掉，捡起另一本，又扔掉，斜飞入鬓的浓眉深深皱起，似有说不尽的烦恼。

“良妃娘娘求见！”殿外传来太监通报的声音。

假皇帝眼睛一亮，立马挥手道：“宣！”

常喜领着良妃款步进殿，甩甩手里的拂尘，遣退殿内多余的人。

宫人们鱼贯退出，头俱垂得低低的，丝毫不敢乱看。最近皇上心情不好，青鸾殿里莫名其妙死了很多人，且与皇上关系越亲近的，死得越快，他们整日都战战兢兢，谨小慎微，恨不能没长眼睛和耳朵。

等人都走远了，常喜也没给皇帝行礼，径直走到殿门口望风。沈慧茹直起微弯的膝盖，极其自然地走到皇帝让出的主位坐定。

“奴才见过良妃娘娘！”假皇帝卸去浑身的气势，恭恭敬敬地跪下给她行礼。

“起来吧！”沈慧茹睨他一眼，眼底溢满复杂难言的幽光。看着这人顶着一张昔日高高在上的脸对自己卑躬屈膝，她心里既觉得不自在，又有种隐秘的、不可言说的满足感。终于不用再仰赖着他的宠爱而活了，终于不用再患得患失了，终于不用再日日翘首以待了……

“回娘娘，倡议立后立储的折子都在这里，奴才已经全部留中不发了。”假皇帝被沈慧茹看得心里发毛，指着御桌上一叠奏折转移话题。

沈慧茹将目光移向奏折，幽深的眼眸逐渐变得冰冷。她漫不经心地翻看着，将折子上一个又一个名字记在心里，大殿内霎时安静得落针可闻，沉郁的气氛笼罩下来。假皇帝依然跪在一边，丝毫不敢抬头。

半晌后，沈慧茹终于悠悠开口，打破了殿内的沉郁：“光留中不发也不是办法！”

假皇帝略略抬头，拱手道：“还请娘娘示下。”

“你今晚就去临幸德妃，连续一个月专宠于她，直到让她怀孕为止！”沈慧茹勾唇，幽深的眸子散发着某种晦暗莫名的光芒。

“娘娘？！”假皇帝猝然抬头，对这个命令感到不可置信。淫乱后宫？这是要他的命啊！

“德妃用了多年药，恐不会那么容易怀孕，你只管临幸她一月，届时将这枚药丸给她暗中服下，造成假孕的迹象就可以了。她不是想坐山观虎斗吗？本宫偏要将她拖下水！有了孩子，她不想斗也得斗！而本宫就可以顺势退到幕后，慢慢打击李相的人脉，培植沈家的势力。待她发现怀孕是假，不管她如何反应，本宫都有办法将她打落尘埃，让她生不如死！”仿佛没看见假皇帝惊惧的表情，沈慧茹兀自将命令交代下去。

“娘娘，恕奴才不能遵命！”假皇帝咬牙，额头早已冒出不少冷汗。

“你做也得做，不做也得做。你真以为闫俊伟给你服下的蛊毒已经解除了吗？”沈慧茹说到这里故意停顿了一下，看见假皇帝忽然惨白如纸的面色才继续说下去，“本宫给你的解药里另外掺杂了一味毒药，只有每月从本宫这里拿取解药，你才能活下去。皇上已经昏迷两个多月近三个月了，本宫问过太医，这种情况下醒过来的机会相当渺茫。你若助本宫，本宫不但保你不死，还赐你一生荣华富贵，待日后沈家大计得偿，本宫还会放你远走高飞，你可要想好了！”

假皇帝呼吸越加粗重，好半晌才哑声答道：“奴才愿为娘娘驱使！”良妃的承诺他一个字都不信，但他不得不做。虽说早晚都是个“死”字，但晚死一刻也好！

“很好，你是个聪明人，跟着常喜去偏殿吧，他会告诉你一些德妃的喜好，你认真揣摩，切勿露出马脚。临幸完德妃，你若是还看上宫里哪个女人，只管叫常喜带你去就是，若是看上李贵妃也不是不可，但切莫给予她太多宠爱！”沈慧茹挥手，将脚步虚软的假皇帝遣退。

看着这人与古邵泽一般无二的背影，她眼里流泻出几分恶毒的快意。孟桑榆、李淑静，若日后你们得知自己曾委身于一个卑贱的奴才，心里是何感想？

“娘娘，这样拖着也不是办法。没有皇嗣，就算您斗垮了李贵妃和德妃，最终登上了后位也无济于事。皇嗣是太师偷天换日大计最关键的一环，娘娘您还需早下决定啊。”大宫女晚清忍不住开口打断了她的思绪。

“本宫知道，但是让本宫去与一个奴才……本宫做不到！难道父亲就没有别的办法吗？”沈慧茹拳头捏得发白。

“假怀孕，再偷运一个婴儿入宫，所费人力物力甚巨，且历时整十个月，难免有疏漏的地方。李相和李贵妃虎视眈眈地在旁盯着，稍露出一点破绽都会陷沈家于万劫不复。还是太师拟定的计策最安全，为了沈家的百年大业，娘娘还需尽快迈过心中那道坎。”晚清苦口婆心地劝导。

“本宫知道了，再等上一个月吧！孟桑榆是把好刀，本宫用了这么多年，随意丢弃太可惜了。”沈慧茹脸色有些苍白。

晚清如何不知道这是她的推托之语，只得继续劝道：“再过一月皇上也不会醒的，就算醒了，知晓太师和您的所作所为，他如何肯原谅您？您还是听太师的话，尽早将他……”晚清做了个掐死的动作。

沈慧茹猛然起身甩了她一巴掌，表情狰狞地开口：“贱婢！此话休得再提！皇上既然已经睡死，就让他继续睡下去，谁也不准碰他一根手指！谁若违了本宫的命令，本宫灭他九族！听见了吗？！”

晚清捂着脸颊跪倒，唯唯应诺。全家性命都捏在良妃手里，她再也不敢多言。

青鸾殿下的密道里，一名暗卫趴在风孔边听完两人的对话，匆匆写下一张“皇上暂安，还可继续寻访医圣；良妃异动，请大统领火速回宫定夺”的字条，神不知鬼不觉地让人送出宫去。

⑲ 侍寝

孟桑榆抱着阿宝斜躺在软榻上，因气温骤降，宫里已经烧起了地龙，热烘烘的十分舒服。她只着了一件轻薄的小袄，将阿宝裹在小袄里，单露出一个戴着小帽的狗头，一人一狗分食着一块软糕，同看一本杂记，那模样逗趣得很。玄帝被软香温玉抱在怀中，鼻端是诱人的体香，真是痛并快乐着。他控制不住地想去触摸女人的身体，可看见自己包成粽子样的爪子，只得偃旗息鼓，尽力将心思都挪到书本上去。

“娘娘，刚才敬事房来人通知，皇上今晚将临幸凤飞宫，请您做好准备。”碧水面沉如水地进来。

“噗！”孟桑榆一口糕点没咽下，尽数喷了出来。

“他不是不行了吗？”她抓着自己披散的头发，不敢置信地大叫！

“汪、汪、汪……”玄帝声嘶力竭地咆哮起来。不过一个假货，谁给他的胆子？竟然敢碰朕的桑榆？他眼里翻腾的滔大怒火几乎要将阿宝黑漆漆的眼珠染成红色。

“娘娘，那咱们怎么应付？”冯嬷嬷问。以前她是邀宠先锋，知道真相后已经转职拒宠先锋了。

“去，把我压箱底那粒红色药丸拿出来，这是我从已经隐退的瞿老太医那儿得来的，如今用着正好。”孟桑榆迅速镇定下来，指着一个箱笼对碧水说道。

“娘娘，是不是这个？”碧水捧着一个黑色的小锦盒走过来。

“对，就是它。”孟桑榆放下用前爪捂脸、显得蠢萌透顶的阿宝，好心情地捻起药丸和水吞下。

“娘娘，这药究竟是什么效果？”冯嬷嬷不放心地追问。

“服下这药后两个时辰会导致信期提前来临，且断断续续数月不止。”孟桑榆看向小几上的沙漏，沉吟道，“皇上还有一个时辰就来了，在他临幸我之前，咱们还得再拖上一个时辰，等药效发作了才好。不是说他不行了吗？怎么又可以了？真是令人失望啊！不过，李淑静绝对比我更失望！”话落，她扑哧扑哧地笑了起来。

“信期数月不止？会不会对您的身体有影响？”冯嬷嬷惊慌问道。

“不会，父亲救过瞿老太医的儿子，为了报恩，瞿老太医曾替我秘密诊过脉，皇上御赐汤药的玄机就是他告诉我的。这枚药无毒，反而能将我体内沉积的毒性排出去一部分，是养生的好东西。毒排得差不多了信期自然就止了。我那时不想要孩子，所以一直放着没用。等数月过去，想必李淑静与沈慧茹的争斗已经尘埃落定了。”孟桑榆徐徐说道。

冯嬷嬷、碧水、银翠三人纷纷露出放心的表情。

皇帝还有一个时辰才到，孟桑榆不能干坐着，还得沐浴更衣熏香，把自己打扮得明艳照人，再提前两刻钟到宫门口接驾才行。

玄帝四爪还未痊愈，不能行走，被安置在榻边的柳篮里。榻对面放着一扇巨大的薄纱屏风，屏风后雾气氤氲，水声潺潺，依稀可以看见一个曼妙的身影坐在浴桶中慵懒地拨弄水花。浓烈的花香味伴着一丝潮气钻入鼻孔，侵入心田，令玄帝心脏狂跳。

他不受控制地紧紧盯住巨大的屏风，漆黑的眼睛发出晦暗的幽光，灼热的视线恨不能穿透薄纱，看见其后隐藏的倩影。

良久，水声停住了，一道浅浅的身影从桶中站起，映衬在屏风上。身影纤浓合度，凹凸有致，盈盈一握的腰肢，平坦光滑的腹部，笔直修长的双腿……每一处都透着惑人的风情。当年的小女孩已经长大了，而自己却错过了她成长的每一刻。意识到这一点，玄帝眼中的幽光变暗，头埋在前爪里，蜷缩起来的身影显得十分落寞。

片刻后，孟桑榆穿着一件纯白亵衣，披着一件开襟薄纱外袍出来了，抱起柳篮里的阿宝，坐到梳妆台前让冯嬷嬷和碧水给自己打理一头墨发。

被抱入熟悉的怀抱，玄帝立即从低落的情绪中挣脱出来，伸出爪子去捞捡垂在自己眼前的一缕青丝。如果朕有手，这三千青丝该由朕亲自打理才是。他默默想着，忆及待会儿孟桑榆的美丽便要被一个来历不明的假货觊觎，甚至是触碰，漆黑的眼眸中便不由自主地泄露出一丝杀意。

他定了定神，用前爪抱住那捋青丝，置于鼻端细细嗅闻，一边暗暗沉醉，一边思量着要尽快养好伤，去御花园的密道联系闫俊伟。沈家已显出谋逆的倾向，俊伟定会拼尽全力将他的肉身送出宫去，然而假皇帝在朝，他亦会每隔一段时间进宫来查探一次，自己只需写张字条，放入密道中他们常常用来传递消息的沟槽里就行了，俊伟早晚有一天会发现。

“就梳个简单的垂云髻，簪朵牡丹花就行，妆容我自己来。”恍惚中，女人慵懒随性的嗓音响起，爪里的一缕发丝也被抢走。

玄帝皱眉，不满地“哼”了一声，换来孟桑榆温柔的爱抚，湿漉漉的鼻头也被轻轻刮了一下。淡淡的欢喜不可遏制地从心间升起，他咬住那根手指，用牙齿一点一点碾磨，不舍得放开。

“好了，你乖乖在旁看着，我要化妆了。”轻笑着收回手指，孟桑榆将阿宝放在梳妆台上，拿起一瓶雪肤膏细细在脸上涂抹开来……

本就白皙的肤色更白了，显得有些病态，再画上艳红的口脂和粗重的眼线，这张脸孔虽然还是很美，却多了几分匠气，少了几分灵动自然。玄帝看着这张刻板的面孔，心头涩涩发苦：都说女为悦己者容，桑榆从未想过在朕面前展露她最美的一面，可见她丝毫没有心悦于朕！

苦涩的感觉被眼角的凉意打断，玄帝回神，却见孟桑榆正拿着炭笔，在他眼角快速画了三道，嘴角噙着一抹狡黠的笑意。他反射性地伸出前爪，想要去抓挠。

“不准挠，挠掉了没有饭吃！”孟桑榆虎着脸恐吓，清亮的凤目却溢满笑意。玄帝愣了愣，立即放下爪子。

“好乖！”亲了亲阿宝的小嘴，孟桑榆毫不客气地在他另一边眼角也画下三道，然后扑哧扑哧地笑起来。

“呀，阿宝这是怎么了？未老先衰了吗？”碧水和银翠也憋红了脸，嗓音颤抖地调侃。被刮干净毛发的狗脸粉嫩粉嫩的，两边眼角各有三道粗黑的鱼尾纹，那形象实在太喜感，太让人忍俊不禁了。

玄帝能够想象出自己滑稽的形象，他浑身冒着黑气，僵硬地转身，用屁股对着孟桑榆，但他发现孟桑榆望向琉璃镜中倩影的眼底却藏着浓浓的宠溺。如果牺牲形象能够换来她展颜一笑，他甘愿。

酉时刚过，孟桑榆便狠心撇下狂叫不止的阿宝，身着一袭华丽宫装，迎着瑟瑟寒风在宫门口等待玄帝的銮驾。

假皇帝到时，看见的便是寒风中衣袍翻飞、飘逸灵动的美人。美人的脸色因寒气过重的缘故显得有些苍白，狭长的凤目染着几丝水汽，盈盈地朝自己看来，仿佛含着万千情谊。他愣了愣，不自觉低下头，本就紧张不安的心开始狂跳，不是被美色所惑，而是因即将到来的杀身之祸。迈出这一步，他将再也没有活命的可能了。他身后的常喜假作咳嗽，实则在警告。他立即抬头，扯出一个笑脸朝迎上前来的德妃看去。假皇帝遵从常喜的教导，快步上前扶起德妃，并拉住对方细嫩的小手。这双手很柔软，却也十分冰冷，就像自己此刻的心情。假皇帝不自觉地稍稍握紧又飞快松开，牵着德妃往殿里走，脸上的笑容也自然了一点。

这是挑逗？孟桑榆感觉到手上的力度，诧异地瞥了一眼男人俊美的侧脸。以往玄帝即便握着她的手，那力道仿佛经过测量，除沈慧茹，他对所有女人的态度都一样，看似亲近实则拒人千里。偶有年纪偏小又家世不显的新人入宫，才能在他的眼里看见片刻放松，但这轻松也会随着时间的推移和新人的蜕变而消失，再也难得一见。

所以说，这也是一个可怜的男人。

在孟桑榆胡思乱想时，假皇帝已经带着她走入正殿。烧了地龙的大殿十分温暖，扑面的暖气立刻熏红了她的脸，也令假皇帝心头略微放松。两人挨着小几在软榻边坐下，碧水和冯嬷嬷来来往往，张罗着茶水和糕点。

也不能一来就说“爱妃，我们歇息吧”，这样显得太猴急！假皇帝端起热茶啜饮，心里思量着该怎么办。就在这时，他听见隔壁偏殿传来的狗叫声。想起上回看见德妃的宠物，他眸光微闪，自觉终于找到了话题。

“爱妃，你那只宠物调教得如何了？”

“回皇上，谈何调教？如今是一动都不能动了！”孟桑榆语带哀怨，话落还冷冷瞥了眼常喜。常喜连忙低下头。

“哦？是上次旭尧干的好事？伤得很严重吗？”假皇帝放下茶杯，

顺着她的话往下问。

“碧水，让银翠把阿宝抱进来给皇上看看！”孟桑榆挥手道。

小狗的叫声越来越近，待进了殿，看见孟桑榆，他立即从银翠的怀里抬起头，嘶哑凄厉的叫声变成了哼哼唧唧的撒娇声，小爪子朝孟桑榆抬起，仿佛在祈求主人的拥抱。

对上他湿漉漉的黑眼珠，孟桑榆的心软得一塌糊涂，立即起身将他抱进怀里，用食指轻轻刮挠他的下颌。哼哼唧唧的声音更欢快了。

20 测试

“爱妃，它怎么伤成这样了？没想到旭尧下手如此狠毒！”

孟桑榆哀怨地瞥他一眼，没有接话。与皇帝一起说他儿子的坏话，除非她脑子被驴踢了。玄帝这才注意到旁边的假货。那“爱妃”两字一出，他漆黑的眼珠便划过一道厉芒，不由自主地对着假皇帝汪汪大叫起来。他也想隐忍，只可惜阿宝的脑容量太小，间接影响到了他的性情和思维。

“他好像对朕有敌意？”假皇帝挑眉。这是玄帝表达不满时的标准动作，他模仿了十成十。

孟桑榆顺着他的指尖才看见阿宝狰狞的表情。阿宝瞪着眼，龇着牙，鼻头一拱一拱，发出威胁的低鸣，这凶狠的模样若惹得皇帝不快就糟了！

她连忙捂住阿宝的狗脸，讪笑着解释道：“皇上理解错了，阿宝不是对皇上有敌意，是对旁人有敌意。小狗可是十分记仇的，上次多亏了常喜公公，臣妾的阿宝才在荷花池里洗了一回冷水澡，要不也不会带着这一身伤回来。”她冷飕飕地瞥了常喜一眼。

常喜立即跪下，一边掌掴自己的脸一边告罪：“奴才该死，奴才错了，奴才有眼无珠！请德妃娘娘恕罪！”本以为这个女人注定落魄，他才会那般肆无忌惮地摔打她的宠物。可谁承想良妃娘娘竟然拿她还有用。

如此，他少不得要委曲求全一次了。不过一个将死的女人，暂且便忍你一忍，待洒家做了尚书令，定要你好看！常喜垂眸，掩饰眼底的怨毒。

但玄帝趴在孟桑榆膝头，视线刚好与他齐平，自然将他的表情尽收眼底，心中冷冷忖道：看来，这个奴才是留不得了！

看在玄帝的面子上，宫妃们都对常喜客客气气，礼遇有加，但孟桑榆却不。她一不想争宠，二不想谋权，更无须常喜帮她在玄帝面前说话，让玄帝时刻惦记着她。常喜不招惹她自然相安无事，若招惹了她，她也不会让对方好过。阿宝那一脚之仇，她一分一秒都未曾忘记。

不过，报仇也要适可而止，常喜毕竟是皇帝的人。孟桑榆时刻关注着玄帝的面部表情，待他稍微露出不悦便立即叫停。但这一看就看出问题来了。那是什么眼神？不是不耐，不是恼怒，却似紧张、畏惧和不安。

孟桑榆抿唇，再次乜去，终于确定自己没看错。紧张畏惧一个奴才？怎么可能？她心脏突突地跳起来，一个隐约的想法似闪电般滑过脑海。

见玄帝拧眉朝自己看来，明明是不悦的表情，眼底却暗藏一丝忐忑与闪烁，孟桑榆抬手，漫不经心地开口："罢了，停下吧。下次有眼色一点！"话落，她朝暗自放松了面部神经的假皇帝看去，兴致勃勃地提议，"皇上，为了不让那些有眼无珠的东西再伤害阿宝，您给它写一块狗牌吧？有了这块钦赐的狗牌，阿宝在宫里行走就安全了，臣妾再也不用为它提心吊胆了！"

"这……"假皇帝迟疑，他害怕写字时露出马脚。

"凤飞宫阿宝，不过五个字罢了，举手之劳。皇上就成全臣妾吧！"孟桑榆掰着手指头数数，随即凑过去拉扯他的袖子，声调软乎乎地醉人。

假皇帝心神荡漾，不着痕迹地朝脸颊红肿的常喜看去。常喜微不可见地使了个眼色，假皇帝欣然应诺。

玄帝在孟桑榆拉住那假货衣袖撒娇时便声嘶力竭地吼叫起来。

孟桑榆自是发现了假皇帝与常喜不同寻常的互动，连忙摆手叫银翠把吵闹不休的阿宝带下去，免得他触怒了这两个人，也让自己分心。

狗叫声远去，碧水与冯嬷嬷分别拿着笔墨、纸砚过来，在榻边的八仙桌上铺开。假皇帝提笔蘸墨，手腕悬空，在雪白的宣纸上停顿了数秒才落下第一笔。浓重的墨迹在纸上延展开来，“凤飞宫阿宝”五个行书大字跃然纸上，与玄帝的真迹一般无二。

放下笔，看见自己的成品，假皇帝微不可见地吐出一口气。皇上的字迹他模仿了三个月，每日都描摹数百遍，足可以假乱真，连良妃和沈太师都分辨不出，更何况不通笔墨的德妃？这道关卡应该是顺利通过了。想到这里，他搁笔，趁着德妃拿起宣纸欣赏的当儿给常喜投去个询问的眼神。常喜微微点头，表示不错。

两人的互动自以为不着痕迹，天衣无缝，但实际上，拿着宣纸凝目欣赏的孟桑榆却留了一线余光关注两人的动作和表情。两人的眼神交流，她自然没有错过。心中隐约的想法更加清晰，孟桑榆眉头微蹙，这才细细查看手里的五个大字，半晌没有说话。

殿内安静得出奇，气氛逐渐有些微妙。假皇帝终于忍不住开口：“爱妃可是觉得朕这五个字写得不好？”

常喜悄悄抬头，目光灼灼地盯着德妃的脸。

“哪里，就是皇上写得太好了，臣妾一时都看呆了！”孟桑榆放下宣纸，笑容说不出的谄媚。

“哦？哪里写得好？爱妃同朕说说。”假皇帝挑眉追问。

“这个，臣妾也说不上哪里好，但就是觉得好！皇上您真是才高八斗！”笑容更加谄媚，拍马屁的痕迹更加露骨，孟桑榆将一个不通文墨、心机单纯的痴女形象表演得入木三分。假皇帝舒心地笑了，他走上去揽住德妃的肩膀，把她往怀里带，脸上的宠溺之情溢于言表。

孟桑榆心里做咆哮状，面上却丝毫不显，极其自然地挣脱假皇帝的怀抱，将他按坐在软榻上，娇滴滴地说道：“皇上，现在轮到臣妾来展现才学了。臣妾前一阵学了一套烹茶技艺，今日便表演给皇上看，可好？”

烧水，全套茶艺、品茶，再谈论些诗词歌赋，人生理想，这一套流程下来少说也得花费一小时，应该能把此人熬走。孟桑榆默默思量着，亲自跑到茶水间去挑选茶叶。

在瓶瓶罐罐中搜寻，她最终选定了玄帝最爱喝的君山银针，随后想了想，又拿出一罐凌云白毫，捻了一小撮放进君山银针里拌匀。

“皇上请喝茶。”孟桑榆捧着一盏热腾腾的茶递到他手边，打断了他心中的旖旎遐思。

假皇帝迅速收起迷蒙的眼神，接过茶盏送到嘴边啜饮。品茶的功夫他也学了三个月，虽然不似皇上那般精于此道，但也能说出个一二三来。

“香气高爽，汤色橙黄，滋味甘醇，根根银针团聚直立于杯底，爱妃泡的好茶！”他喝了一口赞道。末了又细细品了两口，三口之后便放下茶盏再不动作，行止间尊贵典雅，倒很像那么回事儿。

孟桑榆眸光微闪，掩嘴笑道：“皇上谬赞了！”

见她凤目流转，笑颜如花，假皇帝内心一动，看看窗外早已昏黑的天色，哑声道：“天色不早了，爱妃与朕早些歇息吧。”

“是，臣妾这就帮皇上沐浴更衣。”孟桑榆正准备起身，似想到什么又坐下了，期期艾艾地看着假皇帝。

假皇帝莞尔，柔声道：“爱妃有事便说，无须顾忌。”

“皇上，臣妾母亲日前帮哥哥相中了礼部侍郎付广达大人的嫡长女，想求皇上下旨赐婚，喜上加喜，皇上可否成全？”她目光满含期待地看着假皇帝。

“这……”事关孟家，自己不能擅自做主，假皇帝不着痕迹地朝常喜看去，常喜动了动小指，他立即接口道：“让朕考虑考虑吧。”

玄帝做事果决，甚至是有些专横，这等小事答应就是答应，不答应便会当场拒绝，从未有过“考虑考虑”的说法。孟桑榆口头应诺，心里却更加笃定了某种猜测。压下突突狂跳的心，她站起身，一边吩咐碧水和冯嬷嬷去准备热水，一边去挽假皇帝的胳膊。

“呀！”正准备退走的碧水忽然惊叫一声，引得众人都朝她看来。

冯嬷嬷顺着她的目光看去，立马哀声叫道：“呀，娘娘信期来了！”这下，染了几丝血色的绣墩便在众人眼中暴露无遗。

孟桑榆立时涨红了脸，连忙放开皇帝，“扑通”一声跪下：“臣妾污了皇上的眼，扫了皇上的兴，请皇上恕罪。”话落，她咬紧红唇，偷偷用水汪汪的凤目去瞟皇帝的表情，羞怯的小模样说不出的可怜可爱。

假皇帝被她看得心尖发痒，又瞟见染血的绣墩，胸中更添爱怜。掩下心头的一丝失落，他连忙伸手去扶德妃，柔声道："信期突至本是正常现象，爱妃何罪之有？快快起来，地上凉。"

"臣妾不起来！"孟桑榆死活不肯起身，见假皇帝皱眉，连忙怯怯地解释，"臣妾这副模样如何好意思起身？待皇上走了臣妾才起来。"话落，还将手里的绣帕急急盖在那污了的绣墩上。

"哈哈哈……"假皇帝大笑起来，直笑得前仰后合。这样直爽又可爱的女人他还是第一次见到，真是让人不得不喜欢！皇上怎么就看不上德妃呢？真是令人费解啊！

"那好，朕这便走了，爱妃不用送朕，快些起来吧。"见德妃拧眉噘嘴，表情十分坚定，假皇帝只得摆摆手，笑着走了。

等他走远，孟桑榆立即起身，脸上娇憨的表情慢慢被凝重取代。

"除了碧水和冯嬷嬷，其余人都退出去。"她沉声发令，就着备好的热水匆匆洗了洗，换上干净的衣裙，走到八仙桌旁坐下，拿起那张宣纸再次细看，末了又叫碧水取出以前玄帝的墨宝，一起放在桌面上比对。

见主子面沉似水，一言不发，好像遇见了天大的难事，碧水和冯嬷嬷都有些紧张起来。

21 识破

假皇帝和常喜走出去老远，常喜忽然拧眉停步，低声道："洒家记着德妃的信期可不是这个时候，应是月底才对！还有十七八天才到呢！"

"公公，她是不是看出什么了？"假皇帝面色一紧。

"凭她的脑子，应该看不出什么来。不过，还是找个太医给她看看保险。"常喜立即派了个小太监去太医院传唤良妃常用的林医正，完了带着假皇帝回青鸾殿复命。

不一会儿，林医正就到了，他恭恭敬敬地行礼问安后便言及自己是皇上特意派来的，替娘娘诊个平安脉。

哼！还真是谨小慎微！孟桑榆垂眸讽笑，大方地伸手让林医正查看。

细细诊断了一刻钟，林医正拟了几个养生的方子，说了些似是而非的话便离开了。待人走远，孟桑榆立即遣退了殿内多余的侍从，只留下碧水、银翠和冯嬷嬷。

"有件事要跟你们说一下，你们听好了，切莫声张。"一下一下轻轻拍抚着阿宝的脊背，孟桑榆要借此让自己平静下来。

殿内的其他人，包括阿宝都竖起了耳朵。

"现在的皇帝是假的！"没有任何修饰，就那么平铺直叙道出真相。碧水、银翠和冯嬷嬷呆若木鸡，完全无法对自家主子的惊天之语做出反应。

玄帝心头巨震，用不敢置信的眼神看向孟桑榆。他从未想过，仅凭这个照面，短短一个时辰不到，孟桑榆就能辨识出那人的真假。如此灵慧，不愧是朕的桑榆！本来还恐慌着心爱的人会被蒙骗，会被夺走，这下都不用担心了，几欲爆裂的心瞬间恢复了原状。

"不、不能吧！那眉，那眼，那身材……他就是皇上啊！"冯嬷嬷好半晌才结结巴巴地开口，银翠和碧水跟着猛点头。

那人的外表确实与自己像了十成十，无论是身高还是身材，甚至是某些细微的身体特征，都可以达到以假乱真的程度。就连玄帝看了都觉得那就是另一个自己，更何况外人？听见冯嬷嬷的反驳，他刚松缓下来的心再次绷紧，就害怕孟桑榆会被她们说动，放弃自己的判断。

"他是假的，错不了！"孟桑榆笃定开口。自进宫那天起，为了能好好活着，她把玄帝——自己的顶头上司，当作一个重大的课题来研究，务必要掌握他的所有喜怒哀乐。对一个人的一举一动潜心研究了三年，这宫中若论谁最了解玄帝，非孟桑榆莫属，恐怕连多年未曾回宫的太后都比不上。试问，她又如何分辨不出真假？

"皇上的一喜一怒，一举一动，没人比我更清楚。"见冯嬷嬷等人还在犹疑，她徐徐开口，"皇上每每见了我，虽然面上欢喜，但其实他心底并不愉快，因为他的眼睛是冷的；皇上虽然在与我谈笑，但心思早已不在我身上，因为他的眼睛是空的。想要真正认识一个人，首先要看的不是他的外表，而是他的眼睛！眼睛是灵魂的窗户，是不会骗人的！哪怕隐藏得再好，总会露出蛛丝马迹。”

冯嬷嬷等人犹疑的表情褪去，被凝重所取代。

玄帝深深埋头，强忍着胸口一波又一波的绞痛和负疚。原来，在不知不觉间，孟桑榆已经将他看透了。那样虚伪，那样无情的自己，她又怎么会喜欢？没有怨恨已是上天对他最大的恩赐！

孟桑榆还在继续：“方才那人见了我，眼里的欢喜、柔软和宠溺都是真的，我甚至从他眼里看出了几分心动。一个厌恶了你三年的男人，怎么可能忽然之间就对你改变态度？这里面一定有猫腻！”

这话立即在玄帝心上狠狠补了一刀，唰唰飙血。

“当然，我不会只因为这一点就做出判断。之后我细细观察他，他虽然故作威仪，眼里却藏着心虚和忐忑，遇见不确定的事便忍不住朝常喜看去，仿佛在询问常喜的意见。这对独断专行的皇上来说不显得很不合常理吗？”孟桑榆侃侃而谈，“之后，我便有意试探，叫他给阿宝写一块狗牌。你们看……”她指着八仙桌上的几幅字帖，“这是方才那人留下的，这是皇上以前留下的，你们看出什么了吗？”

“娘娘，这几幅字明明出自同一人之手，您从哪儿看出不对的？”碧水稍通文墨，凑近了查看半晌，不确定地道。

“都说字如其人，一个人的字和他本人一样，也带着特定的性格。皇上的字力道强劲，落笔干脆，行书迅猛，一横一竖皆有风骨，一勾一画皆有棱角，一看便可感受到书写之人的磅礴大气和王者风范。”

玄帝飙血的心稍微好受了一点。至少，在孟桑榆眼里，他还是有可取之处的。银翠和冯嬷嬷连忙凑上来查看，经过自家主子的解说，果然感受到了内中的玄妙。

孟桑榆点头，指着方才那人的字迹道：“再看这幅，落笔犹豫，着墨不均，行书滞涩，这些弯钩之处虽然有些棱角，却不够自然，可见此人以前习的是古朴大方、略显柔软的字体，是最近才改了字体却还未完全适应，于细微处露了痕迹。一个人虽然可以练习多种字体，但不会连自己最习惯、最常用的字体都练得生疏了，由此可见，这写字的人有问题。”

碧水等人微微点头，已信了七八分。孟桑榆又指着还未收起的茶盏道："看完字迹我也不能完全确定，于是便又泡了壶茶继续试探。皇上最好风雅之事，深谙品茶之道，非好茶好水绝不饮用。但你们看，这茶仓里被我混入了与君山银针有些相似的凌云白毫，皇上却完全未曾品出，还大赞我茶艺高超，若是往常，早已弃盏而去了！"

说完这些，她面色凝重地下了结论："观此种种，方才那人绝对不是原来的皇上！皇上不会连小小的赐婚都无法替我做主，皇上不会被李相和李贵妃苦苦相逼到这等地步，皇上不会越来越软弱，任由朝堂纷争不断，后宫争斗不休。"

这一席话彻底将碧水等人的犹疑打散了。冯嬷嬷脸色煞白，嗓音干涩："那娘娘您说，真正的皇上去哪儿了？"

"恐是上次重伤昏迷后就一直未曾醒过来，现在的皇上不过是个替身，已经成了沈家父女操弄朝堂和后宫的傀儡。我们的处境危险了。"孟桑榆沉声说道。

"皇、皇上不会死了吧？"银翠脸上全是惊慌失措的表情，碧水也失了一贯的冷静。

"不会。如果皇上死了，沈家父女就不会安安生生地活着了。你们忘了皇上身边的暗卫和邵氏一族的下场吗？"

碧水等人恍然，心中的惊惧慢慢平复下来。邵氏一族的某位嫔妃曾害死过继庸太祖后的一任皇帝，结果遭到了暗卫的疯狂报复，全族三千多人被血洗，上到八十岁的老者，下到襁褓中的婴儿，甚至连豢养的动物都没放过。当届的暗卫统领事后自刎谢罪，传说是因为他被下了某种蛊毒，帝王若非寿终正寝，若没有在死前赐他解药，他亦不能独活。因该任帝王上位不足半年,这件事又太过耸人听闻,被大庸子民有意遗忘了。

"所以说，皇上一定还活着。暗卫之所以放着假皇帝不管，为的就是让他先占着皇位，不要给淮南王和湘北王以可乘之机。两王听到风声必会挥师进京，蛮人此时又大举侵犯，大庸有覆灭的危险！暗卫担不起亡国的罪责，自是以不变应万变，静待皇上苏醒。"

孟桑榆逐条分析，清晰的思路、精准的预测令玄帝瞠目。他如今才知道，沈慧茹所谓的“才学不输男儿”与孟桑榆比简直是天上地下，可叹可笑。

“那娘娘，咱们该怎么办？”冯嬷嬷问道。

“宫里有暗卫盯着，我们就当不知道。如果我们露了行迹，不但暗卫要怀疑我们，沈家父女也会千方百计迫害我们。等会儿我修书一封，派人送到边塞给父亲，让父亲的军队随时做好勤王护驾的准备。至于具体该怎么办，他自有打算，我们只需与他随时保持联络即可。”

孟桑榆的语气十分压抑，不是因恐惧，而是因内心巨大的振奋。若皇上醒来，孟家也算立了不世之功，就算父亲致仕，孟家也不会就此没落，自己的日子也会好过很多。若皇上不醒，那更好！孟家百万雄师，淮南王、江北王怎会是孟家的对手？自己要脱出这牢笼翱翔天际再也不是奢望！

想到这里，她的手微微颤抖起来。

冯嬷嬷等人已经完全失了分寸，自是主子说什么她们就听什么，但冷静下来，不免又会多想。

“娘娘，关外将领私自进京可是抄家灭族的死罪啊！万一皇上醒不过来，国公爷岂不是要担上谋逆叛国的罪名？”冯嬷嬷忧色比方才更重。

“难道就因为顾忌这一点，我们就要眼睁睁地看着那些魑魅魍魉窃取我人好家国不成？父亲对皇上忠心耿耿，这个险，他一定会冒，而我也一定会支持他。至于母亲和哥哥，他们向来与父亲一条心。你以为沈慧茹会放过我，放过孟家吗？不会！事情到了这一步，我们不能瞻前顾后，只能一往无前。皇上福泽深厚，有上天庇佑，他一定会醒的，你们无须多想。”孟桑榆竭力安抚大家，心中的想法却与她说出的话南辕北辙。

孟父性格固执，却也知道变通。他的确对皇上忠心，可更看重家人。两者能够共存，他会选择忠心，两者不能共存，他绝对会选择家人。皇上醒了自然是好，孟家也算师出有名，护驾有功；皇上若不幸亡故，孟父为了保护家人定会牢牢把持住手里的百万大军。那是最有分量的筹码，不管是另投明主还是自立门户，孟家都握有绝对的主动权，而她也能顺势摆脱禁宫这个暗无天日的囚笼。

她兀自想得出神，因为苦苦压抑着胸中的兴奋，脸色显得特别凝重。

冯嬷嬷等人从未见过如此严肃的主子，俱都屏声静气，不敢打搅。

玄帝以为她在为自己的安危担心，鼻子里轻轻哼着安慰的调调儿，心里泛着一阵又一阵的甜意。

㉒告密

看清了局势，知道自己岌岌可危，孟桑榆再也不能像以前那样怀着得过且过的心态过日子了。她抱着阿宝在殿内来回踱步，沉吟半晌后将阿宝放到榻上的柳篮里，叫冯嬷嬷铺开纸笔，给远在边关的父亲写信。

刚落下开头几个字，一名负责打探消息的小太监便跪在殿外求见。碧水拧眉出去，片刻后又沉着脸进来，声音沙哑得不成样子："娘娘，方才得到消息，皇上出了凤飞宫后便回了青鸾殿，待了一刻钟不到又翻了贤妃娘娘的牌子，如今正在前往曼珠宫的路上。"

被一个来历不明的男人占了身子，若皇上来日清醒，贤妃必死无疑！若自家主子没有服用丸药规避，恐也落得与贤妃一样的下场！想到这里，碧水出了一头一脸的冷汗。银翠和冯嬷嬷也反应过来了，一边后怕，一边对良妃恨得咬牙切齿！玄帝的脸已经扭曲得不成样子，一股戾气堵在胸口不上不下，几欲爆炸。六年的珍惜、六年的呵护，换来的就是这样的结果？指使一个假货淫乱后宫？他还能说什么？他已无话可说！

孟桑榆听闻消息后愣住了，提着笔立在桌前许久不动。

"娘娘，咱们要不要去救救贤妃？"冯嬷嬷迟疑地问。

"怎么救？告诉她皇上是假的？她能信吗？届时再被她反扣一顶妖言惑众的帽子害了去！先是投靠皇后，利用皇后的庇护顺利诞下皇子，后又倒打一耙害死皇后，贤妃可不是个善茬儿！再者，她连自己的枕边人都分辨不清，我又如何能点醒她？嬷嬷，这件事没到不可收拾的地步，我们都要烂在肚子里，不能告诉任何人，否则会害了皇上，也会为我们自己招来杀身之祸！”孟桑榆搁笔，缓缓按揉额角，明媚的容颜已暗淡下来，带着深深的疲惫。冯嬷嬷唯唯应诺，对救贤妃的话再也不提。

听闻贤妃的真面目，玄帝的心已经彻底麻木了。

银翠上前帮主子按揉太阳穴。碧水见主子搁了笔，也放下手里的墨条，迟疑地问：“娘娘，这信您还写吗？”

孟桑榆叹了口气，低声道：“我在想，这么大一顶绿帽子，皇上醒来若知道我们是知情者，会不会杀了我们灭口？这信若寄到父亲手里去，咱们日后就摘不清了，皇上看见我们就会想起今日的屈辱，定恨不能将我们除之而后快。”

冯嬷嬷身子晃了晃，颤声道：“怎么会呢？咱们也是为了救皇上啊！”

孟桑榆面带讥讽：“家丑不可外扬，不要小看男人的自尊心！”

玄帝没心思再去计较头上的绿帽子了，被孟桑榆的猜忌弄得心里发苦。在你面前，朕还有什么自尊心可言？任你摆弄，任你亵玩，末了还要装乖卖丑逗你开心，朕已经在努力弥补以前的错误，你为什么总要把朕往坏处想呢？这就是自作孽不可活吗？他鼻子一酸，不由自主地发出呜呜咽咽的悲鸣。孟桑榆的注意力立即被阿宝吸引，忙走到榻边拍抚他的脊背柔声安慰。小家伙越来越黏人了！将眼里写着“求抱抱”三字的阿宝搂进怀里，孟桑榆好笑地暗忖。

“那咱们怎么办？装作不知道？”冯嬷嬷跟到榻边，压低嗓音问。

装作不知道最好，这些危险的事桑榆最好不要掺和。在这之前，朕一定要尽快找到俊伟，让他保护好桑榆。若朕醒不过来，便让他将桑榆接出宫去，送到孟国公身边。有孟国公相护，哪怕大庸战乱四起，桑榆也能过得很好。玄帝暗暗思量。

“什么都不做就只能等死！罢了，豁出去了，大不了等皇上醒来求他看在父亲救驾的份上饶我一命。皇上顶多给我一份厚赏再给我一个更高的位份，然后远远把我打发到一边，眼不见为净。”况且，皇上能不能醒还是两说。最后一句话被孟桑榆隐去，她左手勾起阿宝，右手提笔，再次挥毫。

朕怎么舍得将你远远地打发走？那是剜朕的心啊！桑榆，朕错了！朕日后一定好好待你！玄帝趴在她臂弯里哼哼唧唧，只可惜他的表白没人能听懂。

“如今天寒地冻，这信辗转一个月才能到父亲手里，我们有一段日子要熬了！所幸谋朝篡位不是一朝一夕就能成事的：至少沈慧茹得有个皇子，至少她得登上后位，皇子得加封储君，沈太师得完全架空皇上的权力培植自己的势力。这一系列动作下来，没有个五六年是不行的，我们还有时间应对。”孟桑榆边写信边安慰面色凝重的冯嬷嬷等人。

写下最后几句，她搁笔，拿起信纸查阅，似觉得不满，又提笔匆匆添上几段，低声道：“关外战乱，我得提醒父亲多留点心。蛮军已呈节节败退之势，这个时候该担心的不是外敌而是内鬼。沈太师既然要窃国，必会打击目前最强大的两个对手，一个是文臣之首的李相，一个是武将之首的父亲。虽然他不大可能这么短时间就将手伸到军中去，但买通监军在粮草、情报、增援等方面给父亲下绊子是极有可能的。一旦着了他的道，父亲就危险了。但愿皇上的心腹韩昌平是个靠谱的人，能够帮到父亲。”

冯嬷嬷连忙低声安慰：“娘娘别担心，国公爷打了一辈子仗，不会那么容易被人算计的。那韩昌平听说也是个有本事的人。”

孟桑榆颔首道：“但愿一切都如嬷嬷所言。好了，咱们就在宫中等候消息吧，有暗卫和父亲奔走，皇上定会转危为安的。”她的言不由衷谁也没有察觉。玄帝感动得呜咽了一声，眷恋地舔舔女人皓白的手腕。

冯嬷嬷拿起信纸将上面的墨迹吹干，打眼一看，不由得惊道：“这……娘娘，这是很平常的家信啊！您方才写的内容怎么不见了？”

孟桑榆轻笑：“这是封密信，只要父亲手里有本大庸律，对照字里行间的数字就能检索，他自然能看懂。这也是为了防止信件被人中途截获。嬷嬷，明日一早你就将这信送到母亲手里，她会代我转寄，不必刻意遮掩，越光明正大旁人反而越不感兴趣。这件事千万别跟母亲说，省得她操心。”

冯嬷嬷连声答应，见主子镇定自若，有条不紊，心中的慌乱也在不知不觉间平息。碧水和银翠比她恢复得更快，这会儿嘴角已露出了笑容。

该做的都做完了，孟桑榆紧绷的心也舒缓下来，拿起桌上假皇帝留下的字幅查看，兴味地开口：“银翠，明天拿着这幅字去内务造办处，让他们照着字幅给阿宝做个狗牌。牌子要用顶级的紫檀木，椭圆形，玉佩大小，字体用纯金镶嵌，越华贵越显眼越好。”

“可是娘娘，这幅字是假的啊。”银翠迟疑道。

孟桑榆揉着阿宝的小肚子：“我不说，谁会知道？况且，我若要了字却没去做狗牌，假皇帝和沈慧茹会起疑心的。”

银翠点头，接过字折好，放进袖口。

孟桑榆抱起阿宝，亲亲他的小嘴：“明儿我再给阿宝做个小黄马褂。身上穿着小黄马褂，脖子上挂着御赐狗牌，看谁还敢欺负我的阿宝。”想象着阿宝穿着黄马褂、挂着御赐狗牌在宫中招摇过市的情景，她“扑哧”笑起来。冯嬷嬷等人虽然不明白主子笑什么，但见她开心，也跟着笑了。

青鸾殿里，沈慧茹还在挑灯批阅一沓奏折。将假皇帝打发去贤妃的曼珠宫后，她看向御桌下跪着的常喜，沉声问道：“林医正怎么说？”

“回娘娘，林医正说德妃确实来了月信。她三年里用了太多药，伤了身子，这次月信紊乱便是身子亏损的信号，恐会恶露连绵，数月不止。”常喜语气里带着一丝幸灾乐祸。

“连绵数月不止？”沈慧茹皱眉，沉吟道，“那德妃这把刀本宫是用不上了，好在贤妃、丽妃、宸妃等人也不是善茬儿，联合起来也能让李淑静够呛。你最近多带那替身去后宫里转转。”

常喜应诺，想了想，补充道：“回娘娘，方才德妃想让皇上给她哥哥赐婚，女方是礼部侍郎付广达的嫡长女，您看这事……”

“此事先搁着，本宫自会替孟炎洲寻个更好的！”沈慧茹面上含笑，眸色却森冷无比。

“娘娘，该喝药了。”大宫女晚清端着一碗药进来，跪在她脚边。

沈慧茹也有宫寒之症，但她喝的药才是真正对症的药，不似孟桑榆那碗，虽然所用药材一模一样，但分量稍微改变，效果却完全相反。这个秘密也是当年皇上为了让她安心才私下告诉她的。

看着热气腾腾的药碗，沈慧茹冰冷的眸子溢出一丝温柔。

“娘娘，您已调养了三年，可以孕育子嗣了。”受太师所托，晚清不得不说。沈慧茹的眸光似刀一般扎在晚清身上，骇得晚清立即跪下请罪。

“本宫自有主张，休得多言。”仰头将药喝尽，沈慧茹抬手遣退晚清和常喜，继续提笔批阅奏折。

㉓ 失窃

芙蓉宫里，李贵妃也得了消息，正皱着眉细细思量。

“你没听错？德妃果真用药过量，再难有子嗣？”她逼问跪在自己脚边的一名医女。这是林医正最宠爱的一名医女。

“奴婢绝对没听错。德妃月信紊乱，恶露不止，恐是数月都沥不干净。”那医女语气十分笃定。

“三年盛宠，三年用药，落得个终生无子的下场，孟桑榆也是个可怜人啊！”李贵妃叹息，对德妃日前所说的话已是深信不疑。

“皇上还想利用她保护沈慧茹那贱人，见她身子坏了又换贤妃，哼，真是用心良苦！本宫倒要看看，皇上能为那贱人做到哪一步？！”她眼里不可遏制地流露出一丝怨毒，深吸一口气后平复了扭曲的面色，赏了那医女一大笔银子将她遣退。

宫中的某处密道里，风尘仆仆的闫俊伟正与自己的属下碰头。

“回大统领，地字九号知道的几个据点最近果然被沈太师的人围剿了，所幸我们及早撤离，没有损伤。”那名属下跪地禀告。

地字九号就是之前假皇帝做暗卫时的代号。

“他不过一个小卒，能知道什么？沈太师以为能在他身上做文章就大错特错了。”闫俊伟冷笑，示意属下跟随自己往安置玄帝的密室走去，“沈家父女已经谋反，我们今晚就将皇上带出去，这宫中就送给他们折腾，他们最好祈祷皇上能醒过来，这样他们日后还能留个全尸！”闫俊伟边说边打手势，隐在暗处的属下立即分头行动，簌簌的风声不断响起。

“那替身今晚早些时候去了德妃处，德妃信期突至，他又去了贤妃处。大统领，贤妃那里……”那属下有些迟疑，皇上的女人该不该管？

“德妃倒是好运气，没让那替身沾了身。贤妃不用去管，那替身爱找哪个女人就找哪个女人，待皇上日后苏醒，他自会处理这些女人，我们只需负责皇上的安全。走吧，没时间了！”闫俊伟冷声催促。

那属下应诺，将密室里伺候的宫人全部斩杀殆尽，背起玄帝的身体，在闫俊伟的护持下从密道潜出了皇宫，隐没在无边的黑夜里。

远处的灯火以青鸾殿为中心渐次亮起，将漆黑的夜晚染成了橘色，嘈杂的人声依稀传来。“怎么了？”孟桑榆裹好阿宝，走到殿门口询问。

“回娘娘，好像是青鸾殿出事了，已经派了人过去探问，很快就能得到消息。”冯嬷嬷快速走来禀报。

“青鸾殿？皇上？”孟桑榆心里一惊，玄帝也僵直了脊背。

前去探询的太监很快回来，气喘吁吁地跪下行礼：“启禀娘娘，青鸾殿里遭贼了，负责值夜的侍卫说御书房里丢了一件很贵重的古董，这会儿全宫戒严，正在捉拿贼人。”

“知道了，下去吧。”孟桑榆挥退太监，看向冯嬷嬷轻笑，“丢了古董？我看是丢了皇上吧！应该是暗卫知道假皇帝的所作所为后采取措施了。再不把皇上送出去，说不定沈慧茹会亲手把皇上掐死。”

玄帝打了个冷战，不得不承认孟桑榆的话极有可能一语成谶，就算沈慧茹现在下不了狠心，但当她逐渐尝到权势的美妙后，她不会再放任自己活着。察觉到阿宝的颤抖，孟桑榆以为它冷了，连忙抱着它往殿内走。因皇帝很可能已经被救走，可见暗卫不会放任沈家父女闹到不可收拾的地步，她紧绷的心弦略微放松，抱着阿宝躺进了余温犹在的被窝里。

玄帝也吁了口气，忐忑不安了三个月的心头一次落到了实处。

主宠俩面对面，很快就陷入了酣甜的梦乡。

青鸾殿里，假皇帝收到消息后急匆匆赶回来，沈慧茹也通过密道来到了内殿，正在殿中大发脾气。

“废物！一群废物！”她披头散发，脸色狰狞，拼命压抑着摔打殿内器物的冲动。

“回娘娘，京畿防务一直掌控在皇上的心腹手里，奴才们不敢动用，就怕引起他们怀疑！再者，这暗道四通八达，机关众多，奴才们进去了上百人，只活着出来二十人不到。娘娘，奴才们尽力了，请娘娘宽恕！”常喜低声哀求，假皇帝跟着磕头。

沈慧茹胸口剧烈起伏，绯红的双眼里充斥着滔天的怒火与一丝微不可见的恐惧。皇上被救走了，若他醒来，自己该怎么办？她指甲嵌入掌心，不敢再深想下去。就在这时，晚清进来了，手里拿着一封书信，行礼道：“娘娘，这是太师叫人递给您的。”

沈慧茹身体僵硬了一瞬，她能猜到父亲要跟她说些什么，无非是催她快点行动。也是，皇上都被救走了，他们已没有时间来慢慢布局。那些暗卫神出鬼没，来去无踪，若真要取沈家族人性命，沈家没人能逃得过！且还要留下叛国谋逆的罪名让沈家被人世世代代唾骂！为今之计只有趁着皇上未醒，尽快上位夺权，将御林军、禁卫军都掌控在自己手里，用绝对的权势来保护自己。她放开紧握的双拳，用沾着斑斑血迹的手接过信封，面无表情地打开看完，然后扔进火盆里烧成灰烬。

“常喜下去吧，”她挥手，待常喜战战兢兢地退走，这才看向脚边跪着的假皇帝，“你明天翻本宫牌子，夜夜召本宫侍寝，直到本宫怀上为止。之后就没你什么事了，你爱宠幸谁就宠幸谁。”

假皇帝猝然抬头，脸上满是惊骇，对上她冷冰冰的双眼又迅速低下头去，拱手应诺。沈慧茹看也不看他一眼，脚步虚浮地从密道离开。她会好好记住今天，就在今天，她彻底斩断了与古邵泽的过去。

翌日，孟桑榆是在阿宝的口水洗礼中苏醒过来的。看见自己醒了，正舔她嘴唇舔得欢的阿宝僵硬了一瞬，然后将脸埋进了她颈窝里。

“小东西，还知道害羞？”孟桑榆支起腮，笑眯眯地戳弄阿宝软乎乎的肚皮。阿宝赶紧抱住她的手腕，用口水给她洗手，每一根手指都不放过。这些事，他已经做得越来越熟练了，什么帝王之尊、男人的尊严之类都被他抛到了脑后。孟桑榆嘻嘻哈哈地笑起来，主宠俩按照惯例抱在一起闹腾了一阵，直到冯嬷嬷掀开床幔催促才依依不舍地分开。

“青鸾殿还有消息传出吗？”给阿宝穿上一件奶牛装，孟桑榆漫不经心地问道。

“听说青鸾殿死了几个侍从，都是皇上的近侍，若非皇上昨儿去了曼珠宫，连他本人都要遭难。天还未亮，皇上就宣了九门提督罗大人进宫，将他好一通斥责，又勒令他十天之内抓住凶手，否则便捋了他的职务，让他闭门思过。”冯嬷嬷一边给自家主子披上外袍，一边低声回禀。

“上哪儿抓凶手？暗卫是那么好抓的吗？这是沈家在借机夺权呢！只可惜了，有李相在，这九门提督的位置空出来，还不定被谁的人得了去。论人脉、论根基，沈太师都不是李相的对手，这着棋，他下得太急了，结果未必会如他所愿。”孟桑榆抱起打扮一新的阿宝，款步到梳妆台前。

冯嬷嬷将热帕子拧干，递给她净面，然后拿起梳子给她梳理一头墨发。阿宝蹲坐在梳妆台上，用羡慕的眼光看着冯嬷嬷。这一头青丝，他什么时候才能亲手摸一摸。孟桑榆弹弹他的小鼻子，用帕子给他擦了擦脸，然后拿出一盒润肤膏细细给自己抹上。

碧水和银翠一人端着一个托盘进来，托盘上放着许多名贵药材和绫罗绸缎，走到主子面前亮了亮，请她过目。

“这是什么？”孟桑榆挑眉。

“这是今早李贵妃娘娘赏赐给您的，叫您好好养病，切莫多想。病没好之前都不用去给她请安了。”银翠放下托盘，拿出妆奁给主子挑选要佩戴的首饰。

“嗬，她这是在可怜我呢，想来，我的身体状况她已经知道了。”孟桑榆自嘲一笑，捻起一根人参置于鼻端嗅闻，赞了句好东西。

玄帝垂头，掩饰眼底的痛色，心中暗暗思量：待朕回魂，第一件事便是寻访名医，给桑榆调养身体。那个瞿老太医不错，可以叫俊伟去打听打听。

殿外已然阳光明媚，鸟语花香，是个难得的好天气。孟桑榆兴致上来，又忆及阿宝足足快一个月未曾踏出殿门，便带着他前往御花园赏景。

主宠俩刚步入御花园便看见昨夜沐浴圣恩的贤妃携带着五皇子在园中的锁虹桥边饮茶，身周围坐着一圈嫔妃，衣香鬓影，有说有笑，气氛正浓。

孟桑榆停步，想转身改道却已经晚了，贤妃已看见了她，正派遣一名宫女过来相请。孟桑榆叹气，带着阿宝缓缓走过去。

㉔ 贤妃

一众嫔妃起身给德妃行礼，贤妃略颔首，笑着请她在自己身边入座。

孟桑榆扶起给自己请安的五皇子，摸了摸他柔软的发顶。五皇子今年刚满四岁，头上挽了个小发髻，用金丝绳缠起，小脸肥嘟嘟的，粉团子一样，一双眼睛遗传了玄帝，又黑又亮，眼角还微微上挑，看得孟桑榆心肝直颤。

“五皇子越来越可爱了。”她真心赞叹。

玄帝直勾勾地盯着面前的孩子，眼里满是怀念。五皇子聪明乖巧，是他最疼爱的孩子之一。三个月来第一次见，他心情有些激动。

贤妃眼里流露出一丝得意，还未开口，五皇子已正儿八经作了个揖，奶声奶气地说道：“谢德妃娘娘夸奖。”

一众嫔妃连忙出声附和，也不知是拍德妃的马屁还是拍贤妃的马屁。

贤妃笑开了眼，对儿子的表现相当满意，有意炫耀道：“昨晚皇上考校皇儿功课，皇儿对答如流，皇上很满意呢。”话落，她轻拍五皇子肩膀，叫他背《三字经》给各位娘娘听。

听了贤妃的炫耀，玄帝心情极其郁躁。不但没辨识出枕边人的真假，竟还叫皇儿认贼作父，真是荒诞！

因着心中的愤怒，玄帝遇见儿子的喜悦之情淡下去很多，也没心思去听儿子背诵，窝进孟桑榆怀里来个眼不见为净。孟桑榆倒是听得认真，小孩子的声音奶声奶气的，像羽毛吹入心间，让人止不住地心生欢喜。

五皇子背完，众嫔妃纷纷开口夸赞。贤妃虽然面上不显，但一双桃花眼里溢满了得意和骄傲。李贵妃有儿子，她也有儿子，凭什么立后立储的最佳人选就一定得是李贵妃母子？论资格，她也没差李贵妃多少，况且，皇上喜欢自己和皇儿明显胜过李贵妃母子。

想到这里，她抚了抚颈间密密麻麻的爱痕，嘴角微微勾起。

在宫中，皇上的爱宠是最值得炫耀的资本，贤妃不但没想过要遮掩还试图昭告世人。有眼尖的嫔妃看见她红痕遍布的颈子，眸光闪烁了一瞬，试探道："皇上三个月未曾踏足后宫，宫内宫外都谣传皇上伤了根本，今儿这谣传可算是破了。"

"皇上正值壮年，龙精虎猛，怎么可能因一点点小伤就损了身子。"贤妃慵懒地歪斜在椅子扶手上，端起一杯热茶缓缓啜饮，动作间露出一截雪白的脖颈，其上的红痕斑斑驳驳，煞是招眼，给她本就娇美的容颜添了三分艳色。

阿宝在贤妃说到"龙精虎猛"四个字的时候就猝然转头去看她，见她眉眼间的得意和骄傲与脖颈间的痕迹，黑漆漆的眼珠腾地燃起两簇火苗。看来，贤妃昨晚过得很快乐？他眯眼暗忖，心头的憋闷与郁躁交织在一起，令他脊背新长出来的绒毛根根竖立。

身为女人，连自己的丈夫都分辨不出，他还能对她们抱有什么期待？恐怕在她们的眼里，他就只是一个象征权力和地位的符号，只要披了一身龙袍，她们就不会去管龙袍下的人究竟是谁。除了桑榆，有谁试图去了解过他？心头一阵又一阵地发冷，玄帝扒拉着孟桑榆的开襟棉袍，一个劲地往她怀里钻，试图汲取一丝温暖。这是他最眷恋的地方。

孟桑榆捏了捏阿宝的小鼻子，拉开衣襟将他拥进怀里，只露出一颗狗头。狗头上戴着一顶小帽，帽子上缝着两扇翅膀，看上去新奇又可爱。

五皇子圆溜溜地眼睛更亮了，一眨不眨地盯着阿宝。

"德妃娘娘，他头上长了两扇小翅膀。"五皇子指着阿宝，语带渴望，"能给我抱抱吗？"

"现在不行，它刚受了伤，一个不好会弄痛它的。等他伤好了，本宫带它出来陪五皇子玩儿。"孟桑榆狠狠心拒绝了五皇子的请求。这个年纪的小孩手脚不知轻重，阿宝到了他怀里很可能伤上加伤。

五皇子一脸的泫然欲泣，但他已初具皇子气度，并没有哭闹，只可怜巴巴地依偎进贤妃怀里。贤妃有些不高兴，眸色沉沉地瞥了德妃一眼，拿起身旁的一个果盘，诱哄道："小狗受伤了，你若是磕碰到它，它会咬你的，咱等它伤好了再说。来，吃颗龙眼，这可是你父皇今早赏赐给你的，岭南今年只进贡了一篓，全都在这儿。"

贤妃一边哄孩子，一边不忘炫耀自己的恩宠，给自己造势。

孟桑榆内心暗叹，抬手截住贤妃递到五皇子嘴边的龙眼，慎重开口："龙眼肉薄核大，口感滑溜，不适合五皇子这样的孩子吃，若核卡进喉咙里，恐有性命之危，还是将果肉剔下来再喂给他吧。吃也不能多吃，龙眼性温补，大人吃多了都受不住。"

因龙眼是极其稀有的贡品，就算是高位嫔妃，一年也吃不上一回，都叫皇上转送到千佛山太后那里去了。贤妃从未吃过，自然也不知道还有这些说法，当下便有些不高兴。但为了孩子着想，她终究没把龙眼往五皇子口里塞。

五皇子本就被拒绝过一次，这下连到嘴的好东西都没了，眼睛一眨，眼泪就下来了，拉扯着贤妃的衣袖哀求："母妃，孩儿想吃龙眼！孩儿想吃龙眼！"

贤妃爱子成狂，最受不住儿子的眼泪，立时便把德妃的警告忘到脑后，忙剥了个龙眼塞进他嘴里，柔声嘱咐："要把核吐出来，知道吗？"

五皇子含着龙眼破涕为笑，把龙眼肉用舌头卷干净，龙眼核吐到一旁的宫女手里。见他吃得好好的，贤妃放下心来，示意宫女继续给儿子剥，心里对德妃方才的话不以为然。

众嫔妃都对德妃投以嘲讽的目光，以为她方才的举动是嫉妒贤妃，故意给贤妃添堵。孟桑榆不以为意地笑笑，垂头抚弄阿宝的耳朵，换来阿宝哼哼唧唧的安慰。反正该说的她已经说了，他们自己小心就好。

却不想，她放心得太早了。龙眼肉质爽滑鲜嫩，汁多甜蜜，口感极佳，让人吃了口舌生津，欲罢不能。五皇子吃了两三颗下去就得了趣，动作不免急切起来，在含入第五颗时舌头一卷，竟将整颗龙眼都咽了下去。

三四岁的小孩食道很窄，不可能让龙眼顺利通过，于是卡在了喉头与气管交界处不上不下。五皇子说不出话，脸立时就涨成了紫红色。

“呀！娘娘不好了，五皇子卡住了！”那宫女吓得打翻了果盘，一边拍着五皇子的背一边惊叫。

正与嫔妃们谈笑的贤妃先是一愣，随即腾地站起，抢过五皇子大力拍打他的背部。五皇子的脸色变成了青白色，眼睛一翻一翻，只余出气没有进气了。一众嫔妃从位置上站起，纷纷退开几步怕惹麻烦。虽然脸上皆是担忧焦急的表情，但不少人眼里分明闪烁着幸灾乐祸的亮光。

贤妃看着慢慢软倒在自己怀里的儿子，心中升起一阵绝望，泪水将她精致的妆容弄得一塌糊涂。她嘶哑地吼叫：“去、去叫太医！快点！”

“你让开，让本宫来。”孟桑榆看不下去了，把汪汪乱叫的阿宝塞进冯嬷嬷怀里，一把拉开贤妃，将快要陷入昏厥的五皇子置于自己膝盖，头朝下，脚朝上，用力拍打他的肩胛骨，足足拍打了五次，见龙眼依然没吐出来，又将他平放在地上，用食指及中指用力按压他的胸骨，反复了十来次后，只听“扑”的一声，五皇子喉头的龙眼终于吐出来了。

见儿子虽然昏迷着，但青紫的脸色已恢复了红润，断断续续的呼吸也均匀了，贤妃腿脚一软，差点摔倒在地上。一旁的宫女们口里连声呼唤着娘娘，七手八脚地将她扶到椅子上坐好。孟桑榆抱着五皇子蹲坐在地上，大口大口喘着气。银翠和碧水心疼地走上前，接过她怀里的五皇子，扶她在椅子上落座。玄帝停止了汪汪大叫，狠狠吁了口气。

太医姗姗来迟，吩咐宫女们将昏迷不醒的五皇子和奄奄一息的贤妃先送回曼珠宫再行诊治。孟桑榆不放心，连忙带着阿宝跟了过去。众嫔妃也不好先行离开，浩浩荡荡地往曼珠宫走。

蔷薇殿里，沈慧茹听闻消息后只冷冷一笑，并没有赶去探望的意思。满宫的嫔妃、皇子、公主，她如今都没放在眼里，是死也好，是活也罢，都碍不了她什么事。反正他们都只是她手里可以随意揉捏摆弄的玩具，就连曾经最恨的孟桑榆，也再激不起她心中的一丝涟漪，因为她早已站在了对方难以企及的地方。

芙蓉宫，李贵妃挥退前来通报消息的宫女，叹息道：“没想到德妃会出手相救，真是可惜了！死了该多好！”

“正因为不能有自己的孩子，所以对别人的孩子就特别心软吧，德妃娘娘也是可怜。”李贵妃的心腹嬷嬷有感而发。这种事，但凡换个人都不会去管，没想到向来以狠戾出名的德妃娘娘竟会伸出援手。

“嗯，德妃从来不对孩子出手，这点本宫也敬服于她。走，咱们去看看五皇子。”李贵妃挑了些礼物，带着一众宫人浩浩荡荡往曼珠宫而去。

㉕晦气

一众嫔妃被安置在曼珠宫的偏殿里等候。孟桑榆抱着阿宝独自坐在一边，并不与众妃搭话。不似窃窃私语、眼里偶尔闪过隐晦笑意的众妃，她时不时抬头往正殿瞟去，脸上的表情是满满的焦急。

玄帝也紧紧盯着正殿的大门，等候太医出来回禀情况。到底是自己的儿子，怎么能不心疼？亲眼看着儿子脸色青紫，呼吸几近断绝，那种无能为力、痛彻心扉的感觉到现在还让他难过。

但越是担忧，他此刻的心情就越阴郁。只怪他的耳力太过灵敏，那些嫔妃们的窃窃私语一字不漏地传入了耳里。什么叫“多管闲事”？什么叫“命怎么那么大”？什么叫“真会做戏”？这群该死的女人！

玄帝鼻头耸动，发出凶狠的呜咽。忽然觉得眼前这一张张或娇俏、或可爱、或艳丽的面孔是那么的丑陋狰狞，令人作呕。

正候着，殿外传来“皇上驾到”的通禀声。一众妃子立即摆出一副心忧如焚、受惊过度的脸孔，动作齐整得不可思议。苍白的脸色，微蹙的眉头，各有各的美态，各有各的味道，还真令人不由自主地想要去怜惜。

原来她们平时就是这样对付朕的？玄帝喉头发出郁躁的低鸣，心里像吃了苍蝇一样难受。

假皇帝进来时，一众嫔妃早已跪在宫门口迎接。路上他听太监回禀了事发的全过程，止不住为德妃的英勇机变、挺身而出感到诧异。这种情况，谁不远远躲开去？偏她不管不顾地冲上前，果然是个单纯的女人！

假皇帝摇摇头，心中却更添了对德妃的几分欣赏与喜爱。他不自觉地搜寻德妃的身影，见她坠在众妃身后，怀里鼓鼓囊囊的，裹着自己的爱宠，形象着实有些滑稽，眼里一下就荡开了浓浓的笑意。

“爱妃快起来，地上凉，你身子又正虚着，小心染病。今日五皇儿能够平安无事，多亏你了。”他径直走到德妃身边，亲手搀扶她起来。

这温情脉脉的眼神，小心呵护的做派像在玄帝心上狠狠插了一刀，激得他低低咆哮起来。

孟桑榆顺势站起，飞快捂住阿宝的嘴，朝假皇帝谄媚一笑。假皇帝莞尔，眼中的柔色更浓，刺痛了一众嫔妃的眼。本以为德妃大势已去，没想到她又得宠了，还拿贤妃母子当踏脚石，当真是好本事！

偏殿里伺候的一名宫女眸色暗了暗，悄悄绕进内殿，向手脚虚软、受惊过度的贤妃禀报情况。

李贵妃抵达偏殿时正好将假皇帝的做派看进眼里。若是往常，她定也会像旁的妃嫔那样，认为德妃碍眼，可如今知道了真相，她只能讽刺一笑。主位上的妃子收到消息都来探望，偏你心爱的人儿稳坐蔷薇殿中，对此不闻不问，端的是好高的姿态！既然如此有资本，为何不大胆站出来斗上一斗，找别人为她挡刀挡枪算什么？心里的想法越来越阴暗，李贵妃面上却显得愈加柔和地走过去给假皇帝行礼。假皇帝收到沈慧茹指示，对李贵妃不理不睬，只扶着孟桑榆在自己身边落座，静候太医诊断。李贵妃好不尴尬，勉力一笑，在他下首落座。

不一会儿，两名宫女搀着脸色苍白、已重新打理了一遍的贤妃进来。看见假皇帝，她快走两步，身子一软就要行礼，毕竟做了一夜夫妻，贤妃又是个不可多得的美人，脸色苍白时更添几分娇弱之姿。

假皇帝连忙将她拉起来，抱入怀里拍抚。贤妃鼻头一酸，潸然泪下，哽咽道：“皇上，刚才吓死臣妾了！臣妾以为再也见不到皇儿，这叫臣妾日后可怎么活啊……”

假皇帝将她搂得更紧，不停柔声安慰。殿中众妃，除了孟桑榆和李淑静，俱都用又妒又恨的眼神看着亲密相拥的两人，恨不能和贤妃换换。

孟桑榆撇嘴，只管低头安抚脾气有些阴郁的阿宝。李淑静伸手拿了杯茶徐徐啜饮，用平静的眼神看着面前的两人，就像看一出戏。

贤妃哭了好一阵儿，脸上精致的妆容却半点不花，反倒看着更美了，与她先前在御花园中狼狈不堪的模样简直像两个人。那时才是真正的伤心，如今这样却是在做戏，儿子还躺在里面诊脉，安危尚且不能确定，她却还有心思邀宠，这女人……

玄帝摇头，心中止不住地想：若是桑榆，怕是守在皇儿床边半步不肯离开，自己来了恐都不会出来接驾，更分不到她半点关注！

就在这时，太医身边的侍从拿着一张方子出来了，同假皇帝行礼问安，匆匆往药房跑去。假皇帝连忙携着贤妃一同入殿探望五皇子，众妃待李贵妃与德妃起身移步后方才鱼贯跟上。

五皇子躺在榻上，眼角还挂着泪，看见假皇帝后泪掉得更凶了，期期艾艾地叫着父皇，还要挣扎起身给父皇见礼。

假皇帝连忙将他摁回床榻，给他掖好被角，拉着他的手柔声安慰。贤妃坐于榻边，将他的小脑袋搂进怀里。三人喁喁私语，就像民间的寻常家庭，那温馨动人的画面激得众妃的眼又红了几分。

太医跪在假皇帝脚边，徐徐述说病情，大意是因为救治及时得法，没落下什么病根，只是受了点惊吓，精心调养几日就好了。

假皇帝满意地点头，眼神万分柔和地朝孟桑榆看去，对五皇子说道："皇儿，今次你能平安脱险，全赖德母妃救治及时，还不快谢谢你德母妃。"

孟桑榆微微一笑，正想摆手推辞两句，没承想五皇子竟然露出恐惧不安的表情，直往贤妃怀里钻，嗓音哀切地低语："不要，都怪她我才会被噎着！她染了晦气，是扫把星、乌鸦嘴。若不是她诅咒儿子，儿子也不会如此，她是坏人！"

这是三四岁的小孩能说出来的话吗？他懂什么是晦气？什么是乌鸦嘴、扫把星？明显是听了旁人的闲话！况且，那么小的孩子，就算说话再难听，你又能拿他如何？能打他骂他？皇上前一阵还被晦气一说弄得心烦意乱，听闻五皇子的话，就算此时不多想，回去以后也会心生芥蒂，继而冷落自己。这禁宫啊！太脏了！连独属于小孩的天真纯洁也要夺走！

孟桑榆心中暗叹，脸上的微笑却淡然依旧。她本就不在乎玄帝的恩宠，更何况面前这人还是个假货，她就更不会在乎了。

“看来五皇子是受惊过度，有些语无伦次了。臣妾还是先行离开为好，省得刺激他。”孟桑榆裹好忽然狂躁起来的阿宝，向假皇帝行礼告退。

假皇帝无奈，挥手让她离开。

刚跨出大殿，一股寒风便扑面而来，叫孟桑榆禁不住哆嗦了一下。她连忙用手遮挡在阿宝面前，为他阻断了寒风的侵袭。

郁郁难平的玄帝立即冷静下来，无奈地吐出一口气。孟桑榆都不在乎，他还计较什么？不过一个忘恩负义的女人，不值得他如此在意，只可怜他的五皇儿，病中还被母亲如此利用，日后若移了性情该怎么办？

这个时候他又想起了以前孟桑榆曾说过的话，无爱即无恨，与其在不相干的人身上浪费感情，不如好好爱自己。在这宫里，连三四岁的孩童都能在别人身上扎刀，若真要事事计较，当真无法活下去！

“好了，已经出来了，阿宝不怕啊！咱们马上就回家。”孟桑榆挠挠躁动不安的阿宝的下颌，柔声安慰。

玄帝更加为她心疼起来，将她冰凉的手指叼进嘴里舔了舔。

“德妃妹妹慢走一步。”一道温婉的女声从背后传来，打断了温馨互动中的主宠二人。

见来人是李贵妃，孟桑榆屈膝福了一礼。

“不必多礼。”李贵妃上前挽住她的胳膊，态度亲昵，低声道，“妹妹今日鲁莽了，明知道贤妃是那等忘恩负义之人，就不该插手她的事。如今倒好，谢没得一句，却落了一身的脏水。”

“她说她的，臣妾救臣妾的，臣妾只问心无愧就行。”孟桑榆淡淡一笑，态度极其豁达。

李贵妃眼里快速滑过一抹激赏。有心机，有手段，却良心未泯，有做人最基本的底线。这样的人，在这宫里可不多了！但正因为如此，与德妃合作，自己才会放心。

想到这里，李贵妃试探道：“妹妹难道就准备这样过一辈子吗？要知道，没有孩子，没有宠爱，在这宫里可是极其不好过。不如你与本宫合作，本宫心愿得偿后替你寻一个孩子养在身边如何？”

玄帝龇了龇牙，心中不悦地忖道：桑榆为何要掺和你的事？她要多少孩子，朕日后都会给她，是真正属于我们自己的孩子！

“娘娘的好意臣妾心领了，但臣妾心灰意懒，实在是没什么斗志了，眼下只想安安静静地待在凤飞宫里悠闲度日。”孟桑榆微笑摆手。

“是吗？那就算了。若你改了主意，或是有什么需要，只管派人来寻本宫便是。”李贵妃眼里流露出几分怜悯之意，温声道。

“臣妾多谢娘娘。臣妾也劝娘娘一句，不争是争。”见李贵妃对自己有几分真心，孟桑榆忍不住多了一句嘴。

“不争是争？嗬，处在本宫的位置，有多少双眼睛在背后盯着，有多少双手在背后推着，本宫不争，那下场……”隐去未尽的话，李贵妃摇首而去。孟桑榆与玄帝目视她单薄却坚定的背影良久，齐齐叹了口气。

㉖ 禁足

回到凤飞宫，略略吃了点东西，又稍微梳洗一番，孟桑榆抱着阿宝窝进软绵绵的床榻，睡了个舒舒服服的午觉。

等主宠两个起来时已到了未时，再过不久就可以用晚膳了，有人陪伴在身边，这日子当真过得飞快。

冯嬷嬷端了一杯茶，面色漆黑地走进来，将茶杯放到主子手边，张了张嘴，欲言又止。

“嬷嬷，发生什么事了？”孟桑榆喝了一口茶，将茶杯凑到阿宝嘴边，让他也舔上两口，慢悠悠地问。

“娘娘，外面都传遍了，说咱们凤飞宫就是导致古松枯死的晦气源头。您已经深染晦气，成了不祥之人，不但自己病重，还差点把五皇子和贤妃克死。只要是您说出来的话，好的不灵，坏的全应！”冯嬷嬷语气沉沉地将外面的流言复述了一遍。

“忘恩负义，倒打一耙，果然是贤妃一贯的风格。一下午时间流言就传遍了，其他嫔妃也不遗余力啊！”孟桑榆笑容嘲讽。

玄帝微微眯眼，目光森冷。

“早知如此，娘娘您当时就不该管五皇子的事！让她失了倚仗，看她还狂什么？”冯嬷嬷咬牙齿切。

“那么小的孩子，我怎么能眼睁睁地看着他死在我面前。既然有能力，总要救上一救的。我救了他，只图他好好活着，只图我自己问心无愧，不图别人的感恩和回报。她爱说就随她说，正好帮了我一个大忙。既然是不祥人，那当然是不好随意出现在人前的。咱们这段日子就闭了宫门修身养性，外面那些糟心事就不要随意掺和了，安安心心等父亲的消息，到时，皇上或许也醒了。”孟桑榆一脸的轻松愉悦。正想避一避风头，贤妃就给她送了个绝好的借口。

冯嬷嬷一想也对，漆黑的面色立即恢复如常。

蔷薇殿里，沈慧茹披散着头发，脸色苍白地坐在梳妆台前一动不动。忽然，她挥手狠狠扫落台前的妆奁镜匣，一阵乒呤乓啷的巨响骇得她身边的晚清猛然一抖。

“娘娘，已经走到这一步，您就不要再犹豫了，想想沈家的未来，想想您日后的无上尊荣，眼下的一切牺牲都是值得的。待日后您功成，自然可以将现在的一切都抹平。”晚清低声安抚。

沈慧茹仰起头，用手捂住脸，不知是在哭泣还是在沉思。许久以后，她放下手，露出微红的眼眶，对晚清沉声道：“替本宫梳妆吧，接驾的时辰快到了。”

“是！”晚清精神振奋，快速将掉落的妆奁镜匣捡起来，细细替自家主子弄了个精致奢华的妆容。满宫里都在看着，即便知道那人是假，也不能敷衍了事。

假皇帝到时，看见寒风中的良妃，心里却没有半点动容或旖旎的情思。没有人比他更加清楚这女人的真面目。让他与这样心如蛇蝎的女人过夜，他不禁打了个寒颤。

走进内殿，遣退闲杂人等，沈慧茹也不废话，直接便将身上的衣衫层层褪下，赤条条地站在假皇帝面前，声音冷沉：“快点，不要耽误本宫的时间。”

看见她高高在上隐含蔑视的眼神，假皇帝不知从哪儿来的一股戾气。

“请娘娘背过身去，奴才不敢直视娘娘的脸做下那等冒犯于您的事。”假皇帝半跪回话，态度看似卑微，实则是不想看见她那张倒胃口的脸。

沈慧茹愣了愣，依言转过身。虽然这人的脸与古邵泽一模一样，但是她心里清楚，他们是截然不同的两个人。看着这张脸合欢，她心里的罪恶感会更加深重。

凤飞宫里，孟桑榆与阿宝正面对着面用餐。阿宝依然喝粥，但一些煮得比较松软的食物已能下肚。孟桑榆不时给他的粥碗里添些蛋羹、豆腐、红烧肉等容易克化的菜肴，阿宝则用爪子将她喜欢的菜碟刨到她面前。主宠两个你来我往，气氛好不温馨。

“娘娘，听说良妃方才已经侍寝了。”冯嬷嬷走进来，凑到她面前耳边禀报。

玄帝停下舔食的动作，僵直地看着面前的粥碗，不知在想些什么。

“她终于豁出去了，比我想象中更早。看来，她对皇上的感情也不过如此。获宠、怀孕、后位、储君，不出五年，等沈家势力准备就绪，皇帝便会驾崩，储君名正言顺地登基，沈太师摄政，太后垂帘听政。再过几年，待沈家势力根深蒂固，或许连傀儡皇帝也不需要了，古家的天下从此可以正式改姓沈……真是好算计啊！”孟桑榆放下竹筷，悠然长叹。

玄帝僵立在桌上，静静等待心中的绞痛褪去。他本以为经过一系列的打击，他的心已经麻木，但毕竟是珍爱了那么多年的女人，从少年时代便一路陪伴他走来，不可能说忘就忘。

但是，这是最后一次为你心痛了！沈慧茹，自此以后，咱们桥归桥、路归路，再见面既是兵刃相加，你莫要怪朕！默默斩断与沈慧茹的过往，玄帝叼起孟桑榆放进他碗里的一块肉，食之无味地咀嚼起来。任何人都没有发现他方才那一刻的失常。

自青鸾殿失窃已经过去了十天，原九门提督罗大人连丝风声都没抓到，更何况抓人了。他本是皇上的心腹，自以为皇上还会宽限他几日，却没承想限期一到皇上就捋了他的职务，勒令他闭门思过半年。

九门提督乃从一品武将，负责全京城的防务，品阶高，权力大，是个让人十分眼红的职位。沈太师和李相两派经过了一系列明争暗斗以后，这位置落到了原西安将军荣大人的头上。荣大人乃李相的连襟，娶了李相正妻的嫡亲妹妹。这京畿防务算是落入了李相囊中，沈太师棋差一着。

孟桑榆虽然整日不出宫门，但孟家的人脉也不差，不管是朝堂还是后宫的消息，她总是能第一个知道，也连带着让阿宝听了去。

京畿防务丢了，虽在意料之中，但玄帝依然震怒不已，复又暗自庆幸。落进李相手里总好过落进沈太师手里。夺了九门提督之位，还有御林军和禁卫军需要掌控才能完全架空自己，这两人还有几场恶仗要打！

虽然知道两派还有的耗，玄帝却也不敢再耽误，他要马上与闫俊伟取得联系回到肉身才行，拖得越久，朝局就越难以收拾。

这日，趁着孟桑榆午睡，碧水、银翠、冯嬷嬷躲在偏殿的耳房里唠嗑的空当，他麻利地溜进书房，跃上凳子，再攀上书桌，扒拉了一张宣纸出来准备给闫俊伟留封书信。

琢磨了好半晌，他在纸上写道：子恒，替朕请得道高僧招魂，再派人保护德妃。如朕无法苏醒，将德妃安全送到孟国公身边去。落款瀚海。

子恒和瀚海是先帝分别替他俩取的字，除了先帝和他们自己，没有第四个人知道。用这样的称呼，闫俊伟看了一定会重视。他一边思量着，一边尽力控制肉爪子，试图将字写好。写废了好几张纸才终于出了一件像样的成品，玄帝迅速用爪子将纸折起，放进自己小袄前的口袋里。

最近的密道入口在御花园里，离凤飞宫有七八百米路程。因身子比以往壮实了很多，脖子上又戴着御赐狗牌，玄帝这一路走得很顺利。见周围没人，他哧溜一下钻入了一座假山。假山的涵洞很深、很阴暗，走到尽头处，他用肉爪子拨弄地上的一块鹅卵石。平时只需轻轻一踩就能开启的机关，今儿足足拨弄了一刻钟才弄开。

玄帝甩甩酸痛的爪子，迅速钻入徐徐开启的地道。玄帝定了定神，挨着地道的墙根紧走几步，一边走一边寻找暗卫们用来搜集情报传递信息的凹槽。这种凹槽镶嵌在墙壁的砖缝里，只要将搜集来的情报或需要传递的信息塞进去，凹槽里的气流就会将纸张卷走，落入机关尽头的小匣子里。这个小匣子只有闫俊伟才有钥匙，他每天都会定时打开整理情报，再挑拣出重要的消息呈报给皇帝。

玄帝的肉爪子摸索到了墙壁底部的一个小凹槽，凹槽里隐隐透出一丝凉风，强劲的力道刮得他肉爪子生疼。就是这里了！

玄帝眼睛一亮，扒拉出小袄里的字条，踩成细细一卷，朝凹槽里塞去。刚塞进去一个头，凹槽里的劲风就“嘶”的一声将整张纸都卷走了。

密道里的机关一般都设置在头顶或脚底，不细找很难发现。以前玄帝还觉得麻烦，如今却有些庆幸这样的设计。若是机关都设在与人等高的位置，现在的阿宝绝对够不着。

将全身的重量都压在地面某块青砖上，待地道口开启，他麻利地钻出去，又在外面按下机关，将地道关闭。确定假山外面没人经过，他迅速钻出来，朝凤飞宫狂奔。这一系列动作下来至少用去了半时辰，桑榆快醒了，看不见自己她会着急的。玄帝归心似箭。

匆匆跑进凤飞宫，碧水等人还在耳房闲谈，竟是没有发现自己的失踪，玄帝松了口气，快速朝孟桑榆的寝殿奔去。翻过门槛，两三步跑到榻边，见孟桑榆眉目恬淡，睡得正香，他微微一笑，小爪子搭上床沿就要爬进她怀里。

看见映衬在深紫色床单上的脏兮兮的爪子，他僵住了，连忙停下动作。只可惜晚了，整洁的床单已经留下两个黑色的梅花印，看着十分刺眼。

玄帝垂头呻吟，当机立断朝偏殿跑去。他记得偏殿的八仙桌上放着一壶茶水，正好可以用来给自己梳洗。借着凳子的帮助攀上八仙桌，他用爪子掀开壶盖，沾上茶水清洗自己爪子上的墨迹和灰尘，然后用舌头舔舐自己露在外面的绒毛，务必使自己看上去干净又整洁，免得遭了孟桑榆的嫌弃。

舔完毛皮，他才意识到自己究竟干了些什么。苍天啊！堂堂玄帝竟然在给自己舔毛？就为了讨主人喜欢？他还真成了一只宠物了！心里万分纠结，他舔毛的动作却丝毫未停，桑榆还睡着，待她醒来看不见自己，不知道会有多担心！

“阿宝在这儿呢，正在桌上玩水！快去告诉娘娘，叫她不用担心。”殿外，银翠探头进来，看见桌子上的阿宝，紧张的表情舒缓下来，对着另一头的碧水叫道。

碧水答应一声，跑回去给主子回禀情况去了，看来孟桑榆已经醒了。

玄帝垮下肩膀，心里十分沮丧。终究是没能赶在孟桑榆醒来之前回到她怀里去，又让她担心了。

“阿宝在干什么？”银翠笑眯眯地走到桌前询问，看见已然变得漆黑的茶水和阿宝的一身狼藉，她惊讶地挑眉，“阿宝你个坏东西，又偷偷跑出去玩了！看你这一身脏！刚换上的小棉袄就变成灰色了！走，我带你去洗个澡再送你去见娘娘！”话落，她伸手准备去抱桌上的阿宝。

玄帝不习惯被一个女人长时间抱在怀里，那有损于他帝王的尊严，当然，孟桑榆是个例外。他避开银翠的手，自己跳下桌，跑到门边等待。

银翠好笑地摇摇头，带着阿宝去洗澡。

寝殿里，听见银翠托小宫女送来的口信，孟桑榆好笑地指着自己的床单：“阿宝这鬼灵精，还以为我不知道他偷跑出去了呢，瞧瞧，这就是证据！也不知道他都干了些什么，这爪子黑的……”

碧水看着两个黑色的小爪印掩嘴轻笑。

冯嬷嬷既无奈又好笑，忙唤来几个小宫女给主子换床单。

27 巫蛊

朝堂上，李家和沈家争斗不休，玄帝的心腹被排挤的排挤，撤换的撤换，局势越来越混乱。许多天子近臣都在嘀咕：皇上的手段怎么越发软弱了，竟大有当甩手掌柜的趋势。再瞅瞅百花齐放的后宫，大臣们悟了，敢情皇上是被女人勾走了魂！皇上自十七岁登基，如今正好在位十年，向来于女色上十分克制，怎么受了一次伤反而性情大变了呢？莫非是被前一阵的流言刺激了？

有几名性情耿直的大臣直接上了折子，劝谏皇上不要耽于美色，荒废朝政，皇帝不但不听，还狠狠发落了几名领头羊，着实寒了一批老臣的心。皇上这是要往昏君的路上走啊！

糟心的消息源源不断地传入凤飞宫，玄帝只能眼睁睁地看着那假货败坏自己的名声，毁掉自己的江山社稷却无能为力，心情越来越阴郁。

好在有孟桑榆时刻陪着他，给他做美味的糕点汤品，早晚带他到凤飞宫的花园里遛弯儿，上午种种花草，下午去书房看书写字，日子悠闲又充实，才没让他被一个又一个坏消息打击到崩溃。没有孟桑榆，他知道自己在这样恶劣的处境下绝对撑不了多久。说句毫不夸张的话，孟桑榆是他活着的希望，他已经完全离不开她了。

这日，消沉了好几天的玄帝终于迎来了一个好消息：孟国公在边关取得了大捷，用六万兵马击退了蛮人十万大军，且对蛮人的皇廷形成了包围之势，不出一个月就能拿下蛮人政权，保大庸边关百年安宁。

消息传来，沉寂了许久的凤飞宫再次进入众妃的视线。德妃虽然失宠，但无奈娘家太彪悍，等孟国公班师回朝，她必定还会复宠。这样大的功劳，皇上不封赏她都说不过去，妃以上就是贵妃、皇贵妃，甚至是皇后，凭着这样的家世，谁还能与她抗衡？怕是连李贵妃也要退避三舍！

各宫的蠢蠢欲动孟桑榆并不在意，她此时正拿着捷报看了一遍又一遍，嘴角挂着一抹舒心的笑意。

“蛮人政权即将土崩瓦解，父亲长久以来的心愿终于要实现了。在这一点上，他与皇上倒是颇为君臣相宜，都致力于打击蛮夷、巩固边防。若除去那点猜忌心，皇上也算是个难得的明君，若不是他坚持摒弃了先帝重文抑武的政略，致力于发展国防军事，我大庸恐怕如今还饱受边关战火的侵袭，如何能有眼下的繁华盛世。”长叹一声，孟桑榆将捷报递给满脸笑意的冯嬷嬷。

玄帝盯着捷报的视线转向了一脸严肃的女人。难得听这女人夸奖自己，他嘴角扬起个大大的弧度，小尾巴一甩一甩。

“娘娘说得是。那些蛮夷再厉害，对上咱们国公爷立马就变银样镴枪头，中看不中用了！听说咱国公爷的名声在蛮夷中那是令人闻风丧胆，可止小儿夜啼呢！”冯嬷嬷竖起了大拇指。

孟桑榆也笑起来，晶亮的凤目里满是骄傲的神采。玄帝也跟着汪汪叫了两声，表示附和。如今再谈及孟国公，他早已没了当初的防备和猜忌，反而觉得大庸能有如此猛将镇守边关，自己能有如此贤臣辅佐，是上天对大庸的庇佑。

“边关的战事已近尾声，父亲很快就能回来救助皇上，咱们也安全了。”收了脸上的笑意，孟桑榆吁了口气。

没想到自己落到这个地步，能够陪伴在自己身边，且尽心竭力帮助自己的竟然是当初最忌惮、最防备的人。玄帝回忆往事，不由得感叹世事无常，更感谢上苍让他遇见了孟桑榆，让他重新认识了自己，也认清了身边的人。

捷报传来以后，孟家在军中、在大庸百姓中的声望一时间无人能及。谈起孟家，连市井小儿也能哼出一两句歌功颂德的歌谣，孟家军力破蛮军的传奇故事成了京城最流行的桥段，被说书人不厌其烦地传唱。

没办法，大庸向来重文抑武，大庸百姓历来受蛮人欺压，今儿终于扬眉吐气了。直接把蛮人给灭了，这话说出来舌头都打着转儿，忒威风、忒霸气！京中谁若说一声孟家不好，必定被人群起而攻之。

皇城里，凤飞宫晦气一说不攻自破。晦气人家能打胜仗？能灭了十万蛮军？这谣言谁传的？忒离谱了！德妃自然而然被解了禁足，皇上还亲自驾临好好安抚了一番，赏赐了不少贵重东西，如不是德妃身体未愈，想必又是接连几月的专宠。

后宫所有嫔妃都眼红地盯着孟桑榆，其中以沈慧茹为最。孟长雄若真带着百万大军班师回朝，沈家再要图谋大业就难了！没见连李相近些日子都沉寂了吗？他也被孟长雄的锐气给压制了！不行，一定要想办法除掉孟长雄和德妃！

孟桑榆也感觉到了宫中的暗流涌动，当即加强了凤飞宫的守备，闲杂人等一律不得出入正殿和书房，来往人员也要一一审查，务必在孟父回京之前将凤飞宫防得滴水不漏。

这日，孟桑榆照例带着阿宝去花园遛弯儿，主宠俩玩了一会儿捡绣球的游戏，又折了几枝梅花才一前一后高高兴兴地回了寝殿。

跨进殿门，阿宝屁颠屁颠地奔到榻边，将主人惯爱在室内穿的一双绣花鞋叼到嘴里，甩动着小尾巴走到主人身边，将绣鞋放下，然后仰头用湿漉漉的小眼睛看着主人。

“阿宝真聪明，只教一次就学会了！”孟桑榆的小心肝被阿宝萌得一颤一颤的，抱起阿宝，对准他的小嘴巴就是几个大力的香吻。

阿宝眼睛眯了眯，迅速用舌头舔舐主人形状娇美的唇瓣，一张狗脸呈现出满足的表情。随着时间的推移，回到身体的希望变得越来越渺茫，灵魂被牢牢禁锢在阿宝的身体里不得离开，他有时候甚至在想，就这么待在孟桑榆身边也好。如今孟国公快回来了，就算他一辈子不醒，孟国公也有办法护孟桑榆周全，他此生再无挂碍，就安心地做阿宝吧。

“娘娘，该用膳了！”冯嬷嬷指挥着一众宫人在隔壁的偏殿摆饭，对整天腻歪在一起没个够的主宠俩感到很无奈。

“唉，来了！”孟桑榆又亲了亲阿宝的小脑袋，这才带着他往偏殿走，路过殿内拐角一个巨大立式花瓶，阿宝的鼻头耸动了一下，停住不走了。

他缓缓踱步过去，在瓶身细细嗅闻，发现了一丝以前不曾闻过的气味。他对孟桑榆和冯嬷嬷等人的气味早已烂熟于心，这寝殿没有得到孟桑榆的允许是不准第五个人入内的，按理不可能出现异味。如此就只有一个解释，在孟桑榆和自己离开以后，这大殿有外人进来过！

没有得到允许而偷溜进来，此人绝对不会干什么好事！且这气味带着一股淡淡的胭脂味，来人定是一名宫女。分析到这里，玄帝心头已滑过千万种阴谋论，他心头发紧，对着孟桑榆汪汪大叫起来，一边叫一边围着花瓶转圈。

“阿宝这是怎么了？快别叫了，你嗓子还没好呢！”孟桑榆走过去，伸手去捂他的嘴。玄帝刨开她的手指，用小爪子指着花瓶汪汪大叫。

“这花瓶有问题？”孟桑榆表情凝重起来。

玄帝点点头，这是他第一次明确在孟桑榆面前显示出他能听懂人话。

但孟桑榆早已看出了端倪，并没有吃惊，只围着花瓶打量了一圈儿，然后去偏殿叫来摆膳的冯嬷嬷、银翠和碧水，将其他闲杂人等都遣走。

“把花瓶翻倒，让我看看里面有什么。阿宝方才一直对着花瓶大叫，恐怕这花瓶被人动过了。”孟桑榆沉声说道。

花瓶足有一人高，里面插着几株如意竹，灌了半人高的水，要搬动着实不容易。孟桑榆又挑了两名绝对忠心的、由孟父安插在宫里的太监进来，让他们帮忙。

花瓶被翻倒在地，盛放了许久的水都有些发黄了，在殿内缓缓流淌，一个小小的布偶随水冲出，上面扎满了寒光烁烁的银针。

看见这等阴邪的玩意儿，冯嬷嬷等人脸色大变。孟桑榆抱着阿宝，踩着一地水泽踱步过去，俯身查看布偶。一人一狗的瞳孔同时收缩了一瞬，脸上不可遏制地流露出一丝骇然，只因布偶上用朱砂写着一列文字，赫然就是当今圣上玄帝的生辰八字。

朱砂防水，这字迹依然鲜亮鲜亮的，刺痛了主宠俩的眼。

㉘ 内鬼

孟桑榆暗自咬牙，退开两步去，抱着阿宝坐到了身后的一张绣墩上，脸色忽黑忽白十分凝重。

玄帝紧张地盯着她的脸，唯恐她情绪失控伤着自己。这一招实在太险恶了，看似在针对德妃，实际上瞅准的却是孟国公乃至于整个孟家。若这罪名落实，孟家九族之内谁也活不了。

冯嬷嬷将地上的巫蛊娃娃捡起来，手抖得厉害，颤声问道：“娘娘，这，按这生辰八字来算，这诅咒的人极有可能是皇上啊！”

“这诅咒的就是皇上。”孟桑榆咬着牙冷声道。皇上的生辰八字冯嬷嬷不知，孟桑榆和父亲却是知道的。

“这东西若是查出来！咱们、咱们……”冯嬷嬷目眦欲裂，恨得说不下去了。

孟桑榆惨然一笑，语气又冷又沉：“巫蛊谋害皇上，父亲这次的功劳越大，咱们孟家的罪名也就越大。你想想一个手握百万雄师的将军之女咒杀皇上，这是想干什么？想要效仿太祖起兵谋反？若我真着了道，孟家谋朝篡位的罪名是跑不了了！他们动不了父亲，就从我这儿下手，逼我认罪将我软禁，待父亲班师回朝进宫谢恩时再设套擒住父亲，将这些莫须有的罪名条条罗列，然后将我们立即推出午门斩首，随即再迅速抄灭国公府和孟家九族，连个叫屈的机会也不给。等孟家军得到消息，事情已成定局无法挽回了。真是好狠毒的计策！”

话落，她已是额冒冷汗，容色发白，心头涌上阵阵的寒意，只能紧紧抱着阿宝取暖。玄帝用爪子死死搂住她的臂膀，竭尽自己所能地想要给她一点温暖。孟桑榆能想到的，他如何会想不到？眼下早已目色血红，戾气翻涌。诛杀忠良，祸乱朝纲！沈家已堕落到了这个地步，来日待他回魂，第一件事便是将沈家抄家灭族！尝尝他们自己酿造的苦果！

孟桑榆用脸颊摩挲着阿宝的脊背，见银翠等人已将殿内打扫干净，余下的一些水泽已在地龙的烘烤下冒出一缕缕白烟，很快就会消失于无形，心中的惊悸也慢慢平复下来。如今可不是兀自后怕的时候！

她定了定神，揉揉阿宝的小耳朵，轻声道：“宝贝儿，我知道你能听得懂。听着，帮我在凤飞宫各处闻闻，可还有别的异常之处，再帮我找出这弄鬼的人。找出来了，我奖励宝贝儿一根大骨头，好不好？”

你不说朕也会帮你！就算是只狗，朕也能保护你！玄帝汪汪叫了两声，耸动着鼻头在殿内各处嗅闻。果然有一就有二，此人为了保险，不但在花瓶里扔了一个巫蛊娃娃，在孟桑榆的床榻下也贴了一张人形符咒，符咒上写着玄帝的生辰八字，还画着许多邪恶狰狞的咒文。孟桑榆将偏殿的菜肴拨乱，弄成吃过的模样，静待阿宝查探寝殿。眼下她也没心思吃东西，不过为了迷惑殿外那只鬼，要做出什么都不知道的样子。

玄帝也没心思吃东西，孟桑榆拿着粥碗要喂他都被他摇头拒绝了。不尽快探完整个凤飞宫，让孟桑榆脱离危险，他怎么吃得下？这是他头一次为自己狗的身份感到庆幸，若非如此，孟桑榆就会被人害了去！

探完寝殿，他接着又往偏殿和正殿跑，书房、耳房、花园，凤飞宫的每一个角落都不敢遗漏。孟桑榆跟在他后面气喘吁吁地跑，看上去就像主宠俩在嬉闹一般。凤飞宫的宫人对这种情景早习以为常，纷纷行礼的同时都眼含笑意地看着。

路过一处宫人居住的耳房，玄帝停住了脚步，径直从门缝里钻了进去。屋里是三名十五六岁的宫女，正围坐在火笼边聊天，见阿宝进来，俱都愣了愣，然后眼里爆发出亮光。

“阿宝快过来！”其中一名宫女笑眯眯地对阿宝招手。

玄帝走了过去，在宫女的手上轻嗅，嗅完一个又换另一个，挨个儿嗅完，他迷惑了，只因这屋里的三个女人用的都是同样的胭脂，同样的熏香，同样的头油，这味儿闻起来都一个样，真没有太大的差别。他明明知道弄鬼的人就是她们其中一个，偏偏区分不出来！若换成一只货真价实的狗，恐怕早就闻出这细微的差别了。

玄帝哼哼两声，感到十分挫败。

“阿宝，原来你跑到这儿来了！”孟桑榆适时出现在门口，做出一副寻找的模样，对阿宝伸出手。三名宫女连忙站起来给主子行礼。

撇下心头的挫败，阿宝迅速扑进孟桑榆怀里，小尾巴欢快地摇摆。孟桑榆从腋下将他抱起，亲亲他的小嘴，趁宫女们行礼的空当低不可闻地说道：“是哪一个，给我指出来。”

“都起来吧。”将阿宝放下，孟桑榆叫起宫女，不着痕迹地打量三人。

这三个人她不但认识，还很熟悉，其中年纪最小的名唤夏冬，是今年新进的宫女，家庭背景相当干净，为人也十分淳朴可爱，孟桑榆一眼就相中了她，并亲自提拔到凤飞宫来。另外两名，高挑一点的名唤兰心，稍矮一点儿的名唤慧心，都是孟父从孟家的家生子中千挑万选，然后费尽心思送进宫的。因她曾说过等银翠、碧水年纪稍大点儿就送她们出宫嫁人，不必陪自己老死宫中，所以兰心和慧心就是将来接替碧水、银翠大宫女职位的最佳人选，孟桑榆平时对两人多有倚仗，也非常信任。

这三人，不管谁背叛自己，孟桑榆心里都不好受，但也不得不佩服设局人的实力。手都伸进孟家了，钉子还埋得这么深，若不是阿宝机灵，她这次绝对逃不过这一劫。

想到这里，她眼神柔和地朝阿宝看去。小家伙围着三人左转右转，左闻右闻，在每个人身边都汪汪叫了两声，不偏不倚，然后颠颠地跑到她脚边，一双湿漉漉的黑眼珠里满是歉疚。看见他这副模样，孟桑榆心领神会，略略垂问三人几句便抱起阿宝离开，完全没有引起三人的警觉。

待主子走远了，三人又围坐在火炉边说说笑笑，谁清白、谁弄鬼还真看不出来。

“娘娘，您回来了。”隔了老远，银翠和碧水便走上去迎接主宠俩。天色已经完全暗下来，宫里点起了灯笼，在大红灯笼的映照下，两人的脸罩上了一层晕红的色泽，看上去十分温暖。

孟桑榆冷冽的眼底浮上一丝笑意，微微颔首，抱着阿宝回到寝殿。寝殿的桌上放着一个巫蛊娃娃和两张咒符，除了床榻下，正殿屏风的夹层内也贴了张咒符。位置这般隐秘，若不是阿宝嗅觉灵敏，谁能发现的了？

“娘娘，别殿没有发现异状吗？”银翠压低嗓音问。

“没了。就这三处。今日辛苦阿宝了！”孟桑榆摇头。

碧水将调查到的情况向主子汇报：“娘娘，奴婢暗中问过了，在寝殿外守职的太监今日走开了一会儿，谁擅自进来过他一点儿也不知道，当然，也有可能是他监守自盗。”

“不，这人阿宝已经找到了，就是夏冬、兰心、慧心三人中的一个，也有可能是她们中的两个，或三人合伙儿。总之，你们盯牢她们三个就好，这事儿还没弄清楚之前切莫打草惊蛇。”

“是。”碧水和银翠躬身应诺。

“今儿多亏了阿宝！没有阿宝，我们孟家就完了！”孟桑榆抱起怀里的阿宝，在他脸上不住地亲吻。

玄帝哼哼着，一边眯眼享受女人的热情和主动，一边伸出舌头舔吻回去。今日他非常高兴，一直是孟桑榆在保护他，没想到他也能保护孟桑榆，这种满足感和成就感连他登基那一刻也无法比拟。

㉙ 搜宫

第二天风平浪静，什么变故也没发生。冯嬷嬷派人盯着夏冬、兰心和慧心，在三人当差的时候秘密将她们的寝房搜查了一番，没发现什么可疑物品。其他宫人的房间也没放过，虽然查出些阴私的东西，但到底与巫蛊事件无关，冯嬷嬷也就没有多管。

晚上将近子时，皇上在蔷薇殿突发急症，头痛欲裂，几近癫狂，太医院的医正全数出动也没看出所以然。一直熬到凌晨，皇上的剧痛还未舒缓，医正们只得强行给皇上灌了凝神静气的汤药下去，再辅以银针，让他稍稍安睡片刻。

有几名妃子见太医轮番诊治也查不出问题便跪到青鸾殿前，建议皇上请国师进宫来看看。道教乃大庸国教，道教第一高人太清真人被先帝册封为国师。国师只是一个荣誉称号，并不能参与朝政。

皇帝采纳了几名妃子的建议，当即召了国师进宫，国师给皇帝喝了一碗符水后，皇帝的剧痛便奇迹般地消失了。国师走到宫门前掐指一算，言及宫中西北殿有邪祟作乱，极有可能与皇上的突发怪病有关。

皇帝大骇，当即拨了一队禁卫军给国师，让他带着禁卫军去西北各殿搜查。说是西北各殿，国师却只是沿路眺望一番，然后掐几个手诀便罢，行进的方向直指凤飞宫。

与此同时，凤飞宫里，孟桑榆正对着琉璃镜慢条斯理地梳妆打扮。她将面色涂得更加苍白，唇色朱红如血，本就微微上挑的眼角用炭笔加黑加粗加长，让上挑的弧度更加明显，再配上她斜飞入鬓的秀眉，这张明艳照人的脸孔当即变得气势惊人，漆黑的眸子亮如寒星，斜睨过来时，连平日看惯了的冯嬷嬷等人都不敢与她对视。

玄帝也被吓了一跳，没了色彩的干扰，这张黑白分明的脸孔更跳脱，锐利如刀的气势更鲜明。这哪里是他那时而俏皮、时而温柔、时而典雅端庄的桑榆啊？分明是个妖物！但是个美得惊人的妖物！

孟桑榆见阿宝微微抖了一抖，禁不住低笑起来，这一笑，那夺魂摄魄的气势便散开了，像一场幻梦。冯嬷嬷等人禁不住松了口气。娘娘这样子真吓人，愿老天保佑国师！

“把我的朝服拿过来，还有全幅甲套，头面珠钗。”孟桑榆慵懒开口。

冯嬷嬷等人应诺，将奢华至极的从一品朝服替她穿上，再戴上朝珠，插上步摇、华胜，手里根根手指套上金丝甲套，雍容华贵的装扮和锋利无匹的气势，放眼整个后宫怕是无人可以与之比肩。

玄帝仰头看着她，脸上的表情有些愣怔。

“许久没穿这身战袍，真有些不习惯！”孟桑榆抚平衣襟的褶皱，转而看向冯嬷嬷问道，“嬷嬷，我有没有一代妖妃的范儿？”

“有，有！没人比您更妖了！”冯嬷嬷想也不想就夸道。碧水和银翠憋笑憋得脸都红了。玄帝从愣怔中回神，听见主仆俩的对话，脸上的表情有些怪异，继而哼哧哼哧地笑起来。桑榆怎么能这么古灵精怪呢？一代妖妃，有这么形容自己的吗？

“那就好。把你们冷艳高贵的范儿都给本宫端起来，去宫门口迎接国师吧。”孟桑榆将阿宝抱进怀里，领着一众宫人浩浩荡荡往宫门口走去。

刚摆开架势，国师便带着一队禁卫军到了，看见堵在门口的德妃娘娘，连忙领着大家行礼。孟桑榆慵懒地端坐在一把雕花大椅中，怀里搂着自己的爱宠，有一下没一下地抚摸，灿如寒星，黑白分明的凤目往国师那儿一瞟便让国师心中打了个突。

“国师此来何事？”她嗓音有些飘忽也有些冰冷，明明面色温和却带出几分咄咄逼人的架势。

曾经的第一宠妃果然气势惊人，不好对付啊。国师暗暗握紧手里的拂尘，躬身回话：“贫道发现娘娘宫中有一股漫天邪气，皇上的龙体就是被这股邪气冲撞才会剧痛不已。还请娘娘给贫道行个方便，让贫道带人入宫查看一番。”

“本宫的宫殿岂可让一群大男人随意查看？你将本宫置于何地？又将皇上置于何地？”孟桑榆幽幽开口。她膝头的爱宠耸动着鼻头，发出凶狠异常的低咆。

这主宠两个咄咄逼人的气势简直惊人的相像，真是邪门了！国师心头微憷，定了定神后开口："贫道也是为了皇上龙体着想，还请娘娘应允。待皇上平安，贫道自来给娘娘请罪！"

话已说到这个份儿上，再不同意，一顶不忠的帽子就要扣下来了。孟桑榆乜他一眼，略微有些松口："你能确定这问题出在本宫宫里？"

"贫道开了天眼，这股邪气看得真真的。"国师言辞笃定。

孟桑榆嘲讽一笑，玄帝也在心里骂了声"神棍"。待他回魂，这些神棍他都要统统处理掉，他早就烦了这帮人整天鼓吹的炼丹长生之道。

"让你们就这么进去，把本宫的凤飞宫翻个底儿朝天，本宫日后在宫中如何做人？"孟桑榆又问。

"贫道只需看一眼就能知道问题出在何处，绝不会胡乱碰触娘娘的东西。若没有问题，贫道立即带人退出来。"国师耐着性子回话。

"只需看一眼？国师好高深的道行！如果本宫的凤飞宫没有问题，国师又要如何？本宫父亲在边关浴血奋战，孟家军多少儿郎为国捐躯，孟家的忠心日月可表、天地可鉴，国师却污蔑本宫祸害皇上，国师可要为自己的言行负责！"孟桑榆一字一句设下圈套。

国师早已从良妃那里接收到了确切消息，只以为孟桑榆这是在垂死挣扎，想也不想便立下重誓，定要入宫一探。

"好！"孟桑榆勾唇冷笑，"本宫这凤飞宫可以让你们搜，却又不能轻易让你们搜。你们听好了，本宫给你们一刻钟时间，若搜出问题，本宫认了，若搜不出，国师得跪在神武门门口三天三夜向本宫谢罪，并自此辞去国师一职，除去太清真人的道号，永生不能问道。"

"可以！"想到日后的荣华富贵，国师咬牙答应。

"还有你们，"孟桑榆戴着金丝甲套的手指向一群禁卫军，"凡参与搜宫者，本宫要遣人先搜你们的身，别随意夹带些阴私之物进去就栽到本宫头上。事后若证明本宫的凤飞宫没有问题，你们每人需杖责八十，领队者杖责一百。若同意便进去搜吧。"

"这……"杖责八十就能要人的命，更何况一百？那领队的禁卫军有些迟疑，半跪道："还请娘娘容奴才向皇上回禀一二，请娘娘等候片刻。"

“可以，去问吧。”孟桑榆弹了弹甲套，漫不经心地开口。

青鸾殿里，沈慧茹正在批阅奏折，听闻禁卫军的禀告，冷笑道：“答应她，除了垂死挣扎，她也玩不出什么花样！利索点，她这是在拖延时间。”

那领队很快回来禀明情况，然后任由凤飞宫的宫人将他们挨个儿搜了一遍，连身上的玉佩荷包都被扒走，之后便由国师引领直奔寝殿。

孟桑榆缓缓跟随其后，嘴角含着一抹讽刺的笑意看着国师在花瓶边转悠。玄帝眼睛通红地看着一群人在孟桑榆的寝殿里肆虐，将这一张张脸孔深深记入脑海。

国师一手拿着拂尘，一手拿着罗盘，装模作样地检测一番后便指使禁卫军将花瓶翻倒。水淌了一地，几株如意竹也七零八落，除此之外什么也没有。

国师的心跳有些快，隐在人群中的兰心面色白了。一直关注着兰心三人的碧水和银翠交换了一个了然的表情。

幸亏还有后手！国师暗自庆幸，一边掐着手诀一边朝床榻走去，对禁卫军说道：“这里有邪气！进去看看！”

一名禁卫军应诺，爬进床底细细摸索。

孟桑榆脸上的邪笑弥漫开来，阿宝鼻头轻哼了一声。

“你们可要快点，一刻钟要到了。”她瞥向殿内的沙漏，曼声提醒。

“贫道晓得，定不会耽误娘娘的时间。请娘娘让贫道再看看正殿。”国师脸色青白，声音有些颤抖，一群禁卫军也没了刚入殿时的气焰。

孟桑榆挑眉，抬手做了个“请便”的手势，却更加让这群人心惊肉跳。

自然，正殿里也是什么都没找着，国师心知良妃的计策已被识破，再找下去也是白费工夫，额头不由得冒出了一层冷汗，哆哆嗦嗦地给德妃娘娘跪下了。

“本宫父亲为大庸出生入死，没想到本宫却被人污蔑，受人猜忌。若祸害皇上的罪名落到实处，你们是要逼死本宫啊！”孟桑榆仰头长叹。

“贫道不敢，求娘娘恕罪！”国师砰砰砰地磕头。什么荣华富贵，什么权势地位，完了，都完了！过了今天，他还有何面目在大庸立足？欺凌了孟家后人，大庸子民每人一口唾沫就能将他淹死！他积攒了半辈子的好名声也荡然无存！

“要告罪便去神武门门口告罪吧！来人，将他拖下去！”孟桑榆挥手，凤飞宫的侍卫利落地将国师扔出宫门。

一群禁卫军已经整齐地跪在了殿前的空地上。孟桑榆看也不看他们一眼，径自拿起一本游记翻阅，对宫人们命令道：“给本宫狠狠地打！数数儿的时候大声点，本宫在殿内听着呢！”

殿外噼里啪啦的杖责声不绝于耳，每打一下，宫人便大声将数报给德妃娘娘听，凤飞宫一时间沸反盈天，万众瞩目。连直属于皇帝的禁卫军都敢如此暴打，满宫里数来数去也就德妃一人了，偏她事前问过皇帝，偏这是她一贯的行事风格，旁人还真不好说些什么，没见连青鸾殿里的皇帝都沉默了？

杖责结束，能站起来的禁卫军几乎没有，甚至还有几个当场昏死过去。皇帝闻听消息后又遣了一队侍卫将他们抬走，并赏赐了许多贵重东西以安抚德妃的心。德妃跪地接了赏赐，却因此闭了宫门自请禁足。皇帝不好再咄咄相逼，只得随了她。

消息传出宫廷，满京城民众哗然。德妃，那可是大功臣之后啊！孟国公还在边疆浴血奋战，他的女儿却被人如此污蔑，这是明晃晃地迫害忠良啊！跪在城门口谢罪的太清真人差点没被烂菜叶子给埋了，日后再无法在大庸立足。向皇上建议请国师入宫查看的几名妃子直接以妖言惑众的罪名打入冷宫。那一队禁卫军也自此销声匿迹。

这次事件非但没有扳倒德妃和孟家，还让己方损兵折将、元气大伤，沈慧茹气得脸色铁青，当日就因郁结于心而请了一回太医。

30 变故

巫蛊事件就这么过去了，宫中很是风平浪静了一段日子，却不想这天又爆发了一件大事。被龙眼卡喉的五皇子本应该早就痊愈，却越养越虚弱，短短一月不到竟已到了病入膏肓、药石无医的地步。贤妃大恸，唤来所有医正为五皇子会诊，结果诊出五皇子并非生病，乃是中毒，这毒就下在五皇子每日喝的汤药中。因毒性甚大，接连二十几日的投毒，五皇子是救不回来了。

贤妃哭昏在青鸾殿门前，皇帝大怒，誓要将投毒事件彻查到底。宫中人人自危，怕被牵连进去。

凤飞宫，孟桑榆正在书房里练字，阿宝蹲坐在书桌上，小爪子放在墨条上有模有样地来回碾磨，画面有些滑稽，却十分温馨。冯嬷嬷敲开房门，快速将此事回禀一遍，然后用忧虑的眼神看着自家主子。

“不用担心，”孟桑榆搁笔，略略沉吟片刻后说道，“这事十有八九是冲着李贵妃去的。嬷嬷这几日把宫门看好了，不要放闲杂人等进来，若我没有料错，宫中将会有一场巨变。”

“唉，奴婢知道了。”冯嬷嬷面色凝重地答应。

事情果然如孟桑榆所料，变得越来越复杂。投毒一事还没理出个头绪，二皇子却又闯了滔天大祸，在一次玩闹中将自己的伴读推入荷花池淹死了。那伴读是李相最倚重的下属的嫡孙，且还是家里的独苗，下属悲痛欲绝，一状告到了金銮殿。

皇帝大怒，赏了二皇子三十廷棍，闭门思过半年。但这事还没完，那属下见二皇子只挨了顿打，自家却断了根，心中郁愤难平，将李相结党营私、卖官卖爵、贪污受贿的罪证都呈给皇上，与此同时五皇子中毒事件的结果也出来了，竟是李贵妃所为，目的就是为了替儿子除掉储君之位的竞争者。

消息一出满朝哗然，皇上罢了李相所有官职，打入天牢以待彻查，李贵妃被拘冷宫，投告无门。沈太师以迅雷不及掩耳之势代替了李相的位置，一时间权倾朝野。

李家的倒台让孟桑榆嗅到了一丝阴谋的味道。又过了七八天，五皇子也拖不下去了，于某夜丑时三刻咽了气，曼珠宫中一片哀鸣，大红灯笼尽数被取下，挂上白幡，贤妃撕心裂肺的哭声和咒骂李氏一族的吼叫声隔了老远都能听见。

孟桑榆在哀声中辗转难眠，怀里裹着阿宝，迎着冰冷的夜风，站立在漆黑厚重的天空下往曼珠宫的方向眺望。玄帝鼻头呜咽着，那是他的儿子，却死在了自己的女人手里，一切的源头都怪他，是他识人不清！虽然没有探查真相，但是他知道，这背后少不了沈慧茹的推手。扳倒了李家，害死了五皇子，她才是最大的受益者。更有甚者，她极有可能不会罢手，其他有碍于沈家大计的皇子公主都会遭到毒手。

呜咽转为低咆，玄帝眼里弥漫着滔天杀意。

"阿宝不怕啊，不怕！五皇子去世了，他变成了天上的星星。"听见阿宝的啸声，孟桑榆以为他是被曼珠宫的动静吓住了，连忙将他裹得更紧，柔声安慰。

变成了天上的星星？桑榆当朕是小孩吗？不过这样的安慰真的很暖人心。玄帝停止呜咽，将脸深深埋入女人馨香的怀抱。只有这里才是最令他感到安定的所在，他急需从这里获得一些力量来维系自己活下去的信念。

"娘娘回去吧。夜里冷。"冯嬷嬷拿着一件大氅出来，披在自家主子身上。

"嬷嬷，我有不好的预感，这大庸要变天了。"孟桑榆一贯淡然的嗓音中掺杂了一丝不安，"要扳倒一个庞大的家族其实很容易，一是釜底抽薪，二是直击弱点。沈家用的是好手段，以二皇子为突破口，找到了李家最薄弱的一环切入，然后一击即溃。他们上次也想用同样的手段对付孟家，只可惜我有阿宝，避过了这一劫。"

孟桑榆用脸颊蹭蹭阿宝的鼻头，换来阿宝呜呜咽咽的安慰和温热小舌头的舔舐。

"他们上次没有得逞必不会善罢甘休，我有预感，他们还会再出手，这一次很可能会使釜底抽薪之计，直接向父亲下手。"孟桑榆眉头紧蹙，脸上带着浓浓的忧虑。

玄帝其实也想到了这一层，心弦绷得死紧。在这种紧要关头向孟国公出手，边关战局必将呈现逆转之势，沈家这是要卖国啊！

"娘娘，国公爷远在边关，又在军中，沈家的手伸不了那么长。"冯嬷嬷心中慌乱，嘴里却柔声安慰。

孟桑榆摇头不语，在寒风中伫立良久才回到寝殿，又是一夜的辗转难眠。阿宝也睁着眼，陪她熬到天亮。

眼看一个月就这么过去了，后宫的格局呈现了翻天覆地的变化。德妃虽然未倒，但身子已经亏损，日后就算复宠也无法再进一步。良妃一跃成为宫中第一宠妃，皇帝日日恩宠，甚至许下承诺，只要她孕育皇嗣就立即擢升她为皇后，其荣耀远胜从前的德妃。且良妃性子温婉，极好相处，不少妃子靠她的提携得了宠，一时间吸引了众多的依附者，说是独霸后宫也不夸张。

孟桑榆正思量着父亲也该收到自己的密信时，边关却先传来了消息，孟国公和韩昌平双双在玉龙城失踪了。

接到信时，孟桑榆失手打碎了一杯茶盏，愣怔了好半晌才双手颤抖地拆开信封。阿宝迅速跳上她膝头，凑到她怀里与她一起看。

信中将孟国公失踪的经过简单叙述了一遍。韩昌平被孟国公调回了右将军的位置，围攻蛮人皇廷时孟国公却没让他担任先锋将，而是调派他去押运粮草。韩昌平心中不平，多有懈怠，晚间夜宿在玉龙城时竟被蛮军的一支骑兵从后方包围偷袭，粮草岌岌可危。孟国公当时在后方压阵，离玉龙城最近，连忙带兵回防，及时保住了粮草。但韩昌平年轻气盛，被蛮军摆了一道如何肯善罢甘休，竟不顾夜色浓重带了一支队伍去追剿，孟国公恐他误入埋伏，忙拍马去追，然后两人便再没能归队，竟是无缘无故就失踪了，也不知是遭到了意外还是中了蛮人的伏击。

看完信，孟桑榆已是面色惨白。玄帝牙关紧咬，对调派韩昌平去孟国公身边的决定感到后悔莫及。若孟国公真出了事，他还有何面目去面对孟桑榆？他还如何挽回孟桑榆的心？这件事恐会成为横隔在他们之间终身难以消弭的障碍。

他直立起来，前爪搭在孟桑榆肩头，呜呜咽咽地去舔舐孟桑榆惨白的面颊和紧抿的唇角，想竭尽所能给她一丝安慰。目前只是失踪，孟国公驰骋疆场半辈子，不会轻易出事的！

孟桑榆捧住他的狗头，轻轻摩挲两下，终于缓缓定下神来。其实她早已做好了迎接任何突发意外的准备。这个消息是无法将她击溃的。

“马上派人出宫，告诉母亲，让她安心等待。父亲只是失踪，还未有坏消息传来就是好消息，叫她莫要胡思乱想。还有，这件事务必瞒着哥哥，若让他知道了，必定又会闹着离家出走，去边关寻找父亲。家里已经够乱了，无须他再添乱。”她有条不紊地对碧水下达指令。

碧水唯唯应诺，立马派人去国公府传达口信。

安顿好家里，她提笔蘸墨，写了一封短信。玄帝还未来得及跳上桌面看信，她已将信纸封入信封，递给了冯嬷嬷，慎重交代：“若父亲果真出事了，我会想办法将你们三个还有阿宝送出宫去，我给碧水和银翠各留了一份嫁妆，那个黄梨木的匣子看见了没？到时别忘了替她俩收好。出宫后带着这封信去找王华山，就说母亲和哥哥日后就拜托他照顾了，他的恩情桑榆来生再报！”

这，这怎么听着像在交代后事？冯嬷嬷当即就有些腿软，银翠早已跪下，膝行到主子脚边大哭。玄帝胸口剧烈起伏着，小嘴一张，发出撕心裂肺的咆哮。他用爪子死死扒住孟桑榆的肩膀，一边叫一边去舔舐她的嘴唇、下颌、脖颈等处，仿佛在祈求她不要离开自己。

“乖啊，阿宝乖乖！我不会有事的。”孟桑榆紧紧搂住挣扎不休的阿宝，柔声安慰道。

“娘娘，老奴不走！老奴陪着你！”冯嬷嬷也跪倒在主子脚边，一脸的泪水。

“我又不是去死，你们哭什么？”孟桑榆苦笑，徐徐开口，“我早就打算送你们出宫，不是今年就是明年，只是计划提前了而已。送走你们，我才好专心应对沈慧茹和沈家。这大庸不会落在他们手里的，已经到了这个地步，想来太后娘娘已经从暗卫那里收到消息了，必定会回宫主持大局，太后手中亦有一支私兵，镇住京城绰绰有余。待局势稳定了，淮南王和湘北王也闹不出什么幺蛾子。皇上顶多被逼退位，大庸另择君主，而我会央求太后让我去照顾皇上，皇上不醒，我就照顾他一辈子，没什么不好！总比待在这宫中你算计我、我算计你强！”

“太、太后娘娘她老人家会回来？”冯嬷嬷心定了定，阿宝的呜咽也停止了。

说到太后蒋氏，那也是一号巾帼不让须眉的人物。太后的家世与孟桑榆可以说是如出一辙。孟国公是现任建威大将军，而太后的兄长则是前任建威大将军。太后一入宫便加封皇后，入宫三年无子，先帝便做主让她领养了母妃早逝的三皇子，也就是当今圣上。然领养圣上之后不久太后就怀孕了，诞下了九皇子。太后也是个大度的，对养子和亲子一视同仁，两位皇子兄友弟恭，感情相当融洽。

但这一切在先帝病重、册立三皇子为太子时便变了。九皇子自诩正统嫡子，本以为储君之位必是自己的囊中之物，却没承想被一个养子抢了去，心中自是郁愤难平。而太后母族则分裂成了两派，一派支持三皇子，一派支持九皇子。九皇子一派过于激进，竟趁先帝病重之时起兵逼宫。幸而先帝早有察觉才遏止了一场血流成河的惨剧。太后为保蒋氏一族四千余口人的性命，亲自将毒酒送到了九皇子嘴边。

不久之后先帝与世长辞，蒋氏一族被流放千里，而太后也心灰意冷，再不问世事。说起来，这一切其实都是先帝的一场阴谋，自先帝让太后收养三皇子开始，这场阴谋就在酝酿当中。他靠着一个亲子和一个养子分化了太后一族，又靠着册立储君一事彻底击溃了太后一族，为今上扫平了外戚专权的隐患。

今上因此对太后心怀愧疚，送了一支私兵给太后带到千佛山。这支私兵大多是太后母族遗留下来的旧部，骁勇善战，以一敌百。太后若带兵还朝，早已被沈家和李家折腾成一盘散沙的御林军和禁卫军根本不是她的对手，更何况还有德妃和孟家旧部的支持。

想到这里，冯嬷嬷和银翠心中已是大定，只抱着主子的膝头哭求，让她应允她们留下。而玄帝却更加心焦如焚。他知道事情并不如孟桑榆说的那么轻松。太后若要回来，京中和宫中必会发生一场血战，战场上刀剑无眼，万一桑榆出了意外……

他不敢再想下去，深恨老天为什么还不让自己回魂。想到回魂，他自然而然就想到了那张字条，连忙趁着夜色往御花园跑去，想去碰碰运气，看能不能撞上进宫查探的闫俊伟。

拐过一条小道，御花园就近在眼前，他刚跨步过去，就见小道尽头一盏烛火摇摇曳曳而来。细看之下，常喜的面容在烛火中若隐若现，而他身后那人虽站在阴影中，但观其形貌竟与沈太师有八九分相像。

这么晚了还入宫，沈家又有什么阴谋？玄帝皱眉，不假思索地跟上两人，偷偷潜入了青鸾殿。

31 还魂

青鸾殿里，假皇帝早已被沈慧茹打发去了后宫临幸妃子，她自己则坐在御桌后阅览一沓奏折，深锁的眉宇间透出一丝上位者才有的威仪，看上去气势惊人。

看见这样的女儿，沈太师愣了愣，继而露出欣慰的神色。他的一双儿女自幼颖悟绝伦，金相玉质，乃人中龙凤，本就该享受这世间无上尊荣。若不是儿子前途尽毁，他也不会被迫走上这条路。但如今看来，这条路算是走对了，大庸很快就将握在沈家手中，就算皇上醒了也无济于事。

玄帝凭着小巧的身形与深褐色的毛发，一路跟着两人往青鸾殿走。因害怕有人看见沈太师深夜进宫，常喜事先遣走了侍卫，让玄帝也顺利地跟了进去，躲在大殿拐角，从门缝往里偷觑殿中情形。看见占了自己御座却显得怡然自得的沈慧茹，他眸光陡然变得冰冷。

“微臣见过娘娘。”沈太师弯腰行礼。

“父亲，你来了。”看见沈太师，沈慧茹放下御笔，走到门口迎接。

父女俩相对而坐，常喜立在门口望风。

玄帝往拐角的阴影里缩了缩，竖起耳朵偷听两人对话。

“父亲，孟长雄究竟死了没有？”沈慧茹的语气有些焦躁。

玄帝耳尖微动，不自觉屏住了呼吸。

“安扎达传来消息，孟长雄没在他们手里。他们将孟长雄和韩昌平追入泥水滩便撤退了，如今两人生死未明。”沈太师用杯盖一下一下扫过杯沿，刺耳的刮挠声更加令人郁躁。

安扎达，耶律汗王麾下第一猛将。沈太师竟然与他私通，可见沈家早已通敌卖国了，孟国公的失踪绝对有他的一份！好啊！玄帝牙齿咬得咯咯作响，脊背不自觉拱起，全身毛发根根倒竖。

“怎么不继续追下去？孟长雄不死，他们如何挽回败局？真是一群蠢货！”沈慧茹狠狠拍击桌面，语气更为焦躁。孟长雄是孟桑榆最大的倚仗，只有孟长雄死了，她才能放手对付孟桑榆。孟桑榆就是她心中的一根刺，不拔不行！

“娘娘有所不知，泥水滩是草原上有名的死亡之地，那里沼泽遍布，瘴气弥漫，莫说是人，就连飞鸟也不敢沾边。进了那里，孟长雄和韩昌平必死无疑。”沈太师语气甚为笃定。

玄帝拼命压抑着喉间的咆哮，用血红的眼睛盯着门缝后的两人。当初他怎会如此信任这二人？真是瞎了眼！

“仅凭猜测本宫还是不放心，父亲修书一封给谢正豪，让他加派人手去泥水滩搜寻，务必活要见人、死要见尸！”沈慧茹的嗓音弥漫着沉沉杀气。

谢正豪，甘肃提督，十九员封疆大吏之一，是自己颇信任的一名心腹，没想到已被沈太师笼络了去。

“好，为父回去便给谢正豪写信。孟长雄失踪，军中不可一日无帅，娘娘明天就颁布圣旨，册封谢正豪为大将军，领帅印出击蛮人皇廷。为父已与耶律汗王谈妥了条件，谢正豪佯败，他趁着战乱替为父诛杀孟长雄手下的几员大将，肃州十城便送与他作为报酬。战后，谢正豪会将战败的罪责全部推到孟家军头上，你届时颁布圣旨，将这些人尽数斩杀，然后全部换成我们的人。如此，这百万大军便尽在我们沈家掌握了。”

沈太师的语气志得意满，门外的玄帝已气得浑身发抖。

沈慧茹点头应诺，接过父亲递来的名单细看。名单上的人都是沈太师近期笼络的军中将帅，正可用来替换孟长雄的心腹属下。

沈太师在灯下细看女儿神色，又往她肚子瞄了几眼，压低嗓音问道：“已过去一月有余，娘娘可有消息了？”

沈慧茹愣了半晌才明白过来，语气僵冷地答道：“刚错过信期三日，想来应该是怀上了，还得再过一段时间才能确认。”

“好！好！好！”沈太师激动地连说了三个“好”字，末了慎重交代道，“这一胎是我们沈家问鼎王座的关键，娘娘一定要保护好。待瓜熟蒂落，这一胎是男孩固然便利，若是女孩，为父会事先准备好一名男婴，叫人送进宫来替换。娘娘待会儿让晚清进来，为父会将此事细细交代与她，娘娘只需坐好胎，旁的不用去管。”

“知道了。”沈慧茹沉沉应诺。

玄帝已经不想再听下去了，他害怕再听下去，自己会忍不住跳进去咬死这对父女。里通外敌，残害忠良，祸乱朝纲，偷龙转凤，谋朝篡位……这些罪名随便一样就够沈家人死一千次一万次！

压抑着胸中的怒焰，玄帝低咆一声，转头想要离开青鸾殿。

“呀，哪儿来的小畜生？”一个女声打破了殿外的寂静，晚清不知什么时候出现在拐角，正好与玄帝撞上。

“凤飞宫阿宝”五个金灿灿的大字在烛火的映照下十分打眼，晚清面色一凛，弯腰就将玄帝抓起来，用手死死扣住他的嘴巴和四肢，带进了青鸾殿。

“娘娘，德妃的宠物跑进来了。”给太师和主子行礼后，晚清扬了扬手里挣扎不休的阿宝。

“交给常喜处理吧。你过来，父亲有话要交代于你。”沈慧茹喝了口茶，漫不经心地开口。久居上位，她再也不会拿一只小小的畜生撒气，在她眼里，阿宝的命连草芥都不如。

“是。”晚清将阿宝交给常喜，跪到沈太师脚边听训。

常喜接过猛烈挣扎的阿宝，将他远远带到青鸾殿前的空地上，往地下狠狠一摔，然后用脚踩住他的胸口，一点一点施力。常喜本可以一脚将阿宝弄死，但他上次因阿宝被德妃打了脸，早已积攒了一肚子的怨气，急需好生发泄一番，见阿宝一边咆哮一边挣扎，那不甘怨恨却又无能为力的样子极大地满足了他内心的暴虐，他下脚的速度更慢了。

胸口传来咔嚓咔嚓的闷响，那是肋骨断裂的声音，剧烈的疼痛仿佛从灵魂里传来，连绵不绝。玄帝用血红的眼珠朝常喜瞪去，心里一遍又一遍地默念着孟桑榆的名字。这刻入骨髓的三个字带给他无穷的力量，让他不想轻易死去。他死了，桑榆该怎么办？

“小畜生还挺顽强！”常喜嗤笑，脚下陡然用力。

断裂的肋骨刺破了肺部，扎穿了心脏，一丝血迹从嘴角涌出，玄帝一声接一声咆哮着，漆黑的眼珠蒙上一层血雾。恍惚中，一阵缥缈的梵唱从半空中传来，一股柔和的力量将他的灵魂从阿宝的躯体里抽出，往虚空中引去。他不甘地闭上双眼，血迹斑斑的口鼻喷出最后一丝气息。

“这就死了？真没意思！”见脚下的小畜生没动静了，常喜又狠狠踩了两脚，这才招手叫来一名小太监，将阿宝的尸体随意扔进青鸾殿旁的花圃里当肥料。

谁也不知道，当小太监离开之后，花坛边竟出现一团白色光晕，从光晕中缓缓伸出一只手，探入阿宝的脑袋，从里面掏出一个银白色的小芯片。

光晕捧着芯片，用无机质的嗓音说道：“东方古国的皇帝，你好，我是无意间造访此处的MR29号，不幸坠落皇宫，得到你的一块玉佩才补足了返航的能量。根据星际法，我拿了你的东西就应该给予你相应的报酬。正好你坠马伤了颅脑，我便救了你。医疗晶片在修复你大脑的过程中会抹消你的记忆，为了让你的人生不出现断片，不影响你对古国的统治，我只能把你的记忆和感知存储在这个芯片里，暂时让这只小狗充当容器为你提供芯片运转的生物能。想必你是不会介意的吧？”

然而一枚小小的芯片根本无法回答这团光晕的问题，只静静地躺在他的掌心。

光晕呵呵傻笑两声，继续道：“你看，根据星际法，我已经尽到告知你的义务了，你没有权力起诉我。你的大脑已经修复完毕，我马上就把你的记忆放回去。”话音刚落，光晕就慢慢收缩成一个小小的光点，朝皇宫外飘去。

京中某座幽静的宅院里。一间点着无数长明灯、燃着浓郁檀香的房间里，一名白眉白须、容色庄严肃穆的老和尚缓缓停下梵唱，对守在门口、浑身戾气的男子说道：“这位施主已魂归原位，即刻便醒。”

“真的？”男子挑眉，语带质疑。请遍了神医都束手无策，这老和尚来了只看一眼，说一句“自有天命，不日便归”就开始点灯念经，这架势也太轻松了，他如何能信？不过想到那张离奇的字条，他也只能死马当作活马医，任这老和尚去折腾。

两人对话的片刻，被长明灯包围的俊美男子呻吟一声，缓缓睁开了双眼。看见头顶雪白的天花板，他愣了愣，立即意识到这里不是皇宫。皇宫的穹顶都绘有富丽堂皇的壁画，哪似这般简朴。

他偏头，朝周身看去，正对上一张愕然的面孔。那面孔线条冷厉，满布煞气，不是闫俊伟那厮会是谁？

“俊伟？”玄帝讶然开口，听见自己沙哑的嗓音立马怔住了，不敢置信地抬起自己的双手查看。这是人手，自己竟然回魂了？

“施主已经无恙，只需喝几日汤药调养身体既可，贫僧告辞。”老和尚念了句佛，缓缓朝房门走去，走到门边又停住，双手合十，慎重提醒，“此间之事贫僧自会守口如瓶，施主也莫忘了当初的承诺，定要为本寺佛像重塑金身才好。”

“闫某拜谢大师！重塑金身之事必一月之内办好。”闫俊伟连忙躬身应诺。这老和尚一口一个重塑金身，他当初还以为这人是为了骗钱来的，没想到有真本事。幸亏他见老和尚长得有仙气，把人留下了。

“阿弥陀佛。”老和尚又念了句佛，心满意足地离开了。

玄帝没心思理会这两人的事，他死死盯住闫俊伟，张口就问：“你可有派人去保护桑榆？”

“桑榆？”闫俊伟愣了愣，迟疑道，“德妃？”

“朕留给你的字条你没看见吗？”玄帝沉声问道。

“那真是皇上留的？不是狗刨的？这歪七扭八的字迹和这狗爪印是怎么回事？”闫俊伟从怀里掏出字条，指着上面一个小小的梅花印问道。

玄帝挫败地揉了揉眉心，语气颇为无奈：“你先派人即刻进宫去保护桑榆，这字条的事朕慢慢解释与你听。”本不想将附体的事告诉闫俊伟，无奈这厮最爱刨根问底，不给他满意的答案，他能将话题绕到天边去。孟桑榆的安全他一刻也耽误不起。

“皇上放心，收到这张字条的那一刻，属下已经将人派到德妃娘娘身边去了。据说德妃娘娘有只爱宠名唤阿宝……”闫俊伟停下话头，意有所指地看向字条上的狗爪印。他原本只是大胆猜测，还在犹豫要不要将这狗弄来，那老和尚却说万事顺其自然，施主不日就醒，叫他千万莫要随意插手，搅了施主的天命。

如此看来，皇上近段时间有奇遇啊！他对奇遇什么的最感兴趣了！

㉜ 太后

房间里的长明灯已尽数吹灭，只留下桌上的一盏烛火。在忽明忽灭的烛火照耀下，闫俊伟的表情有些飘忽。听完玄帝简单的叙述，他合上大张的嘴巴，不敢置信地感叹道：“原来皇上还真附到那阿宝身上去了，我猜到这个可能时还当自己太过异想天开呢！这世道果然是无奇不有！”

“这是朕与桑榆之间的缘分，是上天注定。”玄帝脸上带着淡淡的微笑，竟似追忆，又似回味，幽深眼眸中洋溢着不可错认的温柔。

闫俊伟头一次看见他如此温柔多情的模样，不禁有些咋舌。哪怕对待良妃，皇上也只是稍微多了丝宽和，哪曾露出眼下这等痴迷之态。看来德妃娘娘已经将皇上的心牢牢握进手心了。

“德妃娘娘竟然一早就洞悉了沈家的阴谋吗？果真是孟长雄的女儿，虎父无犬女啊！”他有意夸奖一句，果见皇上露出一副与有荣焉的表情，不由得笑道，“看来，德妃娘娘对阿宝很不错。”

“岂止是不错。”玄帝呢喃，如今想来，周身还萦绕着滚烫炙热的幸福感，在这冬日的夜晚特别熨帖心灵。

“对了，你尽快派人去泥水滩搜救孟国公与韩昌平。他二人中了蛮军的伏击，被逼入了那里。”想起自己的岳丈，玄帝心中便是一凛，面上的温柔尽数被凝重取代，“终究是朕太心急，韩昌平年轻气盛，如何有资格取代孟国公？若他此番无事，朕便捋了他右将军的职务，送到孟国公麾下继续历练几年。”

“属下立即派人前去搜救，万事等他们平安归来再说。”闫俊伟应诺，朝守在门边的属下打了个手势，属下点头，立即隐没进了黑夜里。

“还有，待沈慧茹颁下的圣旨抵达边关，你就派人将谢正豪杀了。大战在即，军中无帅，副帅自可暂代主帅一职，无须京中任命。军中副帅乃孟亮，是孟国公的左膀右臂，由他领军，这一战未必会赢，但绝对不会输。眼下正是隆冬腊月，蛮军缺衣少粮，战局胶着一段时间，蛮军不战自败。”玄帝双眼微阖，缓缓分析，面上一片肃杀之气。

“皇上不留下谢正豪指认沈忠良通敌卖国之罪？”闫俊伟迟疑开口。

“沈忠良？哼，这名字凭他也配？”玄帝讽刺一笑，修长的指尖一下一下敲击着桌面，“边关的战事等不起，直接杀了反倒便宜。天下是朕的，这罪名只要朕认定便足矣，人证、物证俱无朕也一样能要了他沈家一族的命。杀了谢正豪，你去他府上搜查他与沈太师通敌卖国的书信，若书信被处理掉了就随意捏造几封，只要稍微像样既可，拿到朝堂上，朕说那是真的，谁敢说是假？”

将命令有条不紊地颁布下去，玄帝才感觉到有些疲惫。闫俊伟见状连忙叫人送水进来给他梳洗，又将偏院的几名神医全部叫来给他会诊。

睡了四个月快五个月，即便有最好的丹药维系生命，每日按摩肌肉三遍，玄帝依然消瘦了不少。但好在他从小习武，底子十分扎实，泡在浴桶里喝了一碗参汤下去便感觉好多了。

“这是什么味？简直难以下咽！”放下碗，他微微皱眉。

“这可是我特意请了饕餮楼最有名的王大厨给你做的，光闻着味儿我就觉得饿。按理您有四五个月未进食了，不应该大呼再来一碗吗？”闫俊伟接过碗，挑眉问道。

“连桑榆一半的手艺也赶不上。”玄帝抬眸，朝皇城的方向看去，仿佛想要穿透虚空看见孟桑榆的所在。不说还好，一说起来，对孟桑榆的思念就如潮水般涌上心头，令他觉得无法呼吸。听不见她的笑语，看不见她的容颜，触不到她的怀抱，他觉得浑身都不对劲。

“我看您是有情饮水饱。”闫俊伟笑着调侃，末了似想到什么，补充道，“刚才得到消息，阿宝失踪了，德妃娘娘大半夜的满宫里寻找，连皇上都惊动了。听说她还哭了。”话落，闫俊伟仔细观察皇上的表情。

“哭了？”玄帝愣怔良久，眼眶不知不觉泛出一丝潮红，搭在浴桶边缘的手用力握拳，骨节泛白。

这是、这是心痛的表情？闫俊伟不敢置信地眨了眨眼，心中暗自叹息：看来，皇上这次彻底栽了。会为了一个女人心痛若此，不是爱是什么？

“俊伟，想办法尽快将朕送进宫去，与那替身调换过来。”咬咬牙，玄帝按捺下心中的绞痛，沉声命令道。

“为何不直接将沈家一族和那替身都杀了您再光明正大地现身？要将您二人悄无声息地替换可不容易，那替身出入都带着整支禁卫军，沈家派的暗卫也不少，连与女人欢爱的时候暗卫都跟在周围，不好下手啊。”闫俊伟有些为难。

“沈忠良大肆笼络官员，这朝堂早已不是朕的朝堂，沈慧茹的眼线遍布皇宫，这皇宫也不是朕的皇宫。杀了沈家父女，前朝和后宫都会失控，日后还需朕花费大力气整治，不若朕悄然回去，慢慢清理这些魑魅魍魉。他们用替身代朕，朕也能以其人之道还治其人之身，让他们腹背受敌，防不胜防。”玄帝在闫俊伟的搀扶下跨出浴桶，用布巾擦拭身上的水珠，然后在两名暗卫的帮助下换上亵衣亵裤。

“那皇上需等一段时日，待属下安排一二。”闫俊伟略作思索后答道。

“朕给你指一条明路。沈慧茹以前经常说，希望朕能带她回去省亲。不日就是赵老封君的八十大寿，你派人去游说宸妃的母亲，让她上折子祈求宸妃回去贺寿，再派个人去沈慧茹那里敲边鼓，她会意动的。只要她将那替身带回沈家省亲，我们就可以动手了。”玄帝微微合眼，任由暗卫将他的头发擦干，心里不断回忆着孟桑榆明媚动人的笑脸，这才觉得抑郁的心情稍微好过一点。虽然重回肉身，可没有孟桑榆在身边，他并没有想象中的欣喜若狂。

“要您亲自带她回去省亲？她这是暗示您给她册封皇后呢。”闫俊伟挑眉。沈慧茹说得如此清楚明白，皇上却将她摆在个从一品的妃位上一摆就是三年，难怪她会背叛皇上。

“朕以前从没多想，只当她是思念家人。”玄帝摆摆手，不愿多谈。

闫俊伟会意，沉吟片刻后道：“这是个办法，属下等会儿就去布置。”

“动作快点，桑榆还在宫中等着朕。”玄帝催促，末了慎重开口，“派人去通知母后吧，朕需要母后的帮助。还有，你的解药朕放在御书房的牌匾后面，用一个乌木匣子装着，你自己去拿吧。”

“皇上，您这是……”闫俊伟睁大眼，满脸的不敢置信。

“暗卫统领依然是你，但是朕想将一部分暗卫转入明处，所肩负的职责与暗卫一般无二，名唤锦衣卫，直属于朕，只为朕负责，管辖之事囊括六部，其统领虽然只是正三品武职，但权力甚大，可越级承办事务。如此只是为了震慑某些不安分的官员，让他们知道，朕在盯着他们呢。以前你们都藏于暗处，他们看不见实质性的威胁，所以胆子才会越来越大！”玄帝冷哼一声，看向闫俊伟时面色又变得柔和，“你与朕一起长大，你的能力，没人比朕更清楚。有才能却无法施展，还要佯装纨绔，被庶弟排挤打压，失了本应属于你的爵位，委屈你了！朕以前不能为你出头，日后你身兼锦衣卫统领一职，便自己为自己出头吧。”

“皇上就不怕属下拿到解药后背叛皇上？”闫俊伟哑声询问，满布戾气的脸上竟露出一丝罕有的动容。

“朕不会因沈忠良的背叛就怀疑所有人，什么人可用，什么人不可用，朕会用心判断。用毒药控制的人心朕不稀罕。朕与你从小出生入死多少回？你从未背弃过朕，朕信你！”玄帝仰首一笑，一脸的潇洒豁达。

闫俊伟也缓缓笑了，单膝跪地，语气极为慎重地开口：“臣愿为皇上效犬马之劳。”

“好！好一个臣！”这个自称比属下来得顺耳，玄帝拍击桌面，朗笑出声。

听见里面中气十足的笑声，匆匆赶来的几名神医放下了高悬的心。

千佛山，普渡寺。

年近花甲的太后双鬓已经斑白，穿着一身粗布僧衣跪坐在佛堂里诵经。她的大宫女念慈跪坐在她身后，手里正拿着一本经书用心抄写。

忽然，佛堂外传来一阵翅膀扇动的声音，一只脚绑金丝的鸽子落在佛堂的窗沿上。念慈走到窗边捧起鸽子，看见字条上的腾龙图案，不由得眸光微闪，定了定神才走到太后身边轻声询问："太后娘娘，是皇上派人送来的信，您要不要看？"

"不看，拿走吧。"太后眼睛都没睁开便挥手拒绝，冷漠的态度一如往常。

念慈眼里飞快滑过一抹亮光，答应一声后便将字条拿到外间烧掉。因周遭都是宫人，众目睽睽之下她也不敢摊开字条多看。腾龙图案，这信哪里是皇上送来的，分明是暗卫送的密信，不过是告诉太后皇上昏迷，沈家篡位那些事。念慈早已投效沈家，自不会让这些密信出现在太后面前。

刚烧完信，普渡寺的主持玄空法师便到了，念慈连忙行礼。

"不必多礼，忘尘眼下可有时间？贫尼前来与她讨论禅理。"玄空法师温声询问。

"主持师父请进。"佛堂里的太后扬声邀请。玄空法师对念慈点点头，推门进去。太后与法师谈论禅理时最忌有人打扰，念慈十分知趣地回到自己的厢房，关上门后，一张平静淡然的面孔变得阴沉无比。年纪轻轻便被拘在这寺庙里常伴青灯，本来唾手可得的荣华富贵都离自己远去，她心中如何不怨？

"今日师父准备与忘尘讨论哪几章？"太后拿出一本大藏经。

"阿弥陀佛，贫尼打诳语了，请施主见谅。"玄空法师告了声罪，从袖口取出一封信递给太后，"这是圣上的亲笔书信，事关重大，请忘尘无论如何都要看一看。"

因为是主持师父第一次请求自己，哪怕心中再不愿，太后盯视信封良久依然接过，打开后一目十行地看完。

"好一个沈家，好一个念慈，数十封密信竟无一封到哀家手里，难道是看哀家许久未曾插手俗务，欺哀家年老力衰了吗？"她平静苍老的面容染上了一层厉色。

"阿弥陀佛，忘尘终究难以忘尘，心中的怨恨却已经忘记了，是时候回去了。"玄空法师双手合十，微微一笑。

“谢法师多年来的开解，了结了此番俗务，忘尘必定还会回来。”太后起身行礼。

“不必多礼，回不回来，但随你心。”玄空念了句佛，缓缓踱步离开。

“来人，准备车马，哀家即刻便要回宫！”太后脱下头上的僧帽，高声命令道。守候在附近的侍卫齐声应诺，惊得念慈立即从房间里跑出来。

“太后为何要匆匆回宫？可是宫里出了事？”她佯装担忧地问道。

“方才论述禅理时哀家忽然心痛如绞，想必是皇上出了什么大事。当年先帝宾天时哀家也同样有此预感，不回京看看如何能够安心？”太后疾行回房，脸上的忧色货真价实。

念慈看不出端倪，略一沉吟，暗道莫不是昏迷不醒的皇上果真宾天了？心里不由得雀跃起来。如此也好，这千佛山守备重重，太后身边的一应事务都由金嬷嬷处理，她只负责陪太后诵经，实在没有机会下手，如今倒好，等太后回宫，良妃娘娘想要暗中除去太后还不轻而易举？

㉝ 东磊

玄帝易了容，一张俊美的脸孔此时显得平凡无奇，只一双漆黑深邃的星眸十分出彩，身上穿着一件做工精致的湖蓝色儒衫，腰间挂着一枚羊脂玉佩，手里拿着一把白玉骨扇，俨然一富家公子的做派。经过几天调养，他的身体虽说比不上以前健壮，但看着也不那么单薄了。

他此时正负手站在门边，聆听院外女人尖利的吵嚷声。

“这小桃红是你的属下？如此牙尖嘴利，行事彪悍，真看不出她是一名暗卫。”玄帝挑眉。

“看不出才好，若看得出，臣也不用在京中混了，您的肉身早八百年前就被沈家父女搜走烧成灰了。”闫俊伟一边洗脸一边含糊回答道。

玄帝笑笑，院外的吵嚷声已经持续了半个时辰还没有消停的趋势，反而越演越烈。女人在后院的战斗力果然都是惊人的。

这座宅子造价不菲，占地不小，是齐国公原配夫人的嫁妆，夫人病逝后这宅子就成了齐国公嫡子齐东磊的产业。齐东磊原是三皇子也就是当今圣上的伴读，幼时便与三皇子朝夕相处，本应该前途大好，却没承想十二岁那年在宫中与其他伴读闹了纠纷，缠斗中被打折了右手，回家后又因医治不得法，右手便废了，自此被三皇子厌弃，逐出宫廷，世子头衔也被夺了去，冠在他庶弟的头上。

齐东磊受不住打击，从一名翩翩少年堕落成了京中有名的纨绔子弟，整日寻花问柳，不务正业。齐国公在妾室和庶子的挑唆下越发看他不顺眼，将他打发到了这所宅院里独自过活。

如今齐国公府早已成了那妾室和庶子的天下，那妾室还记得幼时的齐东磊是如何惊才绝艳、文武双全的一号人物，如果他哪一天想通了振作起来，凭着他和圣上以前的交情，觍着脸去圣上那儿求一求，想要东山再起也不是难事。因着这份担忧，那妾室整日寻摸些容貌艳丽又颇有手段的女子往这宅子里送，务必要勾得齐东磊五迷三道，越发放荡才行。

这小桃红就是那妾室特地送来的，不但长相艳丽，身材妖娆，勾人的手段更是一套一套的，一来就得了齐东磊的全部欢心，成了这宅子里的一霸。其他女人要想见上齐东磊一面非得同她交手三百回合，吵得齐东磊实在忍受不住，出面调停才行。

拥有一个美女是艳福，拥有两个美女是齐人之福，拥有一群美女就是灾难。这宅子里整天吵吵嚷嚷，乌烟瘴气，几乎成了京中一景，不知多少人在暗处看齐东磊的笑话。正因这宅子太出名了，沈家派来搜寻玄帝肉身的侍卫竟连门也不敲，听见里面争风吃醋的吵嚷声便绕道走了。

打死他们也没有想到，废人齐东磊竟是大名鼎鼎的暗卫统领闫俊伟，而小桃红也不是什么风月女子，竟是一名武艺高强的暗卫。“闫”乃历代暗卫统领御赐的姓，每一代暗卫统领都有两个身份，一个在明，一个在暗，且明面上的身份还不会很低。上至文公大臣，下至贩夫走卒，他们的身份使他们的结交范围相当广阔，一是为了职务之便，二也正应了那句话——大隐隐于市，所谓的右手被废、皇上厌弃都是迷惑众人视线的障眼法而已。

院外的吵嚷已近尾声，以小桃红的大获全胜而告终，随即，一群女人嘤嘤哭泣的声音响起，在小桃红的冷嘲热讽下渐渐消去。

玄帝勾唇，兴味开口：“桑榆也是这样，面上装得张牙舞爪，内里……”他摇头轻笑起来，漆黑的眸子里满是怀恋。

皇上的相思病又犯了！闫俊伟嘴角抽了抽，坐到梳妆台前，打开一堆瓶瓶罐罐，往自己脸上慢慢涂抹。不一会儿，他古铜色的肌肤竟变成了苍白色，眼下和腮侧打上了重重的阴影，看上去十分颓废，浓黑的眉毛早被剃成半截，画成上挑的剑眉就显得极为英气，画成下趴的“八”字眉就显得十足猥琐。

此时闫俊伟正在画软趴趴的“八”字眉，待所有工序完成，他清亮的眼眸变得混浊不堪，犀利的眼神被轻挑浪荡所代替，挺直的腰背有气无力地耷拉着，再套上一件大了两号的衣衫，壮实的身材立马显得消瘦，一副被酒色财气掏空了身子的纨绔样。

这还是玄帝第一次看见他变身，实在无法将眼前这名猥琐男子同他印象中的闫俊伟联系起来。细细看了一会儿，他感叹道：“只不过在脸上涂涂抹抹罢了，明明还是那副五官，但看起来就是两个不同的人，真是神奇。桑榆也是这样，脂粉不施的样子既明媚又可爱，画上浓妆就变得肆意又张扬，啧……”

他摇头轻笑，脸上的表情温柔得不可思议。

抚平衣襟的褶皱，闫俊伟戏谑开口：“皇上，您有没有发现，您这几天每说三句话，必有一句话涉及德妃娘娘？”

“是吗？”玄帝斜睨他一眼，沉声问道，“你布置好了没有？朕什么时候能回宫？”

“这句话还是与德妃娘娘有关。”闫俊伟勾唇一笑，见皇上冷眼睨来，连忙补充道，“这两天就差不多了，走吧，臣带您去外面看看情况。”

两人信步来到京城最热闹的街道，进了一间装饰颇为奢华的酒楼。酒楼的掌柜看见闫俊伟，连忙谄媚一笑，亲自从柜台后迎出来：“哎哟，齐爷！您来了，楼上请！小二，去倒茶，要好茶！”

“不是真正的好茶，爷可不喝啊！”闫俊伟冲着小二高声叫嚷，然后在掌柜的带领下走进一间雅座。那掌柜关好门，谄媚的笑容立即收了起来，一张圆乎乎的脸庞竟带上了几分戾气，对二人叩首道：“属下见过主子，见过统领。”

“起来吧。”玄帝颔首。

“叫人隐在四周守着。”闫俊伟低声道，末了掏出一锭白银扔进掌柜手里。

掌柜利落地接住，点头应诺，出了雅座，将白银故意在手里掂弄掂弄，脸上哪里还有戾气，活脱脱一副财迷心窍的模样。只能说，变脸这门功夫是入选暗卫的首要条件。

店小二很快就泡了一壶六安瓜片进来，淡淡的茶香在空气中飘荡。

“尝尝，用千佛山普渡寺里带回的露水冲泡的六安瓜片，口感绝佳。”闫俊伟给玄帝满上一杯，白色的雾气弥漫。

玄帝拿起茶杯细细嗅闻，末了轻呷一口，摇头道：“水是好水，茶是好茶，只是这冲泡的技艺实在欠奉，不如……”

“不如德妃娘娘万分之一。”闫俊伟自动接口。

“说得不错。”玄帝淡淡一笑。

闫俊伟扶额，心中暗忖：皇上不是栽了，是没治了！

“沈家最近有什么动静？”玄帝垂眸，温柔的表情换成了肃杀。

“他们家动静不小，沈忠良大肆收买官员，里通外敌，谋夺军权这些你已经知道了，他最近对几个儿子管教得特别严格，尤其是沈熙言，听他们府上的探子回报，仿佛已经开始学习帝王权术了。”

玄帝挑眉，修长的指尖一下一下敲击着桌面：“他这是在培养太子？嗬，痴人说梦！”语气里的杀意有如实质。

“您要再不醒过来，沈家上位未必是痴人说梦。沈忠良负责这一届的秋闱，许多举子已经投效到他门下，他最近替沈熙言谋了个副都御史的职位，负责主持明年的春闱。”闫俊伟转动手里的茶杯，低声说道。

“好算计，”玄帝勾唇赞许，只语气瘆人，“笼络住这些举子和贡士，将他们安排到不起眼却又握有实权的位置上去，过个三五年，这满朝官员十之七八都将是沈忠良的门生，哪里还有什么天子门生？”

他捏碎了手里的茶杯，慢条斯理地拂掉掌心的粉末，语气淡淡地开口：“待朕灭了沈家，这一届的秋闱便作废，来年再开。心中只知沈太师而不知有朕，这样的官员朕如何敢用？”

闫俊伟放下茶杯笑道：“也不是个个举子都如此功利，里面有几个好的，可以一用。”

“来日把名单给朕，明年重开秋闱之时若他们能高中，朕便一用。”玄帝边说边朝窗户走去，俯身往下查看。

楼下的街道上，两名锦衣华服的青年正在对峙，一名孤身一人，长相硬朗，身材高大；一名身材瘦弱，气质温文，身后带了七八个家丁。

“哟，是沈熙言和您的大舅子！”闫俊伟跟到窗边，玩味地开口。

“大舅子？孟炎洲？”玄帝沉吟，立即站起也太迅速、太自觉了！闫俊伟咋舌，跟着玄帝往楼下走，潜伏在四周的暗卫立即跟上。

街道上，沈熙言正伸出一臂，拦住孟炎洲的去路，冷道：“撞了人就想走？”他左眼角有一道深深的疤痕，虽然没有影响视力，可疤痕令他的眼皮有些耷拉扭曲，严重影响到了容貌，好端端的俊秀公子，如今竟带着几分邪佞之气。

34 炎洲

玄帝带着闫俊伟下来时，街边已经围满了人，正在看戏。

只听得圈内一道洪亮的男声响起：“我撞了你？难道不是你故意走过来撞的我吗？沈熙言，你又想找打？”

“你打我？孟炎洲，今日你尽可以试试！知道冲撞朝廷官员是什么罪吗？轻则杖打八十，重则枷刑，来人啊，绑了他去衙门！”沈熙言一喊，脸上的伤疤更加扭曲，看着十分骇人。

孟炎洲冷笑：“朝廷官员？你？据我所知朝廷律令有言，身体有缺者不能为官，就凭你这副尊荣，当的哪门子官？”

“你！”沈熙言气得脸色发青，辩驳道，“昔日太祖缺了半耳照样称帝，我如何不能为官？上，绑了他去衙门！”

一众家丁大声应诺，上前将孟炎洲围住。

“不好，这群可不是普通的家丁，瞧那绵长的气息和稳健的下盘，个个都是练家子，沈熙言这是故意下套要害孟炎洲！”闫俊伟沉声道。

玄帝虽然功夫不如闫俊伟，可也是自小习武到大，早就看出来了，脸色一冷便推开人群走了进去。

“冲撞了朝廷官员？这罪名着实不小，需严肃对待，敢问阁下可有委任状，可有官印？将这两样东西拿出来，这位兄台自会随你们走，绝无二话！”玄帝踱步到孟炎洲身边，在他肩膀上按了按。据他所知，沈熙言要半月后才能正式上任，这些东西自然是没有的。

孟炎洲武艺不凡，如何看不出这些家丁的来路，立即配合地大声喊道：“沈熙言，你若把委任状和官印拿出来，大爷我今儿任你打杀，打死不论！若你拿不出来……”

“若拿不出来，大庸律有言，冒认朝廷官员轻则抄家流放，重则腰斩。”玄帝转了转手里的白玉骨扇，语气陡然变得森冷，“且，太祖缺半耳乃战时受伤所致，阁下却因一个妓子，如何敢与太祖相提并论？你们沈家人欲与皇族比肩，难道想要一手遮天，抑或是改天换地不成？”

来人的指控一项比一项严重，且还都戳到了点子上，明明一身温和气质，但对上对方漆黑的眸子，沈熙言就觉得遍体生寒。看见围观众人审视怀疑的表情，想起父亲耳提面命要低调行事的嘱咐，他咬牙，心中犹豫不决。孟炎洲差点害得他前途尽毁，好不容易逮到机会，难道就这么放过他了？

就在这时，闫俊伟带着一名身穿校尉官服的青年挤进来。青年二十出头，长相十分俊朗，眉宇间透着一丝戾气，他看向沈熙言，冷声道：“沈熙言，论冲撞朝廷官员，半月后你才有资格说这句话。今日你若没完没了，本官亲自带你去京畿衙门走一遭，去禁卫军也可以。”

“哼，我们走！”禁卫军目前未被沈家完全掌控，来人更是个硬茬儿，轻易招惹不得，沈熙言深深盯视几人，随即带着家丁排开人群，狼狈退走。

“这位兄台，多谢了！”孟炎洲对玄帝拱手，笑容爽朗，然后走向青年校尉，搭着他肩膀道，“华山，你怎么来了？”

“齐东磊派人给我送了信。”来人朝玄帝身边的闫俊伟指去。

“东磊，今儿怎么不在温柔乡里混，跑到外面来了？多谢了啊！”孟炎洲走过去，捶了捶闫俊伟的肩膀，语气颇为热络。同样是京里大名鼎鼎的纨绔，两人自然有些交情。

“也不能见天儿地黏在女人身上，多没出息。”闫俊伟吊儿郎当地打开折扇，自以为风流潇洒，其实那猥琐的模样看着实在糟心。围观的人群立马散了，齐东磊的热闹他们早看腻了！

“你朋友？”孟炎洲指着他身边的玄帝，玄帝朝他温和一笑。

“嗯，从直隶来的，上京城办点事。”闫俊伟点头。

玄帝略一拱手：“在下韩海。”

“在下孟炎洲，方才多谢了！”孟炎洲连忙回礼，丝毫没有世家公子的倨傲，分明是个性格豪爽的大男儿。

因孟炎洲平时不务正业，只知道瞎玩儿，这还是玄帝第一次见他。见了人才知道，这大舅子并不如市井传言那般不堪。

“在下王华山。”青年校尉也跟着拱手，肃然的表情此时已平和下来。

“王华山？”玄帝脸上的微笑有些凝滞。这个名字虽然只听过一遍，却被他牢牢记在了心里，这是孟桑榆在危难之中可以将家人全心托付的人，对方与孟桑榆的情分肯定非比寻常，他如何能够不在意？

“韩兄认得在下？”

玄帝深邃的眼眸定定看过来，着实令王华山有些不自在。这人的目光极具威仪和穿透力，绝不是普通的富家公子。

“不认得，依稀听人提起过。”玄帝摆手，脸上的笑意有些淡。

闫俊伟眸光微闪，热情地邀请两人一起上楼用餐。此时已到晌午，齐东磊和韩海又帮了大忙，孟炎洲和王华山没有推拒，跟着上去了。走到门边，玄帝落后两步，拉住闫俊伟低声询问：“王华山什么来历？”

果然问了！肯定是从德妃娘娘嘴里听说，心中生醋！闫俊伟暗笑，麻溜地汇报：“他父亲原是孟国公的副将，他乃家中庶子，被嫡母欺压，德妃娘娘幼时路过救了他，点了他做孟炎洲的长随，后见他才华出众，又说动了孟国公送他去军中历练。他能力不凡，如今已任禁卫军校尉一职，在家中有了立足之地，对德妃娘娘自是感恩戴德。”

“桑榆眼光不错，没有家族庇护，二十出头便做了校尉，此人是个人才。”玄帝压下酸意，实事求是地说道。

“正是，他不肯投效沈太师，如今正受排挤。”见屋内二人看了过来，两人匆匆结束话题，叫来店小二点单。因受了一肚子窝囊气，孟炎洲上桌就连干了三碗酒，面色通红，一副心事重重的模样。

“你不必如此，那付小姐虽然容貌普通，但性情不错，一定会是个好妻子。”王华山拿走他面前的酒碗，开口劝解。

“不错，桑……你妹妹不会害你，那付小姐自有过人之处。”玄帝温声道。

“你怎知这婚事是我妹妹看中的？”孟炎洲忽而抬眸，目露审视。

“曾听东磊说过。”玄帝自然而然地接口，心中暗忖：警觉性不错。

“前一阵听你提过一次，怎么，忘记了？”闫俊伟笑眯眯地呷了一口酒，帮着上司圆谎。

“我自然知道妹妹不会害我。妹妹叫我娶谁我就娶谁，这世间像我妹妹那样长得漂亮、性格好又聪明的女子实在太少，我若再挑剔下去，恐怕得打一辈子光棍儿。”孟炎洲端起酒碗满上，狠狠灌了一大口，脸上郁色不减。

玄帝闻言启唇微笑。世间最好的女子自然是他的桑榆。

“既知道，你便安生在府里待着，莫要出来惹事，夫人会担心。”王华山皱眉说道。

“是啊，今时不同往日，沈太师当道，你父亲又……”闫俊伟也想劝解几句，这可是皇上心目中正儿八经的国舅老爷，不巴结不行。

“来，喝酒！”王华山忽然站起，将一碗酒塞进闫俊伟手里，打断了他的话，而他身边的玄帝已先行做了个禁言的手势。桑榆曾经千交代万嘱咐，切莫让孟炎洲知道孟国公的事，怕他冲动之下跑去边关送死，这是桑榆的亲哥哥，他不能让他有事。

“我父亲怎么了？怎么不让东磊继续说了？”孟炎洲推开王华山，一脸肃然，“我知道我父亲失踪了。这么大的事，满京城都传遍了，就算把我拘在家里，我也有途径知道。我虽然鲁莽，却不是傻子，我走了，我母亲、我妹妹怎么办？家里有个文姨娘闹腾母亲，妹妹如今又失宠，我若出了事，她们也没办法活下去。特别是妹妹，宫里踩低捧高，就是个吃人的地儿，我若不把孟家撑起来，妹妹就没条活路了。当初也不知道父母亲怎么想的，偏要把妹妹送去那见不得人的地方，如果嫁给华山，如今不知有多幸福！那皇帝佳丽三千，怎会是妹妹的良人？”

“炎洲，你喝醉了！”王华山连忙伸手去拍他肩膀，用警惕的眼神看向闫俊伟和玄帝。

“醉言不可当真，我什么都没听见。”闫俊伟连忙摆手，偷眼去看玄帝的表情。哟，脸都青了，厚厚的易容粉都盖不住！

“别喝了，”玄帝眸色森冷地瞥了王华山一眼，拂开孟炎洲面前的酒碗，慎重开口，“这种话在我们面前说说倒也无妨，对旁人说出去，岂不是害了你妹妹？令妹福泽深厚，必将得到世间最尊贵的一切。”

最后一句话特意加重了语气，一字一句落地有声，带着某种令人不得不信服的力量。王华山诧异地看了韩海一样，眸子里闪过一抹深思。他总觉得刚才从此人身上感觉到了一丝敌意，他得罪过这号人吗？且这人身上威仪甚重，身份绝不简单。

孟炎洲已从酒意中清醒过来，一脸尴尬地对玄帝拱手：“我这人说话有些不经大脑，多谢韩兄提醒，也多谢二位的包涵。”

“无事，既知道你妹妹在宫中不易，就不应该如此放纵自己，给她徒惹麻烦。你想撑起孟家，可有什么想法？”玄帝沉声问道。还没相认，妹夫的款儿就摆起来了。看见玄帝威严的架势，闫俊伟玩味地暗忖。

“我想去军中历练，但父亲出了事，我眼下离不得家门，只能等日后再看。”孟炎洲正色，态度不知不觉间变得十分恭敬。

“去军中历练？”玄帝沉吟，“眼下正是多事之秋，等朝堂安定了再说吧，届时说不定有更好的去处。再者，你父亲只是失踪，未必有事。”

“谢您吉言。”孟炎洲恭声回话，丝毫没察觉他已经被韩海的威仪所摄。不过简单几句话，却令他感觉十分靠谱，心中的忧虑也减轻不少，一顿饭下来宾主尽欢。

饭罢，王华山去禁卫军守职，孟炎洲在玄帝有意无意的引导下请两人去府中做客。

㉟ 妹夫

国公府占地很大，但里面的院落和摆设着实朴素，与京中二三品官员的府邸差不多。这就是桑榆长大的地方，她曾是小姑娘的时候就在这里生活，或许曾经在这座莲花池边赏景，在这桂花树下纳凉，在这小道上漫步……玄帝与孟炎洲并肩而行，脸上的表情柔软得不可思议。

绕过抄手游廊，对面乍然出现一座小楼，小楼古拙大气，浑然天成，有别于府中其他建筑的简单质朴，周围种满了团团簇拥的各季花树，里面的梅花开得正盛，红白相间煞是热闹，替这萧瑟冰冷的冬季增添了不少暖意。玄帝不自觉地往小楼走了两步，哑声问道：“那是……”满院的花树几乎快将小楼淹没，各个季节穿插种植，每一季都是一景，每一季都能闻到植物的馥郁芬芳，这无疑是桑榆的风格。

“啊，那里不能去，那是我妹妹未进宫前的住所。”孟炎洲连忙拦住玄帝。

“抱歉，我看那院子十分漂亮，和府上其他地方大为不同，所以……”玄帝微笑，艰难地收回脚步。

“我妹妹最爱养花弄草，里面的一草一木都是她亲自种下的，自然漂亮。”谈及妹妹，孟炎洲便是一脸的自豪。

桑榆爱侍弄花草他如何不知道？凤飞宫里所有的盆栽和插花都是她亲自打理，无论是造型还是品味都别具一格。玄帝跟随在孟炎洲身后往他的院落走，脸上带着微笑，但放空的眼神却出卖了他的心不在焉。

闫俊伟暗自失笑，快步走到孟炎洲身边，看似随意地搭话，实则引着孟炎洲把话题往他妹妹身上套。听见有关于孟桑榆的事，玄帝这才收回了飘散的心神。

“大哥？你怎么回来了？”

快要拐进孟炎洲的院落，小道尽头出现一名十六七岁的少年。看见孟炎洲，他脸上的表情十分吃惊，虽然一闪而逝，但眼底的那抹憎恨和失望还是被玄帝和闫俊伟捕捉到了。

想起孟炎洲冲动的性格，想起他今天是偷溜出门，玄帝眸色暗沉，一下就明白了这其中的关窍。一切都是为了国公府的爵位。

孟炎洲丝毫未察觉到少年的险恶用心，浓眉一皱，十分不虞地开口：“这是我的院子，难道我不能回来？”

“你好像很失望你大哥回来？”玄帝脸上的笑容极冷极淡，锐利的眸光似一把刀，剐在人身上竟会造成疼痛的错觉。

那少年脸色惨白了一瞬，继而色厉内荏地叱道：“胡说八道些什么？你算哪根葱，竟敢如此污蔑我？”

“是不是胡说八道你自己心里清楚，爷最看不惯你们这些庶子，总妄想些本不该属于你们的东西。”闫俊伟扇着扇子上前，一脸的鄙薄厌恶。齐东磊被庶弟夺走世子之位的事满京城的人都知道，那少年见齐东磊开口，直指自己内心最隐秘的欲望，脸上的表情忽青忽白十分难看，又见对面湖蓝色衣衫的人脸色晦暗地看来，目光明晰洞彻令他几乎站不住脚。

“怪不得今天我能那么轻易地逃出府，原来是有你和文姨娘帮忙啊！”孟炎洲终于后知后觉地反应过来，脸上布满骇人的戾气。

“我不知道你们在说些什么，我还要准备明年的春闱，告辞了。”少年快速说完，转身就跑。孟炎洲是个混人，可不信奉君子动口不动手这句话，惹恼了他说不定会招来一身的伤。

“老子最恨这些读书人，道貌岸然，一肚子坏水！”孟炎洲将拳头捏得嘎哒作响，恶狠狠地道。

“说得没错！”闫俊伟收起折扇，朗笑附和。他就喜欢与孟炎洲这样直爽的人相处，不费脑子。

“进去吧。”玄帝负手往院子里走，边走边淡淡开口，“这爵位必定是你的，落不到别人头上，你日后只需放警醒点，遇事多动动脑子，别被人算计了性命去。”

“唉，我知道了。”孟炎洲唯唯应诺，语气有些讶异，“你的遣词用句还有语气跟我妹妹好像！我妹妹以前也这么告诫过我！”因为这点，他对韩海的好感度又增加不少。

“哦，是吗？”玄帝猝然停步，目光灼灼地看向孟炎洲，见孟炎洲点头，他忽而启唇笑了。这个笑容十分爽朗，与之前略带威仪淡漠的微笑全然不同。只需一眼就能看出，他此刻的心情十分愉悦。

不过偶然说了句相似的话罢了，用得着这么高兴？是不是因为找到了妇唱夫随的感觉？闫俊伟额头挂满了黑线。他不知道原来皇上如此容易取悦。

看见韩海的笑容，孟炎洲也傻乎乎地笑起来：“其实我溜出府后确实有过去边关的想法，但后来放弃了。”

“哦？为何又想通了？”玄帝挑眉。

“我妹妹曾经说过，若是遇见着急上火的小事，就让我在院子里走三圈，冷静冷静，若是遇见天崩地裂的大事，就让我绕着皇城走三圈，好好想想。我绕着皇城走的时候，看见远处的禁宫，想到禁宫里的妹妹，于是又回来了。”孟炎洲的嗓音十分压抑。

“你有个好妹妹！当然，你也是个好哥哥。”玄帝拍着孟炎洲的肩膀喟叹。

闫俊伟侧目，投向孟炎洲的眼神暗含艳羡。如果他也有这样一个处处开解自己、为自己筹谋划算的亲人就好了。

三人走进孟炎洲的院落，被院子里广阔平整的沙场和一排排兵器架给镇住了。果然是孟国公的儿子，对舞刀弄枪达到了狂热的程度。

“这是做什么的？”玄帝指着沙场边的一个巨大磨盘。闫俊伟眼睛发光地看完各色兵器，走到磨盘边，伸手抬了抬。磨盘纹丝不动。

“这个是练臂力的，那些铁球铜锤都太轻了。”孟炎洲捋起袖子，双手合抱磨盘，牙关一咬就将之抬起，高举过肩。

玄帝和闫俊伟同时怔住了，待孟炎洲放下磨盘才兴味开口：“原来炎洲是天生神力。”闫俊伟瞟了瞟青年肌肉勃发的臂膀，眼里满是欣赏。

“是啊，我妹妹说我是天赋异禀。”孟炎洲抬了抬下颌，表情十分骄傲，继而又黯淡了神色，叹气道，“不过她还说我四肢发达，头脑简单，人家脑子里装的是脑浆，我脑子里装的全是肌肉，不能领兵打仗，只能冲锋陷阵给人当炮灰。”

脑子里装的全是肌肉？只有桑榆那古灵精怪的性子才想得出来这种损人的话。玄帝垂眸，眼底荡开浓浓的笑意。闫俊伟早就不客气地大笑起来。德妃娘娘也是个妙人儿啊！这话说得真绝！

“笑什么，我妹妹说的也没错，我总不用脑子办事，今天差点就着了道，上次也是两三句话就被激得和沈熙言动起手来。他那小身板脆得跟麻秆一样，我轻轻一碰竟然就头破血流了。早知他有今天，我当初就该一手捏死他！”孟炎洲面色狰狞，一拳捶在身旁的木桩上，一人抱的木桩“咔嚓”一声断成两截。

“不是应该后悔当初不该惹他吗？你要能忍得一时之气，也不会和沈家结仇。”闫俊伟扑哧扑哧地笑。这小子有股狠劲，他喜欢！

“爷什么都能忍，就是不能忍气，有仇就得报仇，不然非得憋死！”孟炎洲脸色涨红，仿佛真被憋伤了。

玄帝淡笑，谆谆教诲：“君子报仇，十年不晚，暂时蛰伏只是一种策略。你若比对手强大，就该将之一击即溃，让他再无翻身的可能；你若与对手势均力敌或比他弱小，就该学会隐忍，再设法找到他的弱点，伺机而动。报仇的方法有很多种，并不非得用拳头。你如果想撑起孟家，就要学会策略和迂回。”

“你说得对！我日后不会再这么冲动了。”孟炎洲受教地点头。

“你父亲想必有很多兵书，你平日多看看吧。”玄帝拍拍他肩膀，语重心长地道。孟炎洲其实不傻，就是遇事不爱深想，这也许与孟国公平时的刻意教导有关。如果好好培养，孟炎洲必定会成为一员猛将，然而他现在的性子也不错，狠戾，有胆气，出手无回，本性却又质朴豪爽，重情重义，正是他最爱重用的一类人。见孟炎洲唯唯应诺，眼里满是信服，玄帝沉吟片刻后开口："我听说朝廷要新成立一个衙门，正需要你这样武艺高强又有胆气的人才，比去军中历练更好，你想不想试试？"

嗬！这就照顾上大舅子了！这是以权谋私啊！闫俊伟额角抽了抽。不过他也看上了孟炎洲，方才正在划算这事，本想拉对方一把，卖德妃娘娘一个面子，到底没争赢人家正牌妹夫。

"什么衙门？"孟炎洲眼睛亮了亮。

"类似于禁卫军和御林军的衙门，职权在两者之上。不过现在还在筹划中，等有了确切消息我会让俊伟来通知你。"玄帝走到沙场边，扔给他一把大刀，沉声道，"演练一遍刀法，让我看看你有多大本事。"

这话带着上位者特有的威压，令人不得不遵从。孟炎洲接过刀，压下想要询问对方身份的想法，走到沙场上演练起来。他自幼习武，天赋奇高，加之一身神力，将百来斤的大刀舞得猎猎作响，虎虎生风，当真精彩至极。玄帝眯眼旁观，心中暗暗思忖道：若孟国公真出了事，朕把孟炎洲培养起来，过个三五年，他便能撑起孟家门庭，桑榆也该放心了。

36 味道

闫俊伟在旁看得手痒。他自诩练武天赋奇高，从未遇见过敌手，竟没想到这孟炎洲比自己有过之而无不及。孟国公真是好成算，把儿子教得这么莽撞憨直，即便他暗藏了一身绝世武艺，旁人谁又会去注意？就连他与孟炎洲相交多年也从未曾关注过，因为对方的鲁莽和冲动不是装出来的。如此，孟炎洲虽然无法将国公府发扬光大，可也不至于受人欺负。

碍于身份还不能曝光，闫俊伟只能在旁干看，心里盘算着等他公开了身份，定要与孟炎洲认真较量一回。待孟炎洲收了刀势，闫俊伟忍不住拍手叫好，走上去接过他的刀左看右看。随即，两人又踱步到兵器架旁，对着上面各式各样的兵器热烈讨论起来。

玄帝勾唇，向闫俊伟打了个手势，朝孟桑榆的院落走去。院子因无人居住显得十分寂静，两名侍卫守在院门口，神情戒备。玄帝停步，转身绕到后墙，脚尖在墙垣上轻点，两三下就悄无声息地跃了进去。

清冽的梅花香气扑鼻而来，与凤飞宫的气味十分相似，他愣怔，忽然间就有了一种心弦被狠狠扣动的感觉。循着直觉穿过走廊，绕过书房，走到一间闺房前，他站立许久才轻轻推开房门。

房间十分干净，看得出每天都有人打扫，一张软榻摆放在窗边，与凤飞宫的格局一般无二，雕花大床铺着松软的被褥，色彩极为明丽，绯色的薄纱床幔被偶尔路过的一丝寒风撩起，在空中轻轻摆动，仿佛在无声地邀请。房间里飘荡着主人残留下来的花香味，给清冷的空气增加了一点温暖的余韵。玄帝深深吸一口气，心脏一下一下用力地跳动。就是这个味道，自醒来后想念了无数遍的味道。他面容不自觉绷紧，仿佛在极力隐忍着什么，一步一步朝雕花大床走去。

掀开床幔，里面并没有他朝思暮想的人，晦暗的眼底顿现一丝失落。他躺倒在榻上，缓缓合上眼睑，偏头，熟悉的香味更加浓郁，仿佛心爱的人就在身边。没有孟桑榆的拥抱馨香和体温，他已经连续数日未曾睡过一个好觉了。这让他想起了刚变成狗，还未遇见孟桑榆的那段日子。

每天都在恐慌中度过，每一次合眼都拼命祈祷着能回到自己的身体，每一次睁眼又要面对巨大的失落。狗吠、猫叫、满鼻腥臊、难以下咽的食物，这一切都让他夜夜合不上眼，天天在崩溃的边缘徘徊。如果不是遇见了孟桑榆，他必定会疯掉，更何谈面对接下来的一系列打击和背叛。

第一次吃上人类的食物，第一次将身上的污秽擦去，第一次被柔声细语地安抚。在凤飞宫，他终于睡了一个平生最香甜的好觉。那种无与伦比的安全感被深深刻入骨髓，令他难以忘怀。脑海中不断描摹着孟桑榆的一颦一笑，玄帝沉沉睡去。两刻钟后，一阵咳嗽声将他惊醒。

“皇上，我以为您去去就回，没想到您竟然睡着了。怎么样，睡得香吗？”闫俊伟盯着他手中捏着的香囊，玩味暗忖：闻着德妃的味儿才能睡着吗？这不是变狗后遗症吧？

“睡得很好，什么时辰了？”玄帝自然地将香囊收进怀里，漆黑的眼眸全无刚睡醒的惺忪。

“快申时了，国公夫人去了永安侯府，眼下在回来的路上。她极不喜欢我与孟炎洲厮混，可不会给咱们好脸色，咱们还是马上告辞吧。”闫俊伟推门出去，熟门熟路地绕到后墙。

“那走吧，下次朕再带桑榆回来省亲。”玄帝抚平衣襟和衣摆的褶皱，听闻墙后无人，脚尖轻点就跃了过去。

闫俊伟嘴角抽了抽，紧跟其后。两人走到半路就遇上了前来寻找他们的孟炎洲，以迷路为借口将这傻大个儿敷衍过去，旋即匆匆告辞。

回到宅院，院子里的莺莺燕燕一窝蜂地涌出来迎接，把闫俊伟团团围住左拉右扯，倒把玄帝晾在了一旁。鼻端充斥着各种刺鼻的脂粉味，玄帝的脸色十分阴沉。女人太多了果真是麻烦！以前不觉，而今有了孟桑榆他才知道，心腔被一个人占满是多么令人满足的一件事。

“你们这帮贱蹄子，快给我放开东磊！”小桃红风风火火地杀到，看似毫无章法地往里挤，实则极有技巧地将这些女人排开，救统领于水火。

“小桃红！”闫俊伟眼泪汪汪，一把抱住小桃红狠狠亲了一口，在她的护航下安全带着玄帝突出重围，回到自己的院子。

“来人，朕要沐浴更衣。”玄帝掸拭衣摆，眉头狠狠皱起。身上属于孟桑榆的香味已经被污染了，令他感到极为不快。好在怀里的香囊安然无恙，这才让他脸色稍霁。将香囊塞进被褥，他将满身的脂粉味洗去，穿着一身白色亵衣，大马金刀地坐在软榻上。小桃红拿着一条布巾想要给他擦干头发，却被推开了：“你下去，换个人来，要男的。”

小桃红有些莫名，可也不敢多问，出门正准备唤人就撞上了统领。

“我来吧，你下去。”闫俊伟接过布巾，挥手将她遣退。

见是好友，玄帝脸色还是有些不快，沉声问道：“你洗过澡了吗？”

“洗过了，你闻闻。”闫俊伟嬉皮笑脸地答道。

确定好友身上没有任何异味，玄帝闭眼，靠倒在软榻上，任由他给自己擦干头发。盯着上司俊美的脸庞，闫俊伟笃定地暗忖：对气味这么敏感，果然是变狗的后遗症！

"孟国公有没有消息？"浑厚低沉的嗓音打断了闫俊伟的思绪。

"今天在泥水滩深处找到了两匹死了的战马，还没发现孟国公和韩昌平的踪迹。蛮人和谢正豪那里也一无所获。"闫俊伟低声回禀。

"再加派人手，一定要找到。活要见人……"他顿了顿，睁开双眼，用嘶哑的嗓音将最后一句话补充完整，"死要见尸。"

无论如何，他也要给孟桑榆一个交代。但愿事情不要往最坏的方向发展，一想到孟桑榆有可能会恨自己，他就觉得恐慌。

"是。"闫俊伟慎重应诺。

"授予帅印的圣旨快要抵达边关了吧？谢正豪那里准备得如何了？"玄帝敲击桌面，沉声询问。

"杀手已经潜伏到他身边去了，大战开始前必定能得手。"对自己的属下，闫俊伟十分有信心。

"嗯。"玄帝点头，"诱沈慧茹和那替身出宫的事准备得如何了？"

"赵老封君和吴氏已经被我们的人说动了，今儿一大早已递了折子上去，今日国公夫人去了永安侯府，听闻消息后回去也写了折子，几名妃位上的母家都有意动，包括沈家。明日应该就能得到确切消息。"闫俊伟放下布巾，给玄帝斟了一盏茶递到手边。

"桑榆也要省亲？"玄帝握住茶杯的手猝然收紧，目光如炬地朝闫俊伟看去。

闫俊伟连忙保证："国公府相距太师府甚远，一定不会牵累到德妃娘娘，臣会加派人手护住娘娘一行。"

"不得有失！"玄帝一字一句强调。

"臣遵旨。"闫俊伟丝毫不敢怠慢。

"她今天如何了？"

"娘娘已经有好几日未曾合眼了。"

"你怎知她几日未睡？你的人偷觑她安寝？"玄帝猛然转头朝闫俊

伟看去，漆黑眼眸中的风暴令人心惊肉跳。

“臣不敢！”闫俊伟连忙否认，“只是娘娘容色实在太差，眼下的黑青快赶上皇上您了。”他意有所指地朝玄帝黑青的眼眶看去。这位也是个夜夜失眠的主儿。

“孟国公音信全无，身边又没有阿宝的陪伴，她肯定睡不着。”玄帝喟叹，心中不知该难过还是高兴。自己的女人挂念着自己，可挂念的又不只有自己。

“她还在寻找阿宝吗？”抚了抚眼下的黑青，他哑声问道。

“找了三日娘娘便不许宫人再找了。她说没有消息就是好消息，阿宝指不定贪玩跑出宫去了，又或是被哪个宫人偷偷养起来了。”

“她其实已经猜到，阿宝死了。可她还是要给自己留个念想。”玄帝眼里笼罩着一层雾霭，“她就是这样，总能找到办法让自己好过一点。”

“娘娘是很坚强、很乐观的人。”闫俊伟对此很佩服。在这样艰难的环境下还能保持积极乐观的心态，德妃娘娘的毅力十分惊人。不愧是孟国公的女儿！

“好了，下去吧，朕想休息了。”玄帝闭了闭眼，挥手道。待闫俊伟躬身退出房间，拉上房门，他才缓步走到床边，掀开被褥。被子里早已被香囊熏染，满满都是孟桑榆特有的香味。玄帝捏紧香囊，终于能够勉强入睡。

青鸾殿，沈慧茹手里捏着永安侯府的折子，晚清一边给她捶肩一边轻蔑地说道：“那宸妃自以为得宠，今个儿还缠着皇上亲自陪她回去省亲呢。”

“皇上亲自相陪，就凭她？”沈慧茹扔掉奏折冷笑。

入宫三年，位份在妃以上的嫔妃是有资格回家省亲的，但由皇上亲自相陪，这是独属于皇后的殊荣，且一生仅此一次。她入宫时曾多少次憧憬过自己凤袍加身，与皇上携手归宁的情景，她想让全大庸的子民都知道，她才是皇上真正爱的人，那后位只有她才有资格登上。然而这个梦想却在三年的等待中被消磨得一干二净。

想到这里，沈慧茹忽而低笑起来，拿起折子飞快批了“恩准”两字。省亲是吗？那就让全大庸的子民都看看，谁才是真正的凤凰于飞！

㊲ 省亲

永安侯府的省亲折子被批准以后，庶一品以上的各大嫔妃母族纷纷递了折子。许是皇上心情甚好的缘故，竟是一一给予了恩准，后宫一时间有人雀跃，有人艳羡，还有人被刺激得野心勃发。爬到妃位就能享受荣归故里的光耀，这是所有被锁入深宫的女人的梦想。

省亲的时间由钦天监测算后定在了十一月二十四日，再过两天就到。听闻消息的妃子们还来不及高兴就被皇上的第二道圣旨狠狠打了脸。皇上将亲自陪同良妃回家省亲，其他各妃子本该卯时出宫，却被告知需提前一个时辰出发，也就是寅时。

眼下乃隆冬时节，寅时天还未亮，正是一天之中最寒冷的时候，不管是省亲的妃子还是等候的家人，都将受到莫大的折磨。而良妃却比所有妃子晚了两个时辰出发，也就是辰时，正是太阳从东方升起、气温回暖的时候。钦天监有言，十一月二十四日辰时三刻，凤凰于飞，大吉大利。

占了最吉利的时辰，又有皇上亲自陪同，消息一出，全大庸的子民都知道，良妃必定是后位的不二人选。接旨的同时，良妃昏倒，随即便传出她怀孕一个半月的消息。皇上大喜，各种赏赐如流水般涌进蔷薇殿。

各宫砸了多少瓷器暂且不提，孟桑榆却对这些消息无动于衷，只一心盼望着能够回家一趟看看母亲和哥哥。早一点回去就能与家人多相聚一刻，什么恩宠殊荣在她眼里都是浮云。

两日很快过去，天色还黑着，各路省亲的队伍就浩浩荡荡出发了。

冰冷刺骨的寒风不时从轿辇的帘缝中刮进来，令人战栗，呵出口的气息变成白蒙蒙的雾霭飘散在空中。冯嬷嬷起身将轿帘拉好，瞥见帘外高头大马上的护卫首领，僵冷的脸上露出了一丝笑意。

“娘娘，是王校尉护送咱们回来的呢。”她一边低语一边替主子拉好盖在膝头取暖的锦被。孟桑榆手里捧着一个精致小巧的暖炉，闻言欣慰一笑。这个孩子长大了，出息了，她当初果然没有看错。

“听说他不肯投效沈太师，如今在禁卫军里很受排挤。他自己拎得清轻重，这样很好。莫看沈家风光一时，却都只是水中花、镜中月，早晚有一天会破灭。他敢害我父亲，我就敢戳穿他的阴谋把他拉下马。咱们走着瞧。”孟桑榆用金丝甲套理顺耳边的鬓发，冷冷一笑。

“娘娘，您要不要与王校尉私下见一面，寻求他的帮助。京中若乱起来，刀剑无眼啊。”冯嬷嬷担心地问道。

“即便我不说，京中一乱，他首先想到的也是保护我。我相信他。”孟桑榆柔柔一笑，“偷龙转凤，秽乱后宫，这等天大的丑闻，他知道得越少对他越好。太后可不是善茬儿，稳定了京中局势必定会来一场大清洗，以保住皇家秘辛。嬷嬷，将你们送出宫以后，你们也要把这些腌臜事全部忘记，知道吗？”

孟桑榆看向冯嬷嬷，眼神十分严厉。

“奴婢知道了，娘娘，奴婢不想离开您。”冯嬷嬷哀求，继而面无人色，“那娘娘，您会不会也被太后……”

“太后这人心狠，可也最是心软。我主动投效她，我背后的万千孟家军就是我的筹码，看在我有利用价值的份儿上，她不会动我。再者，我的身世与当年的太后如出一辙，还记得我初封德妃那天太后派人从千佛山送来的那扇水墨画屏风吗？一座高岭，半壁悬崖，崖上一棵巍然青松，太后这是在以画喻人，让我看明白自己的处境呢。我的存在激起了她当年的回忆，她不希望我重蹈她的覆辙。由此可见，太后对我还是心存善意的。有了这一丝善意，我有把握让她不舍得杀我，最坏的结果也就是陪伴太后常伴青灯而已，于别人而言孤苦难耐，于我而言却求之不得。”孟桑榆喟叹，眼神中没有彷徨无措，只有一派淡然。

“娘娘，奴婢也陪您常伴青灯吧，奴婢也老了，下半生就喜欢过这种清静日子。”冯嬷嬷眼眶潮红。

“不必了，嬷嬷出宫后就去我母亲身边吧，替我好好照顾她。”孟桑榆闭眼往后一靠，显然是不想再多谈。

冯嬷嬷无法，暗自擦掉眼角的泪水。

不知不觉间，国公府已经到了，帘外一低沉男音响起：“国公府已到，请娘娘下轿。”

孟桑榆睁眼，仔细将鬓发和衣襟都整理妥善，在冯嬷嬷的搀扶下缓缓步出轿辇。对上守候在轿边的青年男子隐含激动的眼神，她愣了愣，唇角微不可查地上扬。两人只一个错眼便擦身而过，快得让人来不及去回味。男子看着少女一身华服，大气雍容地步步踏上国公府铺就的红毯，接受府中众人的跪拜，心情复杂难辨。怅然中，他仿佛感觉到有人在盯视此处，环首四顾却没有任何发现，不由得皱紧了浓眉。国公府被他派来的侍卫里三层外三层包围得密不透风，不可能有人靠近。这样一想，他便放下了心中疑虑，静静看着少女的背影消失在朱红的大门后。

王华山不知道的是，这国公府何止有他派去的众多侍卫，还有隐藏在暗中的无数暗卫。而玄帝和闫俊伟早已潜伏在国公府正厅的屋顶上，靠着夜色的掩护紧紧盯着步下轿辇的孟桑榆。

夜色还沉，即便有无数灯笼的照耀，女子的面容依然有些模糊难辨，但那一身绛紫色用金丝勾勒出孔雀花纹的一品朝服却尤为打眼。女子款款下轿，玄帝的呼吸也随着她的步伐逐渐变得沉重。他用力扣住掌心下的瓦砾，瓦砾发出咔嚓咔嚓的微响，几欲破裂。

“皇上，沉住气，再过几个时辰您就能光明正大地看见德妃娘娘了。”闫俊伟低声劝慰。玄帝目色沉沉地看他一眼，漆黑眼眸中暗藏着无数汹涌而至的剧烈情绪，但到底放松了下来。闫俊伟被他深渊一样的目光镇住，暗暗吞了一口唾沫。等了半夜，吹了半夜的寒风，就为了看这一眼，皇上也不容易啊！

孟桑榆已跨进大门，在众人的簇拥下走进正厅，接受家人叩拜。玄帝耳朵贴合在瓦砾上，仔细聆听下面的动静。看不见人，听听声音也好。

正厅里，孟家众人正一个一个地走到德妃娘娘面前叩首。孟桑榆妆容极尽艳丽奢华，戴着金丝甲套的手往案几上一搭，下颌微微抬起，那股慑人的贵气便令人头皮发麻。文姨娘领着一双儿女，老老实实地跪在她脚边，即便心中如何嫉恨也不能掩盖他们对这位昔日孟家嫡女的惧怕。

“母亲快请起。”孟桑榆亲自扶起孟母林氏，手一抬，也免了哥哥的跪拜，转而不冷不热地对文姨娘仨人道：“你们起来吧。”

屋顶上，听见她清冽又婉转的嗓音，玄帝的表情有一瞬间的恍惚，继而嘴角一勾，微笑起来。

“谢娘娘！”众人拜谢，尔后起身落座。

随意聊了些家中琐事，孟桑榆将众人遣退，扶着孟母来到偏厅，准备密谈一番。屋顶上的玄帝和闫俊伟也随之转移了阵地。

“母亲，父亲失踪的事不简单。”孟桑榆直入主题，立即吸引了孟母的注意力。“您想想，玉龙城是什么地方？它前临雅砻江，背靠龙盘山，地势极其险要，想要从龙盘山后方绕过来进行奇袭而不被发觉，除非蛮军有通天的本事。”孟桑榆顿了顿，见孟母点头，这才继续往下说。

屋顶上的闫俊伟已被她的言论吸引，也学着玄帝那样耳朵贴合在瓦砾上，静静聆听她的分析。

“蛮军没有通天的本事，可他们有通敌的本事。没有内鬼接应，他们如何能够安然绕过那么多岗哨直取我方储粮大营？玉龙城隶属于甘肃提督的管辖范围，这件事与谢正豪脱不了干系。父亲刚失踪皇上便授予他大将军职，领帅印出击蛮人皇廷，这里面恐怕还有更大的阴谋。若谢正豪真的与蛮军私通，他极有可能佯装战败，趁乱除去父亲在军中的势力，谋夺军权。”

孟桑榆低声说完，孟母倒抽了一口凉气。屋顶上的闫俊伟早已是满脸的惊诧。好一个聪明绝顶的女子，被锁在深宫，仅凭几个疑点就能将事情看得这么透彻，难怪能让皇上如此倾心。

玄帝微眯双眼，只专心聆听这久违的清冽嗓音。

“那我们怎么办？”孟母失声惊问。

“母亲别急。您即刻修书给孟亮叔叔，务必在开战前夕将信送到他手上，叫他想办法杀掉谢正豪，夺取帅印。孟亮叔叔想必也有怀疑，但他肯定会有顾虑，您的信交到他手里正好打消他的顾虑。虽然父亲失踪，军心大为动摇，但此一役绝不会输，蛮军已是强弩之末，还能守着皇廷凭的就是一口气，眼下隆冬腊月，缺衣少粮，这口气过了，饥寒交迫之下他们不战自败。灭了蛮人皇廷，立下不世功勋，谁还管谢正豪是如何死的？随意推到蛮人头上也就是了。史书是由胜利者书写，失败者只能被人遗忘。”孟桑榆拍抚着孟母的手背，从容淡定的声音极具安抚力，说出的话更加令人振奋。父亲出事了，孟家还有孟家军万千儿郎，还有叔叔伯伯，孟家不会倒！

屋顶上，闫俊伟早已目瞪口呆。好一个胸襟伟阔、眼界不凡的女子，作为深闺妇人，她的想法竟与皇上不谋而合，当真不简单啊！孟国公这一双儿女教得好！一边喟叹一边朝皇上看去，他竖起了大拇指。

玄帝睨他一眼，脸上看似平静，眼底却蕴着化不开的笑意，心里冒出一句令他备感愉悦的话——身无彩凤双飞翼，心有灵犀一点通。

38 惨剧

为防母亲担忧，也为了孟家的安全考虑，孟桑榆点到为止，并没有继续揭破更多秘辛。孟母不敢耽误，当即修书一封，叫人快马加鞭送到军中去。这事刚办完，文姨娘就领着庶女孟瑞珠在厅外求见。

文姨娘是孟老太太的娘家侄女，极受老太太喜爱。老太太逼着孟长雄纳了文姨娘，没想到仅一夜便叫她怀了孕，生下庶子孟宇达，又一次趁着孟长雄醉酒，一举怀孕，生下了庶女孟瑞珠，当真是生产机器一般，有效率得令人咋舌！

好在孟长雄与林氏鹣鲽情深，没再让她近身，否则，也不知有多少庶子、庶女要生下来。前几年，她仗着有老太太撑腰，没少跟林氏作对，见孟炎洲不成器，自己儿子却极富才学，竟撺掇着老太太掳夺孟炎洲的世子之位。好在孟桑榆入宫得宠才没让老太太犯糊涂。前年老太太因病去世她才稍微收敛了一点。

听闻两人求见，林氏脸上露出厌恶的神情，正要挥手将人撵走，孟桑榆邪气一笑，兴味开口：“让她们进来，看看她们这回又想干什么？”

“奴婢见过娘娘。”

“瑞珠见过娘娘。”母女俩恭恭敬敬地跪下，给孟桑榆请安。

“起来吧。”孟桑榆漫不经心地弹了弹金丝甲套。

不看表情，光听她妩媚婉转，内里却蔫着坏的慵懒嗓音，玄帝就知道这母女两个恐是要倒霉了，脸上不由得露出一个宠溺的笑容。

闫俊伟见皇上忽然笑得极为愉悦，不由得有些纳闷。

“你有何事？”孟桑榆淡淡开口，一双黑白分明的凤目往站立在文姨娘身后、刻意隆重打扮了一番的孟瑞珠看去。孟瑞珠今年十四，身量遗传孟父，极为修长，一张白净脸蛋虽不如孟桑榆那般姿容无双，可也称得上清新秀丽，别有一番令人怜惜的韵味，是男人最为喜爱的类型。

“娘娘，您看您妹妹瑞珠如何？”文姨娘将孟瑞珠往前推了推。

孟瑞珠微微垂下眼睑，不敢直视嫡姐的容颜，可正是这半遮半掩的侧脸，似羞非羞的表情才更加令人怜惜。这是一个心机颇深的女孩，小小年纪就知道将自己的魅力发挥到极限。

“三年不见，妹妹长高了不少，出落得像朵白莲花一样了。”孟桑榆掩嘴，不知为何轻笑了一声。

“谢娘娘夸赞。”孟瑞珠脸颊微红，更添了一丝迷人风情。

“有什么事就直说吧。”林氏受不了这母女俩的虚伪面孔，直言催促。

“是。”文姨娘也有些迫不及待，拉住孟瑞珠的手说道，“娘娘，瑞珠今年已年满十四了，来年就能参加大选。娘娘，您三年无子，眼下又被良妃夺了圣宠，不如将瑞珠接进宫去，也好给您添个帮手。瑞珠随了奴婢，一看就是个好生养的，定能助娘娘一臂之力，日后她若生下皇子，娘娘您抱到身边去养岂不正好？”

听完这话，屋顶上的玄帝表情变得十分阴冷。什么意思？咒桑榆终生无子吗？就算无子，也轮不到这些人踩着桑榆上位！

果然是为了进宫啊！孟桑榆端起茶盏轻呷一口，一双灼亮凤目直把孟瑞珠看得无所遁形。待孟瑞珠的心理承受能力快要达到极限，脸色由红变紫，又由紫变白时她才悠悠开口："文姨娘，你这是什么意思？就那么肯定本宫生不出孩子？本宫精心调养了三年，想要子嗣自己不会生吗？何苦要抱养别人的？"

"奴婢一心为娘娘着想，说错话了，请娘娘赎罪。如今良妃宠冠后宫，娘娘您势单力薄，有个帮手也是好事。毕竟是嫡亲姐妹，瑞珠自然与您是一条心。"文姨娘连忙告罪，表情极为真诚。

孟瑞珠也柔声开口："姐姐在宫中不易，妹妹进了宫定会全心全意帮扶姐姐。"

"嗬，"孟桑榆轻笑道，"全心全意帮扶本宫？打量本宫是傻子不成？想踩着本宫上位，获得皇上的宠爱后进一步帮扶孟宇达，夺走哥哥的爵位才是真。前几天设计哥哥离家出走的事本宫还未与你们算账！想要进宫可以，想要帮本宫固宠也可以，自己灌一碗绝子汤下去，本宫今日就带孟瑞珠进宫。没有子嗣，永远无法更进一步，只能乖乖任由本宫拿捏，这样的人，本宫用着才放心。愿不愿意你们自己考虑，本宫等着。"

果然是传说中手段狠辣的德妃娘娘，瞧这话说的，又狠又毒，还那么直白，把这母女两个的脸打得啪啪作响。闫俊伟暗自咋舌。

玄帝握拳抵唇，极力隐忍从喉头涌出的笑意。桑榆还是那样，坏也坏得如此光明正大，叫人不知该说什么才好！

"皇上，您以前不是最讨厌嚣张跋扈、心狠手辣的德妃娘娘吗？而今怎么……"闫俊伟低声调侃。他觉得德妃这样很好，与良妃相比简直一个在天，一个在地，即便坏那也是坏在明面上，不令人讨厌。

"你试过在濒临绝望的时候被人拉回来的感觉吗？你试过仓皇无助，只能依附一个人才能存活的感觉吗？你试过与一个人朝夕相处，形影不离，眼里全是她的身影，鼻端全是她的气味，耳畔全是她的声音吗？"玄帝的嗓音极尽低沉，蕴涵着令人心惊的情感。

"没试过。"闫俊伟摇头，想象着那种感觉，明明很悲惨，可不知为何，竟觉得有些羡慕。

“到那个地步，你如何还能控制自己的感情？朕也没有想到会陷落，但由不得朕！”玄帝哑声一笑，表情明明很无奈，眼里却是全然的欢喜。

闫俊伟用陌生的眼光打量他柔软的面部，觉得他再也不像以前那个高高在上的帝王了。这是个极为普通的，有爱有恨，有血有肉的男人。

偏厅里，文姨娘从孟桑榆极尽恶毒的提议中回过神来，尖着嗓音喊道：“娘娘，您怎么能这样残忍？瑞珠可是您的嫡亲妹妹啊！”

“不是说会全心全意帮助本宫吗？怎么连这点小小的要求都做不到？做不到就赶紧消失，少与本宫说这些废话！带你进宫，帮你得宠，助你生下皇子再将本宫踩在脚底，当本宫和你们一样也是蠢货吗？”孟桑榆偏头，慵懒地整理鬓发，殷红的嘴角挂着一抹轻蔑的笑容。

心思被一再戳破，文姨娘和孟瑞珠嘴巴张张合合，好半天说不出话来。孟桑榆还是和以前一样，说话做事半点不给人留情面，和她玩心机、玩手段简直是自取其辱。

“好了，该用早膳了，请娘娘移驾正厅吧。”林氏强忍笑意，给文姨娘母女找了个台阶下。毕竟是女儿省亲的大喜日子，闹得太难看不吉利。

“皇上，沈慧茹也该出发了，咱们去东大街设伏吧。”闫俊伟抬头查看微微泛白的天色，低声提醒道。

“辰时三刻凤凰于飞？哼！”玄帝冷笑，依依不舍地起身，朝四周的暗卫打了个严密防护的手势后，便与闫俊伟跃出国公府，朝东大街的太师府奔袭而去。

一个时辰后，紧闭的宫门再次打开，沈慧茹与假皇帝并肩坐在天子銮驾上，迎着初冬的晨光，浩浩荡荡地朝国师府进发。稍稍撩开轿帘，看着外面簇拥在街道两旁、齐齐跪拜磕头、山呼万岁的大庸子民，沈慧茹的唇角不可遏制地上扬。万众瞩目，高高在上，这情景极大地满足了她空虚的内心。太师府近在眼前，沈太师领着府中众人站在大门外迎接，沈慧茹在常喜的搀扶下先行下轿，站在轿旁躬身等候皇帝移驾。

假皇帝满面威仪，一步一步跨下轿辇，就在这个时候，异变陡然发生，一群黑衣人从天而降，兵分两路，一路奋力朝假皇帝袭去，一路挥舞着手里的大刀，毫不留情地收割太师府众人的生命。

随行的禁卫军过了好一会才反应过来，一边大喊着护驾一边朝黑衣人围拢。但街道本就狭窄，被銮驾占去了大半地方，禁卫军又骑在马上，半点施展不开，不过片刻就被杀得七零八落。好在太师府也豢养有侍卫，及时出现护住了沈太师一家和沈慧茹。虽然沈家早有准备，但皇家暗卫代代传承，个个都是以一敌百的顶尖高手，又岂是这些虾兵蟹将可比。

假皇帝还来不及下轿，见黑衣人出现，面上露出骇然，一边招架一边跃下銮驾朝后避让，很快就与沈慧茹隔离开来。他原本做过暗卫，武艺算不得顶尖，但绝对不弱，虽被团团包围逼入了死巷，却还能支撑片刻。

闫俊伟与玄帝在暗卫的重重保护下闪入巷子。闫俊伟举起大刀，闪电般袭到假皇帝面前，几个凌厉的招式下去便劈断了假皇帝手里的剑。

"统领？！"认出来人的招式，假皇帝脸上一片绝望之色。

抓住他此刻露出的破绽，闫俊伟刀背一挥，将他当场劈晕。

"皇上快换衣服，太后的军队很快就到，会帮咱们把这场戏演完。"闫俊伟快速解开假皇帝身上的龙袍，替玄帝穿上，然后用黑布将假皇帝包裹起来，交给两名暗卫带走。玄帝迅速穿好衣袍，与此同时，巷外响起军队奔来的马蹄声。他容色一凛，毫不犹豫地握住闫俊伟的刀尖，狠狠往自己肩膀送去，鲜血迸溅，染红了他半边身子，看上去极为可怖。

就在这时，一队悍勇的兵士挥刀从巷口突进，身上的盔甲绘着太后母族的族徽。闫俊伟抽出刀尖，故作惊愕地呢喃了一声"太后"，随即丢下玄帝，大声喊道："住手，都是自己人，我有重要的事与太后禀报！"

就在这时，沈家的侍卫及时赶到，趁着太后的将士没有听清他的喊话，对他连下死手。对方人多势众，闫俊伟佯装不敌，带着属下迅速撤离。沈家侍卫首领见"假皇帝"没死，对方也没找到接触太后的机会，不由得松了口气，立即上前将奄奄一息的玄帝背起来，送到銮驾上疾驰回宫。

太后的凤銮停在五十米开外，被重重兵士把守，见皇上得救立即开拔回宫。沈慧茹被禁卫军团团围在中心，并没有受伤，在太后派来的大宫女的搀扶下登上一辆马车，掉头回宫。

沈太师被砍伤了右手，伤口深可见骨，有没有废掉还得等太医诊断再说。沈家其余人伤亡惨重，沈熙言被乱刀砍死，几个庶子、庶女无一幸免，只余下沈熙言两岁的幼子因受不得风吹，没抱出来迎驾而避过一劫。本该是盛大而尊荣的省亲到最后却演变成了一场血流成河的惨剧。

39 回宫

沈慧茹惊魂未定地缩在马车里，念慈被太后遣到她身边陪伴，用锦被盖住她瑟瑟发抖的身子，口里不住安慰。马车碾过凹凸不平的青石板，发出咕噜咕噜的声响，左摇右晃的感觉渐渐让沈慧茹镇定下来。她用力拽住念慈的手，骨节发白："父亲、母亲、哥哥，他们如何了？"

"太师右手受了伤，夫人和公子都遇难了。"念慈低声回禀，不敢去看她的表情。

"怎么会，怎么会呢？"沈慧茹口里呢喃，眼眶绯红，却硬是没有掉下一滴眼泪。过了半晌，她忽然痛苦地呻吟一声，用手捂住还未见丝毫隆起的肚子。

"娘娘，您千万不要多想，沈家还有太师，还有小公子，还有您肚子里的孩子，渡过这一劫，一切都会好起来的。"念慈连忙给她身下垫上厚厚的被褥，用手拍抚她的脊背，企图让她平静下来。这一胎对沈家来说太重要了，绝对不能出事。

沈慧茹显然也明白这一点，连忙大口大口地呼吸。过了好半晌，抽痛感终于慢慢消减，她猛然转头看向念慈，惊恐地问："太后怎会突然回宫了？是不是听闻了消息？"

"消息都被奴婢截了，太后不知道。她念佛时忽然心痛如绞，说是先帝宾天时也有此预感，放心不下皇上才匆匆回宫，一路上奴婢都陪在她身边诵经，实在找不到机会给娘娘送信。那些暗卫方才想靠近太后被侍卫拦截了，没有任何消息透出去，娘娘您放心。”念慈语气相当笃定。

这十年里，太后从未收到过皇上寄来的书信，就连皇上亲自来探也闭门不见。要断绝太后的耳目实在是太容易了，不过毕竟是自己从小养到大的孩子，即便心中有怨，生死关头却也不能不顾。

沈慧茹安下心来，不知想到什么，嘴角勾起一个扭曲的笑容：“怪不得暗卫疯狂屠戮我沈家，定是皇上已经死了。太后的预感果然很灵验！她既已回宫，本宫就不会让她活着出去。”

话落，她一下一下轻抚着肚子，面无表情地闭上眼。沈家既然已经付出如此惨痛的代价，这条路她势必要走到底，不成功便成仁。

孟桑榆用罢早饭，正打算回自己的闺房重温儿时的记忆就收到了皇上遇刺、太后回宫的消息。她大吃一惊，连忙辞过孟母，带着宫人极速往回赶。轿辇里的空气冷冰冰的，就像她此刻的心情。她手里不停翻转着小暖炉，一双秀眉紧紧皱起。冯嬷嬷脸色苍白地守在她身边，心里七上八下，不敢言语。银翠和碧水跟在轿辇后面的马车里。

“皇上遇刺，太后回宫，这背后的隐情肯定不简单。”过了好半晌，她才轻启红唇，徐徐开口。

“娘娘可是猜到了什么？”冯嬷嬷凑到她身边低问。

“有两个可能。一是皇上已经死了，这次刺杀是暗卫的清剿行动，目的是为皇上报仇。二是皇上未死，这次刺杀是一场戏，目的是将真假皇上神不知鬼不觉地换回来。”孟桑榆往后一靠，将暖炉贴在胸口，平复一下有些急促的心跳。

“那您说，太后娘娘她知道真相了吗？”冯嬷嬷不安地问道。

“若是第一种可能，太后肯定不知情，否则不会带兵救下沈慧茹和沈太师，若是第二种可能，太后或许是知情了，在配合皇上演戏。不管是哪种情况，咱们先回宫再看。眼下宫中有太后压阵，事情就好办了。”

皇上昏迷不醒，无法处理刺杀事件。太后心疼儿子，将禁卫军、御林军的统领连同新上任的九门提督召到殿前训斥。当即掳夺了两位统领的职务，勒令九门提督三日内将凶手缉拿归案，若不然也逃不过被贬一途。

太后未礼佛之前也是如此风风火火、雷厉风行的人物，许多大臣对此记忆犹新。皇上病重，太后代为理政乃天经地义之事，朝中无人敢说话。沈家好不容易控制在掌心的京畿防务便又这么丢了。

蔷薇殿里，沈慧茹听闻消息后肚子又开始隐隐作痛。这老太婆实在碍事，不除不行！好在宫里全都是她的眼线，除去太后轻而易举。

但是很快，她又没之前那么乐观了，只因这次省亲，她和假皇帝都将各自的心腹带在身边，被暗卫杀了个七七八八，连她最得力的助手晚清都遇难了。太后心疼她受了惊吓，又身怀有孕，当即将沙华宫的宫女和嬷嬷派到她身边照顾。假皇帝身边的人也全都换成了太后的心腹，好在常喜只是受了点轻伤，还得用，这才让沈慧茹好受一点。

她和假皇帝如今陷入了举步维艰的境况，身边没有可用之人，宫里虽有那么多眼线，却没办法调遣，当真是憋屈至极！

青鸾殿里，本应该昏迷不醒的玄帝此刻正躺在龙床上，手里拿着一沓沈慧茹之前批阅过的奏折一一细看。奏折上的字迹龙飞凤舞，力透纸背，与他的字迹像了十成十，以前他觉得沈慧茹临摹自己的字迹是情趣，而今嘴角却噙着一抹凉薄至极的冷笑。

“受了伤便躺一会儿吧，这些折子等醒来再看也不迟。”太后缓步进来，在床边坐下，关切地看向他受伤的肩膀。

“母后不必担忧，儿子的伤看似可怖，其实没那么严重，将养五六日就好。”玄帝放下折子，仔细打量太后苍老了许多的容颜，视线在她斑白的双鬓停留良久。这是从小养护他到大的母亲，他知道，自己有事，母亲绝不会抛下他。

“母后可还怨儿子？”他直视太后的双眼。

“不怨了，本就不是你的错。”太后疲惫地挥手，末了语气肃然，“你交代的事情哀家已经一一布置下去，撤换了禁卫军和御林军的统领，你可有合适的继任人选，若没有，这京中可要乱上一阵了。”

“自然有，母后放心。这次事件也是对朝臣的一次考验，什么人可用，什么人不可用，儿子心里更加有数了！”玄帝微微一笑，那个运筹帷幄的帝王又回来了。

“那就好。”太后张口欲言又堪堪止住。

玄帝并没有告诉太后他昏迷不醒时的奇遇，见太后面露痛色，自然知道她想说些什么：“母后有事就说吧，不必多虑。”

太后揉了揉额角，低声道：“那些嫔妃们，你准备如何处置？”

“毕竟都是朝中重臣之女，不可能随意处理掉，就留着吧。”玄帝不以为意地挥手，半点没有太后想象中的暴怒。

若是当真昏迷五月，什么都不知道就清醒过来，玄帝绝对无法像现在这样平静。珍爱之人和尊师的背叛，绿云压顶的屈辱，混乱不堪的朝纲，岌岌可危的边关，随便哪一样都令人难以忍受。然而经历了痛苦不堪却又温馨甜蜜的五个月，他的心境早已与往日不同。

“你能想通就好，这种丑事，她们没必要知道，就放着她们在宫中养老吧。待来年再挑新人入宫。”太后放心地吁了口气。哪个男人能够忍下这种屈辱？特别是九五至尊的皇帝？儿子能以大局为重最好。

“再说吧。”玄帝皱眉，心中有些抗拒。一群莺莺燕燕环绕，各种刺鼻的脂粉味扑面而来，他想想就觉得心烦。

“哀家已经宣布罢朝十日，以待你养好身体。这十日哀家就替你挑两个干净的嫔妃来侍疾，你看可好？”太后温声询问。

玄帝眸子暗了暗，正要说话，太后又立即接口：“就德妃和柳才人吧。”

“就德妃吧。”玄帝沉声开口，似觉得自己回答得太快，抿了抿唇补充道，“人多了儿子觉得心烦，只是侍奉汤药，一人足矣。”

“那便德妃吧。”太后拍板，嘱咐他好生休息便起身离去，走到门口，似想到什么又转过头来定定看着他，慎重道：“孟国公失踪，德妃失了倚仗。她虽然张扬，可从未碰触皇上的底线，也没有孩子，是个聪明知进退的。这次大劫她能够全身而退是她的造化，不管她知道些什么，哀家都相信她会守口如瓶。聪明人有资格活下去，皇上觉得呢？”

“母后说得对。”玄帝捂脸，嗓音沙哑得不成样子。母后竟以为他会杀了桑榆吗？嗬……他低笑，手掌用力扣进肩膀的伤口，想要用肉体的疼痛来遏制心灵的痛楚。

40 钉子

闫俊伟处理了假皇帝，从密道潜进青鸾殿，看见玄帝殷红一片的肩膀，眉头狠狠一跳。

“皇上你这是干吗？”怎么好端端地自残？他快步走过去，拿起桌上的一卷布条和一瓶伤药给他重新包扎。

“桑榆安全回宫了吗？”玄帝拿起榻边的一条布巾，慢条斯理地擦拭手上的血迹。

“臣将德妃娘娘安全护送回凤飞宫才赶过来的。娘娘脑子不是普通的聪明，已经猜到了这次刺杀有可能是一场戏。”闫俊伟喟叹。德妃的眼界太通透了，投个女儿身实在浪费。

玄帝温柔一笑，肩膀上的疼痛缓解了很多。待伤口包扎完毕，他起身披了件大氅，打开寝殿内的机关，偕同闫俊伟走进一间密室。密室里，常喜被五花大绑地捆在一张椅子上，嘴里塞了一团布，看见龙行虎步进来的玄帝，眼睛先是一瞪，对上来人有如万丈深渊般的漆黑眼眸后，愤怒的表情变成了惊骇，继而是绝望，最后竟呜呜呜地哭叫起来。

“可还认得朕？”玄帝大马金刀地坐在他对面，手搭在案几上，修长的食指一下一下有节奏地敲击桌面。

常喜的心脏都快被这敲击声震碎了，脸色惨白如纸，大滴大滴的冷汗从额头滑落。闫俊伟走上前，扯落他口里的布团。

“皇上，奴才鬼迷心窍了，求皇上饶奴才一命吧。”常喜身体抖得跟筛糠一样。

玄帝冷声一笑，闲适地靠在椅背上，冷眼看着常喜将椅子挣倒，像死狗一样趴伏在自己脚边。

“皇上，奴才都是被逼的！良妃给奴才下了毒，奴才也是迫不得已啊！奴才知道良妃和沈太师很多秘密，奴才全都告诉皇上，求皇上看在奴才将功补过的份儿上饶了奴才这条狗命吧。”常喜涕泪横流。

“饶了你的狗命？”玄帝玩味地咀嚼这句话，似想到什么，低笑起来，这笑声里半点也没有愉悦，只有彻骨的冰寒，令常喜抖得更加厉害。

“说说你都知道些什么？”半晌后，他收了笑，用指节敲击桌面。

“良妃给所有的皇子都下了毒，保证他们活不过成年，不会危害到她的孩子，她还给所有侍过寝的妃子都下了绝子汤，让她们再也无法生育，还有，这青鸾殿里十之八九都是她的人，她放在其他宫的眼线更是数不胜数……”常喜竹筒倒豆子一般供述着，生怕讲得慢了会被赐死。

毒害所有皇子和嫔妃，这是玄帝早就预料到的，心情并没有多大起伏。他微微合眼，待常喜说到点子上了才逼问道：“这些眼线和钉子，你全都知道？”

“八成以上奴才都知道，剩下一些只有良妃和她身边的大宫女才知道。”常喜连忙点头，绝望的脸上升起一丝希冀。

“把名单写下来。”玄帝挥手，一旁的暗卫将捆绑常喜的绳子解开，递给他一套纸笔。常喜颤颤巍巍地接过，趴在地上绞尽脑汁地写起来。

玄帝单手支额，眼神放空，不知在想些什么。

常喜还未写完，一名暗卫敲门进来，将一沓纸递到他面前。这是被俘的晚清刚刚招供的内容，与常喜的供述差不多，里面附有几张密密麻麻的名单。玄帝细细将名单看完，交给身旁的闫俊伟。闫俊伟大致数了数人数，心中暗暗咋舌。还是神不知鬼不觉地换回来好啊，否则杀进皇宫，坐稳皇位，身边潜伏着这么多钉子，当真连睡觉都不敢合眼。宫内如此，朝堂上的情况肯定也不容乐观。

半个时辰后，常喜总算写完了，将一沓纸递给暗卫，暗卫又躬身呈到玄帝面前。玄帝接过，与晚清的名单比对起来。

常喜战战兢兢地开口：“皇上……”

“贴加官。”玄帝摆手，语气十分淡然。常喜听到这话陡然瘫软了下去，喉头像哽了块铁球，什么声音都发不出来了。暗卫应诺，将他拉起来重新绑到椅子上，将用剩的纸浸湿，一张一张贴到他脸上去。他起初还猛烈挣扎，五六张纸下去便慢慢僵直，最终没了声息。

玄帝连个眼神也没扫过去，只皱眉将两份名单细细看完，尔后递给闫俊伟，沉声道："先把青鸾殿、凤飞宫、沙华宫、太医院、内务司的钉子给拔了，其他各宫的以后慢慢处理。"

闫俊伟应诺，检视一遍名单，感叹道："短短几月，太医院和内务司就被良妃牢牢拽进手里，当真好手段！不过还是比不了德妃娘娘，凤飞宫竟只有两三枚钉子，且还都是粗使仆役，不愧是孟国公的女儿，治下手段不凡啊！"

玄帝扬眉一笑，身上浓重的戾气一瞬间消散于无形。

一说到德妃娘娘就是晴空万里，看来，日后少不得要与孟炎洲多套套近乎啊！闫俊伟收好名单，暗自思量道。

就在这时，密室外传来嘟嘟嘟的敲门声，门边的暗卫打开机关，赫然是刚刚断气的常喜正手拿拂尘，躬身而立。他尖声尖气地开口，嗓音与真正的常喜一般无二："皇上，良妃带着各宫主子在青鸾殿外跪地求见，太后已经过去阻止了。"

让假皇帝与太后近距离接触，沈慧茹无论如何也放不下心，匆匆灌了一碗保胎药就带着嫔妃们过来慰问。

"德妃可来了？"玄帝猝然起身，因行动太快而带倒了身后的雕花大椅，一声巨响骇得闫俊伟都皱了皱眉头，而他自己却仿若未觉。

"回皇上，省亲的妃子们都回来了，正在殿外跪着。"假常喜细声细气地回禀，做派跟真的太监一样。

"快出去，告诉太后，让她们进来，免得沈慧茹起疑。"玄帝迅速扯掉大氅，躺倒在龙床上，理了理衣襟，对还未离开的闫俊伟问道，"朕看起来如何？"

"虽然脸色有些苍白，但还是一如既往的俊美。"闫俊伟强忍笑意，正儿八经地回道。玄帝脸色黑了黑，抬手将他遣退，然后靠倒在床头，眼睛死死盯住寝殿的大门，躺卧的姿势看似随意，实则僵硬。不过几天未见桑榆，他却觉得有几辈子那么长，每一分每一秒都是煎熬。

青鸾殿外，太后闻讯赶来，正厉声呵斥沈慧茹："良妃这是作甚？

皇上重伤在身，刚刚睡下你便带着这么多人前来打扰，你就是这么关心皇上的吗？”

“臣妾不敢，只是见不到皇上安然无恙，臣妾实在无法放心。恳求太后让人进去通报一声，若皇上答应，臣妾看一眼就走，若皇上不答应，臣妾立即离开。”沈慧茹眼角挂着一滴眼泪，一手扶腰，一手覆在还未隆起的肚子上，看着着实让人心疼。

孟桑榆跪在她身边，不着痕迹地打量太后。但太后一向都是这样，要么严厉，要么面无表情，实在看不出什么端倪。

“你身上还怀着龙子，任性不得，快起来吧。等皇上醒了，他自然会召见你们。”太后的视线在沈慧茹的肚子上转了两圈，语气立即温和下来，对念慈招手，让她赶紧扶良妃起来。

看见太后柔和的眼神，沈慧茹心中大定，顺势站了起来，一众妃子却还跪在地上，太后未叫起，谁敢擅动？不少人已经将刀子般的视线朝沈慧茹的肚子投去。孟桑榆却不似她那般好糊弄，太后眼神虽然柔和，但脸上的肌肉却绷得死紧，嘴角的法令纹若隐若现，这是老人家强忍怒气时特有的面部微表情。看来，太后应该是知道真相了，里面的皇帝八成是真的玄帝。想到这里，孟桑榆内心稍安。

就在这时，常喜从殿内匆匆走出来，甩着手里的拂尘，躬身说道：“太后娘娘，各位娘娘，皇上请你们进去。”

“皇上醒了？”太后沉声问道。

“是。”常喜伸手做了个邀请的动作。

“那便进去吧，不要待得太久。”太后领着一众嫔妃往里走。

入了大殿，众妃齐齐跪下给龙榻上的玄帝行礼。

“起来吧。”玄帝环视众妃，尔后定定看向沈慧茹。天知道，他用尽了所有的自制力才能控制住自己不要将视线胶着在孟桑榆脸上。察觉到孟桑榆若有似无地打量，他暗暗握拳，心跳有些急促。

“皇上，您现在感觉如何？”沈慧茹走到榻边坐下，握住他的手。

急促的心跳停止了，玄帝勾唇，反手轻拍她白皙的手背，柔声道：“朕无事，爱妃如何？可有伤到孩子？你兄长的事朕已经知道了，定会派人将凶手绳之以法，爱妃切莫多想！”

“臣妾和孩子都无事，皇上……”沈慧茹眉头一蹙，眼泪大滴大滴地往下掉，当真是梨花带雨，美不胜收。

玄帝眸色幽暗，将她圈进怀里拍抚，半点不敢往桑榆的方向看。

“好了，别哭了，小心太过悲恸伤了孩子。皇上重伤在身，就不要打搅他了。”太后适时开口，将玄帝救出水火。

沈慧茹目的达到，连忙带着众妃告退。孟桑榆临走前不着痕迹地看了玄帝一眼，唇角微微勾起。演技不错，眼神不要那么幽深难测就更好了。玄帝垂头，狠狠闭了闭眼才没让自己回望过去。

待众人快要走到门口时，太后才似想起什么，扬声道：“德妃明日起便负责给皇上侍疾，早点过来，切莫误了时辰。”

孟桑榆顿了顿，立即屈膝应诺，在一众嫔妃嫉恨交加的视线中从容告退。明天？还有七个时辰，太漫长了！玄帝愣怔半晌才摊开掌心，看向沈慧茹方才悄悄塞给自己的字条，眼神转为冰冷。

41 侍疾

半夜子时，青鸾殿里依然灯火通明，玄帝坐在御桌后，将沈慧茹近几个月审批的折子和发下的圣旨一一翻出来查看。因工作量太大，闫俊伟带着两名属下也在一旁帮忙。门外的侍卫手里握着刀柄，笔直地站在夜色中，将青鸾殿把守得如同铁桶一样。

青鸾殿的宫人在省亲时就被暗卫杀了个七七八八，太后回来又借皇上受伤，宫人伺候不周为由头大肆清洗了一番，此时的青鸾殿已完全在玄帝的掌控之中。一边翻看折子和圣旨，玄帝一边在纸上做记录，末了拿起刚刚写下的名单冷笑。

“五个月就有这么多官员受到蛊惑，朕该羞愧自己御下无方还是该感叹沈忠良手段了得？”放下名单，他换了一支朱笔，将上面个别人名勾勒出来，交给闫俊伟。

“这些人占了要职，需尽快除去，手法隐秘点，剩下的朕自己慢慢处理。祸兮福之所倚，若没有这场谋反，朕也无法将朝堂看得这么清楚。待日后除了沈忠良，朝堂必换新血，朕便可进一步削弱世家大族的影响力。如此看来，朕还要感谢沈忠良。”他往椅背上一靠，笑容满带肃杀之气。

看来，未来将会是一片腥风血雨啊！闫俊伟一边暗叹一边收好名单，将两份圣旨拣出来递到他面前：“这两份圣旨还未发下去，皇上您一定要看一看。”

玄帝拿起第一份圣旨，一目十行地看完。

这是沈慧茹拟定的抄灭李家，腰斩李相和李贵妃，将二皇子贬为庶民的圣旨。虽然她用来扳倒李相的大部分罪名属实，但也有许多乃凭空捏造。李相和李贵妃罪不至死，而二皇子被那几十庭棍打下去，因行刑者暗中下了狠手，事后又没有得到医治，腿已落了残疾，贬为庶民就等于断了他的活路。虽然对李家没有好感，可他更不愿意看见自己的孩子被如此残害。沉吟片刻，他对闫俊伟说道：“明日你将太后归来的消息透露给冷宫中的李贵妃，再调开侍卫放她出去。她是个聪明人，一定会跑去找太后做主。朕就借着太后的手重新审理李相一案。”

闫俊伟点头应诺，用期待的眼神看着他拿起另一份圣旨。很快，玄帝便将圣旨狠狠掼在御桌上，激起一阵骇人的闷响。还在清理文书的两名侍从吓了一跳，脸色发白，闫俊伟则挑起眉头，一副看好戏的表情。

“最毒妇人心！她这是想毁了炎洲，毁了孟家啊！只可惜沈熙言已死，否则朕让他停妻再娶，让沈家自吞恶果！”玄帝将圣旨捡起来，扔进脚边的火盆里，一双漆黑的眸子在火光的照耀下闪烁出森然的寒光。

这是孟炎洲的赐婚圣旨，赐婚的对象乃淮南王留在京中做人质的嫡次女。此女天性放荡，手段阴毒，还未出嫁就闹出无数丑闻，打死婢女奴仆算轻的，甚至还传出过未婚先孕的流言。是以，虽贵为郡主，可到了十九岁却还乏人问津。

皇帝赐婚不允许和离，若这道圣旨发下去，孟炎洲乃至整个孟氏一族都将成为京中的笑柄，永远抬不起头来。玄帝闭了闭眼，心道一声“好险！”好险他赶在这之前回来了，否则还不知桑榆要如何愤怒伤心！

吐出一口浊气，他目光沉沉地看向闫俊伟，慎重嘱咐道：“你去查查付广达的嫡长女品性究竟如何，再将京中勋贵世家未出阁的适龄女子都筛选一遍，挑几个好的出来，日后桑榆问起这事，朕也好有个交代。”

您是皇帝，您还要向德妃娘娘交代？闫俊伟一边腹诽一边应诺。

就在这时，常喜甩着拂尘进来了，细声细气地给两人请安。

“起来吧，她叫你去有何事？”玄帝沉声问道。蔷薇殿和青鸾殿里如今都是太后的人，沈慧茹不好通过密道前来处理政事，下午便递了字条，叫玄帝派常喜过去一趟，她有要事相商。

常喜从怀里掏出一个小瓷瓶，半跪着送到玄帝面前，嗓音恢复了低沉：“良妃交给属下一瓶药，让属下明天暗中交给念慈，下在太后每日点的佛香里。”

玄帝打开瓶塞，轻嗅一下，漆黑眼眸划过一抹杀气。

“是安魂香，味道与佛香一模一样。连续点上十日，人就会衰竭而死。”闫俊伟接过瓷瓶闻了闻，冷声道。沈慧茹还真是敢想敢做，曾经心悦过这样的女子，不知皇上如今是何感觉？

玄帝拿回瓷瓶，置于掌心细细把玩，嘴角还噙着一抹微笑，看上去十分惬意。但他越是如此高深莫测，闫俊伟便越觉得心惊。

“把药交给太后，让她自己处理。再去弄瓶妒夫人来，明日给沈慧茹点上。”将药瓶扔给闫俊伟，他淡淡开口。

妒夫人，无色无味，掺在其他香料中可神不知鬼不觉地杀死孕妇肚子里的胎儿，亦掏空孕妇的身体，药效十分猛烈，乃大庸禁药之一。

“她还说了什么没有？”玄帝用食指敲了敲桌面。

“回皇上，这是良妃让属下交给您的。”常喜递上几张纸。

纸上是接下来的十天里假皇帝必须要处理的政务，沈慧茹做了详细的说明，并附了一份名单，要求他尽快拟定圣旨，将这些人调派到她指定的位置上去，好赶在年前让他们走马上任。

看到这里，玄帝笑了，把名单交给闫俊伟：“这几个也一并处理了。

沈慧茹真是大方，一出手就是封疆大吏，跟着她想必很风光。”

“确实风光，下了黄泉更风光。”闫俊伟露出一个充满血腥气的笑容。

将该处理的紧急文书都处理了，玄帝遣退属下，满怀期待地就寝。闭上眼，再醒来就能看见桑榆了！他捏紧手里的香囊，暗暗忖道。

翌日，孟桑榆也是怀着期待的心情来到青鸾殿的。虽然昨日已经有了猜测，但没有近距离接触，她还不敢十分肯定。

卯时天色还只微微泛白，天空中仍挂着几颗忽明忽暗的星辰，凛冽的寒风刮得人脸颊生疼，连呼出的气息都能瞬间冻结，青鸾殿里点着橘黄色的灯火，远远看去给人一丝温暖的感觉。

孟桑榆手里捧着小暖炉，站在青鸾殿外眺望了一会儿，这才一步一步缓缓走进去。银翠和碧水跟在她身后，眼观鼻，鼻观心，丝毫不敢乱看。

“德妃娘娘觐见！”离殿门还有二十米，守门太监便高声唱和起来。

“宣！”一道低沉浑厚的男性嗓音响起。

孟桑榆愣了愣，从这嗓音中听出了一丝急切的味道。她暗自摇头，将这种错觉抛开，款步走进去，毕恭毕敬地屈膝行礼。膝盖还只弯了一半，就闻那道嗓音再次响起，语速有些快：“免礼，快过来伺候朕更衣。”

“是。”孟桑榆柔声应诺，走到榻边扶男人起来，对上男人深邃的眼眸，再次愣怔了一瞬。这双眼睛如同深渊一样莫测，定定看着她时显得那么专注，好似要将她整个人都吸进去。那里面没有冰冷，没有淡漠，只有一团她无法辨认的漆黑，仿佛有某种剧烈的情感在其后涌动。

这是真正的玄帝吗？她低头，心中有些不确定了。

“桑……爱妃怎么了？不帮朕更衣吗？”玄帝伸出双臂，将她拥入怀里，想要狠狠将她揉进胸口又忍住了，因为他感觉到了桑榆一瞬间的僵硬。她在抗拒！

“皇上先松开臣妾，臣妾立刻帮皇上更衣，早上冷，小心冻着。”孟桑榆柔柔一笑，极其自然地挣脱玄帝的怀抱。明明嘴角含笑，眼神却是冷的；明明注视着我，眼里却是空的。玄帝忽然想起桑榆曾经用来形容他的两句话。但其实，桑榆对他何尝不是如此？他上扬的唇角一点一点抿成一条直线，眸色沉沉地注视着面前的女人。

“皇上怎么了？”对上他晦暗不明的视线，孟桑榆心中微跳，立即又推翻了刚才的怀疑。这皇帝究竟是真是假？她竟然一时分辨不出了。

“没什么，给朕更衣吧。”抚过女人微微上挑的眼角，玄帝再次勾唇，摊开双臂。总有一天，这双眼睛里会倒映出自己的身影。

孟桑榆眨了眨眼，压下烦乱的心绪，小心翼翼地避开他肩上的伤口，给他换好衣服。又拧了一条湿帕子给他净脸净手。其间，男人幽深的眸子一直在她身上打转，看得她头皮发麻。热腾腾的早膳适时摆了上来，孟桑榆扶着玄帝在桌边坐下，自己则站在他身旁，准备给他布菜。

“爱妃坐着吧，喂朕吃。”玄帝将女人拉到自己身边坐下。

“啊？”孟桑榆瞪眼，极想掏一掏自己的耳朵。

“爱妃喂朕吃吧。朕受伤了，行动不便。”玄帝定定看向她再次开口。两人挨得极近，玄帝刻意侧了侧身，又拉进了不少距离。

孟桑榆被男人太过专注也太过幽深的目光盯视得有些发怵，自然地往椅背上一靠，想要退出这种呼吸交缠的境况。

“朕想喝冬菇鸡蓉粥，再配点玉兰片。”玄帝大手往她膝头一放，捏了捏她腿上的嫩肉，态度自然又亲昵，仿佛两人这般相处过一千遍一万遍。孟桑榆先是一愣，随即反应过来，舀了一勺鸡蓉粥，再配上一片玉兰片，送到男人嘴边。见男人微眯双眼，表情十分享受，她细细在男人俊美的脸上搜寻，试图找出一丝能证明他身份的破绽。

时而深沉难测，时而亲昵自然，她快要被这男人弄迷糊了。

42 调戏

用完早膳，太医准时来到青鸾殿替皇上换药。

“先给德妃诊治。”玄帝摆手，将孟桑榆拉坐到自己身边。

“不用了，皇上的伤要紧，臣妾的身体只需喝几天药调养就成。”孟桑榆连忙推拒，目光在杜太医脸上打了个转。杜太医是太后的御用太医，医术十分高明，皇帝有假，应该瞒不过他，难道这人竟是真的？进宫三年，她第一次觉得自己的脑子有些不够用。

“诊脉！”玄帝径直拉开她的袖子，在她皓白的手腕上揉了揉，掏出自己明黄色的手绢，覆在其上，对杜太医沉声下令。

“是。”见皇上如此亲力亲为，杜太医不敢怠慢，坐在孟桑榆对面，执起她的手腕细细摸脉。

“如何？”

“回皇上，娘娘积年沉疴，虽近日来有些好转，却还需服药精心调养一段时间才行。”

孟桑榆垂头讽刺一笑。又要喝药，如此看来，这人应该是真的。再抬起头时，她黑白分明的眸子已被一层坚冰覆盖。

“开药！”玄帝挥手，继而用手轻轻摩挲女人的眼睑，盖住她冰冷的眸光。他能说什么呢？难道要亲口撕开自己以前看似温情实则无情的假面，将桑榆表面上的温顺全都打破？不，他什么都不能说，得不到桑榆的心，能得到她的虚情假意也好。等日子久了她自然会明白，他在尽力弥补以前的错误。

杜太医开了两张养生的药方。玄帝接过认真看了一遍，交给身边的侍从，吩咐他们每日里熬了药准时给德妃娘娘送去。

孟桑榆垂眸又是一笑，引得男人深深看她一眼。

“皇上，容微臣给您换药。”杜太医适时开口，打断了两人之间的暗潮汹涌。

“不必了，把药留下，德妃会帮朕换药。”玄帝伸出手，握住孟桑榆白嫩的小手，亲昵地捏了捏。

“皇上，臣妾不懂医术，恐会伤了皇上！”孟桑榆连忙开口推拒，觉得隐隐作痛的脑仁更痛了。这男人三番四次调戏于她，究竟想干吗？

“无妨，只是上个药，很简单，爱妃聪明灵慧，能行的。”玄帝十分利落地将杜太医打发走，然后定定看向她。

孟桑榆深吸口气，柔媚一笑：“如果臣妾弄痛皇上了，还请皇上包容一二。”

“无妨。”玄帝嗓音低哑，喉结上下滑动。虽然知道她的柔媚都是伪装，但依然能够狠狠扣动他的心弦，让他为之魂牵。

孟桑榆不再多话，站起身解开他的腰带和衣襟，将他受伤的肩头和赤裸的上半身暴露在冰冷的空气里。男人的身材十分高大，虽然昏迷五月，但因养护得宜，除了肌肤有些病态的苍白，强健的肌肉完全没有萎缩，还因为略微消减的体重而显得更加线条流畅。这是一副完美的男性躯体，带着浓烈的雄性气息。孟桑榆却丝毫没有心乱，更没有多看一眼，径直去解男人胸前缠绕的绷带。因绷带从背后绕过，她总要微微倾身，趴伏在男人怀里才能在不扯动伤口的前提下将绷带拆开。

熟悉眷恋的花香味就在鼻端涌动，丝丝缕缕地钻入心田。玄帝贪婪地深吸了口气，终于忍不住将人狠狠搂入怀中，用尽全力抱紧。

“啊！”孟桑榆低呼一声，重重撞上男人坚硬的胸膛，手掌正好撑在男人受伤的肩膀上，殷红的血液缓缓将绷带浸湿。

“皇上，您流血了！”她想要挣脱却无能为力，只得开口提醒。

“无妨。”玄帝将头埋入她温热的颈窝，久久不动，灼热的鼻息令她止不住战栗。感觉到女人轻微的抖动，玄帝低笑起来，性感浑厚的笑声里透着浓浓的愉悦。没想到他也能牵动孟桑榆的情绪，看来，对待孟桑榆不能太含蓄。

“皇上，失血过多很危险，太后若追究起来，臣妾可担不起照顾不力的罪名。”孟桑榆觉得自己的腰都快被勒断了，语气带上了一丝微不可查的不耐。

“嗯。”玄帝意味不明地低应一声，又过了半晌才缓缓放手，摊开双臂。

孟桑榆抿唇，拆绷带的动作明显加快了，以防这人又开始抽风。拆到最后一圈，她用力过猛，竟将伤口处的结痂连带一丝皮肉都扯了下来。血液喷涌，那速度、那流量吓了孟桑榆一跳。

“嗯……”因为太过突然，饶是曾经受伤无数的玄帝也禁不住闷哼一声。

“皇上，对不起！”孟桑榆连忙用布条堵住伤口，满脸愧疚地看向浓眉紧皱的男人。

“无妨。”女人的上半身紧紧贴在自己怀里，黑白分明的眸子里满是担忧和愧疚，玄帝又止不住低笑起来，抚了抚她细嫩的脸颊，哑声道，“帮朕吹吹，吹吹就不痛了。”

“啊？”孟桑榆嘴唇微张，一脸呆滞。她想自己一定是听错了。

话一出口，玄帝自己也愣住了。他显然已经习惯了作为阿宝时与孟桑榆的相处模式。当初他遍体鳞伤时，孟桑榆总是边给他换药边给他吹吹，满身的剧痛都在她轻柔的抚慰下化为乌有。他怀念那种温暖又安心的感觉，潜意识就将这句话脱口而出。

他干脆将错就错，收起脸上的所有表情，肃然开口：“朕痛，来，帮朕吹吹！”

孟桑榆心中的小人在咆哮，面上却扯出一抹微笑，垂眸，在男人的肩膀轻轻吹拂。男人环住她纤细的腰肢，紧蹙的浓眉一点一点舒展开来，肩上的疼痛早已不知被他丢到哪儿去了，只余下胸口不停翻涌的悸动。

吹到腮帮子都痛了，男人才低低说了声：“可以了。”孟桑榆如蒙大赦，连忙小心翼翼地放开堵住男人伤口的布条。血已经止住了，洞开的伤口看着十分狰狞。她拿起药瓶，将药粉均匀地铺撒在上面，最后利落地换上干净的布条。做完这一切，她暗暗松了口气。就在这时，常喜端着一碗热腾腾的汤药进来，半跪着将药碗呈到主子面前。

玄帝将常喜遣到一边，脱掉身上的外套，半躺在龙榻上，对女人招手道：“朕累了，爱妃喂朕喝药吧。”

孟桑榆不得不走到榻边，拿起热腾腾的汤碗。“皇上，药很烫，臣妾帮您吹一吹。”她柔柔一笑，粉嫩的小嘴撅起，对着汤匙吐气如兰，于是男人灼热的视线便定格在她唇上移不开了。她垂眸，眼里快速划过一道亮光，与此同时指尖一抖，整碗药极其自然又极其干脆地泼在她厚厚的锦袍上。

“桑榆，烫着没有？”玄帝迅速将她拉到一边，扯开她的衣袖查看。雪白皓腕已是一片通红，看上去十分可怖，若不是常喜在一旁，他恨不能撩起她的裙摆好好检查一番。

“臣妾一时失手，臣妾不是故意的，请皇上恕罪！”孟桑榆秀眉一蹙，脸色一白，跪在玄帝床边磕起头来，一张小脸满是惊恐，心里却在为“桑榆”两字暗暗诧异。什么时候，她与这人竟亲密到可以直呼姓名的程度了？

“你……”为何要故意伤害自己？玄帝刚吐出一个字，看见她湿透的裙摆和通红的手腕，又将未尽的话吞回了肚子里。

“你回去吧，赶紧换身衣服，小心染病，朕会叫杜太医去看看。”他用力将女人拉起来，见她立即退后两步，拉开彼此间的距离，漆黑的眸子飞快划过一抹沉痛。

“谢皇上。”孟桑榆屈膝行礼，尔后拽着湿漉漉的裙摆走出去，看见等候在殿外的银翠和碧水，忽然有种劫后余生的感觉。抽风的皇帝比冷酷无情的皇帝难对付一万倍！

等女人的背影完全消失，玄帝才缓缓收回视线，脸上露出一个苦涩到极致的笑容。“朕哪点做得不好，她要故意伤害自己，就为了早点摆脱朕？”他朝伫立在殿内一角的常喜看去。

常喜虽然不是太监，可也是不沾女色的暗卫，微微一愣后拱手道：“皇上做得很好……”话到这里他哽住了，不知该如何接口。

“做得很好？”玄帝仰倒在龙榻上，喃喃自语，半晌后狠狠锤击床面，恍然大悟地开口，“朕知道了，就是因为朕待她太好，她才急于摆脱朕！她一定以为朕是假冒的！”话落不由得露出哭笑不得的表情，心里的苦涩滋味更加浓烈。对德妃娘娘太好她就以为您是假的？那您以前得对她多差啊？常喜退到角落，暗自腹诽。

凤飞宫里，孟桑榆前脚才跨进宫门，杜太医后脚就到了，见伤口只是略红，并不严重，送了一瓶烫伤膏，又交代了很多注意事项便匆匆离开。皇上还在青鸾殿里等着他回去复命呢。

“娘娘，奴婢给您擦药。”冯嬷嬷满脸心疼地执起主子的手，挑了一撮药膏细细涂抹。

“娘娘，皇上是假的吧？您故意弄伤自己就是为了脱身？”银翠低声猜测。

“不，是真的。大概昏迷得太久，记忆有些错乱，日子久了会恢复吧？”孟桑榆揉了揉额角，只能拿这种理由来解释玄帝今天的抽风行为。

“是真的？那就好，那就好！”冯嬷嬷冲上天拜了拜，拉住主子衣摆，焦急开口，“娘娘，您去求求皇上，让他加派人手去寻国公爷吧，已经七八天了，国公爷还是生死未卜。”

“我下午就去。”孟桑榆脸上露出几分凝重。未有消息传来，父亲就一定还活着。皇帝毕竟是皇帝，即便几乎被人夺权，可一旦他回来，手里能掌控的力量还是极其可怕的。如果有他麾下的暗卫帮忙，找到父亲的概率会更大，如此，下午少不得要出卖些色相。

想到这里，她一点一点擦去脸上的脂粉，简单洗漱了一番准备睡个美容觉，好养足了精神去对付抽风帝。

就在这时，殿外走来一名医女，手里拿着一碗冒着白色雾气的汤药。

“怎么还要喝药啊？”冯嬷嬷脸色苍白，心内腹诽，不用问了，这皇帝一定是真的！

那医女只是笑一笑，跪到孟桑榆面前，双手高举药碗，毕恭毕敬地说道：“请娘娘喝药。”

“娘娘别……”冯嬷嬷伸手想要拦阻，可孟桑榆已先行拿起药碗，仰头喝光。这个时候，冯嬷嬷特别想念阿宝，那个鬼灵精一定有办法把药碗碰翻，只可惜娘娘坚决不许她们再找了。

“下去吧。”将药碗递回去，孟桑榆不耐地挥手。别以为她没看见这医女盯视的目光，若她不乖乖喝药，后面指不定有十碗八碗在等着她。这样也好，她一点也不想要那个男人的孩子。没有孩子，她只需为自己斗上半辈子，下半辈子还可以得个安闲自在，看着别人去斗。但有了孩子，她还得把自己的下半生也搭上，陪着孩子一块儿去斗。这样的日子什么时候是个头？她已经太累了！

“娘娘……”冯嬷嬷眼里含着泪，绕着主子直转圈。眼看主子身体已经养好大半，如今又毁了，皇上怎么这样狠心？

“无事，我一个人更加自在。”孟桑榆淡淡一笑，任由肃着脸的银翠和碧水帮她整理好一头青丝，然后懒懒地窝进温暖的被褥里，头一沾枕，呼吸很快就平顺了。若事事烦恼纠结，在这宫里别想有一天好日子过，她不会让自己成为心理阴暗、整日痛苦不堪的傻货。当人不能反抗生活的时候，唯一能做的事就是顺应生活，尽量让自己过得更好一点。

43 真实

睡了半个时辰，碧水准时将她叫起，又该去青鸾殿侍疾了。

将头发挽成一个松松的坠马髻，鬓边斜插一支鎏金点翠步摇，打开面前的瓶瓶罐罐，孟桑榆抚了抚唇角，又将它们一一盖上了。既然皇上不喜欢，她就不涂了，如今宫里的高位嫔妃只她一个是清白之身，皇上对她热情一点可以理解。她便利用这个机会先将父亲救回来再说，来年有新的秀女进宫，也不知是谁过谁的河，谁拆谁的桥。

勾唇一笑，她只在脸上抹了一点香膏，在唇间点了一滴凝露便素着脸施施然往青鸾殿而去。凛冽的寒风很快就将她白净透明的小脸刮得微红。十七岁正是花朵一般的年纪，逆风中摇曳而来的少女欺霜赛雪，明眸皓齿，似一株盛放的白梅。玄帝站在宫门口负手眺望，看见那逐渐走近的倩影，漆黑的眼眸微微发亮。走回大殿，他铺开一张绢纸，对伫立在桌边的常喜沉声命令："替朕磨墨。"

"皇上，您肩伤未愈，想要练字还是等伤愈再说吧。"常喜连忙恭声劝阻。

"无事，只写几个字罢了。"他静立片刻，听闻女人轻缓的脚步声越来越近，这才拿起狼毫，在绢纸上大笔挥就。

孟桑榆进来时看见的便是御桌前凝神练字的玄帝。男人斜飞入鬓的浓眉微微蹙起，略显凉薄的唇瓣抿成一条直线，专注的表情使他本就俊美无俦的脸更显魅力。这无疑是一个极富吸引力的男人，且还有着这世间至高无上的权力，难怪宫中那么多女人为他欲生欲死。她眼神清明，脸上挂着标准的微笑，款款走过去，在男人身边站定，目光投向桌上的绢纸。霸气昭彰的草书跃然纸上，一股凛冽的王者之风扑面而来，令人为之折服。这是独属于玄帝的字迹，常人只能模仿其形，难以模仿其神。

这人果然是真的！孟桑榆眸色微闪，接过常喜的墨条，亲自为男人磨墨。她一动作，玄帝仿似才发现她一般，立即放下狼毫，自然地去撩她的袖子，查看她烫伤的手腕，见红斑已经消退，冷硬的面部立即柔软下来。桑榆果然还是有分寸的，从不会为了旁人去伤害自己，这点很好。

“朕这几个字，你看如何？”捏捏她葱白的指尖，玄帝朝绢纸指去，心中暗道：认不得人，字总该认识吧？

“皇上的字自然是极好的。”孟桑榆柔声道。

“不要敷衍朕。”男人微热的薄唇贴在她耳边，低沉浑厚的嗓音敲击着她的耳膜，带来一股战栗之感。浓浓的暧昧气息将两人的身体，连同周围的空气都黏着在了一起。

孟桑榆耳尖微动，脸上的假笑更加灿烂：“皇上也知道，臣妾不通文墨，真要臣妾说出个一二三来，皇上不是为难臣妾吗？”

“不通文墨？”玄帝一边轻抚她细嫩的脸颊，一边呢喃这几个字，漆黑的眼眸闪烁着意味不明的幽光。孟桑榆觉得自己半边脸都快麻了。

“不通就不通吧，朕教你。”他忽而低笑起来，眼中带着促黠之意，随即垂头，在女人脂粉未施的侧脸印上一个亲吻，末了还用舌尖轻轻舔舐一下，仿佛觉得十分美味。

孟桑榆愣了好半晌才举起手去抚自己濡湿的脸颊。略微垂首，轻轻柔柔地摁下额头冒出的一根根青筋，她粲然一笑。为了父亲，豁出去了。

“还请皇上赐教。”

“手臂放松，腰挺直，朕教你如何握笔。”玄帝苦笑，暗叹口气，他一手圈住女人的纤腰，一手包住女人的小手，两人同握一支狼毫，在纸上缓缓游移。桑榆、邵泽四个行书大字并排而立，显得那么合挈，那么亲密无间。孟桑榆垂眸羞涩地笑，黑亮的眼眸却暗藏一丝讥讽。

将她的下颌抬起，瞥见她还未来得及掩藏的清冷眸光，玄帝面上不显，心脏却传来一阵连绵不绝的针刺之感。

“桑榆……”朕该拿你怎么办呢？如何才能打碎你心里的坚冰？他低唤，似叹息，似倾诉，最终都消失在两人紧紧贴合的唇齿间。孟桑榆愣了愣，随即轻启红唇，接纳他的入侵。生死都掌控在这个男人手里，她有什么权力反抗？所幸男人姿色不俗，她也能享受到一二。

“皇上，臣妾身子未愈。”孟桑榆小心地避开伤口，擒住男人从她衣襟内伸入的大掌。玄帝僵了僵，缓缓收回肆意的手，改为在她背部轻轻拍抚，就像拍抚一个需要人精心呵护的孩子。

趁着他热度未退，孟桑榆适时开口：“皇上，臣妾想求皇上一件事。”

“什么事？但说无妨。”玄帝亲了亲她的脸颊，嗓音沙哑。

“臣妾想求皇上派人去泥水滩寻找父亲，臣妾觉得父亲和韩将军一定还安然无恙。”她抬起头，正色道，“泥水滩虽然沼泽遍地，瘴气弥漫，但如今是冬季，没有芦苇覆盖的沼泽都已经冻结成冰，危险性大大降低，瘴气也不似夏天那般浓郁，若用湿布捂住口鼻，辅以芦根草茎为食，在里面存活十天半个月不是问题。况且父亲久居塞外，深谙野外生存的技能，所以臣妾觉得，他们一定还活着。”

“懂得如此之多，朕的桑榆其实也是个才女。”玄帝用指腹轻轻按揉孟桑榆黑青的眼眶，满目心疼。

“臣妾曾听父亲说起过边关的生活，所以略懂一二。”孟桑榆有些不自在，玄帝心疼人的表情太真实了。

“你无须求朕，朕早已加派人手去泥水滩搜寻，若找到，必会第一时间通知你。”他环住女人的肩膀，心中一片冰凉。怪不得桑榆如此顺从，如此热情，原来是有求于自己！有求于自己也好，最怕的是她无欲无求，连一丝机会也不给。冰凉的心再次温热起来。

“皇上，时辰到了，臣妾该去给太后请安了，太后十年来首次回宫，因为侍疾已经免了臣妾早上的请安，晚间再不去就不像话了。”孟桑榆任由他亲吻了一会儿，这才瞥向殿中的沙漏柔声提醒。

“过河拆桥的小东西！”玄帝用牙齿碾磨她细嫩的下唇，一脸无可奈何，眼眸中的宠溺之情却不容错认。孟桑榆脸颊恰到好处地泛起红晕，入宫三年，她知道什么时候该笑，什么时候该哭，什么时候该娇羞，千种风情万种姿态都能信手拈来。不动心、不动情的她是天生的欺诈者。

“去吧。”玄帝叹息，揽着她站起，仔细整理她弄皱的衣襟和裙摆，亲昵自然的作态仿佛练习过千百遍。那诡异的熟悉感又来了。

“臣妾告退。”孟桑榆屈膝行礼。

“慢着，这个味儿正浓，就送给朕吧。”男人食指朝她腰间指去。

孟桑榆低头一看，是一个新缝制的香囊，正散发着淡淡的梅花香。“改日臣妾亲手给皇上做一个。”她解下香囊，十分知情识趣地接口。

“好。”玄帝笑了，那笑容竟然意外爽朗。

孟桑榆也微微一笑，在常喜殷勤的侍奉下往沙华宫而去，男人伫立在殿门口，目送她的背影完全消失在转角才踱步回殿。

沙华宫里早已聚集了一众嫔妃，大多以沈慧茹为首，还有少数不得宠的静坐在偏殿一隅，显得泾渭分明。还未登临后位，沈慧茹已隐隐有独霸后宫之势。也难怪，假皇帝将皇后宝印都交给了她，让她代为统摄六宫，众人都以为她这后位是板上钉钉了。

太后端坐于上首，一身华服，一脸肃容，只一个眼神睨来就令人备感压力，一身威仪立即将沈慧茹这只假凰比到了泥底。

沈慧茹脸上的肌肉有些僵硬，暴露出了她对太后的忌惮。见太后身侧的念慈快速朝她使了个眼色，心中立刻安定了。暂且再忍耐十日，十日后不管是朝堂还是后宫，都将由她说了算。

太后淡淡睨她一眼，面上不喜不怒。待众人礼毕，她首先朝孟桑榆看去，严肃的表情略微柔和：“德妃，皇上伤势如何了？”

“回太后，比昨天略好，再养五六日就能理政了。”孟桑榆也不凑趣，更不讨好，十分简单地交代道。

太后的脸色越加柔和，拉着她的手在自己身边坐下，却对沈慧茹不理不睬。众妃皆用微妙的眼神看向沈慧茹，表情十分精彩。太后明显更加中意德妃，皇上对太后多有愧疚，有太后横插一杠，这后位落到谁头上还不一定呢。

沈慧茹垂眸浅笑，泰然自若。但很快，一个披头散发、面容憔悴的女子突然闯入打破了她的冷静自持。女子疯了一样挥开身边的宫人，扑到太后脚边，一张消瘦不堪的脸颊从乱发中露出，竟是被幽禁冷宫的李贵妃。

44 报应

李贵妃出现得太过突然，周遭的宫人还没反应过来她已经扑到了太后跟前，想要伸手去抱太后的腿。

孟桑榆飞快挡在太后面前，看清对方骨瘦如柴、憔悴不堪的面颊时，眉头狠狠一跳。无须听李贵妃诉苦，只看她这副模样就知道她过得有多么凄惨，那双手干枯得像一截老树枝，抱住她小腿时没有半分力道，甚至还在微微发抖。虚弱到这等地步，她是如何走出守卫重重的冷宫顺利来到沙华宫的？要知道，两宫的距离可不近啊！孟桑榆先是疑惑，继而立刻参透了其中关窍，于是挣开李贵妃，缓缓退到一边，朝太后看去。

太后一脸惊愕，继而迟疑地唤道："李贵妃？"

"太后，求您老人家救救二皇儿吧！他快被这个毒妇害死了！"李贵妃趴伏在太后脚边，指着沈慧茹，扭曲的脸上满是仇恨。

"你才是毒妇！你还我儿命来！"贤妃双眼血红，扑上去厮打李贵妃，场面顿时乱作一团，而沈慧茹早已收起脸上的惊慌，大声命令侍卫将人带出去。

"慢着，将她们拉开，哀家倒要听听究竟是怎么回事儿！"太后挥手，侍卫立即将两个女人拉开，贤妃已是鬓发散乱，而李贵妃更加不成人形。

"太后，臣妾冤枉，二皇儿冤枉啊！"李贵妃泣不成声，开始断断续续地诉说自己的冤屈。

殿内众人全都用或冰冷无情、或幸灾乐祸、或无动于衷的目光看着涕泪横流、痛不欲生的李贵妃，贤妃更是将牙齿咬得咯咯作响，恨不能生啖其肉。但随着李贵妃爆出的隐情越来越多，她们再也无法维持"事不关己，高高挂起"的心态了。

绝子汤？皇儿被下毒，活不过成年？不，这一定不是真的！她们用不敢置信的眼神朝沈慧茹看去，看见对方青白交加的脸色和眼底一闪而逝的心虚时，脑中瞬间一片空白。都说了是秋后的蚂蚱，没想到报应来得这么快！果然是真正的皇上，位置一坐稳就使雷霆手段，半点喘息的机会也不给。孟桑榆深深看一眼沈慧茹扭曲的脸，垂头讽笑。

“太后，臣妾……”沈慧茹不愧是沈慧茹，很快就镇定下来，捂着肚子上前准备替自己申辩，没承想一跪下去竟直接瘫软在地上，喉头溢出痛苦不堪的呻吟。她瞪大眼，用力环抱住抽痛不已的肚子。众人定睛一看才发现她后臀的裙摆正缓缓浸出一片血红的污迹，似乎是小产了。

“不好了，良妃娘娘小产了！”念慈惊恐地尖叫起来。

“将良妃带到偏殿去。”太后容色淡淡地开口，冰冷的视线掠过沈慧茹时暗含一丝杀意。几名身强体壮的嬷嬷立刻走上前，毫不温柔地抬起良妃，将惊恐不安的念慈也一并带走，徒留一地血污。

“你们都留下，哀家叫太医给你们诊脉，看看李贵妃说的是否属实。再去几个人将皇子们也一同带来。”太后手里捏着一串佛珠开始诵经，脸上看不出丝毫表情。

侍卫们领命而去，李贵妃安静地趴伏在太后脚边，灰白的脸如枯槁的朽木，没有一丝生气。众妃心神不宁，不言不语，殿中死一般的寂静。

陪同太后一起去千佛山的几名太医很快就受召赶来，几位皇子也随后被侍卫送进大殿。看见躺在软榻上被侍卫抬进来的二皇子，李贵妃终于有了反应，泪流满面地扑过去。

二皇子双腿的骨头都被打断了，因没有医治，如今竟是连站立都不能，即便接好了，每到阴雨天便剧痛不止，日后也会落下严重的残疾。

几名皇子都中了毒，身体十分虚弱，精心调养几年或许能过上正常人的生活，但寿元绝对不长。除了一直禁足不出的德妃和几名未曾侍寝的低位嫔妃，众嫔妃均被下了绝子汤，无一幸免。

几名太医全都是太后的心腹，有所倚仗，又事先得到了皇上的指示，故而知无不言，言无不尽。等他们话落，满殿陷入死寂，半晌后才听贤妃发出一声凄厉的哀鸣，随后便是宸妃、丽妃等人纷纷抱住自己的皇儿痛哭，撕心裂肺的哭声响成一片。会咬人的狗果然是不叫的。谁能想到温婉亲和的良妃私下里竟有如此骇人的手段，整个太医院都在她手心里拽着，如不是太后忽然回宫，这后宫将会是她和她腹中孩子的天下。太可怕了！

想通透了，许多嫔妃开始瑟瑟发抖，不是因为害怕，而是因为刻骨的仇恨。孩子活不长，自己又不能再生，她们留在宫中只能等死。

“太后，请您将此事禀报皇上，严惩凶手！”贤妃擦干眼泪，“扑通”一声跪在太后面前。她已经相信了李贵妃的话，五皇子的死一定是沈慧茹下的毒手！想到自己不但对杀子仇人感激不尽，还为仇人所驱使扳倒了李贵妃，她就觉得生不如死！

“求太后与皇上做主！”扑通声连响，殿中瞬间跪倒了一大片，孟桑榆也不得不跟着跪下。今儿这场戏太精彩了，跪一场又何妨。

“来人，去叫皇上。”太后双目紧闭，满脸悲怆。

“哀家和皇上自会给你们做主，但出了哀家的宫门，你们可要管好自己的嘴，什么话能说，什么话不能说，都给哀家拎清了。”放下手里的佛珠，太后缓缓睁眼看向座下众人，黑沉眼眸中的肃杀之意哪里还像方才那个老佛爷？

“臣妾明白。”众妃齐声应诺。皇嗣中毒，妃子被害，几乎断绝了皇家根脉，这等惊世骇俗的丑闻若传出去足够动摇大庸社稷。除非她们想自寻死路，让家族跟着她们陪葬，否则只能将这件事烂在肚子里。但该报的仇还是要报的！想到这里，不知有多少人掐断了手里的金丝甲套。

玄帝到时，受惊不小的皇子们已经被带走，地上的血迹也清理干净，只留下一群脸带泪痕、表情凄惶无助的女人。孟桑榆垂头伫立，尽量降低自己的存在感。她能感觉到，已经有不少人开始向自己投来怨恨的目光。人就是这样，当自己遭受不幸时，总会将心中的恶意宣泄到无辜的人身上，恨不能全世界都遭受与他们同样的不幸。

“朕已经听说了。”男人大马金刀地坐在首位，视线在孟桑榆身上停驻一秒又很快移开。

“皇上打算如何？”太后又开始一颗一颗地捻佛珠。在千佛山待久了，她对钩心斗角的宫廷实在提不起半分好感。把这些糟心事都处理完她即刻便要启程赶回千佛山。

“良妃如何了？”玄帝没有回答，反而看向太后身边的金嬷嬷。

“皇上，求皇上为臣妾做主啊！”宸妃梨花带雨，哀哀凄凄地诉求。她近日来颇为得宠，自以为在皇上心里也是有几分重量的，没想到皇上到了这个时候还在挂念那个贱人！是鬼迷心窍了吧？不然怎么会让那贱人势力壮大到这等地步？宸妃一开口，新近颇为得宠的几名嫔妃全都伏在他脚边，一个赛一个的凄美。如果她们知道，最近宠幸她们的人根本不是面前这个男人，不知会露出何种表情。

瞥见男人深沉莫测的脸色和他漆黑眼眸中的风暴，孟桑榆垂头，嘴角勾起一抹嘲讽的弧度。

“都给朕闭嘴！”玄帝脸上满带不耐之色，鼻端充斥着各色各样的脂粉味，熏得他额角抽痛，一张张明明在哭泣却越加美丽的脸蛋丝毫无法令他动容。男人的嗓音隐含着不容错认的煞气，众妃安静了，战战兢兢地趴在地上不敢乱动。

“回皇上，良妃小产，方才大出血，这会儿已经止住了。”金嬷嬷如实禀报。

“先打入冷宫，待朕处理了沈太师再一并问罪。”玄帝冷声开口。

座下的众妃也听出味儿来了，知道沈家此后必有更大的灾劫，也不急于一时了。死了一了百了，生不如死才是沈慧茹应得的报应！

见皇上起身要走，几名得宠的妃子连忙带着泪迎上去，企图博取怜爱。没了孩子，圣宠是她们在宫中活下去的唯一倚仗，经历过各种各样的阴谋算计，她们总能迅速在逆境中站起来，寻找出路。

玄帝止步，回头朝孟桑榆看去，却见她先金嬷嬷一步扶起太后，转身送太后回寝殿休息，对自己的离开丝毫不在意。

玄帝垂头苦笑，随即拂开身边的一群女人，大步而去。

㊺ 了结

夜幕降临，金碧辉煌的宫殿被夜色染上一层漆黑，干枯的树枝在寒风中摇曳，看上去极为可怖，回旋的风在天空中呜咽，令人心神不宁。这注定是一个不平静的夜晚，东西六宫时不时传来瓷器碎裂的声音和女人悲恸的哭号。巡夜的宫人们提着灯笼匆匆而过，不敢多看，更不敢多问。

青鸾殿里，玄帝正伏在案头批阅奏折，挂在笔架上的香囊时不时传来一缕熟悉的幽香，令他稍感安心。

“皇上，沈慧茹醒了，吵着要见您。”常喜走进殿内细声细气地说道。

玄帝连眉头也没动一下，继续审阅奏折。常喜见他无动于衷，正要退走，却见他放下批好的折子，淡声道：“走吧，去看看。”他们之间总要有个了结。走出去几步，他眉头一皱又折了回来，取走笔架上的香囊妥帖收入怀中。

冷宫在夜色中更显破败，地上满是干枯倒伏的蒿草，风一卷便扑簌簌作响，听着十分瘆人，宫殿的窗户纸早已被雨水侵蚀，丝毫起不到御寒的作用，屋内与屋外滴水成冰，寒气透骨。

沈慧茹躺在潮湿发霉的床榻上，只有一条单薄的棉被可供取暖，下身还淌着血，将襦裙浸湿了一大片。她冷得瑟瑟发抖，额头更因疼痛而冒了一层细汗，脸上的表情却一片沉静，丝毫没有大祸临头的绝望和恐惧。到了这个地步，所有的挣扎都是徒劳，她要留着力气见那个男人一面。

念慈将干枯的蒿草收拢起来点了一簇小小的火堆，离沈慧茹远远的，丝毫不管她的死活。她如今非常后悔，开始想念起千佛山古井无波的生活。

破败宫门被推开的吱嘎声吸引了两人的注意力，看见常喜身后的男人，两人的眼睛同时一亮。

“皇上饶命啊，奴婢知错了！”念慈连滚带爬地来到男人身前，砰砰砰直磕头。

“太吵了。”男人淡淡开口，站在他身后的常喜手一挥，念慈便飞身而起，撞上宫墙晕死过去。看见常喜的身手，半靠在床上的沈慧茹忽然低笑起来。常喜是假的，那皇上必然是真的了！想到自己亲手将毒杀太后的安魂香交到对方手里，她就觉得自己像个跳梁小丑，可怜又可悲！

“臣妾见过皇上。”收了笑，她十分平静地开口。

玄帝没有搭理她，甚至没有多看她一眼，慢慢踱步到殿内唯一的一张椅子跟前，看见上面沾染的厚厚尘灰，眉头一皱。

常喜立即走过去，将自己穿的大氅解下垫在上面。

“找朕为何？”男人随意地靠在椅背上，漆黑深邃的眸子定定看来，令人不敢直视。

“所有的罪由臣妾和家父一力承担，与族中老幼没有干系，请皇上大发慈悲，饶了他们。”沈慧茹拖着病体下床，跪在男人面前，染红了一大片的裙摆还在淅淅沥沥地滴着血，一股浓郁的腥气扑鼻而来，画面委实惨烈到了极点！沈慧茹在赌，赌这个男人对自己还存有一丝怜悯之心。可惜她想错了，经历了光怪陆离、大起大落的五个月，男人的心已经如千年寒铁一般冰冷。

“沈家通敌卖国，若你们得手，我大庸将有多少子民死在蛮人手里？”玄帝倾身，一字一句地质问。

见到女人哀戚恳求的目光，他笑了，说出的话却让人冷到了骨子里：“朕觉得，用沈氏一族几百条人命来偿还你们的罪孽还不够！朕还要让你们的族人世世代代为奴为婢，永无出头之日。”话落，男人站起身便走。

“皇上，臣妾真后悔！后悔当初没有杀了你！”沈慧茹用尽全力拽住他的衣摆，咬着牙狠声说道。

男人莞尔，踢开她的手继续前行。

“皇上，你还记得我们的曾经吗？你还记得对臣妾的许诺吗？你说过，要让臣妾凤冠霞帔，风光大嫁！要让全大庸的子民都知道你爱的是臣妾！要跟臣妾诞下最尊贵的皇子、公主！可是你做到了吗？进宫三年，你究竟给了臣妾什么？”她扑倒在地，凄厉地嘶喊。

玄帝猛然回头，用深不见底的眸子注视她半晌，尔后才徐徐说道：“朕给了你什么？沈慧茹，进宫三年，你可曾被人毒害？可曾被人为难过？可曾被心腹宫女背叛出卖过？都没有！朕为你铲除了所有隐患！将你保护得密不透风！甚至……”说到这里，他闭了闭眼，嗓音变得十分沙哑，“朕甚至为你竖立了一块挡箭牌，让她替你去争、去斗，你只需安心待在蔷薇殿，等到朝堂肃清，荣登后位的那一天。朕在用自己的方式保护你，而且朕做到了！朕也许对不起宫里所有的女人，但朕唯独对得起你！”

收回目光，他踢开宫门走到殿外，被凛冽的寒风一吹，情绪翻涌的眼眸立即沉下来，按了按胸口的香囊，大步而去。

“皇上！你别走，臣妾知道错了……”沈慧茹嘶哑的嗓音里早没了怨恨，只余下深深的后悔。没有阴谋算计，没有钩心斗角，而今想来，她从前在蔷薇殿的日子多么平静快乐！但这一切都被她的贪念给毁了！

常喜捡起椅子上的大氅，从她身上跨过。

宫外，太师府。

良妃落胎并被打入冷宫的消息传出，来太师府参加吊唁的人潮瞬间便退得一干二净。他们中的大多数人攀交沈太师看中的全是良妃的肚子和皇上对她的宠爱。这两样东西没有了，沈家立刻就被打回原形，甚至连从前还不如。阴风惨惨的灵堂里，沈太师颓然地坐在嫡子的棺木旁发呆。管家遣走了侍从，将一封密信交到他手里。

他定下心神，勉力看完，颓然的面孔更显苍老。信纸从他颤颤巍巍的手中飘落，被风卷起在灵堂上空回旋，透着几分不祥的意味。

“老爷，发生什么事了？”管家低声询问。

“谢正豪死了。宫里那人一定是皇上！一定是！他醒过来了！”沈太师一下瘫倒在椅背上。正统就是正统，只要让他坐上皇位，他有无数手段能够让沈家灰飞烟灭！

“老爷，老爷，您怎么了！”看着沈太师闭上双眼，慢慢歪倒在地，管家心急如焚地大喊起来。

翌日，孟桑榆卯时刚过就来到青鸾殿侍疾。灰蒙蒙的天空中开始飘落鹅毛大雪，她快步走到殿前，脱掉厚重的大氅。

常喜制止了殿外宫人的通报，以免打扰到皇上的睡眠，然后殷勤地接过德妃娘娘的大氅，领着她往寝殿走。

殿内烧了地龙，温暖如春，窗棂边摆放的一尊山茶盆景发了新芽，甚至吐了几个花蕾，引得孟桑榆多看了几眼。她惊讶地发现，以往空旷冰冷的青鸾殿多了很多绿色盆栽，显得温暖而生机勃勃。

人死过一次后都会对生命特别眷恋，这话果然说得没错。她边走边思忖，见到床幔紧闭的龙榻，略微迟疑地看向常喜：“皇上还未醒吗？那本宫去偏殿稍候片刻吧。”

“皇上昨夜有吩咐，娘娘来了让娘娘即刻把他叫醒。”常喜躬身回话。

圣上口谕不得违抗。孟桑榆抿唇，不得不走上前拉开床幔，她俯身，刚准备启口又犹豫了。还是让他多睡一会儿吧，至少睡着的他是无害的，不必让她费心招架。孟桑榆屏住呼吸，仔细观察男人的俊颜，视线在他下颌、耳后不停流连，试图找出易容的痕迹。虽然理智告诉她，这人是真的，然而这人时不时的抽风行为又令她不得不怀疑。

她缓缓地、小心翼翼地伸出手，在男人下巴上摸索。他新长出的胡茬有些扎手，她细嫩的掌心麻麻痒痒的，感觉十分微妙。没有易容粉的痕迹，戴了面具更不可能长出胡须。她吐出一口气，想要收手。

不巧，男人就在这个时候苏醒过来，一双漆黑的眼眸定定看向她，其间没有半点刚睡醒的惺忪迷糊。他的警觉性非常高，很容易惊醒，然而孟桑榆于他而言是最特别的存在，他的身体自然而然就接纳了她的靠近。但脸颊不停被摸索，再犯困也不得不清醒过来。看见女人近在咫尺的俏脸，仿佛又回到了两人朝夕相处、形影不离的那段时光，他眸子顷刻间便闪耀出慑人的光彩，如以前的每一个早晨那般，捧住她的脸颊舔吻。吻毕，他满足地喟叹，这无疑是回魂后最美妙的一个清晨。

“皇上，您肩上还带着伤，臣妾的身体也未痊愈！”由于她的身体未被假皇帝玷污，未来一段时间很可能颇得盛宠。如此也好，若父亲出了事，她的得宠还可让母亲与哥哥好过一点，让孟家不至于没落。等价交换，如此而已。

“朕的伤无碍，你什么时候能好？”恋恋不舍地在女人绯红诱人的唇瓣上啄吻，玄帝哑声问道。

“杜太医说再喝几帖药就能好。”孟桑榆偏头躲避，男人的唇落在了她嫩白的耳垂上。男人十分知机，用牙齿轻轻柔柔地碾磨那一粒耳珠，表情沉迷。

“再喝几帖药是多久？”玄帝擒住她的下颌，让她面对自己，锲而不舍地追问。

“大概七八天吧。”孟桑榆不得不直视他的眼眸，对上他眼中深沉难测的情感，忽然觉得有些心惊。

“七八天，朕的肩伤也该痊愈了，正好。”玄帝深吸口气，用力抱了抱怀里馨香迷人的娇躯，好半晌才依依不舍地放开。

“皇上该起床了，臣妾帮您更衣。”见他终于消停了，孟桑榆微不可见地吁了口气，从龙榻上飞快地爬起来。

“嗯。”男人低应着，嗓音听起来十分愉悦，见她衣襟有些微的褶皱，自发自觉地将之抚平，顺带在她脸颊印上一个吻。亲昵中透着平等，让孟桑榆有一瞬间的失神。在她失神的片刻，玄帝已浅笑着从她手里拿过衣衫，自己换上。孟桑榆眨了眨眼，连忙拧了一条帕子给他净脸净手。

“皇上，还要臣妾喂您吗？”走到热气腾腾的早膳前，孟桑榆迟疑地问。

46 依靠

“坐下吧，陪朕一块儿吃。”玄帝让她坐到自己身边，两人的位置挨得紧紧的，可以感觉到彼此的体温。这让他的心情更加愉悦。

“都是你最爱吃的，多吃点。这几天你瘦了很多。”他一边给孟桑榆布菜，一边心疼地审视她略微消瘦的脸颊。

五个月没见，你怎么知道我最近瘦了？孟桑榆心里腹诽，面上却不胜娇羞，对男人道了谢便专心用膳。打眼一看才发觉，桌上的每一样食物竟然都是她平日最爱吃的。

“吃吧，凉了味道就不好了。”玄帝又给她夹了一块糕点，自己却没吃几口，一双幽深的眸子几乎黏在女人身上拔不下来。他太想念这种平淡又温馨的日子了。

孟桑榆已经找到了与抽风帝的相处模式，那就是“他抽任他抽，清风拂山冈，他疯任他疯，明月照大江”，她只管做自己的事就好，不一会儿他自己会恢复正常。

用完早膳，玄帝便开始批阅奏折。坐在御桌后的男人浓眉紧皱，表情专注，赫然就是一名勤勤恳恳的有为君主，哪里还有半点之前的儿女情长。他回来不过三日，朝堂上已经爆出了好几件大事：一是甘肃提督谢正豪被暗杀，大庸军队临阵换将，直攻蛮人皇廷；二是御林军、禁卫军的统领和九门提督相继被贬，换上了名不见经传的新人；三是朝廷将要组建新的衙门，名唤锦衣卫，其职权跃居六部之上，由皇上直接统领，大大集中了皇权；四是沈太师负责主持的秋闱爆出了泄题的丑闻，此次秋闱成绩作废，待来年开春与春闱同时进行。接连几个大动作下来，假皇帝之前昏聩无能、沉迷女色的负面影响被消除得一干二净，朝臣们再次看见了以往那个英明神武、运筹帷幄的帝王。忠于皇家的大臣们额手称庆，浑水摸鱼、汲汲营营的佞臣则开始日夜难安。

孟桑榆端坐在下首，思量着玄帝近来的几番动作，不得不承认，大庸若是没有这个男人掌舵，必将陷入一片混乱。见男人专心理政，她站起身，屈膝告辞：“皇上忙于政务，臣妾就先告退了，还请皇上多顾着点身体，每隔半个时辰休息一下。”

“桑榆别走，留下来陪朕。”已经习惯了与桑榆共处一室，玄帝这才发现此处是青鸾殿，若自己忙于政务，桑榆无事可做会显得很尴尬。

“你帮朕整理奏折吧。”见桑榆盈盈看来，眼里满是询问，他拍拍手边的一沓奏折说道。

“奏折哪里是臣妾能看的，臣妾不敢。”孟桑榆连忙推拒。政权差点被一个女人夺走，她就不相信这个男人半点心理阴影也没有。若她碰了这些折子，日后这人心情不好想起来，少不得又是一番猜忌。

玄帝愣怔了一瞬，立即明白了她的顾虑，扶额无奈地低笑。他的桑榆总是这样谨小慎微，走一步看百步。没错，他确实对女子干政有了忌讳，但这并不包括桑榆，他相信桑榆就像相信自己一样。

“罢了，那你就帮朕修剪这座盆栽吧。”不想让孟桑榆为难，他指了指案几上的一座小小盆栽。

“是。”孟桑榆应诺，拿起盆栽左右打量，忽然间就想起了以前与阿宝在一起的情景。他们一个修剪，一个拾掇，配合得多么默契，那是她进宫以来最充实快乐的日子。

玄帝眯眼，显然也被勾起了某些回忆。他立即拿走盆栽，低声道：“这盆栽等朕有空了陪你一起修剪吧。你……”他顿了顿，眼睛微亮，“你就帮朕缝个香囊吧，你上次可是应了朕的。”

“可是臣妾没有工具啊。”孟桑榆摊手。她对男人抽风的行为已经免疫了。

“常喜，去凤飞宫把娘娘的针线盒拿来。”玄帝看向角落的常喜。

针线盒被以最快的速度送到孟桑榆手里，男人在盒中挑挑拣拣，没有选中一块合意的布料，又叫常喜去自己的私库寻了一匹明黄色锦缎。

“就用这匹布吧，做两个一模一样的，你一个朕一个。”男人用手比画着香囊的大小和形状，兴致勃勃地建议。

“皇上，”孟桑榆娇嗔，“这缎子是明黄色的，皇上是要害臣妾逾制吗？”这男人又来了，又想把她推到风口浪尖上。

“怎么会？”玄帝嘴里发苦。一国之后也是有资格用明黄色的，但是他说出来，桑榆会信吗？她太聪明了，正因为聪明过人，所以凡事都会往复杂的方面去想。他乍然之间转变的态度，说不定在她眼里就是不怀好意！他真的不知道该怎么办才好，只能一点一点慢慢磨，一点一点让桑榆看清他的心意。

“是朕疏忽了，那就用这块深紫色的吧，做两个一样的。”将明黄锦缎扔到一边，玄帝的笑容隐隐透着苦涩。

“好，香味也要一样吗？”孟桑榆这才笑纳。

“一样，不要龙涎香，就要你平时最爱熏的花香。”强打起精神，玄帝摸了摸她笑意盈盈的脸庞。罢了，只要你在朕身边就好，朕有一辈子的时间打开你的心防。

“挨着朕坐吧，这样暖和。”他将女人拉到自己身边的空位。以往他都是直接窝在桑榆的怀里，早已习惯了彼此间零距离的相处，见孟桑榆坐得那样远还真有些不习惯。若不是怀里搂着个人不便于写字，他恨不能时时刻刻将孟桑榆抱着。

孟桑榆从小在大庸长大，接受的是正统的贵女教育，缝一套衣服也不是什么难事，做一个荷包自然不在话下。她熟练地穿针引线，荷包的雏形很快就出现了。人一旦专心起来总会忘记周遭的事物，更兼之她天性懒散，不知不觉竟侧过身去，靠在了男人宽厚的肩膀上。男人不以为意，任由她靠着，只一心处理桌上的公务，温馨和谐的气氛在殿中蔓延。

忆起男人的肩伤，她心头一跳，立即坐直身子。

“桑榆怎么了？靠着不舒服吗？”玄帝伸出一只手将她的脑袋又揽回去。他喜欢孟桑榆这样靠着自己，与自己共享体温。他们如此契合，天生就应该在一起，否则，他也不会附在阿宝身上，然后遇见孟桑榆。他坚信那是上天为他安排的宿命，是不可违抗的！

“别，压着您的伤口了！”孟桑榆双手撑在他胸膛上，肌肉很厚实，温度很灼热。

“伤口在这边。桑榆也有迷糊的时候啊。”捏捏心上人挺翘的鼻头，玄帝愉悦地低笑起来。

“臣妾也是关心则乱嘛。”孟桑榆深谙哄人之道。

玄帝立刻便被取悦了，将她抱到腿上亲吻。

孟桑榆主动加深这个吻，表情似乎十分沉迷，心里却格外清醒。眼下的温柔宠溺，只是因为她清白的身体罢了。

一吻毕，孟桑榆适时开口：“皇上，边关传回消息了吗？有没有找到臣妾的父亲？”边关已经开战，军队再没有余力派人去寻找父亲，她只能寄希望于这个男人了。

玄帝满心的甜蜜瞬间被苦涩取代。若不是为了孟国公，桑榆会对他如此热情吗？没有目的，没有诉求，他压根儿不能指望孟桑榆对自己付出哪怕一点的真心。这是一个多么现实的女人啊！但她如此现实是谁造成的？如果没有他的利用和算计，孟桑榆绝不会变成现在这副模样！

紧紧咬住牙关，压抑着心脏一下比一下剧烈的抽痛，玄帝好半晌才恍若无事地开口："前几日找到了他们的战马，刚死没多久，他们弃马而去，应该走不远，很快就会有消息传回来。沼泽都冻结了，他们遇见危险的可能性很小。"

没有沼泽却还有严寒，他不敢把话说得太满，怕孟桑榆期望值太高，最后反而陷入绝望。

"可是这几天气温骤降，食物缺乏，他们恐怕挨不了几天了？"孟桑榆忧心忡忡地说道。随着时间的流逝，她再也无法欺骗自己"没有消息就是好消息"。她需要做好最坏的打算，要撑起整个孟家，要给哥哥找一条出路，要安抚好母亲……她要做的事还有很多很多！巨大的压力令她不堪重负，却也支撑着她不能倒下。

"桑榆不要担心，还有朕呢！朕一定会派人找到孟国公的。"玄帝心疼地捧起她冰凉的脸蛋，细细密密地亲吻，大手拍抚她僵硬的脊背。

"如果……朕说的是如果，如果孟国公出事了，孟家还有你哥哥，他不是蠢人，虽然不是帅才，却是难得的将才。朕招他入锦衣卫历练几年，他足以撑起孟家门庭。过了这道坎，一切都会好起来的，有朕在，你什么都不用担心。"

男人低沉浑厚的嗓音蕴含着某种安定人心的力量，让人不由自主地想要依靠。孟桑榆有那么一瞬间竟然感觉到了眷恋和安心。但是她很快就清醒过来，这里是皇宫，眼前的男人是佳丽三千的皇帝，如果将生的希望全都寄托在他身上，心碎是唯一的下场。迷蒙的凤目一点点恢复清明，她抬头笑得凄楚："谢谢皇上，臣妾只能依靠皇上了。"她不需要这个男人的真心，可她需要男人的宠爱和维护！

"你我之间还需言谢吗？"玄帝深深叹息。他十分清楚，这个凄美的微笑只不过是孟桑榆博取怜爱的工具，她真正的笑容要比这美一千倍一万倍。什么时候，你才能像对待阿宝那样对待朕？他将女人的小脑袋扣进胸膛，一下一下亲吻她的发顶，不让她看见自己脸上的挫败和受伤。

“皇上，该喝药了。”估摸着这会儿两人应该亲热完了，常喜在殿外扬声提醒。

玄帝不动，圈住女人腰肢的手反而略微收紧。孟桑榆隐隐地翻了个白眼，推推他的胸膛柔声道：“臣妾喂皇上喝药吧？”

男人莞尔，放开她的腰肢低声道：“不用。”随即招手让常喜进来，接过药碗一饮而尽。

“皇上，太后娘娘吩咐了，让您喝完药小憩一个时辰，莫再处理政务。”常喜尽职尽责地提醒。

“朕知道了。”玄帝挥退常喜，牵着孟桑榆往寝殿走，嗓音里透着哀求，“别回去了，陪朕睡一会儿吧。”

“皇上，臣妾身子不干净，与皇上同榻而眠恐会让皇上沾了晦气，太后娘娘追究下来臣妾担当不起。再者，青鸾殿哪里是嫔妃能够留宿的地方，臣妾不敢逾越。”孟桑榆委婉地拒绝对方。

玄帝狠狠在女人脸上啄吻一口，将她一脸的假笑打散，锲而不舍地道：“就一会儿，等朕睡着了你再离开。”边说边解开女人的衣襟，动作十分熟练。孟桑榆躺在他怀里一动不动，默默数了几百下，见男人表情恬淡，呼吸绵长，显然是睡得熟了，这才悄悄将他的手臂扒拉开，穿上外套，蹑手蹑脚地离开。

在她背后，男人猝然睁开双眼，漆黑的眸子亮如寒星，哪里有半分迷蒙之态？见女人头也不回地离开，他缓缓阖上眼睑，表情再也没有了之前的平静，一双浓眉即便在梦中也皱得死紧。

㊼ 发现

遣走殷勤相送的常喜，孟桑榆带着碧水和银翠慢慢往凤飞宫的方向走。纷飞的大雪在地上铺了厚厚一层，到处是耀目的白，显得那么干净，脚踩在松软的雪地上，发出沙沙的响声，让行走的动作多了许多趣味。

孟桑榆平静的面容稍微露了些轻松的痕迹，一脚一脚踏踏实实地行进。碧水和银翠也起了玩心，在后面踩着主子的脚印跟随。三人同行，远远看去却只有一行足迹。徐行良久，眼看就要走出青鸾殿的地界，几名路过的宫人伏在站边给德妃娘娘行礼。

“你……”孟桑榆轻松的表情瞬间褪去，在一名太监面前停步，手指微颤朝他腰间指去，“这东西……你哪儿来的？说！”她脸上一片铁青。

那宫人正想将腰间的紫檀木牌藏起来，却还是让眼尖的德妃娘娘看了个正着，不由得脸色煞白，在雪地上砰砰砰地磕起头来：“娘娘饶命！这是奴才在花坛里捡的，娘娘的狗不是奴才杀的，奴才发现它的时候它已经死了很久了！”他十分后悔，不该看见这东西值钱就偷偷藏起来，虽然把上面的五个鎏金大字抠掉了，可没想到这是德妃娘娘亲手设计的，一眼就认了出来。

碧水上前一步将他腰间的佩饰扯掉，定睛一看，上面的金粉虽然被磨没了，可还留下了几个凹痕，正是“凤飞宫阿宝”五个大字。

“娘娘。”碧水将狗牌递给脸色苍白的主子，满脸担忧。

“你在哪里发现它的？快领本宫去！”孟桑榆用力将腰牌拽进手里，沉声命令道。那太监不敢隐瞒，连忙爬起来将她们带到一处紧靠宫墙的花坛边，扑进花坛里就是一阵翻找。孟桑榆冷眼看着，苍白的面容没有丝毫多余的表情。厚厚的雪层被尽数扒开，原本躺着小狗尸体的地方却空无一物，那太监有些绝望，再次跪到孟桑榆脚边磕起头来：“娘娘，您相信奴才吧，奴才真的找到过那小狗的尸体。看见那牌子就知道它是您的狗，给奴才十个胆子奴才也不敢动手啊！”

死在青鸾殿，除了沈慧茹身边的人，谁还敢动手？孟桑榆心里一清二楚，脸上却一片木然，瞥见草丛里露出的一小截皮带，心尖抽痛了一下。她认出来了，那是给阿宝系狗牌用的，刻意鞣制过多次的小牛皮，戴上去轻软舒适。她闭了闭眼，再睁开时眸色沉沉地看向脚边的太监，冷声说道：“这东西岂是你配拿的？既知道它是本宫的狗，为何不前来禀报本宫？”

那太监丝毫找不出话辩解，只能更加用力地磕头。早知如此，他就不该起了那贪念。

“自己掌嘴五十！”孟桑榆忽然觉得十分疲惫，摆摆手带着银翠和碧水离开。

回到凤飞宫，脱掉粘满雪花的大氅，她怔怔走到寝殿，毫无预警就软倒了下去，将案几上的一套瓷器碰翻在地。

银翠和碧水见情况不对连忙伸手去接，好不容易才将她扶到窗边的软榻上躺下。去端热水的冯嬷嬷听见响动吓了一跳，立即跑进来查看：“娘娘，您怎么了？碧水，快、快去找太医！”

碧水答应一声，飞也似的朝太医院跑去。

“嬷嬷，我没事！”孟桑榆想靠坐起来，却发现自己的呼吸越来越短促，头脑一阵阵发晕。听闻阿宝的死讯，她再也不能欺骗自己阿宝还活得好好的。也因为这一点，让她联想到了失踪的父亲。思及父亲有可能和阿宝一样，已经失去温度的身体正孤零零地躺在野地里，没人发现，没人收殓，正一点一点腐化并融入泥底，她就觉得心痛如绞。

“杜太医您快看看！娘娘这是怎么了？”碧水带着杜太医匆匆赶来。

看见发尾湿透、面无人色的德妃娘娘，杜太医吓了一跳，直接省了行礼，奔到榻边给她把脉，看见她手心里紧紧拽着的木牌，花了老大力气才抠出来放到一边。

“娘娘这是受了太大刺激导致的心悸。得赶紧让她喝下凝神静心的汤药，否则心脏会出问题。”杜太医快速写下一张方子交给侍从去抓药，然后掏出银针在她的睛明穴、太阳穴、印堂穴各处扎针。

头脑的眩晕迅速得到缓解，呼吸也平顺下来，孟桑榆转头，艰难地开口：“多谢杜太医了。”

“这是微臣的本分。娘娘不要开口说话，喝下药睡一觉就好，切莫胡思乱想。”杜太医一边轻轻转动银针，一边温声交代。

汤药以最快的速度奉到德妃娘娘床前，杜太医起针，见娘娘喝下药症状舒缓，这才行礼告退。

“娘娘，您怎么了？”冯嬷嬷给孟桑榆掖好被角，轻声问道。

“阿宝死了。”孟桑榆双眼紧闭，终于落下一滴泪来，“都这么多天了，恐怕父亲也凶多吉少！嬷嬷，我先睡一觉，下午还要给皇上侍疾，给太后娘娘请安，你记得一定要叫醒我！”她这时候不能倒下，更不能有片刻松懈，太后和皇上是她最大的倚仗，她不能怠慢。

“娘娘，您都这样了还侍什么疾？奴婢给您去青鸾殿说一声！”冯嬷嬷心疼得不行。

“嬷嬷，孟家现在就靠我了，侍疾正是我表现的机会。这个宠，我一定要争！皇上早上还说要将哥哥招进锦衣卫历练，这是孟家的机会，我不能在这个时候出差错。”孟桑榆越说声音越小，竟直接昏睡了过去。

冯嬷嬷压低嗓音吩咐银翠：“去青鸾殿给娘娘告个假，老奴就自作主张一回，娘娘醒来若问罪都由老奴担着。”

银翠毫不迟疑地应诺，冒着大雪往青鸾殿去了。

常喜已经知道方才的一切，那捡走阿宝狗牌的太监也被遣走了。阿宝的尸骨在皇上回宫那天就被统领收殓起来带给高僧超度。虽然不知道统领和皇上为何会对一只狗的尸体那么看重，但见皇上与德妃娘娘的相处模式后他醒悟——皇上这是爱屋及乌啊！

如今德妃娘娘因为阿宝的死而病倒，皇上不知道有多担心。辞过银翠，常喜走进寝殿，看见皇上黑青的眼眶和肩上的伤，又悄悄退了出去。还是等皇上醒来再禀报吧，让皇上多休息一会儿。

三刻钟后，宸妃估摸着皇上午睡该醒了，德妃也还未赶来侍疾，便拎着一个食盒，冒着大雪走到青鸾殿前求见。经过一天一夜的调整，她已经从绝望中走了出来，寻求出路。而今，她最不能失去的就是皇上的宠爱，没有孩子没关系，孩子活不长也无所谓，只要有了皇上的宠爱，她可以找宫女或低位嫔妃给自己生孩子，然后求皇上让她抱养。

正因为对自己的敌人太过了解，宸妃才不得不加快行动。她知道，再过不久，大家都会跟她想到一块儿去。

“皇上还睡着，娘娘不妨到偏殿稍等。”没有皇上口谕，常喜不知该如何回复宸妃，只好等皇上睡醒再说。

宸妃笑着答应，走进偏殿，将食盒放在火盆边保温。她身旁站立着一名容貌秀丽、身段傲人的宫女，工粉颈低垂，满面娇羞。

“待会儿你知道该怎么做吗？”宸妃摆弄着自己精致奢华的甲套，慢条斯理地问。

“娘娘放心，奴婢定不会让娘娘失望。”宫女清脆的嗓音中透着娇羞。

“知道就好，若你怀上了，本宫绝不会亏待你。”宸妃抿唇一笑。

宫女立即弯腰，再次表达自己的忠心。

青鸾殿里，玄帝准时睁开双眼，朝殿内四顾，没有看见桑榆的身影，心中顿时空落落的。

“皇上，您醒了，奴才给您更衣。”常喜撩开珠帘走到床边。

“不用了，”玄帝摆摆手，“朕等桑榆来了再起。”

“娘娘下午不能来了，方才银翠给奴才告了假，因您还在睡，所以就没告诉您。”常喜躬身回话。

玄帝眉头一皱，急忙问道：“为何不能来？发生什么事了？”

常喜大致将事情说了一遍，见皇上脸色越来越黑，连忙补充道：“杜太医已经看过了，说娘娘只需好生休息，不要多想，病即刻就好。”

“给朕更衣，朕去看看。”玄帝拿起常服便往身上套，表情很焦躁。

听见殿内的响动，宸妃立即走进来，娇声道：“皇上，您醒了？臣妾看您来了。”边说边侧过身子，把自己带来的宫女介绍给皇上。

玄帝眉头紧皱，大步而行，没有多看两人一眼，明黄御辇很快就消失在茫茫白雪中。

宸妃脸色青白不停变幻，呆站良久才拂袖而去。回到昭纯宫，她越想越不甘，唤来心腹宫女命令道：“你去给本宫查查，看德妃究竟出了什么事。”

㊽ 讨好

凤飞宫里静悄悄的，孟桑榆还在昏睡，手脚时不时颤抖一下，显得极度不安。冯嬷嬷心疼得厉害，给她加盖了一床棉被，又在寝殿里燃了一个火盆，透过窗缝看见明黄色的御辇出现在漫天大雪中，渐行渐近，她先是一愣，随即招手叫银翠和碧水跟她出去接驾。娘娘正病着，皇上来做什么？

“奴婢参见皇上。”三人快步走到门前跪下，刻意压低了嗓音。

“桑榆怎么样了？”玄帝大步跨下御辇，嗓音压得更低。

桑榆，这是什么称呼？冯嬷嬷三人愣了愣。还是碧水反应最快，连忙接口：“回皇上，娘娘喝了药，如今正昏睡着，请皇上恕娘娘不能起来接驾。”

玄帝不置可否地点头，脚步不知不觉加快了几分，冯嬷嬷等人不得不跟在后面一溜小跑。

宽大的紫檀木雕花床上铺着厚厚的被褥，殿内烧了地龙还加了一个火盆，走进去便能感觉到骤然上升的温度。蜷缩在床榻里的女人却脸色苍白，身体发抖，秀气的眉头蹙成一团，显得不胜寒冷。两层被子盖下去，她的身形完全陷入榻中，显得那么娇小，那么脆弱。玄帝猝然止步，有那么一瞬间，感觉自己的心跳都快停止了。如此脆弱的孟桑榆是他从未得见的，她所有的悲苦与不幸，似乎都是他的猜忌和利用造成的。他虽然是帝王，面对孟桑榆却显得那么无能为力，想要弥补都无从下手！

“皇上，娘娘无事，您离床榻尽量远点，免得染了病气。”冯嬷嬷小心翼翼地开口。

“桑榆吃过药了吗？怎么会忽然受了刺激？”玄帝对她的话恍若未闻，放轻脚步走到床边，压低嗓音询问。

“回皇上，吃过了。娘娘以前养的一只小狗死掉了，又联想到音信全无的国公爷，有些忧思过度。”

“原来如此。调养身子的药吃过了吗？”

冯嬷嬷强压下心中的怨愤，轻声道：“回皇上，那药等娘娘醒了再喝。”

“嗯，千万别忘了。桑榆体弱，正需要调养。”玄帝待身上足够暖和了才转回到床边，搓了搓双手，掀开桑榆的被子钻了进去。

冯嬷嬷等人呆住了。这是怎么回事儿？不是问完就走吗？怎么就睡下了？睡下还不忘驱走寒气，皇上什么时候这么体贴了？当冯嬷嬷几人傻眼的时候，见怪不怪的常喜已经走上来，替皇上除去龙靴，掖好被角。

玄帝捧起女人苍白冰冷的脸庞，紧紧贴合在自己脸颊上，试图带给她一丝温暖，指尖抚过她眼下的黑青，动作说不出的温柔。他在女人额头印下一个亲吻，将她珍而重之地搂入怀中。

冯嬷嬷等人齐齐垂头，掩饰脸上惊骇不已的表情。这是皇上吧？怎么对娘娘这般温柔？那深情的眼神，呵护备至的动作，就像对待自己的珍宝一样，她们都有些怀疑是不是自己看错了！

“你们出去吧，朕陪桑榆睡一会儿！”见桑榆并没有被自己惊醒，反而极为眷恋地往自己胸膛缩去，玄帝眼里沁出笑意。

“是。”冯嬷嬷等人恍恍惚惚地出去了，常喜握着拂尘守在殿门口。

“桑榆，朕再也不会让你独自一人了，你可以试着依靠朕、相信朕。”他捧住女人的脸颊，在她耳边低语，然后细细密密地亲吻她柔软的发顶。

男人的体温十分灼热，厚重的嗓音带着安抚人心的力量，不知不觉间，孟桑榆不再颤抖，嘤咛一声往他怀里钻去，小手反射性地拽住他的衣襟，仿佛害怕他跑掉。只有在失去意识的情况下，她才会展露出内心的脆弱，才会想寻找一个温暖的怀抱。

“对，就是这样！”玄帝将她嵌入自己的胸膛，对着绛紫色的床幔叹气。他知道，等孟桑榆醒过来她又会变成那个坚强独立、拒人于千里之外的德妃。他只能在梦中得到她片刻的温存。抱着最珍贵的人，男人烦乱的心绪也平静下来，头脑逐渐陷入迷蒙，就在这时，殿外传来一阵脚步声，他眉头一皱，立即清醒过来，黑沉沉的眸子朝门口睨去。

“皇上，闫统领殿外求见。”常喜悄声回禀。

“知道了，朕马上就来。”玄帝在孟桑榆脸上亲吻一下，又怔怔看了一会儿她的睡颜才轻手轻脚地离开。

“照顾好你们主子，有问题立即派人告知朕。”他慎重嘱咐冯嬷嬷等人，然后朝殿外走去，走出两步又转回头，一字一句补充，“无论何时，听清楚了吗？”

“听清楚了！”感觉到皇上的重视，冯嬷嬷等人连忙应诺心中却大为不解。皇上这是怎么了？态度与以往相比怎么大为不同了？

青鸾殿，玄帝正捏着一份密函阅览，闫俊伟躬身立在御桌旁，面上一片肃杀之色。

“嗬，沈忠良这是打算鱼死网破了，竟然要联合淮南王起兵谋反。”放下信函，男人俊美无俦的脸上扬起一抹嘲讽至极的微笑。

太师府被暗卫重重监视，沈忠良的一举一动都准时送到皇上案头，他却还在这个时候孤注一掷，只能说人要找死，十匹马都拉不回来。果然是父女俩，看似聪明，实则都蠢到了极点。

闫俊伟不屑地撇嘴：“皇上，他竟然想放出您是替身的流言，引淮南王和湘北王攻打京都，这个祸害不能久留，是不是让属下……”他扬手做了个抹脖子的动作。

“不了，科举士子们已经闹起来，这个时候杀他，事态很难平息下去。等暗卫从边关带回他里通外敌的证据，朕要将所有的账一起清算。”玄帝摆手冷笑。

“是。”闫俊伟点头应诺。

“对了，你的身份已经公开，齐国公府是什么反应？”男人挑起浓眉，满脸兴味。

“啊，想要大张旗鼓迎微臣回去，只可惜，这家都已经分了，爵位之争也落定了，满京城的人都知道齐国公府把微臣得罪死了，若微臣回去岂不让人笑话？以后的齐国公府与微臣没有半点关系，皇上要怎么料理他们请随意，必要之时微臣还可以搭把手！”闫俊伟笑得相当痞气。那个家害死了自己的母亲，又害自己变成废人，他早已对那个家没有一丝一毫的感情。好好的一个国公府，竟把庶女送到太师府给沈熙言当妾室，该怎么形容他们才好？

“奴才给皇上请安，见过大统领。奴才刚才去猫狗坊看过了，有一只和阿宝一模一样的番狗，只是那狗最近染了风寒，还在治疗当中，奴才不好带过来。”常喜甩着拂尘出现在殿门口，毕恭毕敬地给两人行礼。

“皇上找番狗干什么？”闫俊伟满脸疑惑。

“送给德妃，她知道阿宝死了，送只一模一样的让她高兴高兴。”玄帝板起脸，不自在地朝闫俊伟挥手，“你可以走了。”

闫俊伟兴味地笑笑，行礼告退。什么时候皇上也学会讨好人了？

等人走远，玄帝这才仔细询问：“染了风寒？严不严重？还有没有相似的狗？”

“回皇上，高卢送来的两只番狗，那公狗照顾不当病死了，母狗产下四只幼崽后也病死了，幼崽只活了两只，一只是德妃娘娘的阿宝，一只被安才人收养，因为生病又给遗弃到了猫狗坊，听说病得比较严重。”

“派温太医过去看看，让他务必把狗治好，治好了马上来朕这里复命。”玄帝钦点了自己作为阿宝时的御用太医。

“是。”常喜躬身应诺。

㊾ 尽孝

孟桑榆这一睡直到未时三刻才醒来，忆及父亲和阿宝，胸口又是一阵闷痛。她连忙深呼吸，转头朝殿内一角的沙漏看去，脸色顿时一变：“嬷嬷，你怎么不叫醒我？误了皇上的侍疾了。”她披上外袍，趿拉着绣鞋走到梳妆台前。银翠和碧水立即上前替她净脸净手，整理头发。

“奴婢自作主张替您告了假，请娘娘恕罪。娘娘，皇上来看过您了，他搂着您睡了一会儿。”

“皇上来过了？”孟桑榆涂抹润肤膏的手停顿了一下，恍惚忆起睡梦中那个温暖又安全的怀抱。皇帝这是怎么了？不会大难一场然后发现自己才是他的真爱吧？她不禁抖了抖肩膀，把这个荒谬的念头驱逐出脑海。大抵不过是男人的自尊心作祟，谁叫自己是少有的几个保全了清白之身的嫔妃呢？等新人入宫，他还会找到新的真爱，自己又能算什么。

想到这里孟桑榆讽刺一笑，若无其事地吩咐道：“给我梳个精致点的发髻，我要去给太后请安。”

“娘娘，您都病成这样了，干脆告假吧？太后娘娘慈悲为怀，不会怪罪您的。”碧水从琉璃镜中打量自家主子苍白至极的面容。

“我没事，趁着太后还在宫中，我要尽量博取她老人家的好感，说不定日后她老人家会是咱们的出路。还有皇上那里也不能怠慢，我明天还得继续去侍疾。刚伺候两天就病倒，少不得有人要编排我的不是。孟家正值大难，我不能叫人落了话柄。”孟桑榆一边诉说一边用精致华美的妆容将苍白的脸色遮盖起来。

不过片刻工夫，艳丽无双、雍容大气的德妃娘娘就出现在人前。她穿上紫色袍服，披上貂皮大氅，戴上镶满珠玉的奢华甲套，上了前往沙华宫的轿辇。冯嬷嬷等人没有办法，只得打着伞快步跟上。娘娘就是太独立、太坚强了，这一点虽好，却让人忍不住地心疼！

禅香袅袅的沙华宫里，一众嫔妃正候在偏殿，等着给太后请安。太后久居千佛山，早已习惯了方外之境的清明，除了回来的头一天，对前来请安的嫔妃从不接见。嫔妃们只能等到申时，在殿外给太后磕个头就走。

即便是这样，也没有人敢缺席，见不见是一回事，来不来又是另一回事，她们的表现，沙华宫里的嬷嬷和皇上都看在眼里。

“金嬷嬷，这几天天寒，太后她老人家身体可好？”宸妃踱步到偏殿门口，与金嬷嬷攀谈起来。

“太后很好，谢娘娘关心。”金嬷嬷不卑不亢。

“那就好。这次多亏了太后，否则本宫的弘文恐就……”似是悲从中来，宸妃垂头擦拭眼角的泪水，半晌后扯开一抹坚强的笑容，声音略显期待，“弘文自那日见过太后便对太后念念不忘，一直嚷着要来沙华宫给皇祖母请安，奈何他身体孱弱，眼下天气又太过冰寒，本宫不好将他带来。”

古弘文乃八皇子，现年两岁，正是最为天真烂漫的年纪，宸妃拿儿子讨好太后，引得一众嫔妃咬牙切齿。

宸妃的声量不小，殿内的太后诵完经，听了个正着，想到苦命的皇孙们，对身边的宫女吩咐道：“去，请娘娘们进来吧。”

听见太后宣召，一众嫔妃喜出望外，宸妃低垂的眸子里精光四射。

“起来吧，皇孙们可好？”太后手里捻着佛珠，淡淡开口。

几名皇子的母妃走上前回话：“启禀太后娘娘，比之前好多了，谢太后娘娘关心。”

“嗯，你们要小心照看，每日里的汤药和吃食一定要派专人打理，切莫出什么差错。等哀家离宫之时，将他们带来给哀家看一眼。”太后面上露了些柔声，视线在座下一瞥，皱眉道，“德妃怎么没来？”

金嬷嬷早已得了皇上吩咐，正要上前回话，却不想被宸妃抢先一步：“回太后，听说德妃娘娘的狗死了，她哀思过重，病倒在榻。”

“德妃娘娘怎会如此多愁善感？皇上重伤也没见她如何，怎会因一只玩宠就病倒？定是宸妃妹妹听错了！”贤妃看似在帮德妃澄清，实则煽风点火，落井下石。太后对两人的做派厌恶非常，眸色逐渐变得冰冷。两人却以为太后动怒，正暗自得意。

“孟国公在边关遇难，生死不明，德妃为此病倒，怎么到了你们嘴里竟是因为一只狗？”隐含怒气的嗓音在殿门口响起，惊得宸妃和贤妃腿脚一软，差点跪倒。

“臣妾给皇上请安！”一众妃子连忙转身行礼，宸妃和贤妃这才反应过来，脸色青白地屈膝。

高大俊美的男人带着一身寒气大步进殿，直接越过众妃，坐到太后身边，执起太后的手问安。宸妃和贤妃偷眼打量男人，心中惶惶不定。其余妃子纷纷垂头，掩饰眼中的幸灾乐祸。

“臣妾失言，请皇上恕罪！”宸妃和贤妃战战兢兢地磕头告罪。

孟国公乃大庸功臣，皇上待孟家和德妃自然更为宽厚。德妃自孟国公失踪以来一直不声不响，不哭不闹，整天跟没事人一样，日子久了她们竟忘了这一茬，直接撞到了皇上枪口上。如今边关少了孟国公压阵，战局久久未见明朗，皇上眼下正是心烦的时候，即便要谋算德妃也不该拿这事当筏子。失策了！两人心下懊悔不迭。

玄帝接过金嬷嬷递来的茶水啜饮一口，随即与太后闲话家常，竟是对跪在脚边的两人视若无睹，这可比兴师问罪更令人难堪。

宸妃和贤妃脸色越加苍白，将身子伏得更低。其他嫔妃眸光微闪，心中各有思量。当宸妃和贤妃膝盖僵冷，快要支撑不下去时，殿外传来太监的通报声："德妃娘娘觐见！"

玄帝立即止住话头，目光殷切地看去。太后捋了捋手里的佛珠，温声道："宣她进来。"

"你怎么来了？"不等孟桑榆行礼问安，玄帝已快步走过去，扶住她的手臂。

这是质问还是关心？孟桑榆微微蹙眉。

"咳，朕已经帮你告了假，外面天寒地冻的，你身体又不适，正该好好待在宫里休养。等病好了再来请安也不迟，太后不会怪你。"

众妃眼睛血红地盯着孟桑榆，太后则意味深长地看了儿子一眼。她从杜太医那里听说了，儿子好似对德妃特别上心。

"臣妾的病已经大好，娘娘回宫一次不容易，臣妾怎能不来沙华宫尽孝。"孟桑榆舒展眉头，微微一笑。

"好孩子，快过来，到哀家身边坐下。"看见她精致妆容下掩藏起来的病容，太后心中尤为痛惜。这孩子和自己年轻时的性格差不多，非常要强，就连身世也几乎一样，简直就像是她的轮回。她一看见这孩子就止不住地喜欢，又害怕她重蹈自己的覆辙。

孟桑榆瞥了跪在地上的宸妃和贤妃一眼，款步上前，准备在太后另一边落座，玄帝却放下茶杯，拍了拍自己身边的位置。众妃的眼睛更红了，就连宸妃和贤妃也抬起头来，表情略显狰狞。短短片刻，她们已经看出来了，皇上对德妃特别不同，那不是单纯的宠爱，是在意。皇上在意一个人，说明这个人已经走进他心里去了。

孟桑榆心下迟疑，面上却丝毫不显，微微一笑，大大方方地坐到男人身边。男人极其自然地执起她的手捏了捏，然后紧紧包进掌心，转头与太后叙话：“母后，这几天住的可还习惯？有没有什么需要？”

“还好，只是念慈走了，没人给哀家抄经诵经，有些不方便。哀家老了，眼睛不似年轻时那么利索。”太后指指满是皱纹的眼角，一脸的无奈。

“太后，臣妾愿为太后抄经诵经以赎今天失言之罪。”宸妃头脑灵活，立即磕头。贤妃见状连忙附和。陪太后抄经诵经不但能增加太后的好感，还能天天看见前来给太后请安的皇上，这个机会不比侍疾差！

其余嫔妃也露出意动之色，纷纷跪到太后跟前自荐。这就是没有一宫之主统摄六宫的结果，妃子们难以管束，规矩乱了，心也大了！

太后心生厌烦，闭上双眼往椅背上一靠，徐徐开口：“好啊，谁若抄经诵经入了哀家的眼，哀家就将她升了位分，带到千佛山。哀家老了，一个人时总觉得日子孤寂难熬，正需要人陪伴在身边尽孝。”

态度积极的众妃们听到前半句还喜不自胜，听到后面全都沉默了，场面一时寂静得落针可闻。带到千佛山常伴青灯？那比打入冷宫还惨！升了位分又有什么用？

玄帝拿起茶杯啜饮，以掩饰嘴角讽刺的弧度。这群女人的虚伪面具当真令人作呕。

孟桑榆平放在膝头的手猝然收紧。来之前她还想着，若是能得了太后青眼，被她带往千佛山礼佛，岂不是比待在这污秽不堪的皇宫里好千百倍？她不用争宠、不用斗狠、不用伺候皇帝，平时念经吃斋、修身养性，闲暇还能下山看看。念在自己尽心陪伴太后的份上，皇上也不会亏待自己、亏待孟家。

想到这里，她连忙跪到太后脚边，坚定开口：“臣妾愿替皇上尽孝，陪伴太后回千佛山礼佛，求太后成全。”

太后只微微一惊，玄帝手里的茶杯却砰然落地，裂成了碎片。

50 克星

“你可知道自己在说什么？”玄帝捻了捻微颤的指尖，一字一句咬牙开口。桑榆宁愿去出家也不愿待在自己身边？这一刻，他的心仿若被钝刀凌迟，痛不可遏！

“臣妾愿意陪太后回千佛山礼佛，求皇上成全臣妾的孝心！”孟桑榆毫不迟疑，再次磕头。

太后连忙挥手，遣了一名宫女打扫碎瓷片，免得伤着她。

玄帝死死盯着她毅然决然的眉眼，想要封了她的嘴，想要将她关起来，想要大怒！可是他又深刻地知道，他没有愤怒的资格。让桑榆不惜出家也要逃开皇宫的罪魁祸首正是他自己！

“好孩子，快起来！既然你有如此孝心，哀家也不能拂了你的意。你还病着，外面又是冰天雪地，哀家的早课寅时就要开始，晚课亥时才能结束，你干脆搬来与哀家一起住，图个方便。若这段日子你能习惯方外人的清苦生活，哀家就带你走。至于皇上那里，哀家另外派人去侍疾。”太后细细观察德妃的表情，见她态度诚挚，眸光闪闪，显然对离开皇宫非常期待，心下不由得喟叹：这孩子比她年轻时聪明得多，没有被花团锦簇迷了眼，很好！既然她有心，她何不成全？

“谢太后！”孟桑榆欣喜开口。

“母后！儿子不需旁人侍疾！”玄帝猝然转头朝太后看去，一双漆黑的眸子里满是痛苦之色。

太后被他少有的感情流露给怔住了。这孩子最像先皇，心思深沉，喜怒不定，如眼下这般凄惶无助之态，她从未见过。如此看来，他对德妃的感情恐怕比自己想象中还要深。但很明显，德妃眸光澄澈，表情坚毅，对他反倒无半点心思。左右观察两人的神色，太后心中忽而升起某种微妙的满足感。被这父子俩折腾了半辈子，终于也轮到她折腾一回！太后勾唇，闭上双眼捻动佛珠，对儿子无声的恳求视而不见。求哀家是没用的，你自己的媳妇自己都看不住，能怪谁？

“皇上，你还有许多政务要忙，就先回去吧。”太后一边摆手一边带着孟桑榆转入后殿，把玄帝晾在原地。

玄帝闭了闭眼，转身大步离开。

青鸾殿里，玄帝伏案批阅奏折，斜飞入鬓的浓眉皱得死紧，浑身散发出来的浓重寒气令宫人们不敢抬头。只听“砰”的一声闷响，他扔掉手里的奏折，竟似在宣泄怒火。

常喜镇定自若地上前，收拾被他扫落的御笔和奏折。

“派人把这封信送给李才人。”提笔写下几个字，男人沉声开口。

常喜应诺，派了个太监送信。李才人便是以往的李贵妃。李家罪名查实，虽罪不至死，李氏一族却被贬为庶人，流放三千里外，日子很不好过。

“摆驾，去凤飞宫。”玄帝一个字都看不进去，干脆撂下笔，大步往殿外走。常喜十分知趣，早已备好御辇，放了暖炉保温，准备随时送皇上去德妃娘娘那里。

眼看凤飞宫近在眼前，玄帝的眉头却越皱越紧，心情也忐忑不定。他去了跟孟桑榆说什么好？说你是朕未来的皇后，你不能离开朕？抑或是说朕心悦你，请你留下来陪朕？孟桑榆根本不会相信也就罢了，更甚者还会联想到许多阴谋诡计。他在孟桑榆心里早已半点信誉也无！

纵使他心中有千般苦闷，万般无奈，面对孟桑榆却半点不敢发作。孟桑榆简直就是他的克星！

苦笑一声后，玄帝掀开轿帘下令：“改道去沙华宫。”既然孟桑榆不信那就不说了吧，日子长了她自会感觉到他的心意。

“是。”常喜躬身应诺，淡定地将踏入凤飞宫的半只脚收了回来。

沙华宫前，李才人早已跪在雪地里，头顶和肩膀积了厚厚一层雪，脸色白得像纸，脊背却挺得笔直，一副坚毅决绝之色。金嬷嬷站在廊下眺望，容色淡漠。看见皇上的御辇，连忙带着宫人上前接驾。玄帝挥手叫众人起来，路过李才人时深深看了她一眼，眸子里的满意之色一闪而过。聪明的女人才有资格在皇宫里活下去！希望李才人不要让他失望。

在金嬷嬷的带领下玄帝走进后殿的小佛堂，给太后行礼问安，眼神四顾，见佛堂内光线昏暗，空气滞涩，不由得微微皱眉。

“母后，佛堂环境逼仄，空气不畅，住久了恐对健康有害，不若将西面的窗子稍稍敞开，露些光线进来。”扶着太后在主位坐下，他低声劝告。

太后用兴味的眼神打量他，良久淡淡开口：“德妃上午来时说了一模一样的话，你俩何时有这样的默契了？哀家记得你以前对她甚为厌恶。”

“以前是以前，岂能代表现在？”玄帝垂头饮茶，以掩饰嘴角上扬的弧度，被苦闷灼烧的心脏仿如淋了一场甘露，泛起丝丝甜意。形影不离地生活了五个月，如何培养不出非一般的默契？他相信，自己是最契合桑榆的人！

太后意味深长地瞥他一眼，待他放下茶杯才徐徐开口：“外面的李才人是你弄来的吧？”

“是，”玄帝敲击桌面，大方承认，“母后，您若需要人陪伴，儿臣相信她是最适合的人选，诵经，侍奉，不会有人比她更尽心，因为她是个没有退路的人。您就留下桑榆吧，她是儿子钦定的皇后，是儿子未来的妻子，怎么能随您去千佛山吃斋念佛？”

“她不适合做皇后。”太后捻着佛珠，开口否决。

“她有能力，有气度，有手段，如何不合适？桑榆很优秀，母后，您应该看得出来。”玄帝眸色微沉。

“她的家世不合适。你就不怕孟家功高盖主，外戚专权？”太后话里满是嘲讽之意。

“什么功高盖主，外戚专权，不过是掩饰君主无能的借口。连自己的臣属都掌控不了，如何掌控天下？以前是儿子狭隘了！”玄帝看向太后，表情肃然。太后与他对视良久，喟然长叹。若是先帝也能这样想……她摇摇头，告诉自己往事已成追忆，不堪回首。

“去，把外面的李才人叫进来，熬碗姜汤给她喝下。告诉她，哀家同意了。”太后对金嬷嬷摆手，终于被儿子说服。

“不过，既然哀家话已出口，德妃在哀家离宫之前都要待在沙华宫陪哀家诵经。”瞥见儿子眼里的喜色，太后嘴角一勾，适时泼了一瓢冷水。

“那是自然！”玄帝表情僵硬，咬牙点头。

太后这才微笑起来。就在此时，殿外有人通禀，说是德妃娘娘已收拾妥当，前来沙华宫尽孝。

“儿子单独与她说会儿话，借母后的偏殿一用。”玄帝不待太后答应便起身离开。看着他略显仓促的背影，太后无奈地摇头，眼神却十分欣慰。先皇曾说，为帝者该修无情之道才能成就百年大业。这话她从不认同。一个无情无心的帝王如何做到爱民如子、兼爱天下？她一直觉得先帝可怜，幸好儿子没有步他的后尘，落得孤独终老、众叛亲离的下场。

“李才人？你怎会在这里？”看见手脚发颤、脸色青白的李淑静，孟桑榆心中隐隐浮现不妙的预感。

“妾身见过娘娘，妾身前来陪太后诵经。”李淑静屈膝行礼，态度毕恭毕敬。她的一身傲骨早已寸寸折断。且她应该感谢德妃，若不是为了替换德妃，皇上也不会给她和儿子这条出路。跟随太后去千佛山，远离争斗不休的后宫和朝堂，以她卑微的身份才有可能护着儿子平安长大。

听见她的回答，孟桑榆心中一沉，知道事情出了变故。

“桑榆，随朕来，朕有话与你说。”玄帝走到殿门口呼唤。看到帝王满意的表情，李淑静暗松了一口气。片刻后，太后的懿旨便颁下了，看见自己跃升为李昭仪，她露出了连日来的第一个微笑。

“皇上，李才人也随太后一同去千佛山吗？”走进偏殿，孟桑榆一开口就询问自己最关心的问题。她看得出来，现在的皇上对她有几分情意，而她向来善于见机行事，偶尔也会顺着杆子往上爬一爬。

“该叫她李昭仪了。”玄帝拍拍自己身边的位置，一双眸子幽深难辨，令孟桑榆有些头皮发麻。

挨着他坐下，孟桑榆脸上的微笑略显僵硬。

玄帝侧头定定地凝视她，指尖在她皲裂起皮的唇瓣抚过，对守在门口的常喜招手道：“娘娘的药热好没有？热好了就端过来。”

今天下午，医女几次送药过去，都被冯嬷嬷以“娘娘还在熟睡”为理由打发了。她们以为这药与以前的避子汤一样吧，恨不能来一碗泼一碗。玄帝听闻消息后真是哭笑不得，憋了一肚子的火却无处发泄。这事怪不了任何人，只能怪自己以前造孽！

“皇上……”孟桑榆还想开口，男人的指尖却抵在她双唇之间，做了个噤声的手势。

“有什么事等喝了药再说。若朕不记得，你身边的奴才都不会提醒你吗？身子亏损成这样还不知道好生调养，日后如何替朕孕育子嗣？”他看似不满叱责，语气却极为温柔，接过常喜递来的药碗，拿起调羹，看架势竟打算亲手来喂。

孟桑榆偏头躲过，娇声道：“一口口喝多苦啊，还是一气儿灌下去舒服。”

“嗯，慢点喝，小心烫。”男人将药碗递进她手里，看着她大口大口灌下，喉咙发出咕咚咕咚的响声，不禁垂头低笑。这女人千方百计想离开他，他却还得捧着她、护着她、哄着她，再大的怒火只要看见她就变成愉悦，果然是天生克星。

“皇上，李昭仪……”放下药碗，孟桑榆打算将话题拉回来，至于孕育子嗣那些话，鬼才信！

男人用帕子将她嘴角的药汁擦干净，意味深长地睨她一眼，徐徐开口：“李昭仪这几天住在沙华宫，与你一同陪太后诵经。”见她面露喜色，忙勾唇补充，“等太后回千佛山，她便带着二皇子一起去。”

“那臣妾呢？”孟桑榆拽住他衣袖，眼里露出几分焦急。

玄帝反握住她冰凉的小手：“你自然是留下替朕管理后宫。”

“皇上，臣妾以前虽然协理过宫务，可都是些边角琐事，将这偌大宫殿都交给臣妾打理，臣妾恐难胜任。”孟桑榆尽量让自己的声音保持平静，不带出咬牙切齿的味道。

“这几天你跟在太后身边诵经，闲暇时可以向她请教，等你身子好起来，朕就将皇后宝印交给你。除了你，朕找不出合适的人选。”玄帝把玩着她葱白细嫩的手指，嗓音平静淡漠。

孟桑榆垂眸，这才想到自己是高位嫔妃里唯一没被那替身沾染的，其他人在皇上心里早已成了不洁之人，他没将她们暗中处理已算是仁慈，怎么可能还将宫务交给她们打理？算来算去，竟真的只有自己才是掌管后宫的最佳人选！因着这一点，太后恐也不会答应带自己离开。

51 平安

烟雾缭绕、光线昏暗的大殿里响起一阵敲击木鱼的声音。那声音一下一下，沉闷而单调，令人听了备感压抑。男人还没弄明白自己为何会站在这空旷的殿里，就被烟雾尽头一个单薄的背影吸引。他不受控制地朝敲击木鱼的背影走去，心脏开始急促跳动，喉头也隐隐发干。

“皇上，您来了。”她感觉到有人靠近，停下手里的动作，缓缓回头。只见她身着蓝布僧袍，戴着僧帽，脸上的表情冰冷淡漠，令男人看了心慌。

“桑榆？你穿的什么鬼东西？”看清女人的脸庞，男人疾步上前想将她拉进怀里，用力过猛的手却一把抓空。眼前哪里还有什么人影，只余空气中一句悠长的“阿弥陀佛”久久不散，像魔咒，念得男人头痛欲裂。

“桑榆！”玄帝猝然从梦中惊醒，手一抹，竟是满头满脸的冷汗。

“皇上，您怎么了？”常喜听见响动立即跑进寝殿，跪在男人床前，担忧地打量男人苍白的面容。他好似听见皇上喊了德妃娘娘的名字，不知做了什么梦，让堂堂帝王惊怕成这样。

“给朕倒杯水。”定了定神，玄帝哑声开口。明知道梦中的情景不可能发生，他眼下却十分后悔，不该向母后妥协，让孟桑榆陪她诵经。万一孟桑榆受她影响真起了避世的心思，想要四大皆空、六根清净，自己该怎么办？不！他绝不允许！

“皇上，喝水。”常喜倒了一杯热水递到他微微发抖的手边。

玄帝接过一饮而尽，这才感觉稍微好受一点。

常喜放好茶杯，伺候皇上重新躺下，正想退出大殿，却见一名侍卫匆匆跑进来：“启禀皇上，闫统领殿外求见。”闫俊伟腰佩蟠龙令牌，无论何时都能出入宫闱。

“让他进来。”玄帝立即起身，披上一件外袍匆匆迎出去。他曾经吩咐过，只要有了孟国公和韩昌平的消息，闫俊伟要第一时间通知自己。眼下已过子时，宫中早已下钥，他此刻来见，九成是为了这事。

闫俊伟早已候在偏殿，手里拿着一份谍报，表情略显轻松。玄帝高悬的心放下一半，接过谍报一目十行地看完。

“孟国公身体可好？”他往椅背上一靠，沙哑的嗓音泄露出了内心的紧张和疲惫。

“国公爷已经接受了治疗，手脚有些冻伤，不日就好。反倒是韩昌平，身体连年近五旬的国公爷还不如，一时半会儿恐起不了床。没想到孟家军竟也出了内贼，在国公爷的马上做了手脚。战马陷入疯魔，直接跑进泥水滩，否则国公爷岂会中这等拙劣小计。”闫俊伟愤然的语气转为遗憾，“只可惜找到两匹马尸时已过去了两三天，很多证据已经查验不出了。”

“保护好孟国公，再多派几个人去查探此事，不把内贼揪出来，朕心难安。”玄帝敲击桌面，俊美的脸庞透出一片肃杀之意。

“是。”想到边关的情况，闫俊伟深感敬佩地开口，“国公爷平安的消息传入蛮人皇廷，令蛮人惊慌失措，寝食难安。安扎达连夜撤军数十里，以避其锋芒，可见国公爷之威名。”

玄帝低笑道：“孟国公回归，我军士气大振，想来，此一役很快就会结束，将士们还能班师回朝过个好年。”话落，他冷硬肃杀的表情一扫而空，扬手对常喜高声命令，“摆驾沙华宫！快点！”

“皇上，您先加件衣服。”常喜连忙上前拦阻。

“还等什么？替朕更衣！”见自己衣衫不整，玄帝有些懊恼。这个样子可不能去见孟桑榆！

“皇上这么晚了去沙华宫干什么？”待皇上转回寝殿换衣，闫俊伟低声询问常喜。

“德妃娘娘而今住在沙华宫。”

“原来如此。”闫俊伟露出恍然大悟的表情。除了德妃，谁还能让皇上如此失常？他早该想到的。

"统领，您什么时候让常喜死？"常喜压低嗓音，满怀希冀地问道。

"怎么，做太监不好吗？好歹也是大内总管，相当于正四品官员，别人求都求不来。"闫俊伟嬉笑摆手，"再过半月吧，继任者还没调教好。"常喜大喜，正要给统领作揖，玄帝已快步从寝殿走出，一身明黄色的龙袍外罩纯黑貂皮大氅，俊美无匹的脸庞、尊贵非凡的气质令人不敢逼视。

都说女为悦己者容，没想到这话也能套用在男人身上，大半夜的还如此盛装，也不嫌麻烦！闫俊伟一脸严肃，心中却在暗暗吐槽。

"你可以走了。"玄帝不耐烦地摆摆手。

"是。"闫俊伟立在廊下目送御辇，转身离开时再次决定要好好巴结孟炎洲。这位可是皇上正儿八经的大舅子，别无分号。

沙华宫的大门早已关闭，门内守职的太监听出常喜大总管的声音，不敢怠慢，连忙开门迎接。金嬷嬷听见响动快速奔出，看见大步而来的明黄身影，立即伏倒在地。

"德妃娘娘在何处安寝？"男人脚步未停，边走边问。

"奴婢带皇上去。"见皇上表情焦急，步履仓促，金嬷嬷心知有事，连忙爬起来带路，又另派了宫女去给太后禀报。

大雪纷飞，空气冰冷，吸入肺部甚至会带来一阵刺痛感，男人却连伞也没撑，任由雪花飘落到他俊美的脸庞上，融化成一粒粒水珠。

常喜几次上前打伞，可男人的脚步实在太快，连身为暗卫的他都跟不上，只得悻悻罢手。金嬷嬷刚带了一小段路就发现皇上已甩掉自己，径直往德妃娘娘居住的偏殿走，仿佛早已知晓她住在何处。玄帝自回魂后感官比从前灵敏数倍，凭着直觉和空气中断断续续的香味，他很快就找到了桑榆的住所，仿佛有一根绳子在中间牵引。这感觉很奇妙，令他心情愉悦。

无须询问，听见里面清浅的呼吸声，他就知道自己找对了。推开殿门，越过猛然惊醒的冯嬷嬷，走到床前，默默凝视女人的睡颜，想要抚平她微蹙的眉头，伸出手却又停住了，他的指尖太冷。

就在他犹豫的片刻，孟桑榆缓缓睁开双眼，看见床边伫立的高大男人，吓得差点从床上摔下来。好在常喜点起了灯盏，让她得以看清男人的面容，这才迅速找回理智。

“皇上，您怎么来了？”她撑起上半身惊愕低喊，连行礼都忘了。

玄帝脱下大氅，微笑道：“桑榆，孟国公找到了，他很好，不日就能回来。”

“啊？”孟桑榆好半晌才消化了这个消息，然后迅速掀开被子从床上跳下来。“你说的是真的？真的没事？”她拽住男人的衣襟反复询问，嗓音里隐含颤抖。

“是真的。”垂眸看看她“大逆不道”的手，男人的笑容不断加深。这样率性的桑榆才是他熟悉的模样。

“太好了，真是太好了……”孟桑榆放开男人，改去扒拉自己的头发，明明想大笑，小脸一皱却差点哭出来，胸口满溢着狂喜，几乎快要爆炸！她赤着脚，用力在地上蹦跶，将心中的喜悦和连日来的压抑尽数发泄。

玄帝脸上的笑容越发浓烈，眼中的深情和宠溺已到了无法遮掩的地步。这女人只要一高兴过头就会扒拉自己的头发，然后在地上蹦跶，再然后……再然后会抱起阿宝不住亲吻。明明一副疯癫的模样，可他却觉得那么可爱，那么率真，令他百看不厌。

玄帝正沉浸在过去的美好回忆中，不想女人猛然扑过来，搂住他的脖子，在他脸上不住亲吻，笑嘻嘻地连声道：“谢谢皇上，谢谢皇上，我太感谢了！”

“呵呵。”男人愉悦至极的笑声在殿内回荡，将女人抱起，让她赤裸的双足踩在自己的龙靴上。虽然殿内烧了地龙，温度不低，可他就是喜欢这种紧紧相贴、亲密无间的感觉。眯眼享受女人热情的啄吻，他对她的欣喜若狂感同身受。真正爱一个人，连快乐和悲伤都会共享，这感觉很微妙，让他本就柔软的心直接化成了一汪春水。

太后披着一件大氅站在门边，静静看着殿内的儿子、儿媳，素日的平淡被一抹微笑取代。

“看来孟国公是找到了，走吧。”她摆手，挥退殿内的一众宫人，似想起什么，看向金嬷嬷慎重吩咐，“时辰不早，差不多了就进去提醒皇上，叫他早些回宫，哀家这里可不是他能留宿的地方。”

金嬷嬷低声应诺，看见太后眼里一闪而逝的促狭，对温香软玉在怀却不能肆意亲近的皇上致以最深刻的同情。将德妃迁到沙华宫，太后一定是故意的！

52 改观

两人紧紧拥抱在一起，投在地上的剪影融成了一体，密不可分。待巨大的喜悦过去，淡淡的悲伤却浮上心头，孟桑榆闭眼，想要忍住眼眶中溢出的泪水。父亲没事了，可阿宝却永远不在了，没人知道，阿宝于她而言有多么重要。它去了，为防他人诟病，她连哀痛都不敢表现出来。既然有发泄的机会，那么就在今夜，就在此刻，请允许她在心中为它祭奠。

“桑榆？”感觉到脖颈间传来的湿热，玄帝皱眉，擒住她下颌将她的脸抬起来查看。只见她白皙的脸庞早已挂满泪水，目中一片脆弱之色。

“这是怎么了？有什么事跟朕说！”男人的语气立刻焦急起来。

“没事，我……臣妾太高兴了，高兴到喜极而泣！”孟桑榆迅速擦干眼泪，脆弱的神态顷刻间消失，仿若一场幻觉。从大悲大喜中回过神来，她才发觉，自己的双足踩在男人的龙靴上，自己的双手环抱在他脖颈间，姿态亲昵得过分。进宫三年，这是她第一次失态，还是在这个男人面前，她略感惊讶，可不否认，有人与自己分享快乐和悲伤的感觉很不错。人有时候压抑得太久，确实需要发泄。

“是吗？”男人不置可否，垂头亲吻她濡湿的眼角。

“皇上……”孟桑榆有些不自在，未尽的话悉数被玄帝的嘴给堵住。

冯嬷嬷和金嬷嬷守在门边等候，听见里面的响动，冯嬷嬷略感不适，金嬷嬷却不动如山。又过了半盏茶的工夫，金嬷嬷见差不多了，便走上前敲响房门，低声提醒：“皇上，时辰不早，您该回去了。太后她老人家说了，这里是沙华宫，不是您留宿的地方。”

该死！玄帝红着眼睛低咒，将桑榆扯进怀里扣住，哑声道：“朕要走了，桑榆送一送朕好不好？”埋在女人颈间深呼吸，玄帝抬起头来时语带哀求。

孟桑榆屈膝应诺，正准备披件大氅，男人却已先行拿起外袍替她穿戴，末了蹲下身，握住她小巧的玉足，替她套上罗袜和绣鞋，动作极其自然，仿佛做过千百回。孟桑榆垂眸看着他，眼神说不出的复杂。若这人不是皇帝，她会动真心也说不定。穿戴整齐，男人笑着理顺她披散在两颊的乱发，又用大氅将她包了个严实，这才牵着她的手推开房门。冯嬷嬷和金嬷嬷像两尊门神，一左一右守着，被挤对到角落的常喜正低着头，满脸的同情。和媳妇亲热也得限时，皇上真够憋屈的！

“叫御辇去宫门口等着，朕和桑榆走一段。”玄帝对常喜下令。

常喜应诺，见两人携手走进雪地里，连忙上前撑伞。

新下的雪十分干净剔透，踩上去像棉花一样松软，还会发出咯吱咯吱的脆响，听在耳里颇有意趣。孟桑榆的手被男人紧紧扣住，两人十指交缠，共享着彼此的体温，脚下的两行足迹在雪地里并行延展，亲密无间。没有利用和算计，没有虚情和假意，这是孟桑榆第一次与男人心平气和的相处，心中的感觉十分微妙。

“就送到这儿，回去吧。”虽然尽量放慢了脚步，可宫门还是很快就到了，玄帝仔细替她拢好大氅，又拍掉她肩头的几片雪花，柔声开口。

“臣妾恭送皇上。”孟桑榆屈膝行礼，见男人未动，不免抬头用眼神询问。

“你先走，朕在这里看着你。”玄帝捏捏她被冻得微红的鼻头，语气难掩宠溺，见她秀眉微蹙，还想推拒，便上前揽住她肩膀，将她转了个身，轻轻推了推，“走吧，等你走了朕再走。”

孟桑榆怔怔点头，往前走了一段，转过身，男人果然还伫立在宫门口看着她，见她回望便抬起手挥了挥，似在催促她快些回去。

孟桑榆也挥了挥手，这才继续往前走。迎上打着伞的冯嬷嬷，她嘴角绽开一抹舒心的微笑。这个男人虽然千般不好，可有一点却是别人比不上的，他说出口的承诺从来不会落空。说定会帮自己找到父亲，说定会第一时间通知自己，他都做到了。她真心感谢。

翌日，皇上伤势大好，恢复了早朝。寅时三刻，众位大臣站在灯火通明的紫阳殿里，等着皇上驾临。文武官员按品级高低列队左右，泾渭分明。若在平时，大家少不得彼此寒暄几句，而眼下的气氛却极为沉郁，许多人面露忐忑，心中焦虑。

皇上在病中也没有耽搁政务，但他的政令都是由专人分派下去，众臣并没有多少感觉，直到上朝这天才发现，皇上的手笔究竟有多大。

整个朝堂可以说焕然一新，出现了很多陌生的面孔，且均出自寒门，身兼要职，只为帝王所用。勋贵世家在朝堂的势力不说连根拔除，可也受创不小，再难成气候。这令许多靠祖辈蒙荫往上爬的官员感到不安。

最为醒目的还属站立在武将三列的闫俊伟。他暗卫统领兼锦衣卫统领的身份足够令人侧目，就连他的父亲齐国公也不时用畏惧的眼神打量他冷峻的侧影。这个曾经被他放弃的儿子已经将他狠狠踩在脚下，不知有多少人在背后笑话齐国公府有眼无珠，捡了芝麻丢了西瓜。

片刻后，殿内传来“皇上驾到”的唱和声，众人神色一正，立即收回心思，齐齐跪下行礼。

“平身。”男人低沉的嗓音从御座上传来，独属于帝王的威严气势令大殿的空气更加沉重。

“有本启奏，无本退朝！”常喜尖声尖气地喊道。

“回皇上，孟国公与韩将军已于昨日未时在泥水滩找到，二人均平安无事。耶律汗王收到消息后向我朝提出了议和的请求，请皇上定夺。”闫俊伟出列，躬身回禀。

“你们如何看？”玄帝锐利的视线扫过座下，众人纷纷垂头躲避。而今的帝王经过一段时间的放纵，再回归时身上的威势如出鞘的宝剑，锋利慑人，若没有揣摩好他的心意，竟无人敢于应答。谈判议和乃大肃与蛮人处理双边关系的惯例，从未有过改变，然而看皇上的表情暗藏杀气，许多人又有了新的想法，都在斟酌着用词。

“这点主意也无，朕要你们何用？”见座下一片静默，男人声音冷沉。

“启禀皇上，臣以为我军该血战到底。”一个陌生的面孔出列，年轻的脸庞上带着初生牛犊不怕虎的风采。

“血战到底。”男人玩味地咀嚼这几个字，熟悉的浑厚嗓音令那出列的青年男子惊讶地抬头。意识到自己犯了直视圣颜的忌讳，他又连忙埋头，表情惊愕。联想到顶头上司与皇上的私交，他微微侧头，朝身边的闫俊伟瞪去。闫俊伟朝他眨了眨眼。

“你是孟炎洲？”浑厚的嗓音再次响起。

青年男子硬着头皮道：“回皇上，微臣正是新上任的锦衣卫副统领孟炎洲。”

“好！好一个血战到底！孟炎洲果然有乃父之风！”玄帝朗笑，殿内沉郁的气氛一扫而空。

“闫统领，传朕旨意到边关，令我军血战到底，踏平耶律皇廷！”男人大手一挥，拍板定论。

孟炎洲退到闫俊伟身后，偷偷吁了口气，这是他第一次上朝，还真怕触怒龙颜。闫俊伟暗笑，这小子真是紧张过头了，但凡有他妹妹在，只要他不谋逆，这辈子的荣华富贵是跑不了了。

都说孟国公嫡长子是个不学无术的纨绔，今日看见孟炎洲在朝堂上的表现，大臣们纷纷改观。本以为孟家要倒了，没承想来了个峰回路转，不但孟国公平安归来，儿子还成了天子近臣，真是好运道！

处理完战事，在皇上的授意下，几名御史出列，上本弹劾沈太师一脉的官员。听着御史们罗列出的一条条罪状，被点到名的大臣不禁汗流浃背。有明眼人已经看出来，皇上这是要大动干戈了。果然，皇上阅过弹劾奏折后勃然大怒，责令锦衣卫严查相干人等，若罪名落实，京中不知有多少家族要满门抄斩，血流成河，这其中赫然就有齐国公府。

对自己老爹投来的求救目光视而不见，闫俊伟拱手领命。看着杀气腾腾的锦衣卫和皇上满意的表情，许多人腿脚发软，心道完了！

太师府里，沈太师死死盯着桌上的几封密函，脸色苍白。这些都是他近些日子派沈家暗卫送出去的求助密函，又被人原封不动地送了回来，大大咧咧地摆在书桌上，警告的意味非常明显。

他早已成了笼中之鸟，瓮中之鳖，除了等待帝王的裁决，别无他法。

想到自己和女儿做下的那些事，沈太师后悔莫及，片刻工夫便昏倒过去。门外的小厮熟练地将他架进房间，请来最好的医生，送来最好的汤药。皇上有令，在暗卫将他通敌卖国的罪证从边关带回之前，他须得好好活着。

53 宸妃

下了朝的玄帝还来不及换下朝服就往沙华宫跑。沙华宫里静谧缥缈的氛围，空气中久久不散的佛香味都令他感到紧张和厌恶，恨不能立即将孟桑榆带回凤飞宫去。

近朱者赤，近墨者黑。当初他怎么会同意让桑榆跟在一心出家的母后身边？真是失策。就在他兀自懊悔的时候，太后带着孟桑榆款步进殿。

“儿子给母后请安。”玄帝连忙上前搀扶太后，视线却在孟桑榆脸上流连，见她面色红润，眉目舒展，心中颇为满意。

“臣妾见过皇上。”孟桑榆屈膝行礼，脸上的笑容真实而灿烂。再怎样，对方也拯救了自己的父亲和家族，这个情她得记着。

“免礼，坐。”玄帝拍拍自己身边的位置，心间升腾起难言的喜悦。如阳光一样明媚又灿烂的笑容，除了阿宝，身为帝王的他终于也得到了。桑榆果然还是心软，只要对她好，她就会付出同样的回报。

“母后，德妃宫务学得如何？”亲昵地捏捏桑榆柔软的掌心，玄帝转头看向太后。虽然之前孟桑榆也曾协理宫务，但因为对孟家的忌惮，他并没有给予她过大的权力，若要执掌六宫，还需母后在旁看顾一二。

“德妃聪明灵慧，颖悟绝伦，不日就能单独持掌凤印了。”太后表情淡然，眼里却满是激赏。经历了一场大难，儿子的眼光总算有长进了，德妃绝对是母仪天下的不二人选，满宫里的嫔妃，就算不被人污了身子，她也只独独看中这一人。

“眼下后位空悬，东西六宫秩序紊乱，儿子急需一名贤内助帮忙整顿。既然德妃能力出众，不若今日就让她接手。诵经抄经有李昭仪相陪，母后不会舍不得吧？”玄帝微微一笑，语带调侃。

好啊，合着在这儿等着哀家呢！不过半日工夫就反悔，定力忒差！太后摆手道：“不急，德妃身子还弱，让她再调养几天。宫务哀家先帮你管着，让德妃跟在哀家身边正可以边看边学，省得以后出错。”

玄帝还想开口说话，却被太后先行打断：“德妃，你怎么看？”

“啊？”正悠闲喝茶的孟桑榆冷不防被太后拉下水，愣怔一瞬后立即坚定开口，“自然是跟在太后身边多学一段时间！”

“做事正该谨小慎微，按部就班。好孩子，你是个明白人，不枉哀家费心教导。”太后捻着佛珠微笑，心里一半是对德妃的激赏，还有一半是给儿子添了堵的快意。

玄帝笑睨自家老娘一眼，无奈道：“那便有劳母后了。”复又看向孟桑榆，状似漫不经心，“说起来，朕今日上朝看见爱妃的兄长了。”

孟桑榆捏紧手里的绣帕，凤目闪闪地朝男人看去。

玄帝心中暗笑，浓眉却略微皱起：“朕以前便听人说孟国公嫡子冲动鲁莽，这话果然不假。今日朝上无人敢答朕话，唯孟副统领站出来大胆直言，百官纷纷为之侧目。”

孟桑榆脸上立刻荡起谄媚的笑容，娇声道：“哥哥性子确实过于直率，不懂官场上的弯弯绕绕，烦请皇上对哥哥看顾一二。臣妾定然好生学习，不出五日便能接手宫务，请皇上放心！”

方才还说要慢慢学，转眼就成了“不出五日”，这见风使舵的功夫！太后捻佛珠的手顿了顿。

“嗯。”玄帝眉头舒展开来，先是低笑，复又朗笑。他以前竟没发觉桑榆是棵墙头草，如此会看人眼色，真是……说不出的可爱！

在沙华宫里陪老娘和媳妇说了会儿话，见时辰不早，该回去处理政务了，玄帝这才依依不舍地离开。转头回望佛香缭绕、诵经声和木鱼声不绝于耳的大殿，他眸色微暗。让孟桑榆待在这里，哪怕仅仅五日他也放不下心。一行人走出五六百米便碰到了好几拨嫔妃，身边无不带着年轻貌美的宫女或位份极低却颇具姿容的答应、常在。

“臣妾见过皇上。”看见龙行虎步而来的俊美男子，众妃纷纷屈膝请安，御花园里霎时间莺声嚓呖，燕语呢喃，好一派旖旎风光。

“起来吧。”男人容色淡漠，目不斜视，负手从万花丛中穿行而过，未有片刻迟疑或停顿。

寒风将地上的枯叶带起，在半空中回旋。众妃打了个激灵，木呆呆地直起身朝青鸾殿的方向眺望。明黄色的高大背影已经完全消失，那个过去常陪伴她们亭中温酒、池边赏花、夜夜火热缠绵的皇上好似变了。

宸妃脸色几换，无奈地领着心腹回到昭纯宫。

看见施施然走来的主子，一名太监快步上前，满脸焦急地开口：“启禀娘娘，八皇子突然发了高热，哭闹不休，您快去看看吧。”

宸妃行走的速度依然不紧不慢，跨进寝殿，脱下大氅，在火盆上烘了烘手才漫不经心地问：“请太医了吗？”

“已经请了，这会儿正在里面诊治。”

“嗯。”宸妃从宫女手里接过一杯茶水慢悠悠地啜饮，丝毫没有过去看一眼的打算。以往这孩子三天两头地生病，弄得她心力交瘁，恐惧不安，生怕他养不大。而今既知他中毒已深，早晚要死，根本没有荣登大宝的机会，她所有的耐心终于告罄。这孩子就是个累赘，她得另做打算。

过了片刻，太医出来复命，言及小皇子高热略退，喝下药已经安睡过去了。宸妃一脸感激地将太医送到门口，待人走远，立即收了和煦的微笑，对身边的大宫女命令道：“去青鸾殿求见皇上，就说八皇子重病，请他马上过来看看！”

“是。”宫女匆匆朝青鸾殿去了。

青鸾殿内，听见常喜的禀报，玄帝不得不亲自去一趟。那毕竟是他的孩子，怎能眼睁睁地看着他们受罪。

“将前日你得的那瓶神仙水也带上。”走到门口他忽然停步。

常喜连忙答应一声，从博古架的暗格中取出一个黑色小瓷瓶揣进怀里，面上有些不舍。这东西他还没玩够呢！

“臣妾参见皇上！”看见大步而来的男人，引颈眺望的宸妃眼圈一红，落下两行热泪，将心忧如焚、爱子如命的慈母形象表现得入木三分。

玄帝锐利的目光在宸妃脸上一扫而过，径直往内殿走去。

宸妃迅速擦掉眼泪，快步追上。内殿烧了好几个火盆，温度相当高，脱了大氅只穿单衣还觉得有些热。八皇子脸颊绯红，呼吸粗重，睡得还算安稳，并不如宫女描述的那样哭闹不休。一名身穿粉红宫装的少女守在床边，秀眉微蹙，小嘴微抿，一脸的愁容。

看见皇上进来，她连忙跪在床边低声请安，嗓音娇娇柔柔，颇为动听。

“看过太医了？”玄帝伸手去摸了摸八皇子的额头，对宫女初雪视若无物。

初雪有些失望，打叠起精神回话：“启禀皇上，娘娘心焦如焚，立时就遣了太医来探，喝下药后八皇子便睡下了。”

“怎会无故高热？”玄帝嗓音微沉，视线在她腰间的桃红香囊停留了一瞬。他一进来就闻见了那股子邪魅的香味，如腐烂尸体上开出的鲜花，再美也令人作呕。

“奴婢也不知，请皇上恕罪！”初雪磕了个头，泫然欲泣的表情给她娇艳的脸庞增添了几分惹人怜爱的韵味。

“自己的主子都照顾不好，朕如何恕你的罪？”玄帝语气平淡，说出的话却令人遍体生寒。

走进内殿的宸妃脚步一顿，心道皇上这是怎么了？以往自己皱皱眉头他都要心疼半天，稍一撩拨便热情如火，而今怎会变得如此冷酷无情？

“皇上饶命！”初雪膝行上前，欲搂抱玄帝的大腿。

“拉出去！”

近了香味更浓，燥热的感觉从心间一直烧到小腹。儿子重病躺在床上，这些女人却还想勾引自己在病榻前颠鸾倒凤，何其恶心！想到这里玄帝一脚便将初雪踹了出去，锐利如刀的视线狠狠剜向宸妃。

宸妃一窒，连忙强笑上前：“求皇上看在臣妾的份上饶她一回吧。”

“你觉得殿内空气如何？让八皇子闻了会怎样？宸妃，你可真是一个慈母！”玄帝对常喜挥手，“把窗子都打开，去唤杜太医过来，顺便把这女人拖出去！”

这味道以前皇上也经常闻，次次都顺水推舟，在皇儿的病榻前与自己缠绵，怎得今日气性这般大？宸妃心中惶恐，期期艾艾道："皇上，皇儿已经看过太医了。他既已熟睡就算了，改日再叫杜太医来看吧。"

玄帝握着八皇子的小手并不说话。令人窒息的威压在殿内蔓延，宸妃全身的血液都冻结了，狂跳的心脏几欲蹦出胸腔。

不过片刻，杜太医就匆匆赶到。闻见室内残留的香味，他皱了皱眉，但到底什么也没说，上前执起八皇子的手探脉。

玄帝踱步到殿外等候，宸妃立即亦步亦趋地跟上。本来有十足的信心夺回皇上的宠爱，可眼下她却觉得前所未有的迷茫。眼前这满面威仪、气势慑人的男子真的跟以前那柔情万千的皇上是同一个人吗？

"宸妃，你说有没有人能够令这菩提花在冬日开放？"走到一盆含苞的菩提花前，玄帝微笑询问。

宸妃呼吸有些急促，颤声道："怎么可能？"

"除非菩萨下凡是不是？"玄帝修长的指尖在菩提花苞上点了点，只见那蜷缩在一起的花瓣竟渐次绽放，层层叠叠，美不胜收。

殿内的宫人目瞪口呆，唯独宸妃和她身边的嬷嬷容色惨白。

"菩萨降世，天佑大庸，这话你觉得耳熟吗？"玄帝一字一句缓缓问道。

宸妃的呼吸都停止了，表情骇然地朝男人看去，心里反反复复只回荡着一句话：他知道了！他什么都知道了！这含苞的菩提花是她费尽千辛万苦才找来的，给太后的沙华宫送去好几盆，并从父亲永安侯那里要来一种秘药，只需沾几滴在指尖，往花苞上一点，就能令鲜花开放。她本打算请慧能大师进宫陪太后论述禅理，用菩提花开的神迹和慧能大师的声望来逼迫德妃出家，却没承想皇上竟然什么都知道，连秘药也弄到手了！太可怕了！宸妃不可遏制地颤抖起来。

玄帝什么话也没说，越过面无人色的宸妃，径直往青鸾殿去了。

"娘娘，皇上这是什么意思？"等人都走了，一名嬷嬷惴惴不安地问道。

"不知道，且等着吧！"宸妃牙齿还在打颤，好半天才吐出这句话。

青鸾殿里，玄帝双眼微阖，靠在椅背上思量。连自己唯一的孩子都能下此毒手，后宫女人的心狠手辣再次让他大开眼界。他毕竟是帝王，除了桑榆，何曾细细揣摩过哪个女人的心思，一路走回青鸾殿才明白了她们的想法。她们这是打算利用宫女或低位嫔妃借腹生子，有了健康的孩子，体弱的孩子自然就没用了，抛弃甚至毒害都不会犹豫。

“果然是最毒妇人心。”他拿起御笔，快速写下一张圣旨：宸妃照看皇嗣不力，即日起降为嫔，移居昭纯宫偏殿，着令日夜照料八皇子以将功赎罪。日后，若八皇子病重，杖十。初雪贬为下等宫女发配浣衣局。

“颁布圣旨后你多走几趟，告诉几位皇子的母妃，若皇子因她们照顾不周而出了差池，她们也一并按照此例处理。”放下笔，玄帝按揉眉头，补充道，“即日起，在皇子公主们身边安插几个人手，随时向朕汇报情况。”

常喜领命，心中对宸妃致以万分同情。品级连降九等并不算什么，惨的是最后一句。八皇子中了毒，三天一小病、五天一大病是常事，再加上今天这么一折腾，身子骨就更弱了。就算宸妃日后照料得再精心，这三五天一顿板子是跑不了的！以后的日子难过啊。昭纯宫里，宸妃接过圣旨，一下就瘫软在了地上。其他几位皇子母妃闻听消息纷纷歇了不该有的心思，只一心一意照顾孩子。太医们一时间忙碌起来。

54 二宝

堆放在御桌上的奏折又有增多的趋势，皇上卯时上朝处理政务，下朝后跑去沙华宫探望太后与德妃，只松快一个时辰又要回来继续忙碌，每每到了子时才能休息，不过三四天光景，眼下的黑青又加重了许多，面容憔悴不堪。

常喜对圣体颇为担忧，上前几步，欲言又止，刚斟酌好用词，却被男人的一声冷笑打断，随即一本奏折被狠狠扔到地上。常喜捡起奏折放到一边，小心翼翼地询问：“皇上，又是弹劾孟国公的奏折？”

“嗯。”玄帝按揉额角，沉沉开口，“边关大捷，我军踏平了耶律皇廷，本应该普天庆贺，这些文臣偏要盯着边关将士的错处，是生怕武将再进一步啊！”先皇重文抑武，文臣自诩高人一等，对皇上抬举武将的做法颇有微词。面上说得冠冕堂皇，究其根底也不过是党派之争罢了。

常喜对这些迂腐的文臣不以为然。若让他们知道，他们弹劾的“孟国公斩杀十万战俘”的罪恶行径乃是得了皇上的直接授意，不知他们会做何感想？弹劾孟国公不仁不义，凶暴残虐，这就是变相地在弹劾皇上！

常喜为这些文臣默哀。

“皇上，既然心烦就休息片刻吧。那只小狗已经病愈，奴才将它带去德妃娘娘那里如何？”常喜躬身建议。

“哦，已经痊愈了？那就带过来吧，朕亲自去一趟。”玄帝放下按揉额角的手，面上露出些愉悦的神色。

每每说到德妃娘娘，皇上总会变得十分轻松，天大的事也能放一放，先紧着娘娘。常喜暗自感叹，挥舞拂尘，遣了一名太监去猫狗坊。

玄帝从御桌后绕出来，俯身探看笼子里缩成一团不停哼哼唧唧的小东西。这小狗无论是毛色还是体型都与阿宝一模一样，几乎难以分辨，桑榆见了定会喜欢！他暗暗思忖，刻意忽略了内心的不适，吩咐常喜带上笼子朝沙华宫走去。

“娘娘，皇上来了。”守在殿门口的冯嬷嬷远远看见大步而行的男人，连忙跑进来通报。孟桑榆将手里的账册一合，塞到一堆账册的最下方，以掩盖自己龙飞凤舞、英气逼人的字迹。银翠和碧水极有默契地拿来湿帕子，将她手上沾染的墨汁擦干净。上一回还扮作文墨不通的将门虎女，跟皇上学习书法，这一回就大有所成，笔力雄厚。皇上不是傻子，说不定一顶欺君之罪的帽子就扣下来了。

“臣妾参见皇上。”迅速走到殿门口迎驾，膝盖刚弯下去就被男人大力扯进怀里抱住，孟桑榆十分淡定地搂住男人精壮的腰，稳住身形。对于男人亲昵的举动，她已经慢慢习惯。

“今天学得如何？”男人低沉的嗓音就在耳畔响起，语气说不出的温柔，拉着她一同在软榻上坐下，顺便将她鬓角的发丝理顺，别在耳后，末了亲昵地揉了揉她的耳珠。

“回皇上，学得还算顺利。”孟桑榆定定神，有所保留地回道。沙华宫的日子太悠闲，斋饭也好吃，她有点舍不得离开，还想再拖一段日子。

“嗯，已经四日了，你可莫忘了当初立下的军令状。”玄帝执起她的手，淡淡提醒，似想到什么，嗓音更为低沉，“身体可调养好了？”

能不能关注点别的？孟桑榆状似娇羞地垂头，实则隐晦地翻了个白眼，低不可闻地说道：“回皇上，已经大好了。”

“那就好。”男人嗓音沙哑，握住女人小手的力道不自觉加重。

“看朕给你带了什么过来。”勉力压下心中的渴望，男人朝常喜挥手，常喜忙将候在门外、手里拎着金丝笼的太监唤进来。

“阿宝？！”看清笼子里的褐色小狗，孟桑榆情不自禁地站起，往前走了两步。因为太过激动，她没有留意到当自己唤出“阿宝”两字时，身边的男人颤了颤，竟不自觉地答应了一声。

见孟桑榆、冯嬷嬷等人的注意力都被笼子里的小狗吸引，没有注意到自己的失态，玄帝松了口气。天知道，当孟桑榆满带惊喜地呼喊他的名字时，他差点控制不住地扑进她怀里，去舔吻她娇嫩的唇瓣。

端起茶杯，掩饰略显僵硬的面部表情，玄帝朝离座上前的桑榆看去，见她连声催促太监把笼子打开，将里面的小狗抱出来搂进怀里，不住亲吻抚摸，心中突如其来的嫉妒差点令他将手里的茶杯捏碎。

那是独属于自己的怀抱，岂能让一只小狗，还是只赝品夺去？他重重放下茶杯，深吸口气，极力让自己的表情不要显得太过狰狞。

“皇上，您在哪儿找到阿宝的？”孟桑榆抱着小狗坐回男人身边，欢喜地问道。

“在冷宫，侍从找到时它差点病死，没有回来的力气。”捏紧手里的茶杯，玄帝微笑开口。他身后的常喜耳尖动了动，不着痕迹地往皇上手里的茶杯看去。他发誓，他刚才听见瓷器碎裂的咔嚓声了。

怪不得上次没找到阿宝的尸骨，定是那太监看错了！孟桑榆暗暗思忖，抱起小狗，一边唤着阿宝一边朝它湿漉漉的鼻头亲去。小狗水汪汪的眼睛里满是欢喜，一边哼唧着，一边伸出舌头回应主人的热情。它早已经过训练，知道阿宝是自己的新名字，谁叫它的名字，谁就是它的主人。

“不行！”男人的大掌忽然横过来，隔离了两人的亲吻，“它病才好，不要急着和它亲热。”男人磨着后槽牙，尽量让自己的语气显得温柔一点。他现在很后悔，恨不能将这碍眼的东西扔到天边去！

“嗯！”孟桑榆了然地点头，垂头看向不停在自己怀里乱拱的“阿宝”，用指尖戳了戳它的小脑袋，笑容宠溺。

玄帝将茶杯交给身后的常喜，压着嗓音道：“给朕换杯热茶。”

常喜躬身应诺，捧着茶杯走到外殿，极其淡定地将裂成两半的茶杯扔掉，换了个一模一样的。

玄帝面无表情地喝茶，孟桑榆则完全将他丢在了脑后，不停用手指戳弄怀里的“阿宝”。“阿宝”被她戳得不耐烦，一边躲避一边哼哼唧唧，看上去可怜又可爱。孟桑榆脸上的笑容却越来越浅，直至完全消失。

“皇上，谢谢您！这个礼物臣妾很喜欢，但是您还是把它带回去吧。”孟桑榆又戳弄了小狗一下，落寞地开口。

“为什么？”明明心中暗喜不已，面上却还要露出疑惑，玄帝的表情更显僵硬。

“它不是臣妾的阿宝，是皇上为了逗臣妾开心特意找来的吧。谢谢皇上！”孟桑榆打起精神对男人微微一笑。她对男人的用心很感动，但仅仅只是感动而已。

“你怎么看出来的？”玄帝的嗓音十分沙哑。小狗被训练得很好，听谁叫阿宝就颠颠地跑过去讨好，外表更是与阿宝一模一样，可还是让孟桑榆看出来了。玄帝此刻有些开心，又有些酸涩。他不得不承认，他连自己都在嫉妒自己。

“臣妾戳弄阿宝时，阿宝总喜欢抱着臣妾的手指吮吸，阿宝一进臣妾的怀里就很安静，从不会胡乱拱动，阿宝最喜欢舔舐臣妾的手腕……”孟桑榆将小狗放进笼子里，以掩饰自己哽咽的语气和眼底的悲伤，“它不是阿宝，皇上把它带走吧。”

“不过是只小畜生罢了，何至于记得那么清楚？”玄帝将女人拉到自己怀里抱牢，沉沉开口，“既然你不喜欢，朕这就让人把它送回去。不过一只小狗，死了就死了，不要再为它伤神。嗯？”话落，他温柔地亲亲女人的脸颊，孟桑榆勉强一笑，没有答话。

常喜见皇上挥手，连忙叫来太监将笼子拎出去。仿佛感觉到了自己即将被抛弃的命运，小狗凄惶地哀鸣起来，不停用小爪子扒拉笼子，一双满带渴盼的眼睛直直看向孟桑榆。

她心头一阵阵地发软，眼看小狗快要被带出去了，它那双乌溜溜的眼珠竟然沁出泪水，看上去好不可怜，她连忙拽住男人的衣袖，高声喊道："慢着！"

"怎么了？"玄帝心中一紧，不免咬牙。该死的太监，走得那么慢干什么？！

"皇上把它留下吧！臣妾养着它。"

"你就不怕再把它养死了？"玄帝沉声恐吓。

"那就劳烦皇上给它写块狗牌吧。"孟桑榆挽住男人的手臂，撒娇地摇了摇。这个男人将朝堂和后宫都一手掌控，手段越发铁血。有了他的御赐狗牌，谁若是再敢动她的狗，她就叫那人死得很有节奏！

对上女人略带祈求的凤目，玄帝即便悔得肠子都青了也不得不点头："好吧，写什么？"他捏捏女人的鼻头，低沉的嗓音里满是无奈。

"就写'凤飞宫二宝'吧。"孟桑榆重新搂回小狗，用脸颊摩挲它毛茸茸的小脑袋。

二宝？玄帝嘴角抽了抽，转头朝常喜看去："备墨！"

常喜垂头应诺，叫人速速拿来文房四宝，心中不解地忖道：狗明明是皇上亲自送来的，怎么觉得皇上看那狗的眼神如此阴狠呢？好似恨不能将它生吞活剥了！哎，真是圣心难测呀！

翌日早朝，御桌上又多了十几份弹劾孟国公的奏折。玄帝拿起折子略略翻看，淡声询问："尔等以为，朕该拿孟国公如何？"

"臣以为孟国公草菅人命，虐杀战俘，有辱我大庸仁义之邦的声名。且他性情残暴，手段狠毒，又执掌百万大军，有功高震主之嫌，不日或可成为皇上的心腹大患！"一名御史出列，满口都是诛心之言。皇上以前就有意打压孟国公，他见孟国公此役后声望空前高涨，也是私自揣摩圣意才会如此行事。许多文臣纷纷出列细数孟国公的罪状。武将中，孟炎洲早已气得双目通红，后槽牙咬得咯咯作响，若不是闫俊伟拉着，他早已冲出去替父亲辩驳了。

“你们说完了？”等众人安静了，玄帝才缓缓开口，“先帝在时，我大庸每每与蛮人起冲突，战后必定交还俘虏，签订休战合约，甚至送去公主和亲，以求边境再无战乱。可边境就真的和平了吗？蛮人哪一次不是反手就撕毁合约，任意烧杀抢掠我大庸百姓？几十年下来，他们屠戮我大庸子民何止十万百万？对待此等天性凶残的暴徒，以德服人是无用的，唯一的办法就是杀戮！孟国公此举，实乃朕的授意。”说到这里，他略微停顿，朝座下百官看去。

朝中一片死寂，参与弹劾孟国公的大臣们个个面色惨白。孟炎洲目瞪口呆，不敢置信地朝皇上看去。玄帝雄浑的嗓音响彻大殿：“遭此重创，蛮人百年之内再难崛起。用区区十万人命换我大庸百年安泰，这代价在朕看来微乎其微！你们当中谁有意见，站出来，朕将剩下的六万战俘都交给你们管理，你们若能保证将他们从野兽驯化成羔羊，五年之内不生半点事端，朕便颁下罪己诏以告天下！”

殿内死一般的寂静，无人敢于出列。桐城之乱还历历在目，蛮人的凶残令人望而却步，谁有那个胆量和信心能够教化他们？但凡有点脑子的人都知道，这个烫手山芋接不得！见殿中百官不敢接话，玄帝这才继续道：“闫统领，将锦衣卫最近彻查的案件汇报一下。”

“启禀皇上：肖守申结党之罪经调查属实，打入天牢待斩。罗秉忠草菅人命之罪经调查属实，打入天牢待斩……”闫俊伟一口一个“查实待斩”，令殿内百官生出阵阵寒意。

“启禀皇上，除去沈忠良二十三条罪状，微臣再告他一条通敌叛国之罪，这是证据，请皇上过目。”末了，闫俊伟又爆出惊人之语，令不少与沈太师有牵扯的人汗流浃背。

看完手里的一沓密函，玄帝将信交给常喜，语气肃杀：“给百官们都看看！”

信的内容很详尽，很骇人听闻，盖有沈太师私印，有几封甚至盖着耶律汗王的御印。信中有沈太师如何谋害孟国公，勾结谢正豪佯装战败，如何残害忠良、割让城池等种种细节。众臣传阅完信件，手心莫不出了一层冷汗。与沈太师素无瓜葛的暗自庆幸，与沈太师稍有牵扯的差点没当场昏过去！沈太师这哪里是结党营私那么简单？越看越像谋朝篡位！

“沈忠良二十四条罪状经调查属实，打入天牢待斩，沈氏九族尽数诛灭，家产抄没充公，这是微臣的研判，请皇上定夺。”将转了一圈的证据重新奉到御桌前，闫俊伟杀气腾腾地开口。

“准，”御座上的男人慢条斯理地开口，“今日早朝就到这里，散了吧！”留下面无人色的百官，男人径自罢朝而去。

众臣浑浑噩噩地往殿外走，一遇冷风，齐齐打了个寒战。皇上的手段越发铁血了，但以大庸目前的国情来看，这似乎是件好事！

55 求爱

紫阳殿的早朝刚刚开始，太后的早课却已经结束了，孟桑榆和李昭仪一左一右陪伴在太后身边慢慢往沙华宫正殿走。今日的气氛不同寻常，殿前等候的嫔妃到了卯时仍不愿离开，齐齐跪在门口，大有不见到太后誓不罢休的架势。

“让她们进来。”太后在主位上坐定，容色淡淡地吩咐。

孟桑榆暗自思量这些女人的来意，心中有了计较。李昭仪坐在她下首，眼观鼻，鼻观心，如老僧入定。

“臣妾见过太后。”一众妃子伏地行礼，李昭仪侧身避过，孟桑榆则坦然受之。在场众人除了太后便是她位份最高，这一礼她受得心安理得。

“你们此来所为何事？”太后捻着佛珠，不紧不慢地问道。

“求太后娘娘大发慈悲，饶良妃一死！”贤妃膝行上前，重重磕了个头，其他妃子亦齐声附和，就连形容憔悴、脸色灰败的宸妃，不，现在是宸嫔了，眼中也流露出一丝光彩，那是仇恨的光彩。

昨日锦衣卫对沈太师一党的调查已接近尾声，宫中数名依附沈慧茹的妃子被贬为下等宫女发配浣衣局，家族也被抄没。料定沈家不日将被诛灭九族，对沈慧茹恨之入骨的嫔妃们坐不住了。

果然是为这事！孟桑榆暗自点头，见太后双目微合，无动于衷，也起身跪在人群里。被如此毒害还帮沈慧茹说话，她不会认为这些女人是出自善心，大抵不过是为了让沈慧茹活得久一点，活得生不如死，以偿还她加诸自己身上的痛苦。她也是苦主，虽然沈慧茹毒计未成，但只要一想到父亲被困沼泽差点殒命，她就恨不能将沈慧茹剥皮拆骨。入定中的李昭仪睁开双眼，将手里的佛珠放在案几上，缓缓跪在了孟桑榆身边，重重磕了个响头。她什么话也没说，眼中深不见底的恨意却令人心惊，如不是沈慧茹，她的皇儿将来该长成多么英武不凡的男子？而今却……

太后长叹，扫过座下一双双充满仇恨的眼眸，对良妃感到佩服。一个女人，心机手段毒辣到这等地步，惹下如此血海深仇，也算本事了！对待这种人，太后私以为还是杀了干净，但皇上早有预料，吩咐她同意众妃的请求，她不得不照做。

“你们起来吧，哀家会规劝皇上，饶良妃一命。”摆摆手，太后无奈开口。

众妃感激涕零，连连磕了三个响头，如此齐心协力的场面真是少见。

“起来吧，明日就不用来哀家这里请安了，哀家将宫务交给德妃全权打理，你们有事找她便可。”太后朝孟桑榆看去，语气慎重，“这是凤印，你拿好了，切莫让哀家失望！”

“谢太后娘娘信任，臣妾定当尽心竭力！”孟桑榆双膝跪地，毕恭毕敬地接过金嬷嬷递来的凤印。

刚露了笑容的一众嫔妃脸色立即阴沉下来，故作淡然的表情显得僵硬无比。此时她们悔得肠子都青了，深恨自己那天为什么不坚持留在沙华宫陪伴太后。德妃果然是德妃，手腕了得，竟哄得太后将凤印都交了出来！早知道能用孝心感动太后，就算冒着出家的危险她们也要争一争！

“好了，都退下吧，哀家累了。”不喜众妃身上散发的妒意，太后不耐地挥手，离座前拍拍孟桑榆的肩膀，柔声道，“好孩子，若有问题就来沙华宫寻哀家。还是那句话，花无百日红，人无千日好，往后若有变故，尽可以修书予哀家，哀家派人来接你。”

“谢娘娘好意，臣妾有空一定会去千佛山看您。”孟桑榆垂头擦了擦泪湿的眼角。在这宫里，也不是人人都冷心冷肺。

太后笑着拍拍她肩膀，然后带着李昭仪往佛堂走去，余下的宫人早得了皇上的吩咐，快速帮德妃娘娘收拾行李，搬回凤飞宫。

凤飞宫的正殿早已烧起了热烘烘的地龙以迎接主人的回归，几日不见，殿内又添置了很多盆栽，俱是极其珍贵稀有的品种。

“这些盆栽哪儿来的？”孟桑榆捧起一盆“姚黄”，爱不释手地欣赏。

“回娘娘，这些都是皇上让人送来的。”凤飞宫总管太监忙上前回话。

又是送花又是送狗，这节奏怎么看怎么像是追求。孟桑榆心里微动，又连忙将这荒诞的想法逐出脑海。要爱上早爱上了，何至于等到三年之后？不过是看在父亲立了大功的份儿上安抚一二罢了。

想到这里，她摇头嗤笑，放下盆栽抱起脚边的二宝在殿内四处走动："二宝，这里就是你的新家，看见放满沙子的小铜盘了吗？这是你的马桶，这个小碗是喝水的，这个是吃饭的，这个篮子是睡觉的……”

她一边解说一边观察二宝的表现，见二宝眼睛湿漉漉的，一脸懵懂之色，虽然看着可爱，却少了几分灵气，全不似阿宝那般聪明，秀眉不禁微微蹙起，露出几分哀容。

“娘娘，并不是每只狗都像阿宝那样灵气逼人的。不过二宝好歹是阿宝的弟弟，多多训练就好了。”碧水见娘娘表情不对，连忙开口安慰。

“我知道。每只狗都是不同的个体，二宝也有二宝的可爱之处，我若总是拿阿宝与它相提并论，对它而言并不公平。既然决定要养它，我会拿出我所有的耐心。”孟桑榆在二宝额头印下一个亲吻。

二宝感受到了主人的关爱，哼哼唧唧地撒起娇来，逗得孟桑榆连连低笑，沉郁的气氛一扫而空。冯嬷嬷拿着一个小木盒，满脸喜色地进来。

“娘娘，这是内务造办遣人送来的狗牌，您快给二宝戴上。”木盒打开，一个玉佩大小、镂空祥云图案的紫檀木铭牌躺在黑色的绒布上，“凤飞宫二宝”五个鎏金大字十分惹眼，更为惹眼的是狗牌最下角的金色御印。

“怎会这么快？”孟桑榆拿起铭牌，摩挲着金印的凹痕，挑眉询问。

“常喜公公叫工匠日夜赶制的。”冯嬷嬷笑得牙不见眼。娘娘刚领了凤印，宫里上上下下，谁不得给凤飞宫三分颜面？

“嗯，银翠，把阿宝以前穿过的衣服拿出来，我给二宝换上，再系好铭牌，等会儿就可以带它出去玩了。”

银翠找来了一套小棉袄，主仆几个合力给二宝换上，就在这时，一名太监站在殿外求见。

“进来吧，打探到了吗？”孟桑榆招手让他进来，低声询问。

“回娘娘，朝上又有数十人弹劾国公爷，都被皇上压下去了，斩杀战俘原是皇上的授意，与国公爷无关，世子也没在朝上闹起来。”太监将消息一一禀报。

“很好，下去领赏吧。”挥退太监，孟桑榆深思：斩杀战俘竟是皇上授意，若要对孟家不利，借着这次弹劾事件，他完全可以逼父亲交出军权并让孟家军背上千古骂名。父亲只得了口谕，一没物证二没人证，只能打落牙齿和血吞，以极其屈辱的方式被逐出朝堂。但他没有那样做，反将责任一力承担下来，他这是打算干什么？孟桑榆额角抽痛，感觉自己无论如何也猜不透男人的心思。罢了，反正父亲会主动交出军权上书致仕，无须害怕男人的算计，自己只需以不变应万变就好。感觉到了这次事件背后暗藏的凶险，孟桑榆握拳，对男人刚消减不少的戒心又加重了。

青鸾殿，玄帝还在处理堆积如山的奏折。常喜守在殿门口，看见一名太监捧着托盘缓缓走来，连忙伸手拦住：“干什么？”

“回常喜公公，皇上早已伤愈，可以翻绿头牌了。”太监低声答话。皇上久未传绿头牌，他也不敢擅自端来，但受了几位娘娘的重赏，想着反正没有性命之危，不若来走一趟。常喜立即反应过来，挥手让那太监进去。德妃娘娘身子大好，应该可以侍寝了，再等下去，皇上的黑眼圈恐怕终身都消不掉了。

“奴才见过皇上。”太监走到殿内跪下。

“什么事？”玄帝头也不抬地问道。

“回皇上，奴才是来送绿头牌的，请您挑选。”那太监上前几步，将托盘捧到男人面前。

绿头牌？玄帝抬眸朝托盘看去，见桑榆的名牌与众妃混在一起，像任人挑选的货物，忽然之间竟觉得恼恨异常。他的桑榆何至于如此低贱，叫人挑挑拣拣，随手把玩？想到那假货也曾拿起桑榆的名牌，对桑榆存着龌龊的心思，他一双漆黑的眼眸立时变成赤红色。

“常喜，把这奴才拖出去杖打五十！”他放下御笔，满含煞气地喊道。

常喜一惊，连忙唤来两个侍卫将吓呆了的太监拉出去，那托盘“哐当”一声掉在地上，绿头牌散了一地。

“把这些牌子都烧了！日后不准出现在朕面前！”玄帝厌恶地撇开头，等名牌都收拾干净了才收敛戾气，沉声问道，“德妃搬回去了吗？”

“回皇上，搬回去了。”常喜连忙躬身答话。

“嗯，出去吧。”男人阴沉的面色柔和下来，捡起笔继续批改奏折，只是速度比之前快了很多，抿成直线的嘴角略略上扬。

常喜暗自打量皇上的表情，心里一边念叨着“君心难测”一边退下了。

56 告白

孟桑榆听闻消息后抱着二宝笑翻在软榻上。旁人不知，她还不知吗？那哪里是一托盘绿头牌？分明是一托盘的绿帽子啊！平时忙于政务皇上还不会多想，见了绿头牌岂非在提醒他自己绿云罩顶的事实？他不发狂才怪！可怜的男人！孟桑榆捏捏二宝软趴趴的小爪子，兴味开口道：“看来皇上有很长一段时间没心情召寝妃子了。走吧，带二宝去逛御花园！”

冯嬷嬷给主子找来一件银狐大氅披上，前往御花园游玩。一行人带着二宝在各处转悠，绿头牌被烧了，众妃没了争奇斗艳的心思，如今全都躲在宫中筹谋，反把御花园衬得冷冷清清，倒比平时好玩了数倍。

孟桑榆回来时脸上还带着意犹未尽的表情，但见守在门口的太监一脸忧色，身旁还站着常喜，她心中顿时“咯噔”一下。

“常喜公公，皇上来了吗？”她抱着二宝上前询问。

“奴才见过娘娘！回娘娘，皇上来了半个时辰了，眼下正在书房等您。”常喜挥着拂尘行礼。

书房？哪个书房？她朝常喜身后的太监看去，太监小指竖了竖，朝凤飞宫最隐秘的角落指去。孟桑榆极想用手拍打自己的额头。才想好了要对男人加强戒备，可转眼又暴露了一个秘密！这男人就是专门来给她搅局的吧？她不自觉抱紧怀里的二宝，匆匆朝书房走去，飞快思量着对策。若不给男人一个满意的解释，他才刚受了绿头牌的刺激，指不定会迁怒于自己，欺君之罪可不是说着玩儿的！

走到书房前她定了定神，缓缓推开房门。只见男人正负手而立，似是在欣赏墙上的一幅字画，听见响动转头看来，俊美的脸庞没有任何表情，只一双眼眸比往日更显黑沉。孟桑榆悚然一惊，连忙垂头躲避他锐利的视线，对上怀中滴溜溜看来的二宝，紧绷的心弦略微放松。

她正准备屈膝行礼，不想男人却先一步开口："把它弄出去！"

这话没头没尾的，孟桑榆愣了好一会儿才反应过来，忙把二宝交给门边的冯嬷嬷，嘱咐她将二宝带远一点，不要过来打搅。

"皇上，臣妾知罪。"掩上房门，她"扑通"一声跪下。

跪得这么重，不知道疼吗？玄帝的心尖随之颤动，大步走上去将她拽起来，气恼开口："朕没让你跪，坐着回话！"

"谢皇上！"见男人脸上隐有怒容，孟桑榆行事更为小心，暗暗斟酌着该怎么解释。

"不是不通文墨吗？怎么几日不见就成才女了？"男人在女人对面坐下，捏着一副造诣精深的字画。字画下方的落款和私印晃得孟桑榆头疼。

"回皇上，所谓的不通文墨都是外界的臆造，与臣妾没有关系。胸藏文墨虚若谷，腹有诗书气自华，学识是用来充实自我、提高自我的，而不是用来炫耀的工具。是以，臣妾一直未向外界澄清，未免自己沾染了浮华，损了求知的真意。"

桑榆的小嘴还是那般厉害，瞬间就能颠倒黑白！玄帝心中暗笑，面色却愈加阴郁，沉声问道："旁人也就罢了，为何朕几次三番教你书法，你却从未想着向朕坦白？"

孟桑榆眼珠一转，不过须臾便有了应对之法，用雪白的贝齿咬住唇瓣，状似娇羞地开口："回皇上，臣妾不是有意欺瞒皇上，臣妾只是、只是太想亲近皇上了！"

话落她匆匆瞟了男人一眼又快速垂头，低声道："皇上抱着臣妾习字，臣妾感到很欢喜，实在是难以抗拒亲近皇上的诱惑，将实情隐瞒了下来。请皇上恕罪！"这话肉麻的，她自己都快吐了！

几滴清透的泪珠粘在卷翘的睫毛上，欲落不落，那娇怯的小模样叫人怜意大起，不忍苛责。明知道她是在演戏，明知道她说的全都是谎话，可玄帝还是被蛊惑了，心中涌上难以言喻的甜蜜，不自觉伸出手去擦拭她眼角的泪珠，动作温柔到了极点。孟桑榆偏头躲避，脸上羞怯懊恼，仿若无地自容，水凌凌的凤目却飞快地闪过一抹狡黠。她就知道，没有男人能够抗拒深情白莲花的眼泪和告白！

捕捉到那一闪而逝的狡黠，玄帝从甜蜜的假象中清醒过来，心间掺杂了一丝苦涩，但这无法影响他的好心情。他喜欢一层层揭开孟桑榆的假面，喜欢看她费尽心机地应对自己，喜欢看她全副心神都放在自己身上。他相信，当一个人想另一个人的次数多了，自然而然就会产生感情。

况且，孟桑榆绞尽脑汁与自己周旋时，那小模样实在可人，浑身上下都透着一股子灵性，叫他爱得不行。

他一把将女人扯进怀里，闷声而笑，雄浑的笑声和胸膛的震颤叫孟桑榆浑身不自在。"朕也抗拒不了亲近桑榆的诱惑，将桑榆抱在怀里，朕也感到很欢喜！"男人伏在女人耳边哑声低语，话中隐含的认真和深情不容错认，竟令孟桑榆感到几分心虚。

没有无缘无故的恨，也没有无缘无故的爱。这男人是皇帝，哪里懂得什么是爱？不过是一时的心血来潮罢了。她极力巩固心防，让自己不要在男人温暖的怀抱中沉沦。

"既喜欢与朕提笔共书为何不早说？朕陪你临书，就这本《史记》如何？"玄帝拥着女人站起，在书桌上挑拣出一本厚重的书籍。

孟桑榆的凤目都瞪圆了，为难道："皇上，这本书太厚了，换一本吧？"

"今日临不完还有明日。"玄帝一边铺开笔墨纸砚，一边亲吻女人白皙的面庞，还在她如珠似玉的耳垂上轻轻咬了一口。孟桑榆额头青筋直冒，却不得不乖乖地依偎在男人的臂弯里，一脸不胜娇羞的微笑。

男人对她的乖顺很满意，细心将她过于宽大的衣袖折起两圈，免得沾到墨汁，握住她白皙柔嫩的小手，提笔临摹《史记》第一章。龙飞凤舞的字迹在绢纸上延展，综合了男人的阳刚和女人的柔美，自成一体，看着竟十分出彩。男人漆黑的眼眸微微眯起，很享受这种心灵相通的感觉，搂住女人纤腰的手臂更加用力，侧头亲吻她的脸颊，低声道：“以后朕每日都腾出时间来陪你读书练字，你喜欢吗？”

孟桑榆回首，对上男人浩如瀚海的双眸，心尖微微一颤，扯开嘴角回道：“喜欢！”话落，她转脸看向绢纸，僵硬的微笑立即收起，张大嘴巴做了个无声尖叫的狰狞表情。

盛满墨汁的砚台像一面镜子，将她龇牙咧嘴的鬼脸映照出来，一丝不差地落入身后男人的眼帘。他先是一愣，继而闷声大笑。孟桑榆阳奉阴违的样子真是太可爱了！

见男人停笔，抱着自己大笑不止，孟桑榆更郁闷了，不知道自己又哪里惹到了他。

笑了好大一会儿玄帝才平静下来，继续搂着孟桑榆临书，不时在她腮边落下一吻，见她耳尖通红，粉唇微嘟，心中愉悦到了极点。他总算是明白为何孟桑榆以前专爱逗弄阿宝了，果然很有趣！

临了一半，常喜在外敲响房门：“皇上，该用晚膳了。”

玄帝放下笔，亲亲桑榆的唇角，柔声道，“走吧，明日再继续。”

“是。”孟桑榆暗自吁了口气。被男人阳刚的气息包围，她真有些把持不住，特别是男人还有意无意地挑逗她。

走出房门，迎上呼啸而来的冷风，她滚烫的耳尖这才缓缓退去潮红。男人好笑地睨了她一眼，接过常喜递来的银狐大氅披在她肩头，又细心替她绑好衣带。

两人手牵手走到铺满鹅卵石的小道上，气氛十分静谧温馨。眼看快到正殿，银翠、碧水和二宝的嬉闹声远远传来，听上去很是欢快。她们早已从书房的窗缝中偷觑到了皇上和主子相处的情景，知道主子无事，心情自然也就放松了。看见嘴里叼着绣球，屁颠屁颠朝自己奔来的二宝，孟桑榆立即松开男人的手，跑上前迎接。

“二宝在干什么，找绣球？”将二宝抱起来亲了亲，孟桑榆掏出它嘴里的绣球。

“汪！汪！汪！”二宝一边叫一边点头，小模样煞有介事。

孟桑榆轻笑着将手里的绣球扔出去。主宠俩一扔一捡，玩得不亦乐乎，倒把玄帝晾在了一边。玄帝面上带笑，看向二宝的眼神却十分冰冷。早知道这小东西这么会争宠，他当初就该把它扔到冷宫去！

“让朕来陪它玩玩吧。”上前一步，从桑榆的手里拿过绣球，男人淡笑开口。

“好啊。”孟桑榆不疑有他。

男人漆黑的眸子微微眯起，手上内劲一吐，轻飘飘的绣球竟被扔出去数十丈，直接越过宫墙掉进了御花园。走你！

“带它出去找，没找到不许回来。”男人启唇微笑，眼神却冷飕飕。银翠和碧水连忙带着二宝向御花园跑去。

孟桑榆傻眼了。常喜则扶额忖道：竟跟只狗争宠，皇上真够憋屈的！

57 侍寝

解决了二宝，玄帝朝孟桑榆伸出手，与她十指相扣，淡淡说道：“走吧，回去用膳。”

孟桑榆有意落后一步，隐晦地瞪了他一眼，却不想男人忽然转头看来，正对上她睁圆的凤目。“你这是什么表情，嗯？”见她表情呆傻，模样可爱，男人忍不住在她粉嫩的唇瓣上咬了一口。没想到逗弄桑榆这么有趣，他有些上瘾了。

“走吧。”拉拉孟桑榆的手，他继续往前走。孟桑榆回神，亦步亦趋跟在他身边，不着痕迹地打量他的侧脸。这男人对待自己究竟是什么态度？仿若很宽容，很珍惜，很宠溺，给她一种被人深爱的感觉。一定是错觉！暗自摇头，孟桑榆把差点被蛊惑的心又关进了更深的黑匣子里。

偏殿，冯嬷嬷正指挥着宫人摆饭。回到居住了五个月的地方，闻见空气中淡淡的植物芬芳，玄帝深吸了口气，嘴角不可遏制地上扬，竟产生了一种“终于回来了”的归属感。一个人居住在偌大的青鸾殿，没了孟桑榆的陪伴，他每夜辗转难眠。

走进寝殿，看见摆放在桑榆床边的小柳篮，他上扬的嘴角立即抿成了一条直线。为何离得这样近？阿宝的地位这么快就被取代了吗？

“把这东西拿出去！”他指着柳篮对身后的宫人说道，看见摆放在角落的沙盘和盛水的碗，脸色更黑，“这个，这个都拿出去！”

话落，他看向秀眉微蹙、满脸不愿的女人，沉声命令道：“日后不准二宝进你的寝殿，不准它爬上你的床，不准抱着它睡，朕在的时候不准它露面，听见了吗？”

“听见了。”孟桑榆口里答应得爽快，心里却不以为意。

玄帝轻捏她下颌，一字一句警告：“若让朕发现你床上有一根狗毛，朕立即将它扔掉，朕可不是说着玩的。”

“臣妾知道了！”孟桑榆磨着后槽牙应诺，心中却在腹诽：竟然跟二宝争地盘？要不要这么幼稚？

“真乖！”男人垂头亲亲女人微嘟的粉唇，深邃的眼眸满是浓浓的宠溺。小东西肯定在心里骂朕了！他好笑地暗忖。

“皇上、娘娘，可以用膳了。”冯嬷嬷走进来提醒，看见紧密贴合在一起的两人，表情十分尴尬，立马退了出去，心中不解地暗忖：娘娘说皇上对她的宠爱是假的，奴婢怎么看着不像？

两人携手走进偏殿，孟桑榆原本自用的小餐桌被搬走了，换上了一个巨大的长桌，桌上摆满了热气腾腾的各色菜肴，粗略一数不下二三十道。这原本是最平常的份例，坐上桌以后玄帝却觉得很不习惯。

还是阿宝的时候，他与孟桑榆每顿只吃四个菜，两荤一素一汤，所用的餐桌小小一个，桑榆坐着他蹲着，两人面对面，只要一低头，几乎能碰触到彼此的额头。那样亲密无间、气息交缠的温馨感还印刻在心间，令他常常午夜梦回。想想以前，再看看离自己一臂之遥的孟桑榆，玄帝心里微微发苦。变成人了，与孟桑榆的距离却拉得越来越遥远。

“把这些菜都撤了，赏给凤飞宫的下人，换两荤一素一汤来，用那张小圆桌摆放。”他放下筷子，沉声命令。

“皇上，可是这些菜不合胃口？”孟桑榆柔声询问。

“不，太多了，我们两个吃不下。以后朕来就按照这个份例上菜，不要太过铺张浪费。”他还记得孟桑榆曾猛烈抨击过自己的奢侈浪费，那义愤填膺的小模样非常可爱。他的桑榆其实是个好姑娘，小小年纪便很有主张，更有许多令人耳目一新的思想。若不是变成了阿宝，他永远不会发现自己的身边还藏着这样的珍宝。

孟桑榆略带诧异地瞥了男人一眼，不知道他为何突然有这样的觉悟。

小圆桌摆上来了，两人坐在一起，吃着普普通通的四个菜，像寻常的小夫妻，你给我夹一筷子，我给你盛碗汤，气氛说不出的温馨动人。

饭罢，孟桑榆正准备提议去御花园里散步消食，男人却牵起她的手，将她径直带往寝殿，步伐有些急促。

“皇上，咱们出去走走吧，顺便消食。”她拉扯男人的衣袖，娇声道。

“朕有更好的办法消食。”玄帝回转身，捏捏她挺翘的鼻头，嗓音喑哑。存了五六个月的念想，今天终于让他盼来了，他如何等得了？吃饭的时候都有些食不知味。

“可是皇上，臣妾还未沐浴熏香。”孟桑榆为难地开口。按规矩，皇上翻了绿头牌，妃子就要沐浴熏香等候皇上临幸，她今天可什么都没准备。

“常喜，备水。”玄帝一声令下，常喜便叫来几名太监送水进去。忍了近六个月，皇上肯定是急了……

58 独宠

翌日寅时三刻，天空还黑漆漆一片，橘黄色的烛光洒落在地上，带来一丝暖意，常喜跺跺脚，走进偏殿，朝角落的沙漏看去。快卯时了，皇上还未苏醒。

眼见早朝的时辰快到了，常喜犹豫了一会儿，这才蹑手蹑脚地走进内殿唤皇上起床。以往皇上总会在寅时一刻准点醒来，晚上过了子时也常常翻来覆去难以成眠，像今天这样，自己都快走到床边了还未有动静真是破天荒头一遭。

“皇上，皇上？该起了。”常喜俯身喊道，“皇上，快卯时了，当心误了早朝。”

“朕知道了。”男人异常沙哑的嗓音从床幔中传出，还可感受到其间暗藏的怒气。常喜缩了缩肩膀，蹑手蹑脚地退到殿外。这工作当真干不下去了，统领你在哪儿？

床幔里，孟桑榆从情欲中清醒过来，连忙掀开被子道：“皇上，臣妾伺候您更衣。”若是让皇上误了早朝，祸国妖妃的帽子指不定就要扣在她头上了。父亲声名大振，多少双眼睛正盯着她？她不能有一丝一毫的行差踏错。

“朕叫人进来伺候，外面冷，你再睡一会儿。”他将裹得像个蚕茧的女人抱进怀里，亲亲她脸颊交代道。

“不，臣妾立即起来伺候皇上。”孟桑榆将枕头边的亵衣亵裤扒拉进被子里准备套上，湿漉漉的双眸暴露了她的困倦。

“无碍，朕让你睡你就继续睡。”玄帝替她掖好被角，又在她半闭半睁的眼睑上吻了吻，语气说不出的宠溺。

识时务者为俊杰，见男人坚持，孟桑榆往被窝里缩了缩，犹犹豫豫地闭上双眼。许是对男人过于宠溺的态度有些忐忑，她听床幔里没了动静便悄悄睁开一只眼睛查看，却正对上男人漆黑如墨的双眸。

男人并没有走，正俯身凝视她的睡颜，眼睛里涌动的炽热情感叫人心惊肉跳。孟桑榆揪住棉被的手抖了抖，像只受惊的小动物。

玄帝再次闷笑起来，握住她的手指一根根舔吻，慎重嘱咐道："再睡会儿吧，不过到了辰时一定要起，切莫误了早膳。"到了冬天，桑榆惯爱赖床，有时候一睡就睡到日上三竿，常常错过早膳，饿到胃痛才醒。

"臣妾知道了。"孟桑榆眨了眨湿漉漉的眼眸，故作乖巧地答应。

玄帝换好衣服，掀开床幔查看，见女人呼吸均匀，眉目恬淡，不禁低低一笑，凑过去在她颊边吻了吻。

"辰时准点叫醒你们娘娘，不要让她赖床误了早膳，对身体不好。"走到殿外，路过冯嬷嬷几人时，他压低嗓音嘱咐。

冯嬷嬷三人垂头应诺，男人这才满意颔首，大步而去。

压抑了近一月的大臣们欣喜地发现，皇上今天的心情格外好，眼下的黑青消退很多，看上去格外神清气爽，浑身的戾气尽数收敛，嘴角还挂着和煦的微笑。有几位大臣十分知机，忙将雪灾的折子呈报上去，皇上也仅仅是皱了皱眉，勒令相干人等竭力赈灾，并没有大发雷霆。早朝在和谐的氛围中结束。如果皇上的好心情可以一直持续下去该多好？许多大臣擦着额角的冷汗走出紫阳殿，心里默默祈祷。

玄帝步履轻快地回到青鸾殿，处理御桌上堆积如山的奏折，嘴角挂着的微笑自起床开始就没有退去。

"德妃起床了吗？"将批好的奏折放到一边，他笑着问道。

"回皇上，娘娘已经起了，用过了早膳，眼下正在处理宫务。"常喜尽职尽责地回话。

"召她来御书房伴驾，将她的宫务也一并带过来。"玄帝挥手催促。只离开孟桑榆一个时辰他就觉得浑身不自在。

"是，奴才这就去。"常喜不敢耽误，连忙去凤飞宫传话。

孟桑榆刚翻开账册，还没看进两个字常喜就到了，传完圣上口谕便将她连人带账册一块儿抬往御书房。冯嬷嬷等三人跟随在轿辇两旁，总觉得皇上待娘娘不同以往，说是虚情假意，这虚情假意也太过了点儿，比真心实意还真。她们不禁有些迷糊起来。

孟桑榆倒没想那么多，她而今的策略就是以不变应万变，琢磨不透就不琢磨，只要她不触碰男人的逆鳞就行。

“臣妾见过皇上。”走进御书房，孟桑榆正要屈膝行礼，男人已上前将她拉起。

“朕处理政务，你就在旁处理宫务，晚上咱们再一块儿回凤飞宫。”男人握住女人冻得冰冷的手，放在唇边轻轻呵气，等这双手稍微回暖才依依不舍地放开，拉着女人在自己身边落座。

孟桑榆这才发现，御书房新添置了一张书桌，与男人并排而列，自己的账册就摆放在上面，笔墨纸砚一应俱全，雕工印纹都与男人的成双成对。这是要干什么，秀恩爱？孟桑榆被男人按坐在椅子上，拿起一本账册翻看，心中恍恍惚惚地忖道。

59 苦涩

御书房里十分静谧，两人并排而坐，各自处理手头的事务，气氛说不出的温馨和谐。孟桑榆看完最后一本账册，放下笔稍事休息，好在昨天被男人揭穿了学识，今天伴驾才不用藏着掖着。不知道为什么，她总觉得男人是有预谋的，那双深不见底的眼眸好似早已将她看透。

见男人继续低头处理奏折，孟桑榆似想到什么，眸光闪烁了一瞬，刻意贴近他身侧，吐气如兰地问道：“皇上，您累吗？要不要停下休息一会儿？臣妾帮您按摩头部放松放松？”

“也好。”玄帝深深看她一眼，放下笔将她搂进怀里。

男人长舒口气，将下颌磕在女人肩膀上，轻轻在她嫩白的耳垂咬了一口，又伸出舌头细细舔舐。见女人似触电般颤栗了一瞬，他闷声而笑。

孟桑榆似嗔非嗔地瞪了男人一眼，继续按揉，一刻钟后，见男人双眼微阖，浓眉舒展，表情十分惬意，她便轻轻柔柔地问："皇上，舒不舒服？"

"很舒服。"男人睁开双眼，表情似笑非笑，"说吧，有什么事求朕？"没有所求，孟桑榆向来不会主动亲近自己。孟桑榆还想东拉西扯慢慢引出话题，刚斟酌好的用词就被这句问话全堵在了肚子里，脸色几换，好不尴尬。她果然猜得没错，这男人已经将她看透了。

"皇上，父亲什么时候能回来？"索性她也不装了，放下按揉的手，开门见山地问。

"已在路上，再过七八日就能进京，正好赶在京中过年。"玄帝抓住她的手揉捏，温声道，"待孟国公回来，朕让你们父女俩好生聚一聚。"

"谢皇上！"孟桑榆的凤目弯成了月牙状，里面灿若星辰的流光叫男人呼吸急促，心跳紊乱。当孟桑榆展露真正的笑颜时，他总是无法抵抗。

"小东西，你是在谢朕还是在折磨朕，嗯？"

"嗯，那咱们说会儿话来转移注意力好不好？"孟桑榆趴在男人宽厚的肩膀上，朝他耳廓里吹气。

玄帝耳尖颤动，深吸口气："说什么？"

"说说臣妾哥哥赐婚的事儿，好不好？"孟桑榆偏头，眨了眨黑白分明的眸子。

无利不起早的小东西！玄帝眯眼暗笑，嗓音沙哑："好，朕这里有一份名单，你看看哪家合适？"

孟桑榆挑眉，心中诧异，接过名单依偎在他怀里翻看。名单上的资料很详尽，甚至附有惟妙惟肖的彩色画像，不难看出他对这事的费心程度。

原本只想要一道赐婚圣旨，没承想皇上如此用心，孟桑榆抬眸飞快瞥了男人一眼，心情复杂。这些人无论是家世还是品性都极为适合哥哥，绝不是随意挑选的。但正因如此，她才更感奇怪。男人此举图什么？是为了安抚父亲，还是真看上了哥哥的才华？抑或是……这些女人有问题？

正所谓"妻贤夫祸少"，反之则会祸及满门。若不小心娶了不该娶的女人做未来的当家主母，孟家必定败落。想到这里，孟桑榆眼神一凛，又从头开始翻看名单，不敢错过任何一个字。

玄帝暗自观察她的反应，见她眉头微蹙，眼含戒备，本来略略上翘的唇角不知不觉抿成一条直线，炽热的心就像被人泼了一瓢冷水，滋啦啦裂开一条血淋淋的伤口。

孟桑榆为何总是从最阴暗的角度来揣测朕的用心？朕要算计孟家何需用这等拙劣小计？环抱孟桑榆的手紧了紧，玄帝幽深的眼眸里交织着懊悔和恐慌。这样心坚如铁的孟桑榆叫他简直无从下手。若是……若是时光能够倒回三年前该多好？他一定会好好珍惜自己曾经拥有的幸福。

松开孟桑榆，他扶额苦笑，淡淡说道："你去旁边看吧，朕要批阅奏折了。"即便抱着孟桑榆，他亦觉心中空寂得厉害。

感觉到男人语气有些阴沉，孟桑榆连忙起身，规规矩矩地坐到旁边，不时用眼角余光打量他的侧脸，却再没能换来男人的回视。不知是不是自己的错觉，她从对方紧皱的眉头和晦暗的眼眸中看到了一丝颓废。刚才发生什么事了吗？抑或是自己惹他不快了？孟桑榆暗自忖度，将名单合上放到一边，准备等下次母亲进宫时让她派人去查一查。

瞥见她的动作，玄帝心间泛起一阵浓浓的苦涩。罢了，待她自己去查吧，经了朕的手，她如何能够放心？眼下这等境况都是朕自找的，怪不了任何人！握紧手里的御笔，他强迫自己将心思全部放到政务上。

两人各干各的，大殿里安静得出奇，最开始时的温馨和谐被冷漠疏离所取代。越是这样，玄帝心中的恐慌就越盛。除非牵扯上了利益，否则他不能指望孟桑榆会主动亲近自己，孟桑榆就像一阵风，不管怎么收拢五指都无法将她抓牢。世间最苦谓之求不得，他终于体会到了！

61 回朝

凤飞宫里，热腾腾的饭菜早已备好，没有珍稀佳肴，没有大鱼大肉，只一张小小的圆桌和两荤一素一汤，简朴到了极点。走进大殿的玄帝见此情景却觉得格外满足，他太想念凤飞宫里平平淡淡的小日子了。

拿起银筷，给桑榆夹了些芙蓉鸡片，他温声道："多吃点，最近脸色红润起来了，但还是要好生补一补。"

孟桑榆眼珠一转，将芙蓉鸡片扫到一边，娇声道："臣妾不爱吃这个。"

"怎会？朕记得这是你最爱吃的。"玄帝挑眉。

"臣妾现在不爱吃了。"孟桑榆懒洋洋地拨弄碗里的米饭，小模样很是娇蛮，惹得玄帝暗笑不已。

"那你想吃什么？朕叫人给你做？"他将桑榆的鬓发顺到耳后，极有耐心地询问。

"臣妾想吃桃花酒焖活虾。"

"听见了吗？还不下去做！叫御厨快点！"玄帝看向一旁的宫女。

宫女不敢耽误，忙跑到御膳房催菜。菜很快就上来了，桃花酒的浓郁香味飘散在空气中，令人醺醺欲醉。

"这下满意了吗？"玄帝捏捏孟桑榆脸上的嫩肉。

"皇上帮臣妾剥壳。"孟桑榆夹起一枚大虾，放进男人面前的碗碟，得寸进尺地要求道。她清透的眼眸直勾勾地看着男人，不错过他脸上一丝一毫的表情变化。没有任何不耐，男人眼底闪现出灼灼光华，用宫女递来的手帕将指尖擦净，细心剥掉虾壳，送到女人嘴边，语气温柔得能滴出水来："快吃吧，不是一直嚷着肚子饿吗？"

孟桑榆一口将虾仁吞掉，微微眯起眼眸，遮挡眼底复杂的流光。男人对她的容忍度超过了她的预期，这种探不到底的感觉令她有些心慌。

玄帝耐心地将虾壳一一剥掉，放进孟桑榆碗碟里，自己却一口没动。他如何看不出孟桑榆是在试探自己？这份认知让他心潮澎湃。这证明孟桑榆开始正视他的改变，与此同时也悄悄打开厚重的心墙，向他跨出了一步。这一步虽然微小，于他而言却是一种巨大的激励。

不知不觉将一整碗大虾的壳都剥光，玄帝慢条斯理地用帕子将手指擦干净，单手支腮，专注地欣赏孟桑榆的吃相。他心中的餍足感早已饱胀，无须吃东西也精神百倍，这大概就是所谓的"有情饮水饱"吧！

孟桑榆被他看得头皮发麻，深觉在餐桌上试探男人的底线不是个好主意，最终受苦的还是自己的胃。这么多虾仁，她吃到什么时候才能吃完？

没有浪费食物的习惯，她夹起虾仁，塞进男人嘴里，娇声道：“皇上也吃！不吃完不许下桌哦。”虽然心里不肯承认，但她的潜意识早已将男人划入了无害的范围，否则语气不会变得这么随意。

这变化她自己没发现，男人却立即便感知到了，启唇低笑了半晌才细细咀嚼嘴里的虾仁。嗯，这味道胜过世间所有美味。

饭罢，两人在御花园里散了会儿步，等天空开始飘落雪花才携手回到凤飞宫。寝殿里温暖如春，几盆牡丹长得郁郁葱葱，甚至结出了几个花苞，不日就能绽放，草木略带苦涩的淡淡芬芳充溢在空气中，沁人心脾。

玄帝半躺在靠窗的软榻上，怀里搂着孟桑榆，两人头上的发冠和首饰都取了下来，直顺的长发蜿蜒在肩侧，不分彼此地融合在一起。玄帝一手捧着书，与孟桑榆一同阅览，一手插入她发间轻柔地梳理。两人的位置和举动就像以前孟桑榆和阿宝的倒错，叫玄帝心里好不满足。

以前总被孟桑榆抱着看书，他如今终于能反客为主了。

这是一本游记，很合孟桑榆的胃口，她渐渐看入了迷，头皮的酥麻也同样令人沉醉。她眯眼，略略仰倒，慵懒地依偎在男人怀里，指尖无意识地缠绕着一缕墨发。这头发掺杂了两人的发丝，一圈圈交合，又一圈圈散开，带着某种暧昧的暗示。

这日，大庸子民翘首以盼的孟家军终于开拔进京，所过之处受到了民众们的夹道欢迎，玄帝更是亲自登上城楼迎接。安置好兵士，几名将领捧着一个黑匣子踏入巍峨的禁宫，文武大臣分列左右，看向一行人的目光又敬又畏。此一役奠定了孟国公大庸第一猛将的声威，而皇上一举斩杀十万人，几乎将蛮人族灭的举动却在将士们的心中留下了不可磨灭的印象。几经鏖战，没有人比他们更憎恨蛮人，对铁血果决的年轻帝王自是心悦诚服，其敬畏之心丝毫不亚于主帅。

“呈上来。”看见孟国公手里的黑匣子，玄帝眸光微闪。

孟国公将匣子交给常喜，视线飞快地在武将一列的儿子身上扫过，见他精神抖擞，意气风发，心情顿时复杂难言，也不知该喜还是该忧。

常喜打开黑匣子，座下的大臣，特别是文臣，齐齐倒吸了一口凉气。里面装的不是什么稀世珍宝，却是一颗用石灰硝制而成的头颅。头颅双目圆睁，表情扭曲，赫然是阵前被斩首的耶律汗王。

玄帝盯视头颅良久，大笑道："好啊！朕曾经发誓，在有生之年必要踏平耶律皇廷，用蛮人的血祭奠我大庸数百万枉死子民的冤魂。这个誓言今日终于实现了！"

"皇上圣明，所以天佑我大庸！"孟国公上前一步，拱手回话。

"不是朕圣明，是朕的将士们悍勇！没有你们，哪来我大庸百年安泰？"玄帝朗笑，示意常喜将犒赏三军的圣旨颁布下去。

孟国公垂首静立，表情十分凝重。他已位列公侯，手握重兵，实在赏无可赏。而今声望再进一步，于孟家是祸是福还未知，该到急流勇退的时候了。

想到深宫中的女儿，想到她最近颇为得宠的传言，孟国公心头苦笑，待圣旨颁布完毕便上前一步拱手道："回皇上，微臣此次遭劫，伤了根骨，难以胜任建威大将军一职，恳请皇上准微臣致仕。这是兵符，请皇上收回。"

玄帝从常喜手里接过兵符，良久不言。大殿里安静得出奇，众人无不在揣测年轻帝王的心思，也暗暗佩服孟国公的决断。此时隐退无疑是最好的时机。

早已从暗卫那里得到确切消息，孟国公的身体除了一些轻微的冻伤并无大碍，玄帝摩挲着手里冰凉的虎符，表情莫测。这是他一直以来都想从孟国公手里得到的东西，然而真正入手他却早已不稀罕了。执掌军队，靠的是人心和魄力，而非一块死物。看看座下表情焦急的众位将领，玄帝讪然一笑，将虎符递给常喜，徐徐开口："孟国公体魄强健更胜年轻男儿，些许冻伤，何至于到了致仕的地步？朕遣几位太医替国公好生将养，不日就能上阵领兵。国公乃我大庸军魂，有国公在，朕才能安心，我大庸子民才能安心。这虎符你拿回去吧。"

接过常喜递来的虎符，孟国公不敢置信地看了帝王一眼。这军权不是他一直心心念念之物吗？怎的又退回来了？这一刻，孟国公脑补了千千万万种阴谋诡计，不禁脊背发凉。

看见孟国公眼底暗含的警惕，玄帝哂笑，当即宣布散朝。

孟国公和儿子并肩往殿外走，脸上还带着犹疑的表情，却不想被常喜叫住，说是皇上特准他们与德妃娘娘见上一面，心中不由得大喜。

父子二人走进凤飞宫，当即就怔住了，只因凤飞宫里的格局与孟桑榆的闺房极为相似，只不过面积放大了而已。

孟桑榆端坐主位，穿着华贵的从一品朝服，远远看去气势夺人。父子俩停步，隐忍心中的激动，准备跪下行礼。

“快起来！”孟桑榆等之不及，忙走上前搀扶父亲，看见父亲手背上露出的冻伤，眼眶立时就红了。人前再张扬，到了孟父跟前，她还是那个没长大的小女孩。

“傻孩子哭什么，为父这不是回来了吗？！”孟父想要替女儿擦去泪水，看见自己粗糙的手指又顿住了。女儿脸颊红润，眉目宛然，体态比之未进宫前还要丰盈，显然过得很好。冯嬷嬷忙上前递了一条手帕，孟炎洲跟着插科打诨，这才哄得父女俩平复了激动的心情。

“皇上怎会不肯接您的虎符？”略略询问了父亲历劫归来的经过和哥哥在锦衣卫的情况，孟桑榆端起茶杯，表情凝重。

“为父刚班师回朝，皇上立即就接手为父的军权，恐被人诟病，寒了一众将士的心。为父已经向他表明了不欲争权夺利的态度，他对孟家的忌惮应该略有消减，等过一阵为父再提此事，他自然会同意的。”孟国公徐徐分析道。

“想来应该是这样。”孟桑榆颔首。

“怎会？皇上如此英雄人物，说信任父亲那必定是真的，我看他根本没有收回军权的打算，是你们想太多了！”孟炎洲不以为意地摆手。

这么快就被调教成忠犬了，说你脑子里全是肌肉还真没错！孟桑榆额角的青筋抽了抽，却没再说什么。她知道，哥哥这样头脑简单，心思纯粹，又一片赤胆忠心的人是最令上位者满意的下属。以他这种心态在锦衣卫任职，仕途绝对大好。再给他灌输些阴谋阳谋损了他的本性反而不美。显然孟国公也是这样想，父女俩对视一眼，默契地绕过了这个话题。

三人又叙了会儿话，孟父踌躇半晌，终是将压在心底的烦忧告诉女儿：“榆儿，今次为父遇难，这里面有你二叔的手笔。若不是他在为父的坐骑上动了手脚，为父也不会身陷泥水滩，差点殒命。他联合了谢正豪，欲除去为父和韩昌平，夺取为父的爵位和军权。”

孟桑榆眼里燃起两簇怒火，孟炎洲差点拍案而起。二叔从小受孟老夫人娇宠，因也是嫡子，对兄长的爵位多有觊觎，在战场上下过不止一次黑手，若不是有孟老夫人撑腰，孟父早想与他分家了。孟老夫人过世后他没了依仗，不但没有收敛反而变本加厉，也不看看自己的军功和荣华富贵都是靠谁得来的。孟桑榆握了握拳，冷声道：“与谢正豪勾结，这可是通敌卖国之罪！若让皇上知晓，孟家九族都会受他连累！”对这个一心想要暗害自己家人的二叔，除了厌憎，孟桑榆当真半点亲情也没有。

“还是母亲和妹妹说得对，二叔就是个祸害，早该分家出去！”孟炎洲咬牙切齿道。

见儿女心向着自己，孟父凝重的脸色稍微放松，沉声道：“为父已经在阵前将他处理了，死了也给他留下个忠烈的名声。只是你们二婶和她的一双儿女为父不知该如何安置。”作为一军主帅，孟国公怎会是心慈手软之辈？伦理亲情他会遵守，但若触及自己的底线，他是寸步也不能相让。

在孟氏全族与二房之间取舍，孟父毫不犹豫地选择了族人，事后除了如释重负竟没有一点哀痛。他对二房的忍耐早已超出了限度，相信九泉之下，孟家的列祖列宗也会体谅他的做法。

“在外面买个庄子，让他们住进去吧。”罪魁祸首已死，孟桑榆也没什么好计较的了。

孟父沉吟片刻，摇头道：“两房还未分家，他们如今好歹也是忠烈遗孤，满京城的人都看着，为父不好做得太绝，还是先带回府，等过完年再说。”

“如此也好。”孟桑榆颔首表示同意。孟炎洲没有插嘴的余地，更没人会听他的意见，只能气闷地哼了哼。

就在这时，殿外响起太监的通报声，玄帝掀开珠帘大步而入。

61 年宴

三人立即起身相迎，却被年轻的帝王先一步制止。

“不必多礼，坐吧。”拉着孟桑榆的手在主位落座，看见孟桑榆微红的眼眶，玄帝浓眉紧蹙，用指腹在她眼角爱怜地抚了抚，温声道：“父女见面本是好事，怎么哭了？”

“臣妾太高兴了。”孟桑榆反握住他的手，娇声道。

“高兴哭，不高兴也哭，怎么跟个孩子一样？”玄帝用指尖刮了刮她的鼻头，语气说不出的娇宠。

看见帝王凝视自己女儿的异样眼神，孟国公不禁心思浮动。同样是男人，又与妻子感情甚笃，他如何不知道这眼神所代表的含义？皇上情牵于自己的女儿，并不是为了安抚自己而做的戏，这一点毋庸置疑。想到这里，孟国公自得一笑，心情逐渐放松下来。待到午时将近，思及妻子还在家中引颈盼望，他与儿子这才起身告辞，由帝王亲自送到宫门口。

侧头睇视表情肃穆的孟国公，玄帝微微一笑，慎重开口：“回去后国公勿要多想，只专心养病既可。朕信你，所以这军权朕暂时不会收回。”

“皇上，蛮夷已除，微臣再无用武之地，这军权您还是收回去吧。”孟国公可不敢当真，立马拱手道。

“攘内必先安外，外患已除，该是收拾内忧的时候。卧榻之侧岂容他人鼾睡，两年之内我大庸必有战事发生，孟国公何愁没有用武之地？”玄帝将手搭在他肩膀上用力一按，漆黑的眼底满带战意。

内忧？除藩？孟国公心中一惊，思量片刻后拱手道：“微臣省得，自当为皇上效犬马之劳！”连这等军机大事也透露给自己知道，可见帝王对自己的信任。孟国公出身行伍，魄力非凡，当即收回了隐退的心思。若能辅佐帝王实现大庸真正意义上的统一，他也算是不枉此生了，届时再归还军权也不迟。

“微臣也愿为皇上鞍前马后，出生入死！”孟炎洲不甘落后，涨红着脸开口。而今妹夫在他心中的地位已与父亲齐平了，甚至有了超越之势。

“哈哈，好！有此贤臣良将，朕幸甚！”玄帝大力拍打孟炎洲肩膀，笑得豪情万丈。

因军队赶在过年前三天回到京中，犒赏三军的饮宴便与皇家年宴合二为一，参宴人员囊括了军中诸将和四品以上在京官员，正可谓盛况空前。

酉时过半，保和殿内灯火通明，醇酒飘香，文武官员按品级高低分坐两旁，一边交谈一边等候皇上驾临。坐在武将首位的孟国公身边围满了前来搭讪的官员，风头一时无两。孟炎洲因坐在冷面阎罗闫俊伟身边，倒免去了这些应酬。

沙华宫内，太后见过诸位命妇，在孟桑榆的搀扶下前往长春殿参宴。像这等大型宫宴，除去一品诰命，便只有庶一品以上的嫔妃才有资格参加。是以，众妃只能用又羡又妒的目光送走孟桑榆、贤妃和丽妃。

见孟桑榆挽着太后左手，两人一边徐行一边交谈，态度亲密，仿似寻常人家的婆媳，贤妃眸光微暗，上前两步想要搀扶太后的右手。届时四人入殿，若自己落于孟桑榆身后，岂不显得自己势弱？太后如何不晓得她的心思，手臂微微摆动，温声道：“哀家还没老到走不动路的地步，贤妃有心了。”贤妃脸色红白交替，心中又羞又恼。丽妃用眼角乜她一眼，快步追上太后。四人到时，玄帝也正好跨入大殿，一身明黄色龙袍在烛光的映照下散发出金光，衬着他俊美无俦的面庞和霸气昭彰的气质，倒像是神祇下凡，令贤妃和丽妃双双红了脸。

太后不着痕迹地睇视孟桑榆，见她嘴角含笑，眼底却无一丝一毫波澜，又见儿子眼眸发亮地看过来，捻着手里的佛珠暗自摇头。这两口子真是有趣，这趟下山不算白来！

玄帝快步迎上，与孟桑榆一左一右搀扶太后进殿，待太后落座，这才走到主位坐定。百官连忙跪到殿中山呼万岁，场面浩大。

“免礼！”帝王朗声而笑，略略说了几句祝词，示意常喜给自己杯中满上烈酒，举起来向孟国公致敬，尔后一口喝干。孟国公受宠若惊，连忙拿起桌前酒杯回敬，君臣相宜的画面叫百官心中各有思量。而今看来，孟国公依然是简在帝心，丝毫没有功高震主、受帝王忌惮的迹象啊！

随后，帝王的举动又加深了群臣的这一印象。只见他放下酒杯，眸色温和地朝右下角落座的德妃看去，招手道："爱妃，到朕身边来。"

帝王身旁的空位专为皇后所设，他此举意义为何不言而明。孟桑榆愣了愣，感觉到贤妃和丽妃投来的冰冷视线，又见座下父亲满含欣慰地看过来，于是放下筷子微微一笑，大大方方地走到帝王身边落座。

这是皇上给予父亲和孟家的脸面，不管这背后隐藏着怎样的深意，她都受了。作为孟家女儿，她不能坠了孟家的名头！

女子身穿从一品朝服，向自己逶迤而来，头上的金步摇在行进中发出叮叮当当的脆响，宛若敲击在心上，让他心尖发颤。玄帝漆黑的双眼蒙上一层雾霭，将眼底炽烈噬人的情感掩盖，伸出手，紧紧握住女人递来的葱白指尖，一个用力将她纳入怀中，然后微不可闻地喟叹一声。

见帝王毫不避讳的亲密举动，群臣纷纷垂头，面色各异。孟父当即畅饮一杯，抹唇朗笑。孟桑榆极力维持得体的微笑，乖顺地坐在男人怀里。

"桑榆，朕敬你，没有你就没有朕的今天。"玄帝亲自给她满上一杯桃花酒，递到她唇边，语气极为慎重。也许孟桑榆听不懂，甚至会在心里嗤笑，但他知道自己的心意有多真，这就够了。

这是什么话？梦话？孟桑榆果然在心里嗤笑，面上却露出娇羞的表情，拿起酒杯仰首喝空。醇香的酒液将她嫣红的唇瓣浸湿，显得娇艳欲滴。

玄帝的视线胶着在她唇瓣上，忽然就有了亲吻她的冲动。殿内的喧嚣勉强将他的心神拉回，他不得不转头，大口喝酒以掩饰自己快要失控的情绪。看见桌上的几盘菜肴，他微微一笑，尽数推到孟桑榆面前。这些都是他特意吩咐御厨为孟桑榆做的，是孟桑榆近来最爱吃的东西。

看见面前的一盘桃花酒焖大虾还有几碟海鲜，孟桑榆心里忽然浮上了不妙的预感。

果然男人勾唇一笑，竟不顾帝王之尊，用帕子将手指擦净后开始细心地剥虾壳，那悠然自得的模样仿佛他此时并不置身于宫宴，而是在凤飞宫的偏殿里。将剥好的虾仁放进太后和孟桑榆面前的碗碟，孟桑榆扶额，终于知道什么叫搬起石头砸自己的脚。最近经常在餐桌上试探男人，剥虾壳，剥蟹壳，剔鱼刺，这些要求张嘴就来，没承想竟让男人养成了习惯！他该不是故意的吧？孟桑榆眼角抽搐，瞥见贤妃和丽妃投来的妒恨目光，只得輾然一笑，优雅地将男人的殷勤吞吃入腹。

玄帝慢条斯理地用帕子将手上的油腻擦掉，漆黑的眸子闪过一道精光。他不断地纵容着孟桑榆的试探，不着痕迹地拉近着彼此的距离，等孟桑榆察觉时，她早已是他的笼中之鸟，再也跑不掉了！

帝王的一举一动都受到了群臣的关注，他对德妃的特殊，明眼人如何看不出？想必不久之后，空悬的后位就有主了！众臣不约而同地暗忖。

宫宴过后便是赏烟花，太后还有晚课，辞了皇帝先行回宫。众人走到保和殿外的空地上，仰头看向漆黑的夜空，一朵朵烟花扶摇直上，在半空中绽放出瑰丽的光华，耀人眼目。

玄帝与孟桑榆并肩站在纱幔飘飞的殿檐下，仰头贪看五彩斑斓的夜空。有雪花飘落在脸上，融化成小小的水珠，孟桑榆毫不在意地抹去，黑白分明的眼眸被烟花染成了琉璃一般的色彩，嘴角挂着餍足的微笑，纯真快乐得像个孩子。

玄帝的视线不知不觉就被她吸引了去。这是他第一次与孟桑榆辞旧迎新，仿佛预示着他们的未来也将如这烟花般绚烂。他不可遏制地伸出手，将她搂入怀中，用大氅密实地将她包裹。地上拉长的剪影融为一体，密不可分，他满足地喟叹，用冰冷的视线逼退群臣诧异的打量。他是帝王，想要拥抱自己的女人难道还要在意别人的眼光？

“皇上，这不合礼数！”孟桑榆不自在地动了动，男人的怀抱实在温暖，令她感到些许眷恋。

“朕就是礼数。”男人沉吟片刻后低语，“正月初三，朕带你回去省亲，你好生准备。”

孟桑榆猝然回头，睁圆的凤目里满是不敢置信。回去省亲，帝王亲自陪同，他究竟是什么意思？这荣宠显然太过了！

“看烟花！”男人将她的下颌扳正，指向天际，语气无奈中透着宠溺，“这一刻如此美丽，错过岂不可惜？什么都不要想，只静静享受这一刻！”

男人的嗓音平静又舒缓，带着抚慰人心的魔力。孟桑榆顺着他的手指看向天边，慵懒地倚靠在他宽厚的胸膛，微微一笑。是啊，这一刻如此美丽，错过可惜！

62 意外

放晴没两天，正月初三这天又飘起了鹅毛大雪，一夜过去，整个京城都变成白茫茫一片，哪是天哪是地远远看去完全分辨不清。

辰时刚过，冷冷清清的东大街就热闹起来，各家各户都派出人手将门前厚厚的积雪清理干净，以方便御驾通过。是的，今天是德妃回家省亲的日了，由帝王亲自陪同。东大街是勋贵世家聚居之地，即便帝王只是路过，各家也不敢有丝毫怠慢。至于德妃省亲背后所代表的含义，有人艳羡，也有人不以为意。

良妃不也由皇上亲自陪同回家省亲吗？结果怎样？不出几天就被打入冷宫，沈家还被诛了九族。所以这事是福是祸很难说。孟国公比别人更清楚福祸相依的道理，故家中上至主子下到奴仆都十分低调。天还未亮，一家人就已大开府门，在门前铺上猩红的毡毯，冒着寒风恭候帝王大驾。

明黄色的御辇驶过干净整洁、戒备森严的东大街，街道两边的勋贵世家均敞开正门跪迎，待浩浩荡荡的车队驶过才敢起身。

孟国公府很快就到了，在禁卫军的严密防护下，年轻俊美的帝王撩起衣摆，大步跨下御辇，尔后亲自拂开轿帘，朝御辇内的德妃伸出手。

一只白皙纤长的玉手放入他的掌心，帝王不自觉露出温柔的微笑，然后将之紧紧握住，引领佳人下轿，态度呵护备至。

两人携手而立，一个俊美无俦，一个艳丽无双，浑身均透着逼人的贵气，乍一看当真是天造地设的一对儿。瞥见新任禁卫军统领王华山投过来的黯然视线，年轻的帝王眼里飞快滑过一抹自得的亮光。

“微臣参见皇上，皇上万岁万岁万万岁！”孟国公上前两步半跪行礼，他身后的孟家人亦齐齐磕头。

“免礼，国公请起。”帝王上前搀扶孟国公，态度亲和。孟国公弯腰伸手，做了个邀请的手势，一行人踏上毡毯，往正门走，却不想一名十三四岁的少女忽然冲出人群，跪在帝王面前大声喊冤，场面顿时凝固了。

孟国公猝然回头，尖刀一般锋利的视线狠狠剜向孟瑞珠。擅自将少女带来见世面的孟瑞珠褪去一脸娇羞之色，躲入文姨娘背后瑟瑟发抖。看见周围开门迎驾的几户人家或幸灾乐祸、或事不关己、或同情忧虑的目光，她知道，自己闯了弥天大祸。

“御驾也敢惊扰！来人，将她拖下去！”常喜用拂尘将少女拂开，扯着嗓子对身边的侍卫喊道。

那少女紧紧拽住地上的毡毯，嗓音又尖又利，传出去老远：“求皇上为民女父亲做主，民女父亲是被孟长雄害死的，他死得冤枉啊！”

周围的几户勋贵人家发出惊呼声和议论声，纷纷伸长脖子探看。这事估计不出一日就会传遍京城，想压也压制不了。两次省亲都闹出乱子，这也太巧了些！

孟桑榆眯眼睨视跪趴在自己跟前的少女，眸色森冷。这少女是她的堂妹——二房的嫡女孟岩雨，自小便骄矜专横，冲动鲁莽，这几年定居边关也没有多大长进。看来，不害死大房，二房不会善罢甘休啊！

想到这里，她不自觉收拢五指。正握着她手的帝王立即就察觉到了她的不安和愤怒，轻拍她手背以示安抚，然后挥退上前的侍卫，俯身看向狼狈不堪的少女。这时候带走少女只会让孟家蒙羞，不若在众目睽睽之下将此事了结。孟岩雨为何喊冤，他心中一清二楚。

“你是何人？”他雄浑的嗓音暗含威仪，令孟岩雨心生怯意。

孟家众人见帝王有意探究，面上均露出恐慌之色，就连千军万马中来去自如的孟国公也不自觉咬紧了牙关。今日这事太过蹊跷，一个幼女何来如此胆量拦阻御驾？背后定有人授意，若此人是皇上……想到这里，刺骨的寒意由脚底爬上脊背。难怪皇上不接受军权，只因自己在军中威望太高，他这是要斩草除根才能放心啊！孟国公闭了闭眼，心中一片苍凉。

孟桑榆也与父亲想到了一起，低垂的眸子里满是不甘和仇恨，被男人拽在掌心的手微微颤抖起来。玄帝如何猜不透这父女二人的心思，胸口说不出的憋闷难受，面上表情更加阴沉。

顶着帝王幽深难测的视线，孟岩雨重重磕了个头，哀声道：“启禀皇上，民女乃左将军孟长志之女孟岩雨。父亲根本不是战死，乃是阵前被孟长雄暗箭射杀，求皇上为民女父亲申冤！”

“你怎知你父亲是被孟国公暗箭射杀？身为嫡亲兄长，他又为何要这样做？”玄帝沉声问道。

“回皇上，孟长雄是为了抢夺民女父亲的军功才要暗害民女父亲。此事千真万确！”孟岩雨言之凿凿，就差指天发誓。

孟桑榆冷笑，鼻端喷出一股稀薄的雾气。玄帝捏捏她冰凉的指尖，挑眉道：“据朕所知，你父亲一无能力，二无胆识，能够跃居左将军之位全靠孟国公照拂。若说孟国公为抢夺你父亲的军功而射杀他，这话说出去莫说别人信不信，你自己相信吗？”

孟国公悍勇无敌，战功赫赫，全大庸子民都知道。他要抢夺自己嫡亲弟弟的军功，这话说出来无疑是个笑话。孟岩雨很清楚自己父亲有几斤几两，此时脸色尤为尴尬，嘴巴张张合合不知该如何应对。

就在这时，一名三十岁左右、身穿孝服的妇女在一名十六七岁少年的搀扶下缓缓走出大门，跪倒在帝王跟前，重重磕了个响头后说道：“启禀皇上，臣妇乃孟长志之妻王氏，这是臣妇长子孟炎琦，次女孟岩雨。不管孟长雄因何要暗害臣妇夫君，这事都是千真万确，臣妇有人证，就藏在郊外的庄子上，可将他带到御前对质。”

没想到竟然还有人证，能在孟国公眼皮底下钻空子，这背后操作之人很有些势力。玄帝拧眉暗忖，见孟桑榆面色越发苍白，指尖都在颤抖，不忍再耽搁下去，摆手道：“人证就不必了。”复又看向常喜，“去请闫统领，叫他将上次搜罗到的证据带过来。”

听闻这话，孟国公心脏紧缩，撩起衣摆，自动自发地跪在帝王跟前，孟家众人见状也都跟着下跪。锦衣卫搜罗的证据自然是无可辩驳的，他们而今唯一能做的就是等待帝王裁决。孟桑榆浑身僵冷，想要把手从帝王手心抽出，却被他死死握住了。

王氏垂头抹泪，脸上却满是怨毒和快意之色，若孟长雄罪名落实，这国公府就要由二房当家做主了。

闫俊伟很快就到了，毕恭毕敬地将一沓密信呈上。

玄帝接过密信，甩到王氏面前，冷声道："孟国公射杀孟长志，确有其事。这就是他为何要如此做的原因。"

王氏和一双儿女飞快捡起密信查看，待看清内容，惊喜的表情被巨大的恐慌所取代。

"孟长志勾结谢正豪和沈忠良，欲除掉孟国公夺取军权，此乃通敌卖国之罪，当诛九族。看在孟国公大义灭亲的份儿上，朕本想暗中将此事抹平，但你们非要探个究竟，朕不得不成全你们。"说到这里，玄帝捏捏孟桑榆稍微温热起来的指尖，继续接口，"覆灭耶律皇廷，孟国公居功至伟，诛九族之罪可以军功相抵，你们一家的死罪却是不能免的，来啊，将孟氏二房打入天牢，开春待审！"

侍卫立刻上前羁押三人。王氏与孟岩雨早已吓晕过去，孟炎琦虽不至于昏倒，却也惊恐万状，涕泪横流，扒拉着孟长雄的裤腿大喊"伯父救命"。此时他才知道何谓悔不当初。

孟长雄对二房早已仁至义尽，也看透了他们忘恩负义的本质，并不想替他们求情，可周围人家都看着，他也不好做得太绝，当即磕头道："求皇上看在微臣的面子上饶他们一死。"

孟家人纷纷跟着磕头。

孟桑榆将手从帝王掌心抽出，撩起裙摆，缓缓跪在地上，淡声道："求皇上饶他们不死。"

"虽有爱妃求情，"他用力拉起孟桑榆，语气陡然转冷，"朕也不能姑息，家有家规、国有国法，一切按律令来办吧。来人，将他们带下去！"

孟桑榆不着痕迹地松了口气，脸上却露出哀戚之色。孟国公被帝王搀扶起身，迟疑地开口："皇上，今日省亲……"出了这事，皇上恐怕没有再待下去的兴致。

"进去吧，桑榆很久没回来过了。"玄帝揽住孟桑榆的肩膀，语气说不出的宠溺。

孟国公连忙点头应诺，想到自己先前对帝王的怀疑，心里万般羞愧。这背后之人既然不是皇上，那他定要叫此人万劫不复！

见国公府的大门紧紧关闭，门前由禁卫军重重把守，周围的勋贵悻然回府。还以为今日这趟省亲也被搅和了，没承想皇上竟丝毫不以为意。看来德妃在皇上心里的分量不轻啊！

63 召寝

二房还有三个妾室并一个庶子、两个庶女，都被锦衣卫从内院带走，押入大牢。一行人的哀号、求饶、咒骂声将喜庆的气氛冲刷得一干二净。国公府上至主子下至奴仆俱屏声静气，敛容肃穆。何谓天子一怒，血流漂杵，他们今日总算是切身体会到了。

孟家族老和各房旁支不但没责怪孟国公，反倒庆幸他做事果决，能够大义灭亲，否则等皇上亲自探查，孟氏九族都别想活命，对硬要将此事闹开的二房更是恨到了骨子里，哪有半分可怜或不忍。

文姨娘和庶子、庶女因没有资格去正堂拜见帝王，加之孟瑞珠闯下滔天大祸，早早就被打发回了偏院。正厅里，孟国公带领妻子和儿子正式拜见帝王和德妃，然后邀请两人参加家宴。

热气腾腾的菜肴和醇香浓厚的美酒被一一摆上桌，桌上众人却还惦念着先前的一场闹剧，态度颇为拘谨。

“既是家宴，大家就随意点。”玄帝首先拿起筷子，给孟桑榆碗里添菜，孟国公等人见状，这才稍微露出些轻松的表情。

一盘清蒸鲈鱼摆到了帝王面前，他正要拿起筷子替孟桑榆挑刺，没承想却被孟桑榆按住了手背，柔声道：“皇上，让臣妾来吧。”

她粲然一笑，将最鲜嫩的鱼腹夹取一段，仔细剔除鱼刺，然后放进帝王面前的碗碟里，低声道："吃吧，凉了就腥了。"

玄帝挑眉乜她一眼，将鱼肉吃下，嘴角愉悦的弧度无论如何也掩饰不住。孟桑榆又将一盘茶叶虾拢到手边，剥去虾壳后堆放进他碗里，态度殷勤备至。现实的小东西！玄帝一边吃一边暗笑，对这样的孟桑榆简直爱到了骨子里。孟桑榆其实很简单，你若对她好，她必定会以相同的情意回报，与她相处再轻松自然不过。

又吃了几口，他接过身后宫女递来的湿帕子，将孟桑榆指尖的油渍擦拭干净，笑道："辛苦爱妃了，你快吃吧，不用管朕。"话落，将孟桑榆爱吃的菜夹进她碗里，堆放得满满当当。

两人的互动极为温馨默契，叫桌上众人惊诧不已，拘谨的态度也不知不觉放松了下来。尤其是孟母，看见帝王眸子里不加掩饰的深情，心中颇感诧异。皇上究竟是什么意思？难道当真心系女儿，想给她封后？

孟国公倒没想那么多，拿起酒杯向帝王致敬，见帝王爽快喝干，顿时朗笑连连。孟炎洲涨红着脸站起身，磕磕巴巴地说了些效忠的话，然后连喝三杯。帝王也极给面子地回敬三杯，立时将孟炎洲感动得说不出话来。席中气氛逐渐升温，三人朗声谈笑，推杯换盏，不似君臣更似家人。

孟母与孟桑榆对视一眼，均摇头失笑。

酒过三巡，孟桑榆见男人脸颊有些泛红，想到酉时还要赶回宫去，在桌下悄悄拉了拉他衣袖，示意他少喝一点。这夫妻间的小动作极大地取悦了男人，他转头看来，往日漆黑深邃的眼眸而今显得特别清透，咬着她耳朵低声道："放心，朕没醉。不过你既然不喜欢，朕不喝便是。"

瞥见父母和哥哥戏谑的目光，孟桑榆横了男人一眼，灵动的眼波暗含娇嗔，让男人低笑连连。两人耳鬓厮磨，举止亲密，这般浓烈的温情可不是做戏能做出来的。孟母与孟父碰了碰杯，均露出安心的笑容。

宴后，孟桑榆带着男人在孟家各处走了走，又在自己的闺房相拥小睡片刻，酉时很快就到了。坐进御辇，挥别殷殷相送的亲人，孟桑榆转回头，脸上满是不舍。

"瞧你这模样，以后又不是见不着了。"玄帝将她拉入怀中，一边亲吻她嘴角一边戏谑道。

醇厚的酒香被男人送入口中，从交缠的舌尖蔓延至每一个味蕾，让孟桑榆有些醺醺欲醉。她捧住男人的脸颊，主动加深这一吻，唇分后，低声道：“今日多谢皇上。”

“你高兴就好。”刮刮她挺翘的鼻头，男人笑得满足，这简单纯粹的笑容令孟桑榆心头微动。

新年很快就过去了，严寒的冬日接近尾声，厚重的雪层在阳光的照耀下逐渐融化，光秃秃的树枝冒出了点点新芽，看上去很是喜人。

然而，众妃心中的严冬依旧没有过去，只因皇上不但亲自陪德妃省亲，还接连一月歇在凤飞宫，连自己的青鸾殿都很少回，眼里更容不下旁人。长此以往，这宫中哪里还有她们的立足之地？

碍于皇上日渐铁血的手腕和无处不在的锦衣卫，御史并不敢对皇上的后宫指手画脚。但几位高位嫔妃却坐不住了，相携到沙华宫前跪地申诉。几次三番下来，即便是心性淡漠的太后也有些不胜其扰，召了皇上训话。

待儿子坐定，太后皱眉道：“皇上，宫中保有清白之身的嫔妃不只德妃一人，你如此高调专宠于她，对她而言是祸非福，孟家已经够招眼了，你这般行径只会让她变成众矢之的。”

玄帝面无表情，幽深的眼眸叫人捉摸不透。

太后见他如此，放缓了语气，继续道：“不若哀家再提携几位嫔妃上来，分散分散众人的注意吧。后位、皇贵妃、贵妃位都空悬，四个妃位只填充二人，确实有些寒碜了。”

“但由母后做主。”玄帝把玩着手里的茶杯，语气极为淡漠，仿若事不关己。似想到什么，他冷硬的面部线条忽然柔和下来，看向太后慎重开口：“等桑榆有孕，儿子便要封她为后。既然母后想提携几人，不若先将桑榆晋封为皇贵妃吧。”

“可以，哀家离开前会降下懿旨，封妃大典就不参加了，太过烦琐。”太后点头，复又皱眉，语气变得颇为不耐，“今日歇到别宫去吧，堵住那些女人的嘴。月中哀家就启程回千佛山了，让哀家清静两天。”

“放心，她们很快就不会来烦母后了。”玄帝拍拍太后的手背，眼里闪过一道暗芒。踏出沙华宫，他习惯性地往凤飞宫走，行至半途想起太后的嘱咐，迟疑片刻转往最近的玉芙宫。

玉芙宫的丽妃听闻消息，连忙带着一众宫人走到门前迎驾，涨红的脸颊泄露了她激动的心情。

玄帝淡淡说了声“起吧”便径直越过她，朝内殿走去，在沉睡的六皇子榻前守了片刻，询问过病情便前往偏殿吴才人的住处。丽妃卸下奢华精致的妆容，狠狠将手边的妆奁拂落在地，想到吴才人未喝过绝子汤，又低低笑了。

吴才人听闻太监的唱和，忙走到殿前迎驾，看见龙行虎步、俊美无俦的帝王，脸颊泛出两团红晕，波光盈盈的杏眼里仿似能滴出水来。

“臣妾见过皇上。”她屈膝行礼，露出一截雪白的脖颈。

玄帝却对眼前的美景仿若未见，挥袖说了声“免礼”便举步进殿。行至门口，扑面而来的浓郁熏香叫他狠狠打了个喷嚏。

“皇上可是受了寒气？快到火盆前暖暖。”吴才人紧走两步，想要搀扶帝王的手臂又怯生生地收回，行止间流露出一股女儿娇态，颇为动人。

若是孟桑榆，要么根本不会往前凑，要么就殷勤万分，绝不会耍弄这种欲擒故纵的手段。玄帝神色莫测地瞥了吴才人一眼，越发觉得腻味。

吴才人被他看得心头发怵，亲手倒了杯茶，小心翼翼地送到他手边。

玄帝接过，只啜饮一口便将茶杯推到一边。茶是好茶，但这冲泡的功夫却不及孟桑榆万分之一，难以入口。

“皇上，臣妾日前临了一帖字，总觉得少了一分神韵，却说不出细处，您帮臣妾看看？”吴才人察觉出皇上的不耐，垂头略一思量便寻到了话题。

“拿来吧。”玄帝乜她一眼，淡声道。

吴才人心中一喜，忙叫宫女将自己最得意的一幅字拿出来给皇上鉴赏。她出身书香门第，口里说不满意，实际上对自己的书法造诣相当自信。

接过字幅，玄帝只瞥了一眼便兴趣全失。功底不浅，可匠气过重，全无孟桑榆一丝一毫的灵性。朝侧身而坐、姿态妩媚的女人看去，见她眼底流露出几分自得却偏要故作谦虚，玄帝忽然之间便觉得索然无味。

“有形无神，再练几年吧。”将字幅放置到一旁，他站起身，容色淡漠地甩下这句话，负手匆匆离去。

常喜快步跟上，回头看看满脸错愕和受伤的吴才人，摇头暗忖：“的确是才貌双全的美人，可有了德妃娘娘珠玉在前，再美的美人在皇上心里恐都成了平凡无奇的木楗了。”

凤飞宫里，孟桑榆放下手中快要成型的荷包，曼声道：“快酉时了，皇上该回来了，叫人去御膳房传菜。”

冯嬷嬷迟疑一瞬，低声道：“回娘娘，皇上去玉芙宫了，听说召寝了吴才人，今日怕是不来了。”

孟桑榆愣了愣，咀嚼着自己不经意间脱口而出的“回来”两字，不免自嘲一笑。什么时候开始，她竟觉得皇上来凤飞宫是理所当然的了？这想法可不妙！慢条斯理地整理好针线，对上冯嬷嬷担忧的目光，她语气平静淡然：“他不来难道我就不用吃饭了吗？叫人去传菜吧。把二宝抱进来，它陪我吃也是一样。”

“是。”冯嬷嬷放心了，忙遣人去膳房，又叫碧水将二宝抱了进来。

有玄帝在，二宝只能委屈地待在碧水和银翠的耳房里，就连去花园玩，也要当心别被他撞见，否则立马就会被他身边的太监拿拂尘赶走。此时被主人抱进怀里好一番亲热，它快乐得直哼唧，小尾巴疯狂地甩动起来，可爱的模样叫孟桑榆立即忘了方才的异样感觉。

64 吃醋

想到孟桑榆也许正在等自己回去用膳，得知自己去了别宫，不知该如何伤心难过，玄帝眉头紧皱，脚步越发迅疾，当真是归心似箭。跟在他身后的宫人好一番忙乱，唯独身怀武艺的常喜能勉强赶上他的步伐。

走到凤飞宫门前，他停住了，胸口忽而涌上一股心虚之感。若孟桑榆听闻自己曾召寝吴才人，会不会生气？会不会吃醋？会不会不理自己？

他负手在凤飞宫门前徘徊，满面愁容。

“皇上，您还进去吗？”常喜被皇上绕得头晕，不得不出声询问。

“进去吧。”玄帝摇头失笑，举步跨入宫门。佛说因爱而生怖，因爱而生忧，这话果然没错。他堂堂帝王也会有害怕的时候，早知如此就不该去玉芙宫，哪怕他心中原本就没存什么歧念。

对守职的太监做了个噤声的手势，他径直朝偏殿走，离得近了便听见桑榆银铃般的笑声，胸口的心虚和忧虑瞬间褪去，斜飞入鬓的浓眉狠狠皱起，不自觉加快了脚步。

没了皇上，德妃娘娘过得很滋润啊！皇上的自尊心肯定受伤了。见主子步伐凌乱而急促，常喜摇头暗忖，亦步亦趋地跟上。

凤飞宫里，二宝蹲坐在小圆桌上，脚边放着一碗肉糜粥，孟桑榆手里夹着一块肉，在它面前晃动，它的小脑袋随着肉块转来转去，黑漆漆的小眼珠溢满渴望。孟桑榆将肉块凑近，它立即张嘴去咬，却咬了个空，委屈地哼唧起来。

孟桑榆扑哧扑哧地笑个不停，这才将肉块放进快哭出来的二宝碗里。

“朕不是说过，不许它进殿的吗？”玄帝在门口站了许久，见桑榆一直没发现自己的到来，终于忍不住开口将殿内快活的氛围打破。

“臣妾见过皇上。”孟桑榆吓了一跳，连忙放下筷子，走到门口行礼。

玄帝指尖动了动，却没有如往常那样伸手去搀扶，而是径直越过她，踱步到圆桌边，面色沉沉地盯着桌上的二宝。二宝很害怕这个浑身威势的男人，蜷缩起身子瑟瑟发抖。

“将它扔回猫狗坊去！”玄帝朝常喜冷声命令道。

常喜上前抱起二宝，二宝害怕地缩缩脖子，眼珠子水汪汪的，看上去好不可怜。

“慢着！不许扔！”孟桑榆走上前厉声喝止。

常喜僵住了，犹豫不决地朝皇上看去。

“朕说扔出去，听见了吗？”玄帝嗓音冷沉。

常喜点头，避开德妃娘娘的视线朝殿外走。

“我只是想找个人陪我吃饭，这样也不可以吗？”孟桑榆知道男人的命令不可违抗，语气立即软了下来，黑白分明的凤目氤氲出一层水汽，内中蕴含的孤苦寂寞叫人看了心酸。

玄帝立即就心软了，忙上前将她揽入怀中，轻轻拍抚她脊背，抿着薄唇闷声道：“好了，朕不赶它走，朕只是叫常喜将它带到殿外去。”

常喜机智，忙将二宝交给碧水和银翠。两人心中一喜，接了二宝匆匆退走，唯恐皇上忽然又改了主意。因为皇上不喜二宝，主子甚少有机会与二宝亲热，倒是她们照顾二宝更多一些，自然舍不得它被扔掉。

孟桑榆用脸颊蹭了蹭男人宽阔又温暖的胸膛，嘴角咧开一抹得逞的微笑。她就知道，男人很吃她这一套。玄帝见她像只猫咪一般缩在自己怀中，小模样叫人又爱又怜，不由得收紧手臂，将她抱得更紧，一边亲吻她发顶一边柔声道：“想要人陪不是还有朕吗？”

孟桑榆眸色微暗，推搡着他胸膛，闻见男人身上浓郁的脂粉味，心中莫名火起，更加奋力地挣扎，粉白俏脸涨红一片，眸子黑亮灼人：“起开，什么味儿？臭死了！”她捶打男人厚实的胸膛，秀眉拧成一团。

玄帝低头在自己肩膀嗅闻片刻，笑声更浓：“朕什么都没干，就染了一身的味儿回来，相信朕。”他一边低笑一边去吻孟桑榆的脸颊，见孟桑榆左躲右躲，最后干脆将脸整个儿埋入自己胸膛，当即又爆发出一阵大笑。

65 鸩酒

本以为皇上去了玉芙宫，德妃的独宠之路也该结束了，没承想皇上待了不到一盏茶工夫又离开，最终还是去了凤飞宫，且这一去便没回过青鸾殿，连政务都带到凤飞宫处理，与德妃过起了寻常夫妻的生活。

满宫里的妃子都熬红了眼，对德妃的嫉恨达到了空前的程度。

这还没完，太后忽然降下懿旨，晋升了许多不起眼的嫔妃，不但填满了四妃之位，还将德妃擢升为皇贵妃，只待一个月后举行完封妃大典就能名正言顺地统摄六宫。皇贵妃之上便是皇后，等德妃肚子有了消息，这皇后之位就是她的囊中之物了。

许多人急了，三天两头跑去沙华宫给太后尽孝，并示意母家对御史施压，劝谏皇上雨露均沾，为皇家开枝散叶。

凤飞宫，孟桑榆的书房里，玄帝拿起一沓弹劾奏折，笑容玩味。

孟桑榆的书房如今已到处放满了玄帝的东西，笔墨纸砚成双成对，更有两人的画像挂在最显眼的一面墙上，令她看了颇感无力。想到这里，孟桑榆心中略感异样，见男人手里捏着一本弹劾奏折，似笑非笑地开口："皇上，您还是去别处吧，再这样下去，别人就该骂臣妾祸国妖妃了。"

"你本来就是妖妃，还怕人骂？"玄帝捏捏她微嘟的小嘴，戏谑道。

孟桑榆拍开他手背，翻着白眼去看手里的账册。

脾气越来越大了！男人摇头失笑，心里却涌上无与伦比的满足感。这正是他想要的结果，在不知不觉间打消孟桑榆的戒备，鲸吞蚕食她的心。

两人紧挨着坐在一起，各自处理手头的事务，书房安静得落针可闻。就在这时，常喜敲开房门，附在男人耳边说了些什么。

听见冷宫、良妃等字眼，孟桑榆停笔，拧眉朝两人看去。

玄帝听完常喜的禀报，脸上殊无异色，继续批阅手里的奏折，待折子都批完才搁笔，捧起桑榆的脸颊，在她唇上亲了亲，柔声道："朕有事要处理，很快就回来。"

孟桑榆一把拉住他衣袖，眼里闪烁着八卦的光芒："是不是沈慧茹闹出什么事了？臣妾也跟去看看。"

"不用，当心污了你的眼。"玄帝摆手，转身离开时，脸上温柔的表情顷刻间褪去。

半个时辰前，破败不堪的冷宫里，因德妃独宠而郁结于心的贤妃和丽妃双双结伴前来"探望"沈慧茹。沈慧茹形如枯骨，浑身散发出刺鼻的恶臭，裸露在外的皮肤处处可见化脓的伤口，全无往日清丽绝伦的模样。

因为有上好的丹药吊命，又有嬷嬷和宫女十二时辰不间断地看守，她就算是想死也死不了，只能在这人间炼狱中挣扎。

两人一来就命令嬷嬷将她扒光吊在房梁上，用浸了盐水的牛皮鞭子抽打。沈慧茹咬紧牙关，一声不吭。

没有宠爱，身子也彻底坏了，两人本就不怎么纯良的心性在仇恨中更加扭曲腐化，只有旁人的痛苦惨号才能让她们感觉到快乐。很明显，沈慧茹就是她们快乐的源泉。

太监加大了鞭打的力道，沈慧茹再也忍不住地呻吟起来，四肢不停抽搐。就在这时，另外几名被下了药、曾经又很得宠的妃子也来到冷宫，看见沈慧茹的惨状，立即围拢过来旁观，不时发出嗤笑。

尖利的笑声和不堪入耳的咒骂不停折磨着沈慧茹的神经，她抬起低垂的头，血红的双目满是疯狂恨意，沙哑着嗓音一字一句开口："贱人？如果我是贱人，你们一个个也好不了多少。知道皇上为什么不碰你们吗？"

本想上前掌嘴的嬷嬷被贤妃拉住了，拧眉问道："为什么？"沈慧茹的模样不似故弄玄虚，难道里面还有什么隐情不成？

见众人都死死盯住自己，想要探个究竟，沈慧茹诡异地笑了，露出一口渗着血丝的白牙："因为皇上重伤昏迷，直到两月前才醒过来，之前碰你们的那个皇帝是假的，是暗卫找来的替身。哈哈哈，淫乱后宫，不洁之身，贱人！你们全都是一群贱人！"她疯狂大笑起来，面容扭曲到了极点。众妃不敢置信地摇头，想要否认，可心里有个声音告诉她们，沈慧茹说得是真的。随她们一起前来的宫女、太监开始瑟瑟发抖，眼中流露出绝望。听了这等惊天秘闻，他们哪里还有活路？

疯狂的劲头一过，沈慧茹便全身脱力地吊在房梁上，呼吸低不可闻。众妃僵直地站在原地，久久无法消化这一可怕的事实，现场死一般的寂静。

过了半晌，贤妃头一个清醒过来，扑上去厮打沈慧茹，锋利的甲套很快就将她的脸划得血肉模糊。

"是你！都是你害的！若不是你指使，那替身哪来的胆子淫乱后宫？怪不得你们沈家要诛九族！你们该死！你们该死……"骂到最后，贤妃已是嗓音沙哑，鬓发散乱，脸上倾泻而出的泪水模糊了她精致的妆容，形若厉鬼。

其他妃子也反应过来，瞪向沈慧茹的眼睛里充斥着疯狂的杀意。她们要将她扒皮拆骨，将她的血肉抠下来，一丝一丝吞下肚去，如此才能消解心中滔天的恨意！

就在场面快要失控的时候，玄帝及时赶到，身后跟着一群手持佩刀的黑衣人，浓烈的肃杀之气在殿中蔓延，令众妃浑身的血液冻结成冰。

她们腿脚一软，跪趴在地上，想要请安，几次张嘴都发不出声来。直到此时此刻她们才明白，自己近段日子的争宠行为是多么的愚蠢！如果早知道真相，她们绝对会龟缩在自己的寝殿里，再也不出现在皇上面前。她们的存在无疑是皇上最大的耻辱，皇上只是疏远而不是暗中处理掉她们已算仁慈，可她们还不知足，想尽办法勾起皇上不堪的回忆，这与找死有什么区别？

“呜呜呜……”丽妃趴在地上痛哭出声。如果这是一场噩梦，请让她立即醒来吧！由她带头，殿中很快就哭成一片。

“把她拉开。”玄帝抬手指向还在疯狂发泄的贤妃。两名黑衣人应诺，上前制住贤妃的双手。贤妃挣扎片刻才发现皇上，滔天恨意被巨大的恐惧所取代，一下就瘫软在了地上。皇上来了，最后一层遮羞布也扯开，她们还有什么活路？

玄帝信步走到殿中坐下，看见被吊在房梁上的沈慧茹，脸上的表情极其淡漠。

沈慧茹动了动，极力将头埋得更低，以躲避男人的视线。男人还是九五至尊，而她则变成了任人践踏的烂泥，陡转的命运多么具有讽刺意味儿。若是当初……她微不可见地摇摇头，心中自嘲地忖道：没有当初！

“把她放下来，弄块布盖上。”玄帝淡淡开口。两名黑衣人依言而行，动作相当迅速。

他们是皇上的暗卫，平时隐匿在皇上身边，到了关键时刻才会出现。像这等阴私，只有他们才适合处理。当然，他们的出现往往意味着一场血腥杀戮的开端。

众妃也明白这个道理，不可遏制地颤抖起来。

“求皇上看在臣妾身不由己的份上饶臣妾不死，臣妾甘愿带发修行，常伴青灯，以洗清身上的污秽！”求生的欲望战胜了恐惧，丽妃砰砰砰地磕头，额际很快就渗出一丝鲜血。

其他妃子立即效仿，哀求声连绵不绝。

玄帝对身后的暗卫挥手，语气冰冷刺骨：“把所有下人带走处理。”

黑衣人应诺，将瘫软如泥的宫人一个个拖出去，对他们的哭泣哀求听而不闻。众妃更是磕头不止，地上很快就沾了一团团血迹。

“回去吧，今日什么事都没发生，记住了！”玄帝敲击着椅子扶手徐徐开口，语气并不怎么慎重，甚至可以说有些漫不经心。都是重臣之女，她们冷静下来想一想就知道，他不会杀了她们。当然，他也不担心她们会泄密，为了自己的身家性命、权力地位、家族名誉，她们至死也会将这件事烂在肚子里。

众妃如蒙大赦，用袖子胡乱抹去脸上的血泪，爬起来逃也似地离开，仿若身后有恶鬼在追赶。

待人都走光了，玄帝看也不看地上缩成一团的沈慧茹，站起身大步离去，行至殿门，对常喜沉声命令道：“赐她一杯鸩酒。”

沈慧茹干枯的眼眶涌出两行热泪，艰难地爬起来磕头，沙哑的嗓音满含感激：“罪奴谢皇上恩典！”

玄帝仿若未闻，脚步不停地远去。常喜端着一杯鸩酒送到她唇边，她拿起酒杯一饮而尽，脸上带着解脱的笑容。

转过拐角，看见静立在廊下的太后，玄帝愣了愣，随即上前行礼。

太后收回看向远方的视线，幽幽长叹：“留她到现在，你等的就是这一刻吧？可怜她还要向你道谢。”

玄帝默而不言。

“哀家明日便走。”太后转身离开，毫不留恋。一去十年，她早已不习惯宫中的钩心斗角。

“若她们安分守己，今日之事本不会发生。”玄帝上前几步，沉声解释。若不如此，这群女人永远不会消停。他预料到了人心的丑恶，所以设下这个陷阱，若她们抑制住了心中的恶念和贪欲，这一切都可以避免。为了争宠而手段尽出，他总有疲于应付的一天，不如一劳永逸的好。

太后摆摆手，不想多言。

玄帝心中微涩，苦笑道："母后也等参加完桑榆的封妃大典再走吧，也算给她一个脸面。"

"她不会计较这些。"太后终于开口，"哀家等她封后那天必定会回来。如果真的有那一天的话。"深深看一眼儿子，太后表情略带忧虑地离开。

"母后不必担心，儿子对桑榆是真心的，她是儿子心中最干净柔软的所在。"玄帝用拳头抵住胸口，慎重的语气仿若誓言。

太后脚步微顿，深沉的眼底流露出几分释然。

众妃从冷宫离开的惨状被有心人看在眼里，经过多方打听都没探到半点消息，过不了多久就消停了。同样被假皇帝沾过身，却没有去冷宫凌虐沈慧茹的嫔妃们依然被蒙在鼓里，听闻沈慧茹死去的消息，心中若有所觉却不敢深想。看见病倒在床、奄奄一息的贤妃，她们有预感，事情的真相一定不是她们能够承受的。故而，她们也学着别人那样，开始紧闭宫门，深居简出，再不往皇上跟前凑。

劝谏皇上的奏折也因众妃的沉寂而消停下来，前朝后宫一时间风平浪静，唯有太后的离开激起了几丝涟漪。令人大感意外的还是丽妃，竟效仿李昭仪，在沙华宫前跪求太后带她和六皇子去千佛山。这也是一个聪明又有决断的女人，太后考虑了半晌，最终答应了。

一个月后，德妃和几名新晋妃子的封妃大典终于给一潭死水的深宫带来了几分喜气。奄奄一息的贤妃在不久后终于痊愈，从此变得阴沉冷漠，终日不踏出曼珠宫一步。

而以前的德妃，现今的淑惠皇贵妃的传奇人生才刚刚开始，她经久不衰的圣宠，帝王对她忠贞不渝的爱情都被后人津津乐道。

当然，现在的她还什么都不知道，正筹备着掌管宫务以来的第一件大事——选秀。

66 美人

大庸朝的选秀，四品以上官员的女儿年满十四岁都要参加，但这只是走个过场，皇家并不会强行征召。有真心替女儿着想的父母若打定主意给女儿另觅佳婿，可上折子给皇上呈情，一般都会批准，若因意外错过了选秀，解释清楚原因后也可自行婚配，并不需要等下一届，毕竟一等就是三年，女儿家耽误不起。但更不乏野心勃勃的父母非要将女儿送入后宫博一场锦绣荣华。

阳光和煦，草长莺飞，被绿色植物包围的凤飞宫里一片生机勃勃的春景，空气中浮动着青草的涩味和花树盛开的浓香。孟桑榆敞开窗棂，慵懒地斜倚在软榻上，一边晒太阳一边翻看手里的秀女名册。

见主子看得津津有味，半点没有危机感，冯嬷嬷忍不住了，忧心忡忡地开口：“娘娘，您私下里问问皇上对这些秀女的想法，也好早做防备。听说这届秀女十分出众，有一女甚至被誉为大庸第一美人，不可小觑啊！”

“我早已问过了，皇上说没有想法，全随我意。”孟桑榆拿帕子捂嘴，不顾形象地打了个哈欠。

冯嬷嬷这才满意了，皇上果然是最在意主子的。

孟桑榆睇她一眼，表情不以为然。即便男人做到这种程度，在她心中依旧是不合格的。她可以忍受和许多女人共同拥有一个男人，可以替他挑选美貌姬妾填充后宫，但这些都建立在她身不由己的前提下。如果可以，她何尝不想一生一世一双人？但这注定只能是奢望，她唯一能做的就是牢牢把持住自己的心。多亏了这场选秀，让沉溺在男人柔情中的自己及时清醒了过来。孟桑榆自嘲一笑，将画册往后翻，好奇地询问：“大庸第一美人？哪家的？”这名头她进宫前依稀听说过。

“回娘娘，是虞国公府的嫡长女虞雅歌。她本该是和您一届的秀女，因当时突发急症没能参选，故而推迟到这届。她的庶妹倒选上了，但进宫三年一直没能获宠，这次托太后娘娘的福，新晋了德妃。”冯嬷嬷一边说一边将冷掉的茶水撤了，换一杯新的。

孟桑榆举杯啜饮，翻到虞国公府一页，眉梢微挑：“原来是虞雅安的嫡姐，十八岁，年龄有些大了。怎的三年里都不婚配，偏要进宫挤这独木桥。”她摇头，有些不能理解，难道荣华富贵真比终身幸福还重要吗？

“听说提亲的官媒把她家门槛都踩烂了，她母亲先后相中了好几户，都被她拒绝了。她心大着呢，看见庶妹晋封四妃之一，如何能甘心？”冯嬷嬷满脸鄙薄之色。

孟桑榆细细欣赏手里的画像，感叹道：“有如此容貌，心如何能够不大？连我见了都要意动，男人哪里抵抗得住？虞国公对她必是寄予了厚望，否则也不会在庶女晋封德妃的当口还把她送进来。”

冯嬷嬷瞥了眼名册，不得不承认这女子确实非同一般。不过是幅小像，那精致绝伦的五官却已相当吸引人的眼球，若是真人，又不知该美到何等地步。

见主子眉目舒展，眸光清透，没有一丝一毫戒备之色，冯嬷嬷几番迟疑，终是闭了嘴。没有皇上的宠爱，主子照样能过得舒心，何必争来夺去地折腾自己。

两人继续往后翻看名册，就在这时，碧水匆匆走进来，脚边跟着欢喜雀跃的二宝。

“娘娘，今日春光大好，德妃娘娘在御花园里设了赏花宴，邀您前去参加。”顿了顿，碧水补充道，“她还邀请了一些秀女，二小姐也出席了。”

孟瑞珠？孟桑榆挑眉，本不欲前去，听见后一句又改了主意。孟瑞珠虽然有些心计，眼界却过于狭小，性格还十分自大虚荣，很容易叫人当枪使。不去看着，她放不下心。

“替我更衣吧。”按揉眉头，孟桑榆走进内殿，换上明黄色的皇贵妃朝服。朝服的凤纹尾羽上镶满了一粒粒细小的珍珠，在阳光的照射下熠熠生辉，再配上极尽奢华的黄金头面，孟桑榆整个人都散发着金光，仿如一枚小小的太阳，叫人不能直视。

若是常人将金色深深浅浅地堆砌在身上必显得俗不可耐，可孟桑榆通身的贵气和艳丽无双的容颜却将金色的霸气和雍容彰显得淋漓尽致。这是一种锋利而尖锐的美，能够将人的眼球都刺伤。

冯嬷嬷将主子裙摆上的褶皱一一抚平，退开两步上下打量，心中的危机感瞬间褪去。主子这通身的气派，放眼全大庸谁人能及？再美的女人与主子站在一起也似洗褪色的衣裳，穿不得了。

“走！”孟桑榆挥袖，掠起一道金光。一众宫人挺直腰背齐声应诺，独属于凤飞宫的凌厉气势铺展开来。

御花园的鹤望阁内，新晋德妃虞雅安正招呼一众秀女坐下，并亲热地将自己的嫡姐和孟瑞珠拉到自己身边落座。

虞雅歌因容貌过人，又是嫡女，自小便千娇万宠地长大，故而心气极高，对这个容貌逊于自己却位列四妃之首的庶妹极为看不上。她强忍心中的嫉妒，对庶妹屈膝行礼，待见到相貌只是一般的孟瑞珠待遇竟比自己还高，脸上便流露出郁色。

她长得极美，柳叶眉，丹凤眼，鹅蛋脸，樱桃小嘴，堆云墨发……身上的每一处都是对于“美丽”二字最好的诠释。更甚者，她还极会打扮，鹅黄色的纱裙和清醒淡雅的妆容将她衬得仿似月宫仙子般迷人。坐在她身边，所有女人都黯然失色。

看见众人频频投来的隐含嫉妒和戒备的目光，虞雅歌用绣帕掩饰嘴角自得的微笑。听说淑惠皇贵妃宠冠六宫，皇上对她爱若珍宝，而今自己来了，这第一宠妃的名头也该换换了吧？

“淑惠皇贵妃到！”鹤望阁外响起太监高昂的通禀声，一众嫔妃和秀女连忙走到外面屈膝行礼。

明黄色的身影在璀璨的阳光中逶迤而来，引得众人不自觉抬头探看，然后齐齐闭了闭眼，心中震撼。

虞雅歌的确很美，本以为她的美就是一种极限，难以超越，可见了皇贵妃才知道，有一种美不在容貌，而在于气质。她的眉毛不似时下最流行的柳叶眉，很粗很浓，几分霸气在略微上扬的眉梢跳跃；她的眼睛狭长，眸色黑白分明，犀利的眸光仿若能穿透人心，叫人不敢逼视；她的嘴唇略厚，涂上殷红似血的胭脂就像一团烈火。

这是一种极尽张扬霸气的美，能够焚烧一切，虞雅歌站在她身边显得那么单薄无力，正如漆黑夜空的皓月永远不能与畅行天际的艳阳争辉。

新晋德妃虞雅安毕恭毕敬地行礼，在皇贵妃漫不经心地拂袖下起身，看见嫡姐苍白的面色，眼里飞快划过一抹嘲讽的暗光。见惯了如此鲜明璀璨的皇贵妃，皇上还能看得上刻板无趣的虞雅歌？她很怀疑！不过一只没见过世面的井底之蛙罢了，还妄想登天！

她垂头用绣帕掩嘴，低不可闻地嗤笑一声。

孟桑榆在德妃让出的主位上坐下，朝孟瑞珠招了招手，道："过来坐吧。"

被虞雅歌完全压制住了的孟瑞珠欣喜地答应一声，在嫡姐身边坐下，态度有些拘谨。

"你们都坐吧，随意点。"孟桑榆接过冯嬷嬷递来的热茶，浅浅啜饮一口，一举一动透着逼人的贵气，直教众人更忐忑，哪里还随意得起来。

"除了赏花，可还有别的余兴节目？"孟桑榆淡淡开口，打破了略显滞涩的气氛。

德妃正要回话，缓过劲来的虞雅歌却先一步屈膝行礼，嗓音婉转："民女有个提议，不知好是不好？"她略微抬头，飞快地看了孟桑榆一眼。

"什么提议？"孟桑榆兴味地挑眉。反正也是无聊，就陪大庸第一美人玩玩。

银翠怀里的二宝不合时宜地哼哼唧唧起来，挣扎着想要下地，打断了正欲开口的虞雅歌。

"带它去花园里溜溜，前几日下雨，把它憋坏了。"孟桑榆挥手，笑容宠溺。

银翠和碧水应诺，带二宝走进御花园深处，孟桑榆看向虞雅歌，挑眉道："说吧。"

"回娘娘，不若咱们边赏花边作诗，再设个诗魁的彩头如何？"虞雅歌垂头，掩饰眸中的算计。谁人不知孟家将门虎女，最是不通文墨，这个提议她应了是出丑，不应便是露怯。虞雅歌也不怕对方因此而记恨，有父亲和庶妹帮衬，再加上自己的容貌，她有自信在殿选那天被皇上一眼相中。皇贵妃再得宠还能拗得过皇上？她就不信了！

孟瑞珠表情僵硬，她是真的不通文墨，连忙求救似的朝嫡姐看去。

孟桑榆笑了，浑不在意地挥手："这个提议不错。夺得诗魁者本宫有赏。题材不限，一炷香时间内作完全诗，开始吧。"她是上位者，让这些人作诗纯粹就是给自己找个乐子，谁说要亲自参加？不能失了身份！再者，这虞雅歌还真戳中她软肋了，她写字画画天赋极佳，唯独作诗就是个废柴，而剽窃之事她向来不屑为之。

虞雅歌被皇贵妃颐指气使的语气噎了一下，面色几换，最终虚弱地应诺，在铺开的宣纸前绞尽脑汁构思。

虞雅安掩嘴而笑，心道皇贵妃是你能挑衅的吗？父亲和嫡母将你养得不知天高地厚，以为凭一张好相貌就能登天了？真是笑话！

一炷香时间到了，众位秀女相继上交诗作，孟桑榆与虞雅安互相传看，甄选魁首。还别说，虞雅歌既然敢开口，果然是有几分真本事的，她的《咏春》遣词华美，意韵清新携永，是极为难得的佳作。看来看去，她是此次诗魁无疑。

孟桑榆正要宣布结果，守在阁外的太监大声通报道："皇上驾到！"

孟桑榆和虞雅歌忙走出去跪迎，众位秀女的眼睛齐齐发出亮光。

67 诗魁

玄帝处理完政务，听说孟桑榆在御花园中赏景，立即就寻了过来，脑海中勾勒出自己抱着孟桑榆沐浴春光的美好画卷。

看见鹤望阁外乌压压跪倒的一片人，他皱眉，兴致瞬间消了大半。

"起吧。"亲自搀起孟桑榆，将她的小手捏在掌心，玄帝淡淡开口。

虞雅安笑容恬静，丝毫看不出乍见圣颜的惊喜。能够得到太后提携，占据原本属于皇贵妃的四妃之首的位置，她的头脑和心性都远胜常人。帝王对待皇贵妃的态度，说是爱若珍宝都有些不及，爱逾性命倒更加贴切。只要有皇贵妃在，他眼里根本容不下别人。

眼角余光瞥见满脸晕红、表情激动的嫡姐，她垂头讽刺一笑。

“你们在干什么？”搂着孟桑榆在身边坐下，玄帝替她拂开被春风吹乱的鬓发，语气透着浓浓的爱宠，叫一众秀女听了又妒又恨，却又对获得帝王的宠爱更加心驰神荡。其中以孟瑞珠和虞雅歌尤甚，两人的眼珠都红了。

“在作诗呢。”孟桑榆指指桌上散乱的诗作。

“你？作诗？”玄帝挑眉，低沉的嗓音里满是笑意。孟桑榆学什么都快，偏偏于作诗一道没有半点天赋，他教了好几个月，如今连声律都还没学透。想起那些胡拼乱凑、不知所云的诗作，玄帝就忍不住发笑。真是……真是太可爱了！

将帝王满带揶揄爱宠意味的低笑错认为嘲笑，虞雅歌眸色微亮，上前一步，娇声道：“启禀皇上，民女们已作完诗，正待娘娘甄选出魁首。民女对娘娘的才华仰慕已久，不知可有荣幸见识一二？”她有自信，自己一开口，皇上必定会注意到她，继而像以往的每一个人那样为她倾倒。

外人皆知孟桑榆不通文墨，何来的“仰慕已久”？这女人是存心刁难孟桑榆啊！不过一个庶民，也敢挑衅皇贵妃，心是不是太大了？玄帝眸色暗沉，直勾勾地朝虞雅歌看去，对上她精致绝伦的面容，表情没有一丝一毫的变化。孟桑榆是他眼里唯一的亮色，其他女人对他而言不啻于红颜白骨。

“朕以为你还没那个荣幸。”他沉声开口，言辞毫不客气。

皇上冷淡至极的反应太出乎意料，虞雅歌脸色瞬间惨白，有种从云端坠落至深渊的惶惑之感。其他秀女纷纷掩嘴，强忍住欲涌出喉头的讽笑。

孟桑榆打了个哈欠，黑白分明的凤目染上一层水汽，在明媚春光的映照下显得流光溢彩，好不迷人。她单手支腮，言语直白：“世人都知本宫不通文墨，叫本宫作诗，你这是想看本宫出丑吗？”

窗户纸一捅就破，虞雅歌不知道皇贵妃说起话来跟她的人一样犀利，连忙跪出来请罪，怆然欲泣，楚楚可怜的模样哪怕圣人见了也要动心。

玄帝却只是淡淡一瞥，挥袖冷声叫起，尔后捏了捏桑榆细嫩的指尖，眼里充斥着浓郁的笑意。孟桑榆这张小嘴噎起人来能把人噎死。

孟桑榆见男人没有被女色所惑，忽然之间就觉得心情大好，凑到男人耳边，促狭开口：“皇上，臣妾近日又有新作，你要不要听一听？”

“哦？说出来待朕鉴赏。”玄帝挑眉，知道孟桑榆又要拿惨不忍睹的诗作来折腾自己。孟桑榆永远不会知道，他面上纠结痛苦，内心却甘之如饴。

孟桑榆抿唇，沉吟片刻后煞有介事地开口：“我在路上走，遇见一只猫，我对它说‘你好’，它对我叫‘喵喵’。”

由于她刻意压低了嗓音，只有坐得比较近的虞雅安、虞雅歌、孟瑞珠三人听见，面上俱露出呆滞的表情。这是什么鬼东西？能叫诗吗？能叫诗吗？！她们对诗的认知被彻底颠覆了！

玄帝俊美的脸庞瞬间僵硬，细细回味片刻后忽然爆发出一阵大笑，抚掌道：“好、好、好！好诗！特别是最后一句，真可谓神来一笔！也只有桑榆你才想得出来！不用选了，今日的诗魁非桑榆莫属！”好不容易收住笑，玄帝刮刮她挺翘的鼻头，戏谑道。

虞雅歌晃了晃身子，有些摇摇欲坠。孟瑞珠双颊通红地朝年轻俊美的帝王看去，暗忖道：传说中皇上喜欢才女，今日看来并非如此。若是姐姐能够提携一二，我也是有机会的。

虞雅安垂眸，本就死寂的心连同最后一点奢望都化为烟尘。皇上对皇贵妃的包容宠溺已经达到了这种地步，旁人可还有半点机会？都说若真的情系某人，无论那人说什么、做什么都是好的，都是可亲可爱的，这话果然没错。

“既然是诗魁，不若写出来让我等瞻仰瞻仰皇贵妃的大才。”胸中翻腾的嫉妒叫虞雅歌失了分寸，她强扯出一抹微笑，语气却有些咄咄逼人。

众位秀女露出好奇的表情，孟瑞珠垂头，掩饰自己脸上的幸灾乐祸，孟桑榆打了个哈欠，态度不以为然，仿若对方就是只烦人的苍蝇。

玄帝当即阴沉下脸色，睇向虞雅歌，声音冷沉：“皇贵妃的诗作，除了朕，没人有资格欣赏。在皇贵妃和朕的面前说话也如此轻慢放肆，虞国公是怎么教的你规矩？”

虞雅安心中一惊，忙跪下来请罪。

虞雅歌对上男人冰冷无情的目光，眼眶立时红了，在庶妹的拉扯下不得不跪地求饶。她自出生以来，何曾受过这样的委屈，且给她委屈受的还是她一心恋慕之人，她本就不怎么坚强的心正濒临崩溃的边缘。

玄帝兀自把玩着孟桑榆指尖的金丝甲套，对虞氏姐妹不理不睬。他能感觉到孟桑榆对虞雅歌的不喜，那就让她多跪一会儿吧。

68 野心

孟瑞珠亦步亦趋地跟随在嫡姐身后，看见她明黄色的华贵朝服，看见她周围成群结队的仆佣，心里被羡慕和嫉妒占满。

“还有一天就参加殿选了，你尽量待在储秀宫里，不要轻易结交朋友，不要随意碰触她们的东西，更不能吃她们送来的食物，小心着了道。本宫派了常贵去照顾你，你见过了吗？”孟桑榆怀里抱着没精打采的二宝，曼声询问。

常贵是常喜公公的接班人，大内副总管，能指使得动他，可见皇贵妃的权力有多大。孟瑞珠一边点头一边思量，对宫中的花团锦簇更加向往。若自己能留下来，是不是有一天也能登上这样的高位？她不可遏制地想。

“怎么还抱着这畜生？！扔掉！”玄帝带着常喜赶上，看见孟桑榆怀里的二宝，脸色立即黑了。占别人便宜他可以当没看见，占了孟桑榆便宜，他非得将这小畜生大卸八块不可！

孟桑榆哂笑，忙把二宝递给银翠，主动挽着他胳膊娇声道：“皇上，您看二宝这蔫蔫的样子多可怜？您给它找个媳妇吧？”

玄帝挑眉：“猫狗坊没有可以匹配它的番狗，与其让它备受煎熬，不若彻底除了它的痛苦之源。”

阉了二宝？孟桑榆凤目圆睁，想也不想就抡起粉拳，在男人胳膊上捶了一下，娇喝道：“不行！我绝不同意！”

几月来的刻意纵容颇具成效，孟桑榆在不知不觉中撤掉了厚厚的心防，常会做出些可爱的小动作，也会忘了“臣妾”的谦称，那自然率真的模样与阿宝的记忆融合，令玄帝心尖发烫。他将孟桑榆的小拳头包进掌心，低笑道：“逗你玩儿呢，朕明日写信给高卢，叫他们再送几只番狗过来。最迟明年二宝就能娶上媳妇，今年且叫它忍一忍。”

“这还差不多。”孟桑榆启唇，对男人辗然一笑。男人爱怜地摩挲她脸颊，漆黑的眸子微微发亮。

两人玩闹惯了，竟忘了有旁人在场，常喜满头黑线，不得不高声咳嗽。

孟桑榆立即推开男人坐定，脸上全无羞意，淡声道：“让妹妹见笑了，喝茶。凤飞宫的茶点不错，你等会儿带些回去吧。”

孟瑞珠欣然应诺，端起茶杯缓缓啜饮，低垂的眸子里闪烁着精光。没想到高高在上的皇上也有如此温柔可亲的一面，那深邃眼眸里的浓情蜜意让她沉醉。若被搂入怀中的人是自己……想到这里，她眼底不可遏制地流露出一丝野望。至尊帝王的宠爱，谁不想要？！

定了定神，她抬起头来，小心翼翼地询问：“姐姐，不知殿选可有什么忌讳？”

“妆容尽量素雅，穿戴切勿过于奢华，越本真越好。即便紧张出错了也没有关系，脸上的笑容要保持住，莫失了仪态。”孟桑榆简单提点。她虽不会给庶妹留牌，但殿选过后会替她相看一户合适的人家，叫皇上赐婚。这也是父母亲的意思，父亲陈情的奏折早就摆在皇上的案头了，只不过文姨娘和孟瑞珠还不知道。

孟瑞珠点头，尽量控制住自己的视线莫往皇上那边瞟。

孟桑榆一边回忆一边述说，大都是经验之谈，孟瑞珠暗中记下，待她话落，故作忧虑地开口：“殿选还要展示才艺，妹妹想要弹琴，可心里没底儿，姐姐帮妹妹看看吧。”她眼角余光悄悄朝俊美无俦的帝王探去。

孟桑榆意味深长地睨她一眼，对眉头紧皱的冯嬷嬷道：“嬷嬷，给瑞珠搬一张琴过来。”有人娱乐自己，她从不会拒绝。

孟瑞珠暗喜，待琴放好，仪态万千地跪到殿中，素手轻扬，拨出一串动听的音符，然后微微抬眸朝座上男子看去。

玄帝看似盯着她，实则眼神放空，极力回忆当初殿选时孟桑榆表演了什么才艺，如何穿戴，可有紧张露怯。她当时才十四岁，正是孟瑞珠这般年纪，没人提点帮衬，心中必定很仓皇无措，而自己却连一丝一毫的印象也没有。

想到这里，他转头看向孟桑榆，低声问道："桑榆殿选时可曾紧张？展示的是什么才艺？"

孟桑榆眸色沉沉地睇他一眼，漠然开口："皇上都忘了，臣妾更加记不得了。"她当时怎么会紧张？她早就知道，不管自己表现得多糟糕，这个男人都会留下她。他看中的不是她的人，而是她背后的孟国公府。在他眼里，她不过是颗棋子而已。

感觉到孟桑榆周身冷凝的气息，玄帝呼吸微窒，舌尖泛出一阵阵苦意，他好像又说错话了。搂住女人单薄的肩膀轻轻拍抚，他柔声道："以前的事已成过往云烟，无须铭记，我们还有很漫长的将来要一起走过。"

是啊，还有很漫长的将来，不过并非与你一起，我一个人就可以！孟桑榆浅笑，不予回应。

那笑容淡漠缥缈，仿若一缕云烟，忽远忽近，永远无法触摸到。玄帝眸色晦暗，心脏又开始隐隐作痛。孟桑榆还是没有真正地接受自己啊，该怎么办？有那么一瞬间，他觉得心灰意冷，可瞥向孟桑榆的肚子，他又再次振奋起来。没关系，只要有了孩子，还怕拴不住桑榆的心吗？

两人各怀心思，可身体却亲昵地紧靠在一起，对殿中悠扬的琴音仿若未闻，可怜孟瑞珠的媚眼都抛给了瞎子看，越到曲末越是急躁，一连弹错了好几个音。最后一个音符消失在殿中，她缓缓收手，躬身致意，脸色苍白一片。

孟桑榆很给面子地鼓掌，玄帝只皱皱眉，道了声"尚可"。

孟瑞珠的脸色更加难看，略坐片刻就匆匆告辞。

毕竟是自己的妹妹，在外人面前须给她撑起孟家的脸面，孟桑榆直将她送到宫门口才回转。孟瑞珠却忽然拉住她衣袖，颤声问道："姐姐，不知你以前说过的话可还算数？"

"什么话？"孟桑榆挑眉。

"若瑞珠肯喝下绝子汤，你就将瑞珠留在宫里。"孟瑞珠咬牙，最终下定了决心。只要能留在皇上身边，不能生孩子有什么关系？不是还可以抱养吗？

孟桑榆掩嘴而笑，略微上扬的语气透着股恶趣：“傻孩子，那是逗你玩儿呢！本宫可不做引狼入室、养虎为患的蠢事。你还是安心等着嫁人吧，本宫会替你寻一户好人家。”话落，她转身便走，徒留下孟瑞珠傻子一般站在原地。

69 殿选

秀女们休整了一日，殿选终于来临。这天也是个阳光和煦、芳草吐蕊的好天气，窗外不时传来杜鹃和黄莺的脆鸣。

孟桑榆一边给玄帝整理衣襟一边询问：“皇上，你真的不挑几个合意的留下？臣妾选出来的怕你不会喜欢。”

玄帝垂头在她颊边一吻，微笑道：“朕除了你，谁都不中意，她们的去留全由你决定。”

“皇上就不需要选出重臣或心腹大臣之女联姻？对于朝堂上的弯弯绕绕，臣妾可不明白，怕误了您的事。”孟桑榆可不会被男人的甜言蜜语打动，继续追问道。

“而今朝堂尽在朕的掌握，何需靠联姻来笼络人心？”玄帝嗤笑，将一只华胜别在桑榆鬓边，柔声安抚，“你爱留谁就留谁，朕没有意见。”这次殿选他根本没兴趣参加，都交给孟桑榆做主，若不是碍于祖宗规矩，他倒更想废了大选，可思及儿子将来还要成婚，只得将这个念头压下。

孟桑榆睨他一眼，挑高眉毛问道：“若臣妾一个都不留呢？”

“那就一个都不留！朕给你善后！”玄帝搂着她大笑，狠狠在她唇上啃咬一口，轻声道了句“醋坛子”便径直上朝去了，心情前所未有的愉悦。他喜欢孟桑榆有独占自己的念头，因为他心亦然。

孟桑榆站在殿门口目送他离开，表情复杂。

冯嬷嬷走上前，轻声询问：“娘娘，咱们真的一个都不留？”她总觉得好期待啊！银翠和碧水也目光灼灼地看过来。

“皇上说笑呢！若我真的一个不留，皇贵妃之位也不用坐了。”孟桑榆摆手，走进内殿补眠。殿选要早朝结束后才开始，还有一个时辰，不急。

一个时辰后，早已打扮一新的秀女们齐齐聚在储秀宫正殿外的空地上，按五人一组站好，等待殿选。若没有后妃提携，这是她们唯一能够面见皇上的机会，自然要好好表现。孟瑞珠一身粉绿纱裙，再加上清新素雅的妆容，站在一众秀女中也没落了下乘。她容貌本就不俗，前几日有虞雅歌在，显不出来，而今虞雅歌不在了，自然脱颖而出。

同组的秀女知道她是皇贵妃的妹妹，纷纷上来巴结，都被她的冷脸击退。

储秀宫的正殿里，除了皇贵妃，四妃都已齐聚。贤妃一个人坐在角落，阴恻恻的表情，淬了毒的目光叫人望而生畏。新晋三妃本有意上前攀谈，对上她的视线后齐齐打了退堂鼓。以前的贤妃也不好相与，但现在的贤妃就像只厉鬼，叫人打从心底感到害怕。还有以前那些曾经盛宠一时的嫔妃，如今都深居简出，难得见上一面，这样的转变太过突兀，也不知那天究竟发生了什么事。

虽然好奇得要死，但深谙后宫生存法则的众嫔妃都知道，有些事不是她们能够探究的。

等了片刻，孟桑榆带着一众宫人施施然步入正殿，在主位上坐定。四妃行礼，见她孤身而来，新晋良妃和淑妃忍不住露出失望的表情。她们已经有好几个月没见过皇上了。

“起吧。”孟桑榆抬手，一脸倦容。春天果然是睡觉的好天气，她近来总觉得睡不够。

“敢问娘娘，皇上怎么没来？”良妃没有起身，大着胆子询问。

“皇上政务繁忙，不来了。”孟桑榆扯了扯嘴角，待满脸失望的良妃和淑妃坐定，对殿门口的太监命令道，“传第一组秀女进来吧。”

亭亭玉立的五位少女款步进殿，跪下行礼，当真是貌若芙蓉，声如黄莺，叫人见之忘俗。虽然早已看过画册，知道这届秀女质素异常出众，可见了真人又是另一种感受。方才还万分失望的淑妃、良妃不禁暗自庆幸皇上没来，否则还不被勾走魂。

两人朝皇贵妃看去，面上均露出放心之色。皇贵妃手段不凡，前天用一首诗就解决了虞雅歌，今天也不会留下劲敌才是。

但很快她们就知道，自己想错了，皇贵妃甄选得很认真、很负责，凡是才艺过人、容貌突出、家世显赫者，她一一留了牌子，竟没有半点打压的意思，叫淑妃和良妃惊诧不已，就连德妃和贤妃也多看了她好几眼。

孟桑榆在名册上勾画，放下笔后宣召下一组，借着换组的空当，揉了揉抽痛的额角。刚进殿时还只感觉困倦，但闻久了殿内的熏香，听了几次秀女的弹奏，她竟越来越头晕，胃部也一阵阵翻腾，直想呕吐。

下一组秀女很快就进来了，毕恭毕敬地行礼。孟桑榆飞快打起精神，在五人脸上巡视，看见微笑而立的孟瑞珠，眸色暗了暗。

“开始吧。”她挥手。一名秀女应声出列，做了简单的自我介绍，又回答了四妃提出的几个问题便开始表演绘画。

孟桑榆往椅背上一靠，拿起冯嬷嬷递来的茶水啜饮。一股酸意涌上喉头，她咬咬牙，强忍住了。

轮到孟瑞珠出场。她不紧不慢地上前，轻轻柔柔地做了自我介绍，全程都行止优雅，笑容恬淡。她的美是那种柔和的美，不似孟桑榆那般尖锐，很容易让人心生好感。德妃面色如常，没有询问她任何问题，良妃和淑妃却频频发问，就连冷着脸、一直撂牌子的贤妃都垂问了几句。

看见她们的作态，孟桑榆如何不知道她们的想法？姐妹共侍一夫，她们这是想找人分自己的宠，就算不能分宠也能叫她备感膈应。孟瑞珠也有几分手段，昨日出了凤飞宫，转身就搭上了贤妃。沈慧茹被赐死的消息传来，她立即就猜到对方必是说出了替身的真相，若是自己为求一个痛快也会这样做，至少还能拉几个垫背的。皇上留沈慧茹一命未尝没有这份险恶用心，毕竟一大群女人是很难对付的，不若让她们彻底死心。她是所有高位嫔妃中唯一一个幸免于难的，以贤妃扭曲的心性，会嫉恨上她很自然。这次选秀过后，该是叫贤妃彻底认清现实的时候了。

想到这里，孟桑榆抬起下颌，玩味一笑，锋利如刀的视线使得座下弹奏的孟瑞珠拨错了一个音符。她脸色骤变，但很快就调整了过来。演奏完毕，四妃都看向了孟桑榆，等待她发话。

“撂。”孟桑榆漫不经心地挥手。

四妃均露出果然如此的表情。

德妃继皇贵妃后也抬起手，简单利落地道了句：“撂！”引得孟桑榆含笑睇她一眼。

贤妃放下茶杯，略微勾起的唇角饱含昭然若揭的恶意：“本宫很喜欢孟小姐呢，留牌子。”话落，她嘻嘻一笑，给人一种极为病态的感觉。

“留。”淑妃、良妃先后开口。能让皇贵妃不痛快的事，她们乐意为之。

五大嫔妃中有三人留牌就能顺利通过，这意味着孟瑞珠选秀过后就能晋封小主，成为帝王的姬妾之一。孟瑞珠跪地谢恩，眼中流露出一丝快意。

孟桑榆似笑非笑地瞥她一眼，将她的名字勾勒出来，正准备搁笔，忽然觉得天旋地转，身子不由自主地朝旁边栽去。冯嬷嬷惊叫一声“娘娘”，忙上前接住她下滑的身体，然后一迭声儿地唤太医。

四妃连忙站起来探看，未退场的秀女也都露出惊慌失措的表情，殿内顿时乱作一团。

孟瑞珠诧异地挑了挑眉，得意地忖道：这是被我刺激到了？真弱啊！孟桑榆，这还只是开始，今后有你受的！

将皇贵妃小心翼翼地抬进偏殿，又停了正殿的选秀，虞雅安立即派人去通知皇上。以皇上对皇贵妃在意的程度，若是不第一时间通知他，必定惹来一场震怒。

果然如虞雅安预料的那样，皇上来得竟比太医还快，明黄色的衣袖上沾了一团墨迹，由此可见他有多么慌乱。

“怎么会突然昏倒？太医呢？赶紧派人去催！”他坐在床沿，双手微颤地抚摸着女人苍白的容颜，阴沉的语气似能滴出水来。

常喜躬身应诺，退出殿外朝虚空打了个手势，隐藏起来的暗卫火速去太医院找人。

德妃正想回话，良妃却抢先开口：“回皇上，臣妾几人见孟小姐德言容功皆不凡，便做主留了她的牌子，不想皇贵妃娘娘竟突然晕过去了。”

淑妃跟着附和几句，唯独贤妃，自皇上进殿开始就畏畏缩缩地躲在角落，生怕被他看见。

德妃缄默，视线在皇上惊惧的眼眸和颤抖的指尖扫过，心中讽刺一笑。不过昏倒而已，皇上竟恐惧若斯，可见对皇贵妃在意到了什么地步，在这个当口暗指皇贵妃善妒，打压同族，当心得不偿失！

留牌？孟瑞珠？玄帝闻言脸色更加阴沉。姐妹共侍一夫，她们这是在羞辱朕还是羞辱桑榆？就连朕听了亦觉得恶心，难怪桑榆会昏倒！

“孟国公陈情的奏折就放在朕的案头，选秀后要自行给孟瑞珠婚配，谁叫你们自作主张？”他嗓音裹挟着数九寒冰，叫贤妃、淑妃和良妃当即惨白了面色。

“给朕撂了孟瑞珠的牌子！”见孟桑榆挣动一下，眉宇间似有不安之色，他立即将嗓音压至最低，紧紧握住孟桑榆的手。

贤妃眼珠血红，淑妃和良妃讷讷不敢言，面露委屈，唯独德妃上前一步，低声应诺。果然是这个结果，皇上对皇贵妃当真是爱之若命啊！她心中感叹。

⑩ 怀孕

太医满头大汗地走进偏殿，正要行礼，却被帝王冷声喝止：“什么时候了还行礼？快点过来给皇贵妃看看！”

太医连忙上前诊脉，却见帝王早已挽起皇贵妃的袖子，将一块明黄色的丝绢盖在她手腕上，小心翼翼，呵护备至。

见此情景，太医更不敢掉以轻心，打起十二分精神应对。

玄帝退到一边，负手而立，一双漆黑眼眸一瞬不瞬地盯着孟桑榆苍白的脸庞，生怕一个错眼她就会消失不见。

“皇上、皇上……”良妃叫了好几声都不见皇上有反应，于是大胆地上前来拉扯他衣袖。

“做什么？”玄帝猛然拂袖，眼底涌动的煞气叫良妃心惊不已。

“回皇上，臣妾只是想问，正殿的选秀该怎么办？”良妃的泪珠在眼眶打转。刚才的皇上太可怕了，还没触到他衣袖，那凶狠的表情却像要杀了自己一般。难道自己连碰一碰他的资格也没有了吗？

“等皇贵妃醒来再说，你们先退下！”玄帝压低嗓音，语气极为不耐。

德妃率先退走，在殿外等了等，见贤妃三人面色青白地出来，朝她们讽刺一笑。碍于殿内的皇上，三人敢怒不敢言。

“若想安然度日，劝你们莫要与皇贵妃作对。”她勾唇低语。

三人挺直脊背，匆匆离开，也不知有没有将她的话听进去。德妃摇头叹息，静静站在廊下眺望远方巍峨的宫殿。

“娘娘何必要提醒她们？由着她们作死岂不更好？”她的心腹宫女凑上前来愤愤开口。

“本宫也不想提醒她们，只是怕她们犯蠢，连累了本宫。”德妃摆手。

那宫女心有戚戚焉地点头，又问：“娘娘，咱们不走吗？”

“等皇贵妃醒了再走，前面选秀还未过半，总得得到皇上或皇贵妃娘娘的示下才好。”她按揉额角，满脸疲惫，对以往悠闲清静的生活很是怀念。不过正因为晋位，姨娘在府中的日子才好过不少，这也算是有失有得吧。

就在这时，殿中忽然爆发出一阵爽朗的大笑，低沉浑厚的嗓音充斥着无法错认的狂喜，令殿外的宫人们听了也忍不住露齿一笑。

德妃与宫女对视一眼，不约而同地开口：“是皇上！”

“皇上如此开心，定是皇贵妃娘娘有好消息了！”德妃虽是猜测，语气却十分笃定。这不是皇上的第一个孩子，却让皇上欣喜若狂，由此可见皇上对皇贵妃的爱重。这样也好，她本就没存什么力争上游的心思，只安稳度日即可。

储秀宫正殿，孟瑞珠款款踱步而出，与中选的秀女站在一起，脸上表情很淡然，内里却心潮澎湃。见她对皇贵妃的晕倒没有露出一丝半点儿担忧之情，众秀女暗中交换着鄙薄的视线。

贤妃三人转过游廊，看见孟瑞珠，心头的邪火终于有了发泄的途径。

贤妃招手，叫来一名太监低语几句，然后对着孟瑞珠遥遥一笑，步入正殿。

因隔得太远，孟瑞珠看不见她冰冷的眸光，还以为两人的同盟依然牢固，亦微微点头致意。

那太监走过来，扬起尖利的嗓音喊道："传皇上口谕，孟瑞珠德言容功微有瑕疵，将名单从入选小主中画去！"

"怎么可能？！"孟瑞珠抓住那太监厉声问道，"公公，你是不是听错了？"

"皇上就在偏殿探望皇贵妃娘娘，谁敢在他眼皮子底下假传圣谕？你若是不信，自可过去询问。"虽然知道此人是皇贵妃的妹妹，可很明显，她与皇贵妃的关系并不融洽，是以那太监才敢收受贤妃的好处，过来传话。

假传圣谕是死罪，一个小小的太监怎么敢？孟瑞珠不用去问，身子一晃就瘫坐在了地上。她早该知道，凭自己怎么斗得过孟桑榆？就算过了殿选，不也还是被她轻而易举给改了结局吗？最后还摊上了"德言容功微有瑕疵"的污名，出去后想要嫁个好人家也难！想自己当初还嘲笑虞雅歌蠢，转身却又步了她的后尘，孟瑞珠捂脸，心中悔恨不已。

"孟二小姐，快起来吧。回去洗把脸，收拾收拾东西就可以回家了。"常贵早已得到皇贵妃指示，不能叫孟瑞珠坠了孟家门脸。见她狼狈不堪，被一众秀女当了笑话看，忙上前搀扶。有常贵出头，秀女们这才想起她还有个独霸后宫的嫡姐，立马隐去脸上的嘲讽。

孟瑞珠回神，草草擦干脸上的泪水，挺直腰背离开。待退出众人的视线，她脚步才踉跄了一下，心中仓皇失措，不知该如何回去面对父亲。父亲早跟她透过底，想给她选一户殷实人家安稳度日，是她不知足，弄巧成拙。等父亲问明情况，必定不会再为她谋划。至于嫡母，因从小有祖母撑腰，她对嫡母多有不敬，关系堪称恶劣，婚嫁之事嫡母哪会为她计虑？孟瑞珠越想越绝望，回到寝房就瘫在床上动弹不得，手脚阵阵发凉。

储秀宫正殿，孟桑榆悠悠转醒，却见玄帝脑袋紧贴自己肚子，似在聆听什么，大手探入亵衣，轻柔地在她小腹摩挲，带来一阵酥麻痒意。

"皇上，你在干什么？"孟桑榆扑哧一笑，忙去抓他肆意的大手。

这男人总喜欢做些奇奇怪怪的动作，又黏人得紧，跟养了只大型犬一样。

“桑榆，你醒了！”男人惊喜地抬头，往日漆黑深邃的眼眸而今像天上的寒星一般闪亮。他一把将人捞进怀里，细细密密地亲吻她发顶和脸颊，呢喃道，“你怀孕了知道吗？一个半月了！我们要有孩子了！”

怀孕？怎么可能？一颗炸雷在脑海里引爆，孟桑榆顿时就傻住了。

毫无疑问，这个孩子的到来是不被期待的！她早就规划好了自己的人生，一个人也可以活得简单快乐，若再加上孩子……孩子不是小猫小狗，只会遵从主人的意愿生活。当他们长大了总会有自己的想法，看见那至高无上的王座，看见这大好河山巍峨宫廷，谁能保证他不会被权势所迷惑，参与到那无休无止的争斗中去？赢了是高处不胜寒，败了是万丈深渊，哪条路都充满了荆棘和坎坷！她真的能够搭上自己，搭上孟家来赌这一场吗？或许她想得太远，或许等不到那一天孩子就会在旁人的算计下夭折。她真的有能力保护他平安长大吗？

还有眼前这个男人，自己在孟家如日中天的时候怀孕，他就没有任何感想？不对，自己不是一直在喝药吗？怎么会有孩子？莫非那些药真是调理身体的药，这孩子的出生也在男人的预料当中？他想干什么？

想到这里，铺天盖地的恐慌占据了孟桑榆的心，而男人接下来的话更让她如坠冰窟。

“桑榆，朕要封你为皇后，封我们的孩子为太子！”他语气十分激动，不停亲吻着她的脸颊和唇瓣。

一瞬间就想起了太后的遭遇，想起了历史上每一任太子的悲惨命运，孟桑榆不可遏制地颤抖起来，一把推开男人，翻身下床跪倒在地，重重磕了个头：“求皇上收回成命！”她语气满是惊惧，脸颊苍白如纸。

“你这是干什么？”玄帝被推开，一时有些愣怔，回神后连忙去拉扯女人，却被她倔强地挣脱了，力气大得惊人。

“求皇上收回成命！”她又磕了个头，鬓发散乱，狼狈不堪。

“桑榆你疯了吗？”玄帝咬牙询问，用力钳住她手臂，强行将她拉入怀中，抱坐在膝头。他心乱得很，孟桑榆的反应完全超出了他的预料。

“我没疯！”她高喊，浑身的血液都冰冻了，心里却燃着一团火，将她的理智焚烧殆尽。

“他还那么小就被你推到一人之下万人之上的位置，你究竟想干什么？在风口浪尖上长人，你知道他会遭受多少磨难、多少算计吗？如果他成年后开始觊觎你的位置，你是不是会毫不留情地除去他？如果他才华平庸，是不是会成为你看中的继承人的磨刀石？我可以做你的挡箭牌，可以替你掌管宫务、甄选姬妾，可以顺应你任何事，求你放过这个孩子吧？好不好？”嗓音从高昂到低哑，她越说越无助。

她可以掌控自己的人生，却完全没有信心肩负起一个孩子的未来，让他健康快乐地长大。她感觉自己正徘徊在崩溃的边缘。

玄帝表情狰狞，钳住她肩膀的手不断用力，咬牙切齿地开口：“我怎么会舍得伤害你和孩子？！我做了那么多，你就这样看我吗？我的真心你半点也感觉不到吗？真想把你的心挖出来，看看是不是石头做的！”

“真心？后宫佳丽三千，每隔三年又是大选，你有多少颗真心可以交付？今日我是你的心头好，焉知明日不会变成你的心头刺？将一切都维系在你身上，变成仰赖你而活的菟丝花，等待或早或晚的厌弃，我没那么蠢！”声音拔高，孟桑榆不顾一切地将内心最真实的想法宣泄而出。

冯嬷嬷等人吓傻了，常喜贴紧墙根站立，极力减小自己的存在感。一众宫人为皇贵妃大逆不道的言论而瑟瑟发抖，宫殿里死一般的寂静，唯剩下帝王粗重的喘息。

话一出口孟桑榆就后悔了，看见男人越来越狰狞的表情，感觉到肩膀快要被他捏碎，她忍不住痛呼一声，眼角滑落一滴泪水。

看见这滴眼泪，玄帝从狂暴的边缘及时清醒过来，立即放缓了手上的力道。他用血红的双眼深深凝视女人苍白的容颜，见她眼底流露出一丝恐惧，惨然一笑，将她安置进床榻，掖好被角大步离开。

即便心中翻涌着滔天的怒意，即便想将整个宫廷都摧毁，在孟桑榆面前，他依然不舍得伤害她一丝一毫，唯有逃避。

71 觉悟

孟桑榆在男人的凝视下浑身僵硬，等待着他一把掐死自己，抑或是下旨将自己打入冷宫。但男人什么都没做，甚至在狂怒中还顾念着她的身体，将她安置进温暖的被窝才离开。

支起上半身，看着男人颓唐的背影渐行渐远，她好半天回不过神来。一众宫人腿脚发颤，露出劫后余生的表情，冯嬷嬷更是双手合十不停念佛。

听见念佛声，孟桑榆烦乱的心绪逐渐平静下来，用食指挑去眼角一滴冰凉的眼泪，淡然开口："嬷嬷，准备笔墨，我要给太后写信。"话都说到这一步了，皇上如何容得下她？幸好她还有退路。到了宫外，孩子一定可以平安快乐地长大。

想到这里，她反而备感轻松。孟桑榆是打不垮的，为了孩子，她要迅速振作起来！虽然不被期待，但既然来了，她就会肩负起做母亲的责任。

冯嬷嬷忙摆出笔墨纸砚。孟桑榆笔走游龙，待信书就，将之放到一边晾干，然后摸摸依然平坦的小腹，露出一抹释然的微笑。

"我累了，回宫睡觉。"她漫不经心地挥手。事情已经发生，想再多都无济于事，目前最主要的任务还是保胎。想起方才自己冲动之下说出的那些话，她苦笑。到底还是被男人的温柔攻破了心防，暴露了深埋起来的脆弱，真失败啊！

殿外，等在廊下的虞雅安看见皇上疾步而出，忙走上前行礼，还未开口就被男人铁青的面色和血红的眼珠吓退。

那狂暴的眼神似要将一切都摧毁！明明方才还笑得那么畅快，怎么一转眼就变了？虞雅安不安地忖道。

没过多久，皇贵妃也出来了，与皇上完全相反，面容平静，甚至还带着某种超脱于物外的淡然欣喜。

看得出皇贵妃并没有交谈的欲望，虞雅安不想在这个时候去触两人的霉头。她不敢擅自甄选秀女，更不敢擅自将她们遣散，一时间进退两难。早知道四妃之首的位置不好坐，却没想到一开始就这么难！只希望上头二位能够尽快恢复正常。她摇头苦笑，派了两名太监去凤飞宫和青鸾殿守着，自己则亲自去安抚等待中的秀女。

青鸾殿里，玄帝紧闭双眼，颓然地靠倒在椅背上。

所有宫人都被遣退，独留下常喜默默站在墙根，不时偷眼打量帝王的表情。年轻的帝王容色暗淡，浓眉紧皱，不断颤抖的嘴唇泄露了他内心的悲哀。常喜呼吸一窒，不忍再看。

皇贵妃的一个微笑，甚至是嗔怒的瞪视都能叫皇上快活得跟个孩子一样。连喜怒哀乐都被对方操控，这样的感情怎会有假？皇贵妃的质问和怀疑不啻于将皇上的心挖出来，一刀一刀凌迟。虽然没有恋爱过，但常喜能够想象那种痛彻心扉的感觉。此时此刻，御座上的不再是九五至尊的帝王，而是一个受了伤害的普通男人。

时间一分分流逝，长久的寂静后，玄帝终于睁开布满血丝的双眼，哑声低叹：“朕又错了！”他不知道原来孟桑榆的内心会那么不安。他以为自己已经做到了极限，若没有这次爆发，他永远也触不到孟桑榆最真实的想法。狂怒已经完全消退，唯留下愧悔。

选秀，怀孕，这些都将孟桑榆深藏的恐惧和不安刺激了出来。换位思考，若自己和孟桑榆之间掺杂了第三人、第四人，自己是什么样的心情？恐怕会将所有人都杀掉吧！玄帝握拳，控制住内心忽然涌上的暴戾。

变成阿宝的那五个月，他早已习惯了自己的世界只有孟桑榆，身体和灵魂都打上了孟桑榆的烙印，再也容不下别人。但这些事孟桑榆并不知道。那些秀女选进来，哪怕他不碰，也会变成扎根在孟桑榆内心的刺，想要孟桑榆敞开心扉接受自己恐怕再也不能了！

心脏揪痛，玄帝为这个想法感到恐惧。就在这时，一名暗卫走进来，附在常喜耳边低语几句，然后迅速隐没。

常喜的苦瓜脸更苦了，走上前战战兢兢地开口：“回皇上，方才暗卫禀报，皇贵妃娘娘给太后去了封信。”至于这信的内容，不言而喻。

“咔啦”一声掰碎了椅子扶手，玄帝再也坐不住了，风一样卷出去。常喜忙挥舞拂尘，叫一众宫人跟上。守在青鸾殿外的太监看见皇上走出来，立即跑去通知储秀宫的德妃娘娘。

虞雅安紧赶慢赶，终于在皇上踏入凤飞宫前截住了他，硬着头皮急促开口：“皇上，储秀宫的秀女们还在等待甄选，皇上有什么章程请示下。”

听闻“秀女”二字，玄帝脚步停顿，沉声道：“不选了，将所有秀女都遣送出宫！”

“啊？”虞雅安抬头，一脸惊疑不定。她没有听错吧？

“朕说不选了，没听见吗？”玄帝极为不耐地睇她一眼，快步朝凤飞宫走去。

虞雅安怔忪地看着男人逐渐消失的背影，好半天才回神，低低一叹。身为帝王，能够为一个女人做到这等地步，古往今来，唯皇贵妃一人而已。想起女子那张扬肆意的脸庞和明媚灼人的笑容，虞雅安满心地羡慕。

“走吧，前面还有大阵仗在等着本宫呢。”她摇头苦笑。同样是德妃，怎么轮到自己就那样倒霉呢？

看见疾步而来的皇上，凤飞宫的宫人吓得不轻，忙迎到殿外磕头。玄帝不予理会，直接越过他们朝寝殿走去，看见榻上睡容恬静的女子，无奈地笑了。小东西真是没心没肺啊！不过这样更好，他唯恐她忧思过重伤了身体。

“皇上，娘娘刚睡下。”冯嬷嬷带着碧水和银翠上前行礼，表情极为忧虑，生怕皇上是来秋后算账的。

“嗯。你们退下吧。”玄帝点头，走到榻边坐定，隔着空气用指尖描绘孟桑榆的睡颜，脸上的表情温柔似水。

看见他这番作态，冯嬷嬷三人放心了，悄然退出殿外。

将手放在女人平坦的小腹上轻轻摩挲。这一刻本该是幸福快乐的，不想却演变成一场争吵，他急需一个实实在在的吻来确定孟桑榆还好好地待在自己身边。

“皇上？”感觉呼吸有些困难，孟桑榆睁眼，看见男人放大的俊颜，不敢置信地喊道。

“不要胡思乱想！”男人哑声开口，语气带着恳求，“今后再没有别人，只有你和我。”顿了顿，他低声补充道，“当然还有孩子。这个孩子凝聚了我全部期待，没有任何的阴谋算计。我会尽心竭力地教导他，让他成长为最优秀的帝王，他就是我唯一的继承人，不是谁的磨刀石。刚才我太高兴了，有些考虑不周，太子之位等他长大再加冕，但是皇后不能不封，我要你做我名正言顺的妻子。好吗？”

男人侧头，漆黑的眼眸里满是希冀，还有一丝小心翼翼。

这样脆弱的眼神凝视下，孟桑榆愣住了，竟不知该如何反应。什么叫没有别人，只有你和我还有孩子？这信息量太大了，她需要时间消化。

见她久久不答，玄帝眸色暗淡了一瞬：“若是登上后位，你也能更好地保护孩子。我的提议对你而言利大于弊，你应该答应。”强压下心头的苦涩，他尽量用公事公办的语气说话。

孟桑榆终于回神，对上他真诚的目光，不由自主地点头道：“一切但由皇上安排。”皇贵妃和皇后之子委实没什么差别，都是相当惹眼的存在。如此，倒不如她自己登上后位，也省得日后被人钳制。

“不要叫我皇上，也不用自称臣妾，叫我邵泽，以后你就是我的妻子了！唤我的名字，我想听。”拍抚着女人的脊背，玄帝哑声哀求。

真像个讨糖吃的孩子，叫人无法拒绝。孟桑榆紧绷的心弦慢慢放松下来，不自觉喊了声“邵泽”，反应过来又暗自后悔。

“再叫一遍。”玄帝嘴角扯开一抹傻笑。抬头看去，被他灿烂到极点的笑容所蛊惑，孟桑榆张张嘴又叫了声“邵泽”。

“再叫一遍。”玄帝心脏滚烫，一边啃咬她泛红的耳垂一边低声哀求。不是帝王和宠妃，是丈夫和妻子，这才是他梦寐以求的关系。

“你有完没完？”回应他的是孟桑榆娇嗔的瞪视和一记粉拳。沉郁的气息散去，脉脉温情将两人包围，男人嘿嘿的笑声听起来傻气十足。

常喜耳力绝佳，站在殿门口将两人的互动听了个全乎，垂头默默念叨：这不是皇上，这不是皇上，我一定是幻听了！

正所谓不破不立，破而后立，这次爆发让两人的心灵更为接近了。

72 打狗

春寒料峭，虽然外面阳光明媚，可室内依然要放上两个火盆才能感觉到温暖。玄帝解开了孟桑榆的心结，这才发现她还穿着单薄的亵衣依偎在自己怀中。

“盖上，小心冻着。”他扯开锦被将孟桑榆包了个严实，在她露出的小脸上亲了亲，见她眉宇间还夹杂着一丝忧虑，瑟然开口，“等会儿我给你一卷空白圣旨，若哪一天我负了你和孩子，你尽可以在上面填写圣谕，然后带着它去千佛山投靠太后，我绝不阻拦。”

孟桑榆脸色微变，抬头看向他错愕地开口：“你就那么放心？不怕我拿到圣旨后做出些大逆不道的事？”

“我信你。”玄帝刮了刮她的鼻头，微笑道。仅凭一张圣旨就能颠覆大庸，这皇位他趁早不用坐了。敢如此行事，一是对孟桑榆的信任，二也是对自己能力的自信。

孟桑榆定定看了他一会儿，确认他所言非虚，闷声道：“谢谢你。”这份心意太沉重了，但正是她目前最需要的，她无法拒绝。

“谢什么？你不会有用到的那一天。”玄帝箍紧她瘦弱的肩膀，笃定开口。

两人静静相拥了一会儿，气氛温柔缱绻。男人将手探入锦被抚摸女人平坦的小腹，这才感受到了为人父的喜悦，垂头在女人柔嫩的唇瓣上啃咬一口，低笑道：“我们要有孩子了，真好！”收住笑，过了一会儿，他想起来，又俯身在女人唇上啄吻，如此反复，没完没了。

孟桑榆承受着他雨点般的亲吻，见他眉目舒朗，唇角上扬，欢喜得像个孩子一样，也禁不住微笑。男人的感情纯粹而直白，没有一丝一毫的遮掩，正如他所说，这个孩子的到来凝聚了他全部的期待。心里有些触动，孟桑榆从被窝探出双手，搂住男人的脖颈。男人眼底划过一抹惊喜，迫不及待地迎合她的热情，室内温度节节攀升。

"娘娘，该喝药了。"冯嬷嬷放心不下，见医女送了药来，忙借口入殿查看。

玄帝看向表情困窘的冯嬷嬷，温声道："端上来吧。"

接过药碗，在手里试了试温度，他喂到孟桑榆嘴边，不厌其烦地嘱咐："太医说你胎象有些不稳，但只要喝几天药就无碍。宫务繁重，你暂且交给别人。有哪里不舒服立刻派人来通知我，不管何时何地，知道吗？"

孟桑榆小口小口喝药，俏脸皱成一团，连连点头，样子既乖巧又可爱。玄帝心中爱得不行，用帕子给她擦干嘴角，又喂了一颗蜜饯，在她苦中带甜的唇瓣上轻轻啃咬一口。

冯嬷嬷垂头接过药碗，不敢乱看，风一样卷出寝殿，和匆匆进来的常喜差点撞到一起。

"什么事？"玄帝扶着孟桑榆躺下，正准备解开外袍陪她小睡片刻，看见面色凝重的常喜，手里的动作顿住了。

"回皇上，八百里加急，湘北王起兵谋反了。"常喜极快地禀报道。

"派人急召内阁大臣进宫议事。"玄帝扣好衣襟的盘扣，见孟桑榆支起上半身，面露忧虑，忙上前将她按回被窝，亲亲她额头道："不用担心，孟家军刚踏平耶律皇廷，正是士气最盛的时候。湘北王自以为是乘人之虚，实则是以卵击石，此役胜败早有定数。"

"父亲又要出征？"孟桑榆听出他的言外之意，不自觉拽紧他衣袖。

"嗯。放心，我会派人保护他。"为免孟桑榆忧思过重，玄帝柔声安抚道。

知道事情紧急，孟桑榆点头，放开他衣袖。等人走远，冯嬷嬷立刻掀开珠帘，表情很是激动："娘娘，您猜奴婢打听到了什么？"跟在她身后的银翠和碧水满脸绯红。

"湘北王谋反了？"孟桑榆半坐起身，挑眉问道。

"啊？"听闻这个消息，冯嬷嬷愣了愣，又很快将之抛诸脑后，灿笑道，"不是这个。听说皇上方才遣散了所有秀女，今次大选作废了。

这可都是因为娘娘啊！皇上对娘娘真是情比金坚！”

冯嬷嬷语气极为自豪，银翠和碧水忙不迭附和。

情比金坚？孟桑榆摇头，心里却再不能对男人的所作所为嗤之以鼻。不管以前如何，男人现在对她当真是无微不至，小心周到，挑不出一丝半点的错处来。但这感情来得太过莫名其妙，到底叫她无法完全放心。

就在这时，御书房一名管事太监捧着一个托盘在殿外求见。冯嬷嬷出去，接了托盘，看见其上放置的一封书信和一卷圣旨，表情十分疑惑。

孟桑榆取过书信拆开，见是自己写给太后的那封，无奈地摇了摇头。看来，男人现在是不会放她走的。又摊开圣旨，看见左下角早已盖好的御印，放心地笑了。既然有了退路，为了孩子，她就勇敢尝试一回吧。有幸福的机会，为何要眼睁睁地错过？

“呀，这圣旨既盖好了印，却怎么是空白的？”冯嬷嬷瞟了一眼，惊叫起来。若这东西落入有心人手里，不知要翻出多大的风浪！

“好生收起来，若哪一天皇上有负于我，这就是我和孩子的退路。”孟桑榆将空白圣旨卷起，语气平淡。

“娘娘，这可是个烫手山芋啊！”碧水忧虑地开口。

“他既敢给，我就敢拿。没事，收起来吧。”孟桑榆不以为意地摆手。她也知道这东西不好拿，但有了它，心里到底踏实很多，便暂且收着吧。

冯嬷嬷三人不敢怠慢，忙取来匣子将圣旨装好，心中暗暗咋舌：连退路都交到主子手里，皇上当真是用心良苦了！这份心意，莫说帝王，就是平民夫妻亦不多见啊！

冯嬷嬷一张老脸都笑开了花，似想到什么，又立即收了笑，愤然开口：“娘娘，您昏倒以后皇上做主撂了二小姐牌子。贤妃转脸就安了个‘德言容功微有瑕疵’的污名到二小姐头上。好在皇上将所有秀女都遣散，才没显出二小姐的事儿来，否则不知有多少人要看孟家笑话。”

再怎么不和，孟家人也不能叫外人欺辱了去。孟桑榆问明情况后脸色极为阴沉。她看得出，贤妃的心理状态很有问题，那就是一只疯狗，随时想着咬人一口，将自己的不幸转嫁到别人身上。

疯狗就要狠狠地打，打到它害怕，打到它看见你就转身逃窜为止。

孟桑榆冷笑，趿拉着绣鞋走到梳妆台前，从镜匣中抽出一块绣帕，在胭脂盒里擦了擦。

“用匣子装了送到曼珠宫去，贤妃看了自然会明白我的意思。”她打了个哈欠，懒懒地躺回被窝补眠。银翠接过绣帕往曼珠宫去了。

曼珠宫里一阵乒呤乓啷的脆响，碎裂的瓷片到处飞溅，一众宫人跪在墙角，死死埋着头，不敢朝殿中疯狂打砸的女人投去一眼。女人眸色血红，鬓发散乱，口里不停咒骂，恶毒至极的言辞令人不寒而栗。本来十分娇俏的脸蛋此刻狰狞似鬼。

“娘娘，凤飞宫银翠殿外求见。”因求见的是皇贵妃的大宫女，守门的太监不敢怠慢，硬着头皮前来通报。

“不见！叫她滚！”贤妃血红的眼珠几欲脱出眼眶。沈慧茹死了，她最恨的人就是孟桑榆。凭什么她可以躲过一劫？凭什么她可以独霸皇上？而今她不但怀孕了，皇上还为她遣散秀女，她好恨！

太监客客气气地送走银翠，转身捧了个匣子进来，跪下道：“回娘娘，这是皇贵妃娘娘送您的礼物。”

“什么玩意儿！”贤妃挥手将匣子打翻，一条绣帕飘出来，落在地面，其上沾染的血红污渍深深刺痛了她的眼。她心脏狂跳，慢慢弯下腰去，颤抖的手将绣帕捡起，展开凝望。脏了的绣帕——不洁！孟桑榆竟知道？

贤妃摇摇晃晃地往后栽倒，那太监眼明手快，忙起身接住，将她安置到软榻上。贤妃捂住胸口蜷缩成一团，额头冒了一层冷汗。最致命的秘密被孟桑榆知晓，可笑她还肆无忌惮地挑衅对方，这分明是在找死！

仿佛被一只大手掐住了咽喉，她觉得呼吸不能。

“娘娘，您怎么了娘娘？奴才这就去找太医。”太监拔腿就往外跑，一群宫女围上来查看情况，好一阵手忙脚乱。自冷宫事件后，贤妃的心腹全被暗卫杀了个干净，余下的宫人远不如老人尽心。

“不要！”贤妃惊恐地喊道，“不要去！本宫躺躺就好！”她边说边扯开被褥，将自己紧紧包裹，蜷缩的身体还在瑟瑟发抖。只要一想到孟桑榆知晓她最不堪的秘密，她就像被人扒光了衣服般无所遁形。她不敢了，再也不敢出现在孟桑榆面前。从这天起，贤妃一病不起，缠绵病榻好几个月才堪堪转好，自此绝迹于深宫。

翌日早朝，湘北王起兵谋反的消息被帝王公之于众，并派遣孟国公前去平乱。国祸当头，本欲拿选秀女说事的朝臣消停了，谁在这个关头劝谏皇上甄选秀女，谁就是实打实的没眼色，到最后还可能落个奸佞的名声。

大军开拔后第二日，帝王颁下圣旨，晋封皇贵妃为皇后，着礼部即刻筹备封后大典，群臣纷纷跪地恭贺。

73 封后

封后前一天，帝王要派遣礼部官员祭天地和太庙，并亲自前往奉先殿行礼。翌日，銮仪卫陈设法驾卤薄于紫阳殿外，陈设皇后仪驾于宫阶下及宫门外；礼部下属的乐部将乐器悬于紫阳殿外，然后由礼部及鸿胪寺官员设节案于紫阳殿内正中南向、设册案于左西向、玉案于右东向、龙亭两座于内阁门内。内监设丹陛乐于宫门内、节案于宫内正中，均为南向，设册宝案于宫门内两旁，设皇后拜位于香案前。吉时到时，礼部官员将金册、金宝及册文、宝文分置在龙亭内。

皇后全副凤驾而来，在紫阳殿门口停住，分别在节案、册案、玉案前跪拜行礼，聆听礼部官员诵读册文，收受金册、金宝，然后行至金銮殿，与帝王一起接受百官朝拜，复转回翠竹宫，在太后的陪同下接受命妇朝拜。

这一套流程冗长而烦琐，晚上还有晚宴，务必要做到极尽奢华隆重方可显示出皇后地位之尊崇。礼部尚书揣摩帝王心思，将典仪隆重程度又加重三分，呈报给帝王审阅。

“去掉节案、册案、玉案的跪拜，去掉诵读册文的过程，直接授予金册、金宝，去掉晚上的晚宴。”玄帝边看奏折边御笔连勾，将所有没必要的程序一一否决，只留下接受官员和命妇朝拜两项。

礼部尚书唯唯应诺，心中却十分惊诧，摸不透帝王究竟是何用意。封后大典简陋到这种地步当真是史无前例，难道皇上对皇贵妃的宠爱都是作假不成？若真按这种章程置办封后大典，可以想见皇后的威仪会受到多大损伤，在后宫恐难立足。

但很快，帝王接下来的话就让他知道，他想得太多了。

玄帝反复斟酌，在奏折上增添一条——命太医院所有医正全程陪同，不可懈怠。“好了，下去筹办吧！一切以皇后凤体为要。”年轻的帝王语气十分慎重。礼部尚书不敢怠慢，连忙应下。

章程宣示下去，百官各有心思，除了天子近臣，很多人对新晋皇后起了轻视之意，更有宫妃暗暗讥笑，蠢蠢欲动。但到了封后前一天，帝王亲自祭天地、祭太庙，在奉先殿三跪九叩，态度虔诚，略微平息了众人浮动的心思。

封后当天，玄帝准点在寅时醒来，看见蜷缩在自己怀里睡颜恬淡的女人，舒心地笑了。就在今日，孟桑榆将成为他的皇后，入则同坐，出则同车，于这繁华尘世并肩而行，共享喜怒哀乐，共遣孤单寂寞。

隔着空气，用指尖将孟桑榆精致的眉眼一一描绘，他目露沉迷，一时看痴了去。及至外间悉索作响，常喜在床幔外轻声禀报道：“卯时已到，皇上该起了。”他这才发现，自己竟痴望了孟桑榆近一个时辰。

哑然失笑，他轻轻摇晃孟桑榆，试图将她叫醒。若是以往，他定然又亲又吻，但如今她害喜得厉害，不但食欲大减，整日困倦，眼下还出现了淡淡的黑青，叫他心疼不已。若非必要，他总是轻手轻脚地下床，让她睡到日上三竿。

但今天不同，若等她自然苏醒，封后大典就该错过了。

“桑榆，快起来，今天可是你我的大日子。”捏捏孟桑榆挺翘的鼻头，他话语中满带笑意。

孟桑榆不停摆头躲避，奈何对方太锲而不舍，她干脆扯过锦被，将自己包成个蚕蛹，只露出一缕乌黑顺滑的发丝。玄帝眼中笑意更浓，将她连人带被捞进怀里，探手进去在她微微隆起的腹部摩挲，柔声诱哄道：“该起了，乖啊！像咱们事先说好的那样，只要过去让百官和命妇参拜既可，绝不会累到。完事了你还能回来继续补眠，好不好？”

他用额头去触蚕茧，蚕茧动了动，好半天才窸窸窣窣地扒开外壳，露出一张困倦至极的小脸。

“你保证很快就能完事！”她睡眼惺忪地强调。

“我保证。”玄帝忍笑，将她散乱的发丝一一理顺。孟桑榆在他面前越来越真实，每一次小小的亲近都能叫他欣喜若狂。

主子真是越来越恃宠而骄了！冯嬷嬷暗自摇头，带着银翠和碧水进来，摆好一应洗漱用具，走到榻边正要帮主子梳洗就被皇上亲自接手。早已习惯了皇上的亲力亲为，她立即放手退至一旁。

玄帝将孟桑榆的脸蛋和小手擦净，给她换上大红的亵衣，见她苍白的脸色在亵衣的映衬下好看不少，不禁眯眼，在她颊边轻轻一吻。抱着孟桑榆下榻，给她梳理好青丝，穿好绣鞋，再仔细裹上一件外袍抱到外间的餐桌边，玄帝这才正式将她唤醒。

“桑榆，该用早膳了。酸笋肉丁炊饼，还有大葱蘸酱，你闻闻，可香了。”他一手搂住孟桑榆的纤腰，一手用力煽动，让大葱和酸笋的味道蔓延开来。因为孟桑榆古怪的口味，他也开始习惯这些乡野吃食。

孟桑榆终于悠悠转醒，见自己清清爽爽、衣衫整齐，满意地给男人送上一个早安吻。男人低笑，拿起一张炊饼，把蘸好酱的大葱裹进去，卷成一卷递到女人手边，柔声道：“吃吧。”

“谢谢。”孟桑榆接过，用力啃了一口，吃相并不怎么优雅。可男人知道这是她最自然率真的一面，脸上的笑容更深刻了。冯嬷嬷等人齐齐垂头，心中暗自感叹道：自从主子怀孕，皇上真是越来越贤惠了。

用罢早膳，常喜将帝后朝服捧进内殿，叫来一众宫人伺候两人穿戴。帝王朝服简洁霸气，很快就穿戴好，孟桑榆却还在与朝冠、朝珠、朝袍、朝褂奋斗。皇贵妃朝服虽然也是明黄色，但奢华程度却与皇后朝服远远不能相比。皇后朝服上的九凤以金丝纹绣，缀以珍珠和碎玉，远远看去光华夺目。朝冠顶端镶嵌了一只黄金打造的九尾凤凰，每一束尾羽都嵌以五色宝石，正中的凤嘴里还衔着一颗硕大东珠，隐隐有异彩在其间流动。单只这一套行头就足够让全天下的女人疯狂，难怪宫中那么多嫔妃拼死

拼活都想爬上后位，

甲之砒霜，乙之蜜糖。此刻的孟桑榆并无多大欣喜，反而为头上的十几斤重量感到担忧。她双手撑住朝冠，步履僵硬地走到满眼带笑的帝王跟前，晃动脖子抱怨道：“你还说不累，单这一副头面就能压死我！”

“大好日子不许胡乱说话！”玄帝捏捏她微撅的粉唇，无奈开口，“你先在朕身上靠靠，到了紫阳殿，只坚持半个时辰就好。”

两人携手步入御辇，玄帝微微倾身，好叫孟桑榆能将下颌放在他肩膀上。微沉的重量令他当即皱了皱眉头，这朝冠果真很重，是不是该将典仪再精简一番。但此时已经来不及了，一应章程都已布置下去，御辇也很快到了紫阳殿。

“朕先进去了，在金銮殿上等你。”男人轻轻在女人唇上啄吻，深邃的眼里满是爱意和期待。

孟桑榆被他看得不好意思，眷恋地在他肩上蹭了蹭。两人静静相拥片刻，待礼乐奏起才相携下轿。帝王先行往正殿去，皇后在殿前收受金册、金宝，在百官的瞩目下缓步登上御座与帝王并肩携手。

因帝王事先有交代，册文大大精简，不过半盏茶工夫就已宣读完毕。孟桑榆双手接过金册、金宝，踏着柔软的红毯，一步一步往金銮殿走，随行御医隐在观礼的百官之后，视线牢牢锁定皇后面色，不敢有丝毫懈怠。

跨入正殿，分列两边的百官齐齐朝新晋皇后看去。一道明黄色身影由远及近，艳丽张扬的面孔，雍容华贵的气度，于万众瞩目之下犹如闲庭信步，叫某些人的轻视之心稍减。

御座上的帝王在皇后甫一出现的时候就站起了身，上前两步，俊美的脸庞虽然极力保持肃穆，可微微颤抖的唇角依然泄露了他的激动。按理，皇上只需在殿中坐等，待皇后步上高台，站起身稍稍虚扶既可。如皇上这般万分迫切的举动，却叫座下群臣各费思量。

孟桑榆抬头挺胸，朝高台上负手而立的男人看去，脚步不急不缓。踏上第一个台阶，男人忽然从高台上走下，朝她伸出手。帝王下阶亲迎，大庸开国以来还未有一任皇后有过如此殊荣。谁言皇后不受帝王重视？一派胡言！因典仪的简陋而轻视皇后的朝臣们心中一凛，连忙垂下头去。

孟桑榆坦然地握住了男人伸过来的手，感觉到掌心的一层湿滑，眉头微皱。竟紧张得出汗了吗？就那么期待这一刻？这样想着，她抬头朝男人看去，撞上他漆黑眼眸中浓烈到化不开的深情，头脑有片刻的空白。

玄帝微笑，用力握紧她的手，将她带到自己身边。他多想用炽烈的亲吻来宣示自己的喜悦，目光触及座下群臣，不得不硬生生忍住。

“从今以后，你就是我的皇后了。”他附在女人耳边低语，话中的满足之情溢于言表。

“从今以后，你就是我的夫君了。”孟桑榆从惊诧中回神，头一次认认真真地看向男人，头一次认认真真地宣告自己的主权，每个字掷地有声。既然逃不掉，既然这人有几分真心，那她便用一生的幸福来赌一赌。

夫君，玄帝细细咀嚼这两个亲昵又火烫的字眼，揽住孟桑榆的肩膀畅笑。孟桑榆回视，嫣然一笑。

威武霸气的帝王，雍容华贵的皇后，高台上的两道明黄色身影亲密无间，相得益彰，在群臣的脑海中留下了最为深刻的一笔。

帝后相合，实乃大庸之幸！

番外 1

时间在静静流逝，一转眼，百花齐放、草长莺飞的春天已经过去，烈日炎炎、鸟语蝉鸣的夏天也将近尾声。湘北战事从胶着到初显胜迹，朝堂上的氛围也随之轻松不少。

人一放松下来就容易头脑发热，头脑发热就容易惹事。皇后怀孕已六个月，皇上独宠皇后快一年时间了，丝毫没有召寝别宫妃子的意向，这让许多新晋高位嫔妃的母家不满，暗暗煽动御史上奏，劝谏帝王雨露均沾。

这日早朝，玄帝面无表情地跨入紫阳殿，身后的常贵抱着一沓奏折，看向座下群臣时目露怜悯。常喜已经“病逝”，作为师傅，他交代了徒弟很多秘辛，第一条就是得罪皇上也不能得罪皇后。皇上就是个妻奴，没得救的妻奴！如今皇后的肚子越来越大，正是身休最虚弱的时候，皇上操心都操不够，这些人还在这个节骨眼儿来捋虎须，当真是活腻了。

“有事启奏，无事退朝！”常贵扯开喉咙喊道。

“臣有本启奏！”一名御史站出来，慷慨激昂地陈述了皇嗣对于皇家的重要性，力劝皇上切莫沉迷女色，误国误民。

他话音刚落，又有好几名御史和大臣出列附和，场面颇为热闹。

“沉迷女色，误国误民。朕不知，疼爱妻儿竟也成了一种罪过。”玄帝徐徐开口，嗓音冷冽，叫座下群臣心中一抖。

“朕后宫之事，何时轮到你们来监管？莫非朕宠幸哪个女人、不宠幸哪个女人还要你们同意不成？若你们拿政务劝谏于朕，朕必虚心受之，但后宫之事乃朕之私事，容不得旁人指点。”话落，他顿了顿，锐利如刀的视线在群臣瑟缩的脸上扫过，继续开口，“来而不往非礼也。既然你们要干涉朕的私事，朕也管管你们的后院。”

年轻的帝王嘴角上扬，诡异的笑容叫群臣头皮发麻。看见闫俊伟呈上一封厚厚的奏折，劝谏的大臣们心道不好！

“念给他们听听。”玄帝撩了撩眼皮，将奏折递给常贵。

常贵应诺，摊开奏折大声念道：“夏高，三月初三嫖宿满香楼，前后共花费白银三百四十七两，于酒井胡同安置外室一名，育有一子，现年六岁；刘仁，宠妾灭妻，掳夺嫡妻之权利，将内宅交由妾室管理，致使嫡子、嫡次子身中剧毒，不治而亡；单明波，纵容正室苛待庶子、庶女，毒杀数名怀孕妾室……”

常贵尖利的嗓音还在继续，站出来劝谏的几位大臣一一被点到名，后院阴私被翻了个底朝天，很多事竟连他们自己都不知道，莫不冷汗沁沁。其余大臣俱深深埋下头去，对无处不在、无孔不入的锦衣卫感到恐惧。他们这时才发现，皇上对朝堂、对朝臣的掌控竟达到了如此程度，说是翻手为云、覆手为雨亦不为过。

然而，皇上平时却又并不独断专行，若不是这几人触到了他的逆鳞，想必他对这些事都会睁一只眼闭一只眼。

没站出来劝谏的大臣不由得暗自庆幸。孟炎洲对自家妹夫更是崇拜得五体投地。这一手太高明了！这才是真英雄、真汉子！像父亲那样，被祖母一逼就纳了妾的人，根本没法与皇上相比！

待常贵念完，玄帝慢条斯理地开口：“后院不平，何以平天下？朕真怀疑你们是否有资格继续在朝为官。”

几位大臣再也受不住了，“扑通”一声跪下，磕头喊道：“臣等有罪，求皇上宽恕！”

“回去把你们后院清理干净了再来！”将奏折扔到几人身前，年轻的帝王面容冷硬。

接下来的早朝在沉郁的氛围中结束，等帝王离去，被点名的几位大臣在众人的讥笑中落荒而逃，恨不能立即回家将那些惹事的女人狠狠发落了。煽动御史劝谏皇上的几位嫔妃的母族再不敢有丝毫异动。

自此以后，朝堂风气为之一清。正所谓上行下效，因皇上爱妻如命，正妻在大庸的地位得到了巨大的提高，当然，正妻苛待妾室、庶子女的事例也大大减少。官员若不是年逾四十，若不是子嗣特别艰难者，一般不敢纳妾超过三人以上。这些都是后话，暂且不表。

玄帝出了紫阳殿，急匆匆朝翠竹宫走。这个时候孟桑榆还未起床，他还能抱着她睡个回龙觉。途经御花园，看见隐在树丛后的婀娜身影，他脚步微顿，立即掉转了方向。

“日后朕退朝，将这条路封住，闲杂人等不得靠近！”他沉声命令，常贵连忙应诺。

对这些女人的歪缠，他实在是烦不胜烦。早知道升了位份会助长她们的野心，当初母后提议时他就该一口否决。嘴里倾诉着对自己的爱慕，眼中却露出对权势的渴望，他一见这表情就想起沈慧茹，然后莫名厌憎！

唯有孟桑榆，考虑的永远是怎么轻松度日。若权势有碍于她，她会毫不考虑地舍弃，若权势有助于她，她也会积极争取。真是简单又直白！

想到这里，他摇头失笑，加快了脚步。

是夜，翠竹宫内，玄帝看着身旁双眼紧闭的女人，翻来覆去睡不着。他试探性地伸出手，圈住女人的肩膀。孟桑榆从燥热中醒来，看见埋头在自己颈窝亲吻的男人，不耐烦地嘟囔道：“走开，好热！”

“桑榆，让我抱一抱好不好？我们许久未曾亲热了。”男人嗓音沙哑，呼吸急促。

“不要！你走开！”此时正是八月末，殿内的冰盆早已融化，孟桑榆感觉到宝宝正在踢踹自己肚皮，极不耐烦地将男人推开。

男人环住她的脖颈重重喘息，不依不饶地去啃咬她的耳廓。

“你就那么忍耐不住？忍不住就去找别人，不要来烦我！”耳朵上黏黏腻腻的很不好受，又加之是孕期，脾气喜怒不定，孟桑榆胸中仿似有一把邪火在烧，自己也不知道自己说了什么。

男人僵住了，头埋在她颈窝久久不动，半晌后起身，批了一件外衫就走。任谁费尽心思保护一个人却被这样对待，心里都会难受。

孟桑榆还有些迷糊，支起身看向男人的背影问道：“你去哪儿？”

“如你所言，去找别人侍寝。”男人脚步微顿，冷声道。

“侍寝”二字终于让孟桑榆清醒过来，胸口的邪火却也烧得更旺，想也不想就喊道：“古邵泽，你敢走？你走了就别回来！”

话音刚落，她嘴角就是一抽，心中懊悔不迭，这威胁太经典、太恶俗了！听见这句话的男人，百分之九十九点九九会走！走之前还会将门甩得砰砰作响以彰显气势。

果然，男人的脚步更加快了，不一会儿就消失在门口。

孟桑榆愣怔了许久，慢慢半坐起身，用双手捂住脸庞。早就该预料到的，一生一世一双人的童话怎会发生在自己身上？想到这里，她眼眶中打转的泪水渐渐干枯，一抹冰霜挂上微抿的嘴角。

听见殿内的喊话，守夜的常贵吓了一跳。在大庸也就皇后娘娘敢直呼皇上姓名。正呆愣着，就见皇上面无表情地出来，步履匆匆。常贵连忙跟上。走到翠竹宫的大门，玄帝忽然停步，险些叫常贵撞上他的后背。

“皇上，这么晚了，您去哪儿？”常贵低声询问。

“是啊，除了翠竹宫，朕还能去哪儿？”玄帝呢喃，在宫门口徘徊。想到桑榆倔强爱记仇的性子，若自己真走了，日后不知该花多少心思才能将她哄回来。踌躇半晌，玄帝终于放弃了男人的尊严，板着脸往回走。

常贵扶额，快步跟上。常喜师傅说的果然没错，皇上就是个妻奴！

跨入内殿，看见坐在床头、双手捂脸的孟桑榆，玄帝紧走两步，拨开她的手，对上她眼中来不及消退的寒冰，心头立时一痛。

“桑榆，我不走了。都是我的错，你别生气好不？”他用力环住孟桑榆的肩膀，口中喃喃致歉。幸好自己去而复返，否则，这一年的工夫就白费了，反而将孟桑榆推得更远！他后怕地想到。

没想到男人会是百分之零点零一的意外，孟桑榆愣了愣，对上他满带哀求的双眸才缓缓回神，冰冷的面庞柔软下来，道：“我一晚上要如厕十几次，天气热，总是一身的汗，腿又常常抽筋，宝宝时不时还踢我！都这样了，你还要来折腾我！”她用指尖轻戳男人的胸膛，软糯的语气带着撒娇的意味儿，让男人的心软成一团。夫妻俩不能总是针尖对麦芒，适当的服软很能促进彼此感情，这个道理，她明白。

玄帝松了口气，搂住她肩膀轻轻摇晃，宠溺道：“都是我的错，腿抽筋怎么不早说，我帮你揉揉。”

孟桑榆点头，极其自然地将双腿搁在男人膝上。男人或轻或重地按揉，表情十分专注，仿若自己正做着什么大事。抽痛的感觉淡去，殿内响起一阵腹鸣声，孟桑榆耳尖迅速充血。

“饿了？想吃什么？我叫人去做。”男人也不嫌烦，刮刮女人的鼻尖，戏谑道。

“我想喝香油，想吃臭豆腐。”孟桑榆舔了舔唇，满脸垂涎。

“喝香油？直接拿着瓶子喝？臭豆腐，放臭了的豆腐？”玄帝额角有些抽搐，对媳妇的口味不能理解。

“对，我就想喝香油！要不香油拌臭豆腐也行啊！”孟桑榆搂住男人的胳膊轻轻摇晃，爱娇的小模样叫男人无法抗拒。

“吩咐御厨做一份香油拌臭豆腐上来。”玄帝对门口的常贵挥手。

这可难死了御厨，战战兢兢地做了份香油拌炸豆腐，亲自端来翠竹宫谢罪。玄帝哭笑不得，放臭了的豆腐，就算御厨会做，他也不敢让孟桑榆吃呀，不会做更好！

遣走御厨，他拿着筷子，将炸豆腐喂到颇为不满的孟桑榆嘴边，好一番温言软语地诱哄。

“谢谢皇上。”吃完夜宵，孟桑榆满足地摸了摸胃，主动攀住男人肩膀，在他唇上啄吻一记。

“满嘴香油味！”玄帝偏头躲避，眼里却沁出浓浓的笑意。

“皇上，饱暖思淫欲，你来吧，温柔点。”

“小妖精！”男人呼吸一窒，从背后拥住她，热切地含住泛着油光的双唇。嫩豆腐虽好，偶尔改吃炸豆腐味道也不错！年轻的帝王眯眼暗忖。

番外❷

翠竹宫偏殿，孟桑榆歪在玄帝怀中，手里拿着一把小剪子，修剪一尊青松盆栽。她左右看了看，剪下一枝多余的树杈，放到玄帝摊开的掌里。装载垃圾的竹篮就在手边，她却极为惫懒，竟不肯多伸出去一寸。

玄帝斜躺在她身后，悠闲地阅读一本诗集，待掌心满了便顺手丢进竹篮，来往数次，半点也不嫌烦。

“峥儿呢？”孟桑榆喝了口茶，又将茶杯送到男人嘴边，待他浅饮一口后问道。峥儿大名古寰峥，玄帝唯一的嫡子，孟皇后所出，今年三岁。

“跟二宝去御花园玩去了。”男人眸光闪了闪，故作不经意地说道。

“嗯。”孟桑榆放心地点头，拉拉男人衣袖，语带苦恼，“我总觉得这棵松还少了点韵味，却又看不出哪里不好，你觉得呢？”

玄帝放下诗集，将盆栽前后左右转动几次，指着一根枝杈道：“这一簇有些多余，剪去后方可显出青松的劲瘦之美。”

“不会啊，若剪去，岂不是显得这里很空？”孟桑榆用剪刀比画了几次，迟迟不肯下手。

玄帝也不言语，夺过剪子将那簇枝杈剪去，然后转动盆栽展示。

“还真是啊！”孟桑榆本有些微恼，眉毛都竖起来了，看见成品后立马露出讨好的笑容。

“竟然不相信我！该罚！”玄帝搂住她纤瘦的腰肢，在她柔嫩的脸颊上咬了一口。孟桑榆娇嗔地横他一眼，反咬回去，刚才还中规中矩的两人转瞬就闹作一团，叫新进宫女看傻了眼。

都说帝后感情甚笃，堪比民间恩爱夫妻，见了真人才知，传言到底不如现实来得震撼。冯嬷嬷等老人早已见怪不怪，镇定自若地将盆栽移走，免得两人玩闹给弄砸了。就在这时，一声软软糯糯的“父皇、母后”在门口响起，令满面春风的玄帝立时僵住了。

他回头一看，果然见自家儿子艰难地跨过门槛，屁颠屁颠地跑过来。

“古邵泽，你不是说峥儿跑去玩了吗？怎么弄了一身的墨回来？是不是你又强迫他读书写字？我说过多少遍了，他还小，正该让他好好玩儿！读书写字等到六岁也不迟！”看见儿子沾满墨水的双手和小花猫一样的脸，孟桑榆立马下榻，将儿子拉进怀里好一番查看。

“四岁了（虚岁）怎么算小？我五岁都能背《四书五经》了！”见媳妇有了儿子立即将自己抛到脑后，玄帝一边申诉一边怒瞪儿子一眼。

古寰峥像足了玄帝小的时候，一张包子脸和圆滚滚的大眼睛看上去十分可爱。他看看父皇又看看母后，上前拉住母后的衣摆，乖巧地说道：“母后，你别怪父皇，是我想要读书写字的。”

“峥儿真乖！”孟桑榆看向儿子时立马换了笑意盈盈的慈母面孔。

“父皇说了，峥儿努力读书写字才能快点长大，等峥儿长大了，娶了媳妇，就让媳妇帮母后管理宫务，母后就能天天陪峥儿玩了！”古寰峥眨眼，满脸期待。孟桑榆的笑容凝固了，表情囧囧有神。儿子呀，你被你爹忽悠了知不知道！你怎么就那么呆萌呢！

“傻瓜！要玩母后现在就陪你玩，你还小，连毛笔都拿不稳，别听你父皇的。看你这身衣服，母后都记不清它原本是什么颜色了！”孟桑榆拉拉儿子黑魆魆的衣袖，满脸嫌弃。古寰峥眼睛亮晶晶的，连连点头，小模样萌煞个人。孟桑榆也不嫌儿子脏了，在他的小花脸上狠狠亲了几口。

玄帝全身都泛出酸味，没好气地说道：“峥儿是未来的储君，身兼重任，及早开蒙对他只有好处没有坏处。你这样纵容只会害了他。都说慈母多败儿，这个道理你应该明白。”

孟桑榆不以为意，示威般在儿子脸上又啃了一口。才三岁的孩子，什么都不懂的年纪就被扼杀了童年，她总觉得不忍，让儿子多玩一年也才四岁，耽搁不了什么。

玄帝浑身的酸味更浓，狠狠瞪了儿子一眼。古寰峥依偎进母后怀中，一脸委屈地开口：“母后，听人说今年又要选秀了，选秀过后父皇就会疼新来的娘娘，不会疼咱们了，咱们还是去千佛山找皇祖母吧。母后不是说把这块布填上咱们就能出宫吗？峥儿都填好了，母后快看。”

古寰峥献宝一样从怀里掏出一块明黄色绢布，摊开一看竟是孟桑榆收藏起来的那份空白圣旨，上面布满了歪歪扭扭的墨团，依稀可以看出“人之初，性本善”等字眼，边上还留下几个小小的黑手印。

孟桑榆夺过绢布细看，双手不停颤抖。虽然这块烫手山芋她也想处理了，但好歹能拿出来换一个不大不小的要求，譬如带儿子回家住上几天、去千佛山陪太后逍遥几月等，却绝不是像现在这样啥都没捞到被毁了。圣旨变《三字经》，这落差委实太大！她不能接受。

玄帝先是一愣，继而哈哈大笑起来，将儿子抱入怀中连声夸赞。

孟桑榆终于在男人畅快的笑声中回神，对上儿子希冀的黑眼珠，抽搐着嘴角说道：“峥儿真能干！母后太高兴了……”

玄帝又是一阵朗笑，将面部神经失调的孟桑榆搂入怀中，附在她耳边安慰道：“别担心，这次大选我会解决，不会让你和峥儿受委屈。我只疼你，没有别的娘娘！”在爱妻脸上吻了吻，他垂眸时眼中一片冰寒。竟挑唆到儿子身边，某些人活腻了！

大选很快就到，玄帝刻意抽出一天时间，亲自主持殿选。秀女们闻听消息莫不欢欣鼓舞。皇上不但能力非凡，且长相还十分俊美，三十出头，正是男人最鼎盛的年华，又对皇后极为专情，是个不可多得的良人。

是以，这次选秀的贵女人数远超以往历届，送到翠竹宫的名册厚厚一摞，环肥燕瘦，应有尽有，即便淡定如孟桑榆也不免升起了几分危机感。

与玄帝相携走进储秀宫，她看似表情轻松，实则眼里笼罩着阴霾。四妃跪下行礼，许久没跨出宫门的贤妃直往角落里缩，生怕被两人注意。

玄帝与孟桑榆在主位坐定，挥袖叫起四妃，简洁开口：“开始吧。”

殿外太监高声唱名，五位秀女婀婀娜娜地跨入门槛，跪下行礼，然后粉颈微抬，一脸娇羞之色。五人都是花骨朵一般的年纪，气质、长相皆为不俗，玄帝却只是垂眸饮茶，并不曾朝座下投去一眼。

第一位秀女站出来，孟桑榆和四妃象征性地问了些身世问题便让她表演才艺。悦耳的琴声在殿内响起，少女全情投入，白皙的脸蛋散发光晕，颇为引人。玄帝眯眼聆听，看似沉醉，少女偷觑他表情，垂首浅笑。

家世显赫，长相不俗，才高八斗，众人都以为少女会留牌，就连她自己也如此料定，却没承想琴音刚落，帝王便毫不留情地开口：“撂牌子。”

那少女愣住了，好半晌才退至一旁，脸上还残留着不敢置信的表情，眼里隐隐有泪光闪烁。接下来的四位秀女亦不乏才情相貌家世不凡者，均被帝王撂了牌子。第一组很快就甄选完毕，第二组进来了，有姿容更甚者，却也被一一否决。接着便是第三组、第四组，直至后来，帝王竟连眼也不抬，连连挥袖道：“撂！”

小半个时辰过去，常贵附在帝王耳边低语，帝王浓眉一皱，揽住孟桑榆肩膀柔声道：“我有政务要处理，余下的秀女你自己解决，嗯？”

孟桑榆早已被男人的举动给镇住了，心里又惊诧又感动，更有莫名的热流在心间翻腾。她用力握住男人的手，嘴巴张张合合，不知该说什么。

“是不是高兴得说不出话来了？晚上要犒劳我，知道吗？！”男人低语，极想含住她柔软的唇瓣厮磨，却又碍于场面不得不忍住。

孟桑榆耳尖微红，娇嗔地横了他一眼。坐在两人下手的虞雅安将这番对话听了个八九分，不免为两人的浓情而震撼。四年过去了，皇上对皇后娘娘的爱意不减反增，当真是奇迹。

听说皇上走了，余下的秀女不但没有失望，反而松了口气。但她们明显高兴得太早，皇后娘娘接了皇上的“活”儿，慵懒地靠倒在椅背，连连挥动衣袖，将一个又一个“撂”字从红唇间吐出。虞雅安仿佛从中探得了乐趣，恶劣一笑，紧跟上皇后的节奏。宫里的女人已经够多了，再来一批绝对会拉低她的生活水准。其余三妃也不是傻子，用手绢遮挡住脸上幸灾乐祸的笑容，将看不顺眼秀女的牌子毫无顾忌地扔到一旁。

这是大庸有史以来最惨烈的一场选秀，秀女们回去时哀声一片，落下的眼泪将神武门和东大街都淋湿了。但即便如此，众位大臣也无可奈何，皇上手眼通天，他们不敢忤逆，且皇上没有选中自家女儿，他们也不能质问皇上自家女儿有哪点不好？这种话，单只想想也觉得丢人。

从这年开始，每届秀女的人数越来越少，且没有一人成功入选。及至皇子们陆续成年需要大婚，情况才稍微好转。

番外❸

金风送爽，雁过留声，又到了一年一度的秋猎时节。众位大臣早到了两天，在皇家林苑的山脚下扎好帐篷，等待帝王圣驾。

明黄色的銮驾在秋日艳阳的照耀下反射出璀璨的金光，远远看去十分打眼。大臣和命妇们忙齐聚到路边，跪下恭迎。

玄帝如今已三十九岁，俊美的五官留下了岁月的痕迹，越发骇人的气势却令他更具男性魅力，一双鹰目幽深难测，只淡淡一瞥就叫人头皮发麻。他牵着皇后的手，两人并肩跨下御辇，接受众臣和命妇的跪拜。

九年过去了，孟桑榆已年近三十，容颜却丝毫未变，只眉眼间增添了一缕风情，身材也更加婀娜多姿，叫人移不开眼。

玄帝挥袖叫起众人，正要发话让他们各自散去，却听见一道清脆的童音从身后的队伍中传来："父皇，快看啊！懿儿会骑马了！"

众臣抬头看去，却见九皇子古寰峥打马而来，怀中抱着十一公主古端懿，身旁跟着十皇子古宸睿。其他皇子因身体孱弱，从不参加围猎，几位公主已陆续出嫁。三人俱是孟皇后所出，九皇子现年十二岁，从小被皇上亲自教养，手段、能力、心智皆为不凡，于两年前被册封为太子。十皇子现年十岁，与兄长恰恰相反，对读书一道很是不耐，却遗传了皇后母族的优良基因，是个练武的好材料，再加之天生神力和爽直的性格，与他舅舅一样，得了个小霸王的名声。更奇妙的是他的长相，不似皇后也不似皇上，竟与赋闲在家的孟国公像了八九分，叫孟国公爱得跟什么似的，直言要将他培养成下一任大庸战神。十一公主现年五岁，小小年纪便玉雪可爱，聪明伶俐，精致绝伦的五官简直是孟桑榆的缩小版，叫玄帝爱得跟眼珠子一样，恨不能时时刻刻都揣在兜里，心肝肉似的疼宠。

见女儿在马上对自己不停挥手，小脸蛋红扑扑的，说不出的可爱，玄帝严肃的表情有些绷不住了，绽开一抹温柔的微笑。

古宸睿率先下马，给父皇、母后行礼，古寰峥却直将马骑到銮驾前还未有行礼的打算，叫众臣频频侧目。

孟桑榆脸上的笑容淡去，低声提醒道："峥儿还不快下来。"

古寰峥朝怀里粉团子一样的小人儿看去，见她拉扯着自己的衣袖，死活不肯下马，苦笑解释道："儿子也想下来，但妹妹扯着儿子衣袖，儿子恐自己一动妹妹就得掉下去，劳母后派个人将妹妹先抱走。"

"不要，我要让父皇看看懿儿骑马的英姿！"古端懿噘着小嘴摇头，连连拍打哥哥的手，让哥哥在父皇跟前再转两圈，好生显摆显摆。

玄帝再也绷不住地大笑起来，上前一步将小女儿搂进怀里，用胡茬去刺她娇嫩的脸，听见她银铃般的笑声，心里像吃了蜜一样甜。父女俩你啃我一口、我啃你一口地玩闹起来，叫群臣和命妇们看了暗自咋舌。都说皇上宠爱十一公主胜过所有皇子，这话果然不假。

孟桑榆无奈地咳了咳，提醒父女俩注意场合。古寰峥下马，恭恭敬敬地给父皇行礼，又转身受了众臣跪拜，一身轩昂气宇令人惊叹。

"出来围猎不讲究那么多规矩，都散了吧。"玄帝挥袖将众臣遣退，一手抱着女儿，一手搂着娇妻向最大的帐篷行去。

一阵马蹄声由远及近，孟国公、闫俊伟、孟炎洲三人领着一队侍卫出现在营区边缘，看来刚才是布置防卫工作去了，听闻圣驾已到才匆匆赶至。孟母带着媳妇也未走远，看见他们回转也跟着走过来，想与女儿和外孙们好好聚聚。

"外公，舅舅，闫师傅！"看见三人，古宸睿像炮弹一般冲过去。

三人下马行礼，站直身后孟国公拍打着小外孙的肩膀，朗笑赞道：“不错，又壮实了！”

古宸睿昂起头，十分严肃地说道：“宸睿这几月都不敢懈怠，武艺又精进不少，这次秋猎定要猎头猛虎回来。”

“好，有志气！等会儿就跟我们去南区见识见识，如何？”孟炎洲一说话就让孟桑榆想掐死他。多大年纪了还不着调，南区是猛兽区，养着狮虎豹和狼群，这么小的孩子怎么能去？

她正要开口拒绝，却被玄帝暗中拉住了手，示意她不要多管。嫡次子虽没有治世之才，但于武道上却天赋异禀。他刻意让儿子跟随在孟国公、孟炎洲和闫俊伟身边学习，目的便是将他培养成兄长的左右手，长大后接手锦衣卫和暗卫，兄弟俩一明一暗，一文一武，定能合力将大庸推向辉煌。自己的儿子适合走什么样的路，他绝不会看错。

“舅舅，今次围猎，我就是冲着南区才来的！小兔子、小狐狸什么的，让给别人玩去吧！”古宸睿拍了拍自己并不怎么强健的小胸脯，满脸骄傲，转头看向哥哥，期待地问，“哥哥，你去不去？”

“去，怎么不去？”古寰峥淡笑，摸摸弟弟的头。

孟桑榆心中担心不已，可也知道有暗卫跟随，儿子们必不会有事，这也是一种难得的历练。勉强维持住脸上的微笑，她暗中掐了身边的男人一把。男人反将她的小手握住，暧昧地捏了捏。

“父皇，我们走了。”古宸睿遗传了孟家人风风火火的性子，立马就要往南区走，看向孟桑榆时讨好一笑，“母后，儿子猎一头大老虎给您做披风！”

“儿子，虎皮披风只有男人才穿！”孟桑榆拍拍儿子的头，哭笑不得。

“那就给您铺床！”古宸睿立即改口。

儿子，虎皮铺床是山大王的品位，你确定？孟桑榆心中吐槽，面上却笑盈盈地点头，目送一行人消失在密林中。

孟母带着付明珠过来，对帝后二人屈膝行礼。看见外婆和舅母，乖巧安静的古端懿立即从父皇怀里溜下，朝两人奔去。

付明珠一连生了三个儿子，对粉团子一样的十一公主眼馋得不行，忙张开双手接住她。皇后娘娘是大庸嫡妻的楷模，极受大庸命妇们的推崇。因为全大庸的官员都知道，皇上爱妻如命，想要得到皇上的青眼，首要一点就是给予嫡妻足够的尊重。

孟桑榆正想点头答应，玄帝却捏了捏她的手，说道："西区放养了很多银狐，朕等会儿去看看，给你猎几只做披风。"话落，他状似不经意地提起，"韩昌平和他妹妹随驾。"

韩昌平如今已代替了孟父建威大将军的职务，是玄帝身边的红人。他本是永平侯府庶子，早年被嫡母不容，带着妹妹自立门户。在最为困苦的时候受到玄帝救助，他对玄帝的忠心不言而喻。他妹妹从小耳濡目染，也是个巾帼不让须眉的人物，现年刚刚及笄，听说长相颇为不俗。

至于孟桑榆为何会听说，自然是有心人的牵线搭桥。知道这女人十有八九想觐见自己的丈夫，孟桑榆刚跨出去的脚步立即收回了，婉拒了孟母和大嫂，对玄帝道："我跟你一块儿去。"

玄帝垂眸暗笑，摸摸女儿的头，对孟母温声道："懿儿就劳烦夫人帮忙照看了。"孟母连忙摆手说应该的，带着古端懿去参加茶话会。古端懿很喜欢外婆，不吵不闹，乖巧地挥手与父皇母后再见。

安置好女儿，两人回营换了猎装，携手朝空地上等候的马队走去。

"微臣（臣女）见过皇上、皇后娘娘！"韩家兄妹站在最前列，带领众人半跪行礼。值得注意的是，韩小姐行的是男儿礼节，再配上一身火红猎装，当真是英姿飒爽，夺人眼球。孟桑榆与玄帝穿得都是黛色猎装，只在衣摆和袖口用银线勾勒出龙凤呈祥的花纹，两人一个艳丽无双，一个俊美无俦，站在一起简直是天造地设的一对儿。

见自家妹妹盯着帝、后二人出神，韩昌平忙拉了拉她衣袖。韩小姐迅速回神，垂眸黯然一笑，却又很快打起了精神。

殷勤地扶孟桑榆上马，待她坐稳，玄帝这才跨上自己的马，挥手说道："出发！"一行人大声应诺，风驰电掣般消失在密林里。

在林中兜兜转转都没碰见银狐，玄帝一直未曾出手，孟桑榆出生将门，骑射功夫相当精湛，驰骋了一会儿就勾起了兴致，瞥见草丛中一只肥美的灰兔，将弓解下就准备瞄准。不想一支箭矢先她一步射出，将那灰兔的后腿钉在地上。

孟桑榆回头一看，却见韩小姐红着脸，弱弱开口："臣女不知皇后娘娘也看上了它，不小心先出了手，若娘娘不弃，臣女愿将猎物送给娘娘。"

这是显摆还是挑衅？孟桑榆摆手，淡声道："不用了，先到先得。"

韩小姐嫣然一笑，脆生生道："谢谢娘娘。"她正是花骨朵一般的年纪，笑起来青春无敌，很难叫人产生恶感。

玄帝仿若没察觉两人的暗潮汹涌，自顾打马前行，韩昌平却为妹妹捏了把冷汗。皇后娘娘可不是那么好得罪的，妹妹太鲁莽了。

其后的半个时辰里，韩小姐又连连抢走了孟桑榆好几只猎物，她出手如电，箭术如神，就连眼高于顶的孟桑榆也叫一声好。玄帝仿佛被韩小姐勾起了兴趣，途中意味深长地看了她好几眼，直叫她心脏怦怦乱跳。

一行人走到溪边，刚隐匿好身形，准备狩猎前来喝水的动物。就见一道银色闪电划过，停在一块大石后，好半天才探出头，小心翼翼地走出。这是一只银狐，油亮顺滑的皮毛在阳光的照射下熠熠生辉。

玄帝黑沉的眸子终于被点亮，取下背上的弓，搭箭瞄准。咻咻的破空声响起，即便银狐行动快如闪电也没能躲过两只箭矢的夹击，抽搐着四肢瘫倒在地，后腿和脖颈各中一箭，汩汩鲜血将清澈的溪水都染红了。

玄帝走到溪边，看见另一支箭矢上的标记，转脸朝韩小姐看去。韩小姐脸颊绯红，拱手道："臣女正想做一条围脖，看见这银狐喜欢得紧，忍不住便出了手，还请皇上恕罪。"

她杏眼亮晶晶的，满满都是期待和欢喜，本就娇俏的面容在秋阳的映衬下镀上了一层金边，看上去似幻似真。这个年纪的少女对成熟男性有种莫名的吸引力，叫人无法抗拒。若是换了别人，想必都会将银狐拱手相让，但她偏偏碰上了玄帝。对女人看似倾慕、实则野心勃勃的眼神尤为厌憎，玄帝漆黑的眼眸布上阴霾，沉声道："皇后正需要一件银狐披风，把猎物收起来。"他身后的侍卫应诺，将银狐拴在马上。

玄帝飞身上马，与孟桑榆转换阵地，竟是连半个眼神也没留给怆然欲泣、尴尬不已的韩小姐。韩昌平摇头，正想劝解妹妹几句，却见她忽然又打起了精神，锲而不舍地追上去。

孟桑榆本就对自家男人存了考验的心思，见他没被女色所惑，心里高兴了，一路上开始挽弓射箭，横扫西区。她的箭术得到孟国公亲传，说是百步穿杨亦不为过，叫韩小姐惊愕不已，更存了攀比的心思。

然而，孟桑榆有心打压又怎会留有余地？两人的处境立时倒了个个儿。韩小姐看上什么她就射什么，总能捷足先登，叫韩小姐颜面无存。

韩小姐这才知道，之前一直是皇后娘娘让着自己，而自己像个跳梁小丑，也不知被旁人看了多少笑话去。到底是十五岁的小姑娘，心理承受能力还十分弱。她越想越伤心，眼眶红彤彤的，眼角挂着泪，狼狈的模样好不可怜。韩昌平心疼不已，碍于帝、后在场不能安慰，只得暗自叹气。

“行了，适当给个教训也就够了。”玄帝打马到孟桑榆身边，低声劝解。毕竟是自己心腹的妹妹，总得留点面子。

“她要跟我抢男人，难道我还要让着她不成？”孟桑榆斜睨他，红唇微张，吐气如兰，上挑的眉梢透着一股邪气和不羁，似林中妖精般惑人。

玄帝下腹一阵燥热，又为她的宣言滚烫了心扉，竟极不合时宜地大笑起来。韩小姐误以为皇上是在嘲笑自己，脸色由涨红变为青紫，眼泪大滴大滴往下掉。

男人的笑容简单而纯粹，一缕阳光投射下来，俊美仿若神祇。孟桑榆瞬间被蛊惑了，呆看半晌才堪堪回神，掐着他的手臂佯怒道：“以后不许这样笑，太招蜂引蝶了！”

男人笑声更大，再也耐不住胸中的热火，长臂一展就将女人捞到怀中，打马朝密林深处奔去，朗声道：“你们原地等候，朕与皇后去去就来。”

丛林中有轻微的破空声传出，隐在四周的暗卫迅速跟去。韩昌平摆手示意大家坐等。至于皇上与皇后为何要单独离去？答案不言而喻。

“这回可以死心了吗？皇上和皇后娘娘的感情不是你能插足的！”将妹妹拉到一旁，韩昌平语重心长地说道。妹妹性格倔强，不让她亲身体会，她永远不会知道自己的念头有多么无望。韩小姐颓然地瘫坐在地上，将脸埋入双膝哭泣。原来，这世上真的有一心一意、忠贞不渝的爱情，不过那不属于自己。若自己将它夺过来，这份感情也就失去了原来的珍贵，变成了随手可得的廉价品。不若远远看着更好！她想，她有些明白了。

番外 4

秋天过去，严冬来临。自皇后诞下嫡子，一直隐居千佛山的太后每年都会回宫与帝后、孙辈共度春节。这一年因太后身体微恙，竟没能成行。

帝后主持完春节一应事宜，想起独自待在千佛山的太后，刻意颁旨休沐半月，带着孩子们前去探望。孩子们的到来让太后心情大好，人仿佛年轻了十岁，哪里看得出半点病容。

在千佛山的皇家别院安顿下来，又见过了李昭仪、丽妃并两位皇子，孟桑榆快要累趴下了，回房洗个澡便窝进了床榻。

玄帝进来时她睡得正香，脸蛋晕红，小嘴微张，十分诱人。凝视她片刻，男人掀开被子想要同睡，看见她身上穿的衣服，立时僵住了。

"孟桑榆，快起来，把这身衣服脱了！"男人的语气有些沉郁。穿什么不好，竟然穿僧袍！自己老娘日日穿也就罢了，媳妇也穿叫他情何以堪？想起这些年经常折磨自己的那个噩梦，他脸黑得跟锅底一样。

"不要，僧袍样式简单，尺码宽松，比穿睡衣还舒服！"孟桑榆迷迷糊糊醒来，也没看清男人的脸色，一边嘟囔一边翻了个身，准备继续睡。

"你不脱我帮你脱！"玄帝磨了磨牙，伸手去解她衣襟。

"桑榆，你好美！"男人赞叹道，咬着女人的耳垂，哑声询问，"我爱你，你爱不爱我？嗯？"

孟桑榆迷蒙地看了他一眼，不想欺骗他，却也不想令他失望，只得沉默以对。男人将脸埋入她颈窝，以掩饰脸上巨大的失落。努力了十三年，他依然一无所获，人生能有几个十三年？他闭眼，阻止自己再想，因为那会让他感到绝望。

帝、后二人直到夜幕降临才从房间出来，太后也不耐管束他俩，早已带着孙子们下山游玩去了。今日是元宵节，城中有大型灯会，很值得一看。

“咱们去找他们吧，顺便逛逛灯会。”感觉到男人心情有些低落，孟桑榆挽住他胳膊，试图让他高兴起来。

“嗯。”玄帝微微一笑，叫常贵准备马车，不着痕迹地将胳膊抽出。

孟桑榆愣了愣，看着男人独自远去的背影，心中隐隐抽痛。她很不习惯男人的冷漠，那让她感觉非常不安。

马车上，两人相对而坐，默默无言，到了亮如白昼、人头攒动的灯市，情况才稍微好转。

“拉着我的手，别走散了！”男人紧紧拽住女人的小手，将她半抱进怀里，看见挤过来的人群，连忙伸手格挡，不让他们碰到女人一根头发。

依偎在男人宽阔的怀抱，感受着他淡淡的体温，孟桑榆躁动不安的心终于平静下来，悄悄用手环住他的腰，脸颊蹭了蹭他的胸膛又很快分开。

她的动作像猫儿一样灵巧可爱，透着一股浓浓的眷恋。玄帝空落落的心瞬间被填满，愉悦地低笑起来。桑榆并非对自己无情，她只是不说而已！如此，自己又何必拘泥于形式？两人恢复了起初的浓情蜜意，牵着手在各个摊位前流连，也不急着去寻太后和孩子们了。

人群中不知是谁跌了一跤，引得好几人遭了鱼池之殃，一名覆着白色面纱的少女被推了一把，直往两人撞来。玄帝忙把孟桑榆护在身后，常贵上前几步，扶住少女的胳膊，待她站稳便立即松手。

“多谢二位相救。”少女福了一礼，微弯的杏眼十分迷人。少女的婢女从人群挤出，连忙施礼道谢。明明是常贵救的人，偏认准了自己男人！孟桑榆不着痕迹地打量少女几眼，微笑摆手道：“举手之劳，不足挂齿。”

“咱们走吧，去别处看看。”她转脸看向自家男人，见他丝毫不为少女所动，心里很满意。

两人相携远走，将少女抛到脑后。少女眸色不停变换，最终咬牙跟上。

两人来到一处灯谜摊子前，孟桑榆看中了一盏很有特色的走马灯，拉扯着玄帝的衣袖，定要他大展长才，将灯给赢回来。

玄帝满口答应，交给摊主两个铜板，走上前拿下字条。

“尚有疏梅傍池旁。”凑到男人身边，孟桑榆一字一句地念出谜面。这并不是什么很难的灯谜，对于二人来说可谓小菜一碟。

玄帝笑笑，正要说出谜底，身后传来一道清脆的女声：“是海棠。”

覆纱少女将两个铜板交到摊主手里，走上前将花灯取下，递到孟桑榆面前，杏眼微弯道：“这灯送与二位，聊表谢意。”

这灯本来就是我看上的，你凭什么抢了去还送给我？孟桑榆气笑了，狠狠瞪男人一眼，转头看向少女，开门见山道：“金二小姐，本宫已认出你了，不用再装。”

金二小姐是四公主驸马的妹妹，孟桑榆曾见过一面，对她敌视的眼神记忆深刻。四公主已经出嫁，但对她的仇恨一直未减，热衷于找各种各样的美人送给玄帝，以分她的宠，却一直没成功过。金二小姐在哥哥大婚那日对玄帝一见钟情，及至年满十五，从嫂子那里得到消息就追来。本以为两人都只见过她一面，还隔得很远，一定认不出，原来自己早就暴露了。看见帝王投过来的阴鸷眼神，她身子微颤，就要跪下请罪。

“你走吧！回去告诉四公主，若再随意透露朕行踪，朕会依律制她的罪！”玄帝对女儿永无止境的折腾也感到了厌烦，冷酷开口。常贵眼明手快地拉住她胳膊，不让她做出引人侧目的举动。

泄露帝踪是死罪，金家满门连带四公主都逃不掉。金二小姐面色惨白，在常贵和婢女的支撑下勉力站稳。

遣了两名侍卫将金二小姐送走，孟桑榆狠狠掐了男人一把，嗔怒道：“一年到头都要替你处理这些狂蜂浪蝶，真遭罪！”

狂蜂浪蝶？这是什么形容？玄帝哭笑不得，正准备伸手将娇妻捞进怀里好好安抚，没承想拥挤的街道忽然发生了骚乱，某人的灯盏忽然烧起来，将他的衣袍点燃，急得他在街上到处乱窜。

周围的人群四处躲避，害怕被殃及，两人被一股人流冲散，很快就失去了彼此的踪影。孟桑榆个子娇小，几乎是脚不沾地地随着人群移动，等她回神时，已身处一条陌生的街道，四周都是陌生的面孔。

几名黑衣人无声无息地出现在她身边，将涌向她的人流排开，所过之处如摩西分海。她知道，那是男人派遣在她身边的暗卫，只要停在原地等待，男人总会找到她。慌乱的心一点点平静下来，她缓缓走下河堤，站在岸边看河对面的几名少女放花灯。虽然只隔了十几米的距离，但那波光粼粼上的万盏灯火和街市上的喧嚣却仿佛离自己很远很远。她摊开左手发愣，这只手本该牵在另一个人的掌心，她本该依偎在另一个人的怀里，而不是孤零零地站在此处。

河风拂过，冰冷刺骨。她打了个寒颤，用双手紧紧怀抱住自己。此时此刻，她才知道自己有多么离不开那个人！他早已成了生活的一部分！

河对岸的少女被几名黑衣人赶走，以防四周有弓箭手埋伏，见此情景，孟桑榆知道，男人快要来了。她抬头，专注地朝河堤上看去，第一次体会到了望眼欲穿的感觉。不过片刻，男人就出现在她的视野里，身上的衣袍乱了，几缕发丝从发冠中溜出，胸膛剧烈起伏，看上去非常狼狈。

孟桑榆从未见过如此失态的男人，扑哧扑哧地笑起来。看见她明媚的笑容，男人焦急的面色舒缓，快步奔下河堤。孟桑榆忽然起了促狭的心思，两手卷成筒状，大声喊道："古邵泽，我喜欢你！"

不知是河堤上的台阶太滑还是女人的宣言太震撼，男人踉跄一下，急忙抓住身边的柳枝才没掉下河去。

河堤四周的暗卫们齐齐催眠自己：我啥也没听见！我啥也没看见！

孟桑榆笑得前仰后合，再次大声喊道："古邵泽，我喜欢你！"

男人表情凶狠，两三步奔下河堤，将作怪的女人拥进怀里，垂头用力吻住她粉嫩的双唇。这一吻太过急切，磕伤了彼此的唇瓣，淡淡的铁锈味在口中蔓延。孟桑榆感觉到男人浑身都在发抖，布满血丝的眼里有迷茫、有激动，还有深深的恐惧。他害怕这又是一场美梦，梦醒了一切成空，一如之前的每一次！

眸色暗了暗，孟桑榆心内叹息，搂住他的脖颈，用更加深入、更加温柔缱绻的吻安抚他躁动不安的心。有些话一旦说出口，压抑在心底的情感就如潮水般涌上，两人在星空下、河灯前相拥，身影交叠，不分彼此。

暗卫们早已转过身去，不敢再看。远处，一朵朵五彩斑斓的烟花在天空中绽放，映衬着河边的一对璧人，画面美得惊心动魄。